U0630497

你是我的命

NISHI
WODEMING

詹军 著

沈阳出版发行集团
沈阳出版社

图书在版编目（ＣＩＰ）数据

你是我的命 / 詹军著. -- 沈阳：沈阳出版社，
2024.5
ISBN 978-7-5716-3903-7

Ⅰ.①你… Ⅱ.①詹… Ⅲ.①书信集－中国－当代
Ⅳ.①I267.5

中国国家版本馆 CIP 数据核字（2024）第 070594 号

出版发行： 沈阳出版发行集团｜沈阳出版社
　　　　　　（地址：沈阳市沈河区南翰林路 10 号　邮编：110011）
网　　址： http://www.sycbs.com
印　　刷： 沈阳市机要印务有限公司
幅面尺寸： 145mm×210mm
印　　张： 12
字　　数： 240 千字
出版时间： 2024 年 5 月第 1 版
印刷时间： 2024 年 5 月第 1 次印刷
责任编辑： 代雪华
装帧设计： 琥珀视觉
责任校对： 王冬梅
责任监印： 杨　旭
书　　号： ISBN 978-7-5716-3903-7
定　　价： 68.00 元

联系电话： 024-24112447
E－mail： sy24112447@163.com

本书若有印装质量问题，影响阅读，请与出版社联系调换。

序

在妈妈病重的日子里

我亲爱的妈妈神志不清、卧床不起，至今已经三年多了。这些日子里，痛苦、迷茫的我，犹如凤凰涅槃，慢慢地强大起来、成熟起来。

那时，我即将上初中二年级，妈妈的突然倒下，让我眼前的世界一片漆黑。有相当长的一段时间，我在恐惧中度过。我害怕放学，因为校门前那一大片接孩子的家长里，我怎么也找不到妈妈的笑脸；我害怕回家，站在空荡荡的房间，我听不见妈妈嘘寒问暖的声音；我害怕放假，同学们跟着妈妈出去旅游，我只能独自待在家里；我害怕辍学，妈妈治病需要很多钱，如果爸爸供不起我上学，我以后能干什么呢？……那段时间，夜晚躺在床上，即便是凌晨一两点，只要一关灯，泪水就禁不住流出来，我蒙头哭泣，然后在哭泣中入眠。

妈妈就是我的世界，就是我的天和地。我那时才十三岁，怎么离得开妈妈呢？在相当长的一段时间里，我天天都撕心裂肺地想妈妈，想妈妈给我做香甜可口的饭菜；想妈妈给我买好看合身的衣裳；想妈妈给我改判作业、考英语单词、整理书包；想妈妈听到我考试的好成绩后高兴的样子；想妈妈柔声细语地跟我说话聊天；想妈妈苏醒了、站起来了、能说话了、能吃饭了……我几乎每晚都梦见妈妈，常常哭着或笑着从梦中惊醒。

在妈妈住院的一年多时间里，我是既想去看妈妈，又怕去见她。在 ICU，看到昏迷不醒、面无表情的妈妈浑身插满各种管子和导线的时候，我目不忍视，心都碎了；当在病房里看到妈妈浑身使劲、张嘴喊叫、满脸通红、大汗淋漓的时候，我的心就像刀割一样，痛不堪言。尽管如此，爸爸还是尽量带我去医院，让我多跟妈妈说话，希望用我的声音唤醒妈妈。后来，妈妈有了一点儿意识，我跟妈妈说话、给妈妈喂水喂果汁，妈妈有时会对我笑，有时也会哭。无论看到妈妈什么样的状态，我的心都是痛的，每次离开病房，我都泪水涟涟，心情久久不能平静。

妈妈出院后，我只要回到家里，就可以看到妈妈了，就可以随时陪着妈妈了。虽然妈妈还是不能动、不能说、不能吃，眼睛也看不清东西，但毕竟有一定的意识，我可以跟妈妈做一些特殊的交流。更重要的是，妈妈在家里，跟我和爸爸在一起，我们这个三口之家完整了。

爸爸妈妈是非常相爱的，可以说是如胶似漆，谁也离不开谁，我有时都嫉妒了。妈妈突然病倒，那么刚强的爸爸几乎崩溃，差一点儿倒下。妈妈在 ICU 里的时候，爸爸日夜守在 ICU 的外面，连我也不管了。一个多月后，爸爸只有晚上才能回家照顾我，白天还是雷打不动地守在医院。这一守，就是一年多。我知道，爸爸是不能离开我妈妈的，不管多苦，无论多难，他也要守在妈妈的身边。爸爸说，他要对妈妈"不离不弃，无怨无悔，不放过任何一个治疗的机会，不留下一点点遗憾"。这四句话一直在我心里深藏着。看到爸爸那么累、那么苦，又那么执着，我只好把心思用在学习上，尽量不让爸爸分心。

在一年半的时间里，爸爸在手机"备忘录"里给妈妈写了几百封信，让人有些不敢相信，更觉不可思议，但这几十万字的信却是实实在在的。从这也可以看出，爸爸对妈妈的爱有多么深、情有多么真。《你是我的命》这本书，是这几百封信浓缩的精华，读之令人震撼，叫人落泪。

我是《你是我的命》的第一个读者。我不知道用什么语言来评价这本书，但我知道，这是爸爸以心为笔、以血为墨写就的。爸爸和妈妈深沉的爱，及其爱的拓展和延伸，都浸透在这本书的字里行间。我深深地感受到，爸爸妈妈把对方视为自己的命，他们的生命和命运早已紧密地交织在一起，成为不可分割的整体。我还感受到，爸爸妈妈的亲朋好友，就像阳光、空气和水，是滋养他们生命的不可或缺的养分，也是他俩的命。所以，这本书叫"你是我的命"，真是再贴切不过的。

写到这里，已经深夜了。看见爸爸又搂着妈妈坐在床沿儿，一股莫名的感动涌进我心里。我想，作为儿子，妈妈灾难性的重病，于我是不幸的，但能拥有如此相互挚爱着的爸爸妈妈，我又是幸运的。

詹丛宇

目　录

序：在妈妈病重的日子里

 **天降大祸**

天空中乌云翻滚，偶尔从云缝里露出一缕阳光，似乎要给冰凉的心一点点温暖，给绝望的人一丝丝希望。

我仿佛从噩梦中醒来，从地狱里爬出，呆滞麻木的大脑、行尸走肉般的身子，好像有了一点灵性。

媳妇儿，今天是你住进 ICU（重症监护室）的第五天。上午，医生说准备给你试着脱离一下呼吸机，看能否自主呼吸，如果你能自主呼吸，救活就没有问题。我们焦急地等待着，一分一秒地盼着好消息。直到下午四点多，医生终于出来告诉我们：已经试脱机一个小时，你能自主呼吸了。听完他的话，我的眼泪瞬间涌出，嘴里不停地说："太好了，太好了，大宝的命保住了。"你父母你弟弟，我大哥大嫂，还有你娘家的几个亲戚都很兴奋。这是五天来听到的最好的消息。这个消息虽然如厚厚的阴霾里透出的一点光亮，似幽暗的地狱之门开了一条小缝，但也给极度绝望的心灵带来一线生机。

从你神志昏迷、生命垂危进入 ICU 那一刻起，我们这个原本平静幸福的家骤然天塌地陷了，我也崩溃了。我无法接受这个残酷的现实，更无法承受这种生命之重，仿佛跌入无边无际的黑洞，没有前行的方向，哪怕移动一下脚步就会掉进万丈深渊。极限压力、极端自责、极度疲惫，我感觉濒临死亡的边缘，随时就能倒下。我的意志一直在提醒我、告诫我，绝对不能倒下，必须坚强地挺起来扛起来，否则，你怎么办？儿子怎么办？这个家怎么办？好在有意志的支撑，我还没有倒下。

ICU 里的几位医护人员说我一夜之间老了十多岁，头发白了，背佝偻了，人憔悴了，胡子拉碴，满脸皱褶，蓬头垢面，几无人形。厄运突袭，一夜苍老，这是命运残酷的速写，也是上天给我一个永久的印记。现在对于我来说，苍老算得了什么呢？如果上天眷顾，要我用生命换回你的健康，我会毫不犹豫立刻死去。

有人说，我们永远不知道明天和意外哪一个会先来。这个意外，而且是灾难性的意外，来得那么突然，又那么不明不白，让人猝不及防，不堪承受！"天上浮云如白衣，斯须改变如苍狗。"世事变幻如此无常，几乎击碎我几十年的生活信念，让我这个自诩不怕事、不惧难的人，第一次实实在在地乱了方寸。我至今仍然不敢相信这是真的，这怎么可能是真的呢？

这几天，我在噩梦里挣扎，拼命地想，你是那么善良慷慨而又与世无争、人人说好的人，我也是几十年力行善事、并无恶行而又临近耳顺之年的人，儿子还是一个处于青春叛逆期的初中学生，我们家经多年积累眼看能过上无忧无虑的小康生活，为何老天让我们遭如此大难？

夜已深了，ICU 门外的大厅仍嘈杂异常。我躺在一张折叠床上，只有一个强烈的愿望：你赶快醒来，我要接你回家！

2020.8.26

现在已近午夜十二点了，患者家属在大厅聚集着，哭声、喊声、说话声、脚步声混杂在一起，让人心烦意乱。我毫无困意，起身坐在靠近 ICU 门口的小凳子上（感觉离你近一点），调整心情，拿出手机，在"备忘录"上给你写信。

今天，是你住进 ICU 的第六天。一大早，我就找医生询问你的情况，医生说血压、心率、体温基本正常，血氧饱和度在供氧状态下达到九十多，生命体征正在恢复，但仍无苏醒的迹象。今天又给你试脱机，从下午一点到六点，时长达五个小时，医生说怕你太累，要逐渐延长脱机时间，直至彻底脱离呼吸机。现在看来，救活已没问题，你的命保住了，他们把你从鬼门关拽回来了！

大宝啊，六天之前你还活蹦乱跳的，那天早上你还送儿子去班补（班级集体补课），现在却成了这个样子。我怎么能接受这个现实呀！现在想起那天的情景，我仍然心惊肉跳。

8 月 22 日（星期六）上午十点，我外出做颈椎按摩，看到你发来的一条微信："快回来，我要不行了。"我给你打电话你没接，立马开车赶回家。你坐在地板上，面前是你吐的一摊水和几粒药片。我立刻愣住了，问你怎么了，你只说了一句"药吃多了"，再也不说话。桌子上放着罗红霉素、感康药盒以及剩下的药，知道你吃的是这两种常规药，我悬着的心也就放下很多。

我立即给你捶背、抠嘴，让你吐，不断地说："大宝，快吐出来，吐出来就没事了。"你又吐出三粒药片。折腾大约二十来分钟，你再也吐不出来了，状态也不太好，我赶紧打120，请求救护车以最快的速度过来。由于我们住的楼是无物业的独栋楼房，救护车转了好几圈也没找到，我急得一个电话接着一个电话地打。看你呼吸正常，暂时没有大的危险，我只好放下你，跑出楼外，用手机指挥，费了七八分钟才把救护车引到楼下。

我和救护人员跑进家，发现你嘴唇发紫，眼睛圆睁。救护人员查看后说你瞳孔放大，没有呼吸，没有脉搏，问我还救不救，并说救过来也可能是植物人。我顿时感到天崩地裂，浑身颤抖，冲着救护人员大喊："救啊，必须救！"他们这才下楼，从救护车里拿来仪器和药品，对你进行抢救。很快你就有了心跳，但很微弱，过一会儿又不跳了，他们忙乎半个多小时，当你心跳稍稍稳定时，便把你往医院送。

救护车就近将你送到省医院急诊室。这时，我虽被吓傻，但还知道要求医生给你洗胃。医生说，因为你有过心脏骤停，洗胃可能引起心脏停止跳动，有生命危险，让我跟你的其他亲人商量一下。我怕你父母受不了，就给你远在北京的弟弟打电话，没人接。我找医生要签字，医生说："还是找她娘家人商量吧，六个小时之内洗胃就可以，还有时间。"我又给你弟弟打电话，这次打通了。我说明情况，他说他也做不了主，让我给你父母打电话。很快，你父母和你二堂哥赶到医院，听医生说完情况，他们三个人异口同声地说保命要紧，坚决不让洗胃。我也不敢坚持了。可我觉得不洗胃是不妥的，便询问医生。医生说到 ICU 也可以洗。

你进 ICU 不一会儿，医生把我叫到谈话室，告诉我："病人药物中毒，现在很危险，能不能救过来不好说，即便救活了也是植物人，你要好好考虑。"我连想也没想，坚定地告诉医生："不用考虑，必须救，求你们想尽办法，能用的都用上，我要不惜一切代价救她。"我提醒医生给你洗胃，医生说血液透析也可以排毒，我请求他尽快做。医生拿出一堆文件让我签字，并解释有什么检查、用什么设备、用什么药。我说："你不用说了，我全签。"之后，我又连续两次被叫进去签字，签了几份、是什么内容，我完全不知，只是一个劲地求医生赶快做血液透析，赶快救你。

高度紧张的几个小时过去了，我瘫软在 ICU 门口角落的一个凳子上，抱头痛哭，脑袋和五脏六腑好像都被掏空了。不知哭了多长时间，直到哭不动了。那一夜，我守在 ICU 门口，心如巨石压着，仿佛置身于魔界，颠三倒四的幻觉不断涌现，两眼睁到天亮，挨过难熬的长夜。

第二天，我想把你转到更好的医院，就分别与两个医院的朋友联系。他们说省医院也是大医院，设备齐全，你在这里治疗应该是没问题的，尤其是疫情期间戴着呼吸机的危重病人转院很难办，也很危险，建议暂时不要转院。我不得不听从他们的建议。

媳妇儿，你倒下了，我也几乎被击倒，还要承受许多责难。你父母、你二堂哥指责我没有第一时间打 120，还说看到你微信时就应该打 120，并指责我为什么不马上给他们打电话。其实，我比他们更加谴责、痛恨我自己，每天在痛不欲生、生不如死中度日如年。这几天，我的脑袋像一锅糨糊，昏昏沉沉，无论他们说什么，我都是沉默，不想解释，也无心解释，只是默默承受。我相信，时间会证明一切。

2020.8.27

今天上午，你的主治医生覃大夫找我，还让我把你弟弟也叫来。我打电话把你正在睡觉的弟弟叫到医院。覃大夫对我们说，你昨天下午体温和血压有点高，很快就降下来了，目前生命体征各项指标趋于正常，脱机自主呼吸问题也不大，没有生命危险了。这两天要做气管切开手术。我听后不觉浑身一颤，急忙问为什么要切开气管。他说，你七天了还没苏醒，以后想醒过来就难了。你昏迷不醒，没有意识，如果气管不切开，有痰咳不出来会憋死的，切开后可以用吸痰器把痰吸出来。我求他再等几天，万一这几天你醒来了呢。他用怀疑的目光瞅我一眼，同意等几天，但不能超过三天。

　　覃大夫又告诉我们，气切后观察两三天，就可以出ICU，转到普通病房治疗。你弟弟听后，立即说："不行，不能出来，ICU的条件好，能住多久就住多久。"覃大夫对他说："你说得不对，ICU每天进进出出的都是什么人，谁知道这些危重病人身上带什么病菌，气切后非常容易感染，更何况几乎每天都有死人。生命体征稳定了就应该转走，ICU是抢救人的地方，治疗还得到普通病房，那里更专业。"你弟弟大声说："出去病情反复怎么办？我丈母娘就是出ICU没几天又返回ICU的。我们有条件，你们不用担心钱的事。"覃大夫说："等气切后再说吧。"我对ICU一无所知，所以一句话也没说。

　　下午三点多，覃大夫又把我和你弟弟叫到谈话室，说你自己苏醒的可能性不大，有一种大脑植入电极的手术，能促醒植物人，让我们考虑试一下。听说有办法让你苏醒，我们当然愿意试啊。看我们同意，他说等你出ICU，就转到神经外科。不一会儿，他又把我们叫到主任办公室。ICU主任和神经外科海大夫给我们简要介绍目前国内电极促醒术的情况，说全国大概有六百多例，促醒率 30%~40%，费用三十万左右。你还年轻，应该试一试。你弟弟立即表态：我们有条件，我们做。我也同意。他们说，三个月以后就可以做。我心想，如果植入电极能让你苏醒，花多少钱都值得。

你弟弟是你住进 ICU 的当晚从北京开车赶回来的。他回来后，忙着打电话找熟人咨询你的病怎么治疗，忙着与 ICU 的医生拉关系。对痴呆的我来说，有他帮忙，有他做主，我也就放心了。他回来的第二天，交给你妈一张银行卡，说里面有二十万元，给你治病用。大宝，我们家的银行卡都在你手上，我连密码都不知道。我手机里只有两千多元钱，付给救护车后剩下一百多元。你住院时的钱是你爸垫付的，当天就交了三万五千元。办完医保手续后逐渐减少。我告诉你娘家人，等我把银行卡解密后，会如数还给他们，给你治病是我天经地义、义不容辞的责任，再难也不能花他们的钱。说实话，他们这么做，我内心充满感激。

现在已是午夜了，家属等候大厅刚有点安静的意思，突然一个危重病人被推进手术室，随之而来的有十多个家属，大厅又进入嘈杂状态。手术室与 ICU 对面，共用一个等候大厅，不管是白天还是夜晚，很难有安静的时候。看来，今晚又要一夜无眠了。

2020.8.28

媳妇儿，今天是你住进 ICU 的第八天。白天，我基本都站在 ICU 门口，等你的消息。医生说今天试脱机七个小时，其他没有大的变化。我是多么希望你醒过来，这样就不用气切了呀！

这几天，听说儿子情绪不好，学习心不在焉。唉，我也没心思管他，一切靠他自己了。

你住院的第二天晚上，我为了儿子回家一趟。儿子一见到我，就问妈妈得的什么病、什么时候回家。我强打精神告诉儿子，你是突发心脏病，可能要住一段时间。儿子哭了，问你过去有无心脏病，我说有。你前两年体检时，确实发现有较轻的窦性心动过缓的问题。他听我说你有心脏病，突然恼怒，大声质问我为什么不带你去治疗。我说："因为是轻微的，你妈不愿去看，我也没当一回事，谁知道就突然犯病了呢。"儿子哭着说："我知道我妈怎么得病的，肯定是班主任在我妈面前批评我，把我妈气病的，是我害了妈妈！"我大吃一惊，急问情况。儿子说："我前天上课没认真听讲，昨天早上我妈送我上学时，班主任找我妈，说了很多责备、难听的话，我妈哪能受得了啊！"听儿子这么说，我心口一阵刺痛，老半天说不出话来。我努力压住内心的愤怒，缓了一口气，慢慢地对儿子说："儿子，你妈的病与你无关，跟老师也没有关系，你妈不可能因为老师一两句话就气出病的，你千万不要这么想。你就安心地上学，你妈的治疗有我呢，我一定要把你妈的病治好，你只管放心。"大宝啊，我能让儿子有心理压力、恨老师吗？我没敢说你是药物中毒，是怕儿子胡思乱想呀！

我知道，你最恐惧班主任找你，哪怕是在班主任微信群里看到儿子被批评，你都会心痛气堵烦躁不安，很长时间缓不过劲儿。记得7月22日上午，我们正在上班，班主任在群里发微信说儿子上课说话，让你赶快到学校找她。你立刻就心口疼痛、喘不上气，非得让我去学校。我只好给班主任打电话，低三下四地摆平了此事。我每天在微信群里都能看到，也听很多家长说过，这个班主任对家长什么难听、过分的话都敢说，不顾家长的尊严和脸面。家长们对班主任是敢怒而不敢言。难道你真的是被气出了病吗？

儿子去写作业了，我悄悄地查一下你到底吃了多少药。我找出药盒，一板一板地数，估算你吃了十多粒。那天，你说感冒嗓子疼，害怕传染给儿子，早晨起来吃了罗红霉素和感康，送儿子上学回家后不到一个小时，竟然又吃了那么多。你平时是最不愿意吃药的呀！

罗红霉素和感康都是非处方常用药，怎么有这么大的危害呢？我询问医生，从网上查资料，才知道服用过量的罗红霉素对极个别的人可能会引起心律失常，尤其是心脏有问题的人更有这种可能，严重的还会出现心脏骤停。心脏骤停一旦超过四分钟，大脑皮层细胞就会因为缺血缺氧发生不可逆性的损害，超过十分钟基本没有救活的希望。我想，你那天可能是因为极度生气，引起心脏不适，吃了过量的罗红霉素和感康，加上早晨没有吃饭，空腹容易吸收，从而造成心律失常，以致心脏骤停。你又错过了黄金抢救时间，导致至今仍然神志昏迷。

大宝啊，我当时怎么那样愚昧无知呢，认为这两种药是常用药，吐出来就没事了，延误了打120，耽误了抢救时间，特别是错过了黄金抢救时间。一想起这事，就像有无数把小刀在狠狠地剐我的心。我恨死自己了，永远不能原谅自己！

现在想想，万幸的是那天我竟然听见了微信的声音，还打开手机看了。我过去都是把手机放在一旁，来电话也不接的呀。如果那天我没看手机，后果将更加不堪设想。你妈埋怨我，那天为什么要去做按摩，不去不就没事了。媳妇儿，这是你为了给我治疗颈椎病而亲自安排的，就连时间也是你定的，每周六上午十点，已经坚持一年多了。我如果知道那天家里有灾难发生，打死我也不会出去呀！

那天晚上回家，我感觉满屋子都是你。走进书房，好像看到你正聚精会神地给儿子抄写试题；看到书包，好像看到你正给儿子整理一大堆杂乱无章的书本资料；走进厨房，好像看到你正手忙脚乱地做饭炒菜；看到餐桌，好像看到我俩正开心地边吃边聊；看到床，好像看到你躺在床上拿着 iPad 津津有味地看连续剧；坐在沙发上，好像你又撒娇似的把脚伸到我腿上让我剪脚指甲……你无处不在，家里的每一样东西都有你的痕迹，我不敢触碰，生怕碰掉了。我胸闷气短，泪水横流。我真的受不了，擦掉眼泪，嘱咐儿子几句话，骑上共享单车赶回医院。大宝啊，这个家处处凝聚着你的心血，是你亲手建立起来的呀。你常说"我太爱我的家了"，那你什么时候回家呢？这个家不能没有你啊！

你的遭遇让我思考，在我们国家，滥吃药的现象太普遍、太严重了。很多家庭备有各种药物，稍有不适，就自己选择药品，吃什么、吃多少、吃多长时间，很随意。网上资料显示，全国每年因滥用药物导致不良反应，引发死亡的人数近二十万。这么严重的问题，国家是不是应该采取一些措施呢？对于个人而言，生病还是应该及时就医，对症下药。常言道"话不能乱说，药不能乱吃"，老一辈的训诫还是应谨记。

2020.8.29

我把一辈子的眼泪都哭干了

刚刚和你大堂哥唠了两个多小时。现在是夜晚十一点多，我坐在楼梯台阶上，给你写信。

你大堂哥让我感动。他六十多岁了，一直在伺候八十多岁卧床的老父亲。今晚他让二姐替他，特意来医院守候你。前几天晚上都是你二堂哥在这里，他说腰疼，睡不好，坚持不了。我让他们谁也不用来，我一个人就可以。医生说过，我们家离医院很近，晚上不用在这里守着，有事打电话再过来也来得及。尽管如此，我必须二十四小时守在这里，虽然看不到你，但只有这样我才安心。我总觉得，你也一定会感知到老公就在你身边。

住院的前几天，你的堂哥堂姐、表哥表姐妹，还有七大姑八大姨，每天都有好几个人到医院询问你的病情。这几天他们来的次数越来越少了，有时一天也没有一人过来。

你住院的第二天下午，我才告诉大侄子。我要求他不要跟老家的任何人说，怕他们担心。可他立刻把你住院的事告诉了他的父母。这下可好，我哥哥弟弟妹妹全都打电话来询问。妹妹在电话那头哇哇大哭，我在电话这头泣不成声。刚哭完，二哥又打来电话，两人又是哭……

那几天，我把一辈子的眼泪都哭干了。过去，我妈曾问我："怎么就没见你哭呢？打你也不哭。"我说："男人是不可以哭的。"在我的记忆中，只有爸爸去世时痛哭过两次。

"男儿有泪不轻弹，只因未到伤心处。"我现在体会得如此真切。

我大哥大嫂是24号赶来的。他俩接到儿子的电话，立即订机票，第二天就从天河机场乘飞机过来。他们守在医院，大嫂跟你父母没完没了地唠，想宽慰他们，解开他们的心结。

住院的第三天，你单位的分管副局长、科长和几位同事冒雨到医院要看望你，这几天我单位的董事长、总经理以及班子成员和一些同事也不断来到医院探望。这些关爱虽然缓解不了我内心的痛苦，但也给了我支撑下去的力量。所以，我很感激，很感恩。

你住进医院，我在医院守着，家里就剩儿子一人了。我只好求家里的钟点工小孙晚上在我们家住，早晚给儿子做饭，夜晚照看一下。儿子白天班补，就请他同学海鸣的爸爸帮助接送。大哥大嫂来了后，我让他俩住到我们家（他俩在本市有自己房子），帮着照顾管理儿子。大嫂饭菜做得好，又想方设法调剂，儿子很爱吃。有他大爹大妈管着，我也就放心了。还像过去一样，儿子每天晚上写作业都到凌晨一点左右，早上五点多起床，急忙洗漱、吃饭，然后出去等海鸣爸爸接他。儿子整天挺忙挺累的，不知到底学进去多少。

媳妇儿，这几天我一直在想，在这个城市，我有女儿、大侄子、外甥女，还有那么多同事、朋友和相处不错的邻居，你有那么多娘家人，那天从回家直至送你到医院，怎么就没有想到向任何人求助？如果能想到找人帮忙，哪怕找一个人，恐怕就不是现在这个结果。我现在悔之莫及，可天下哪里有卖后悔药的呢？

思来想去，还是与我不喜欢求人的性格有关。我自从上军校后，离家几千里，至今已四十年。无论在军队，还是在地方，基本处于无亲无故、无依无靠的状态，一切靠自己，从未因个人事情求过任何人，从未向困难低过头，即便对父母也是报喜不报忧。虽然混得没有多大出息，但也比上不足比下有余。这种万事不求人的习惯，过去我总觉得是优点，还以此为傲，如今它却给我带来了大祸，而且是不可逆的灾难。

时间过得真快，现在已经是凌晨两点半了，怪不得我的颈、肩、腰、臀生疼呢，竟然写了这么长时间。差点忘了告诉你，医生说你血压、心率、体温正常，脱机自主呼吸比较好，精神状态也好多了，这是好现象。求你明天醒过来，好吗？

2020.8.30

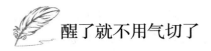 醒了就不用气切了

这几天，我守在 ICU 门口，坐立不安，心急如焚，总想听到你苏醒的消息。只要 ICU 开门，我就想法进去，不管是医生、护士，还是护工、看门人，我都要打听一下。其实，自从你住进 ICU，我天天都不厌其烦地询问你的情况，只是这几天更频繁一些。人家好像愈来愈不耐烦，对我爱答不理，有人甚至说我精神有问题。他们哪能理解我的心情，我就是盼着你赶快醒来，不做那个气切手术啊！

医生说早晨你的体温和血压突然升高，分别达到 38.4℃、157/98，用药后很快下来了，不算问题；呼吸保持在每分钟 13~20 次，属于正常。今天给你试脱机十五个小时，很快就可以完全脱机了。看来，你生命体征基本恢复，身体在一天天好转，就差苏醒了。

大宝啊，一想起要给你气切，我就心痛不已。我是第一次听说"气切"这个词，不知道会给你带来多大影响，但至少知道你本来好好的脖子，以后留下大疤痕，你会多伤心啊！我祈求上苍救救你，帮你赶快醒来，这样就不用气切了。可是，时间在一分一秒地过去，你没有任何苏醒的迹象。

怕啥来啥。下午，医生把我叫到谈话室，告诉我明天下午给你做气切手术，不能再拖了，必须做。我瞅瞅医生，浑身颤抖，心口堵得慌，眼睛模糊。我垂头丧气地出来，掰手指头数了数时间，还有二十多个小时，如果你醒了，还来得

及啊！我一会儿在心里呐喊："谁来救救我的大宝，救救她呀！上苍啊，求你发发慈悲吧！"一会儿又求你："大宝，快快醒来，醒了就不用气切了啊！"叫天天不应，叫地地不灵，无奈无助无力，五脏六腑似乎被人掏空。不觉双手合十，闭着眼睛，嘴里不停地嘟囔着，真像得精神病了。

这几天，我特别想进去看你。我还是在你住院的第二天见到你的。那天医生让我找几个人推你去做脑 CT 和肺 CT。我们把你从病床抬到平车上。我靠近你的头部，弯腰推着车，低头看着你。你嘴里插着呼吸机的管子，脸部浮肿，双眼紧闭，表情呆板。好好的人，突然变成这个样子，我的自责和痛楚只能用眼泪表达。我哽咽着对你说："大宝，对不起，老公没有保护好你，求你快醒快好，回家怎么惩罚老公都行。你父母不能没有你，儿子不能没有妈，我也不能没有你呀！你睁开眼，看看我好吗？"一路上，我旁若无人地哭着说着，你毫无反应。在 CT 室，我穿着沉重的防护铅衣，心情沉重地扶着你的脑袋，一遍又一遍地说："大宝，坚持，一会儿就好。"其实，我不说，你也不会动，我就是想多跟你说说话。做完 CT，回到 ICU，我依依不舍地看着你被推进去，门关上了。

我多次找医生，请求进去看你，哪怕看一眼也行。磨破嘴皮子，医生也不同意。医生说，医院有规定，新冠疫情期间，不准家属进 ICU 探望。我也知道有规定，但还是埋怨他们铁石心肠。大宝啊，我俩近在咫尺，只隔一道墙，却看不到你。八天了，这是我俩相识相恋十五年来，分别时间最长的一次。过去，即便是你出去旅游、我外出培训开会，我俩分开的时间也从未超过七天呀。现在这道墙，好像铜墙铁壁，将我俩硬生生地分开，仿佛隔着千山万水。看不到你，我如同热锅上的蚂蚁，心烦意乱，煎熬难耐。想你的心情，撕心裂肺；想你的日子，度日如年。第一次感受，想念竟如此痛彻心扉！

在这大厅里，我看见每天都有危重病人进进出出。今天白天进 ICU 两个，抬出一个逝者。晚上九点多钟，一个浑身是血，说是车祸撞破了脑袋的人，被推进手术室，做了三个多小时手术，医生说手术很成功。可伤者送进 ICU 一个多小时，竟去世了。现在，大厅里又是哭声一片。我旁边的人说："差不多天天有死人，这 ICU 多晦气，是人待的地方吗！"另一个人说："听说 ICU 里阴气很重，好人在里面也受不了。"听他们闲聊，我毛骨悚然。大宝，你赶快出来吧，越快越好。

你弟弟今天回北京了，说要处理生意上的一些急事，过几天再返回来。走前，我嘱咐他在北京找有关专家，咨询如何给你更有效治疗以及植电极等事情。我对他寄予极大的希望，甚至有些依赖。这是我此生唯一的一次依赖别人，也许因为他是你的亲弟弟，也可能是太无奈吧。

2020.8.31

昨晚，我做了一个梦：ICU 的门打开了，你笑嘻嘻地从里面走出来。我立马跑过去，你一下扑到我怀里，说："老宝，我好了。"我抱着你，贴着你的耳朵说："太好了，大宝终于好了，这下可不用气切了。"我俩喜极而泣，你亲亲我，我亲亲你，紧紧地拥抱着，舍不得放开，生怕丢了。可突然就醒了，感觉眼泪还在流。

一早，物业人员叫我们起来收拾折叠床和被褥。之后，我沿着走廊来到窗前。太阳出来了，天空蔚蓝，飘着几片薄薄的白云，让人心情舒畅。昨天还下一天雨呢，这么快就晴了。看着天，想着梦，我幻想着，是不是预示有好消息呀。

今天是你住进 ICU 的第十一天，应该醒了。我快步走到 ICU 门前，按门铃。看门的嬷姐打开门，我请她去看看你醒没有，她说刚去看了，没有大变化。她的话像一盆冷水，哗地泼到我的头上，顿时心凉，满腹的希望立刻化为乌有。我耷拉着脑袋，垂头丧气地离开，心又堵得慌。

大概八点半，覃大夫叫我进去，给我几份文件，有气切手术的，有麻醉的，让我签字。我问他什么时候做，他说大概中午。我盯着文件老半天，狠了狠心，用颤抖的手，无奈地写下我的姓名和日期，字写得歪歪扭扭。我恳求他："求你告诉做手术的医生，一定把手术做好啊。还有，请麻醉师做好麻醉，可别让她疼啊。"他看我一眼，不耐烦地说了一句"放心吧"，起身就走了。

签完字，我更加闹心。转念一想，离手术还有四个小时，如果醒了，还来得及。我在 ICU 门口，不敢离开，一会儿坐下，一会儿站起，心神不宁，祈盼奇迹出现，嘴里不停地叨咕："大宝，求你争口气，赶快醒来啊。""万能的老天爷，大慈大悲的观世音菩萨，求你们可怜可怜丛岩吧，赶快帮帮她，让她现在就醒来，求你们了！"叨咕一会儿，又看看手表，看着不停转动的指针，嘴里又叨咕："时间，求你慢点儿走，慢一点儿，慢一点儿。"我像魔怔似的，一会儿求老天爷、观世音，一会儿求时间，脑子里再没有其他。

中午也想不起来吃饭，一晃就到了下午。没有等来你苏醒的消息，等来的是医生的一句话："手术很成功。"听到这句话，不是开心，而是更痛心。我无奈地瘫坐在凳子上发呆。一位患者家属过来跟我说："气切，很难护理的，护理不好容易感染发炎，你要学会护理哩。"我感激地看着她，点点头。

　　今天儿子开学，进入初二了。别人家的孩子都是父母接送，我还得请海鸣爸爸帮忙。儿子学习已经到了关键时期，你管不了，我也没工夫管，真是对不起孩子啊。

2020.9.1

 神奇的缘分

　　媳妇儿，今天最激动人心的一件事是：你脱离呼吸机了！医生说，你已具备脱机的条件，从今天起给你脱机。这就是说，你完全能够自主呼吸了，生命体征的指标完全恢复了。这是十二天以来最让人兴奋的消息，犹如璀璨的阳光照进我心里，给我温暖，给我希望。大宝，就等你苏醒了，醒了咱们就回家啊！

　　下午四点多，我请嫚姐去看看你的各项指标情况，她看后告诉我，体温、血压、心率和血氧都比较正常。我想，指标正常，身体好转，说明你很快就能好了。大宝，加油，快些好起来。

　　中午，我二哥、妹妹和妹夫千里迢迢从老家赶过来了。他们没能看到你，有些失望，但听说你今天脱机了，都为你叫好。

　　这段时间，我们多次找医生要求进去看你，想亲眼看到你，也想跟你说说话，希望起到促醒的作用，但一直不得如愿。三天前，医生说可以用录音机录一些亲人的话，每天给你放，也能达到我们所希望的目的。我立刻找电脑城的老乡小赵，买了一个很先进的微型录音播放器。你父母、你弟弟，我和儿子，我大嫂，每人都录了一段话。虽然都鼓励、盼望你赶快醒来，但都很伤感，你父母还说了一些埋怨我的话。尽管如此，我还是强烈希望能打动你，唤醒你的意识，打通

你的神经，促使你醒来。这两天，我翘首企盼这个录音播放器能起到神奇的作用，盼着好消息。

嫚姐下午下班时，将录音播放器给我，说没电了，让我换电池。我买了两板电池，换上两节，另外十四节明天送到ICU，请他们随时更换。我找到一个安静的地方，打开手机，找到郭峰的《甘心情愿》，录下来，想以此唤起你甜蜜的记忆。

媳妇儿，你曾多次对我、对别人说，你是听我唱《甘心情愿》这首歌时决定嫁给我的，并说我是骗子，你是傻子，竟然一首歌就把你骗到手了。你说这些话时都是笑眯眯的，脸上溢满幸福。

我总觉得，我俩相识相恋很神奇，好像上天有意安排。那时，我俩都是离异的单身者，都在苦苦地寻找生命中的另一半。十五年前5月的一个周五晚上，我没有急于下班，毫无目的地在电脑中翻看各种信息，翻着翻着竟然翻到一个开放的聊天室，看着各式各样的聊天文字，觉得挺好玩，就开心地欣赏起来。由于我没有聊天的经验，没想参与其中。大约半个小时，突然看到一个由不同符号组成的昵称跳出来，还是个女的，挺好奇，就点了一下，打上"你好"两个字。等了二十多分钟没有回应，我觉得饿了，准备去填肚子，正要关闭聊天室，竟然发现那人问我"还在吗"，我马上回一个"在"字。我们便开始东拉西扯地聊天，聊了一会儿，我感觉还挺投机，问那人有没有QQ，那人说有，并给我QQ号。那个人就是你。

我俩在QQ上聊了很长时间，聊工作、家庭、年龄、婚姻……越聊越有兴趣，聊了很多双方都想了解的东西，哪怕涉及隐私也不隐瞒，都很坦诚。我让你发一张照片，你马上就发了，我也给你发一张我电脑里唯一的一张照片，我俩都觉得对方不错、顺眼。我又嫌打字太慢，聊得不过瘾，要你的手机号码。我俩又在电话里聊，话题更广泛、更深入，好像有说不完的话。不知不觉过了十点，你问我吃饭没有，当你听说我还没吃，让我赶快去吃饭。

　　第二天下午，我去修车，在等待期间，我想起你，给你打电话，问你在干吗，你说在家里没事。我约你见面，你毫不犹豫地就同意了。车修好后，我按你说的地址，七拐八拐，竟然一下子就找到了。等了片刻，看到楼顶头单元里出来一个女的，感觉一定是你，我便招招手。你微笑着不紧不慢地向我走来。你大约一米六的个儿，微胖，皮肤白皙，长发飘飘，衣着简朴，年轻靓丽，满脸阳光，第一眼就给我留下非常好的印象。我赶忙下车，激动地打开车门，请你坐在副驾驶位置上。

　　我俩驱车来到浑河公园，下车后沿着河岸边走边聊。这一天，阳光普照，万里无云，清风拂面，气温宜人；公园里草绿了，树绿了，花儿竞相开放，蝴蝶翻飞嬉戏，鸟儿尽情欢唱，一片生机盎然的景象，令人心旷神怡。此情此景，仿佛是上天在关照我俩的心情。我俩找了一个相对安静、更加养眼的地方，坐在河岸的石阶上，看着波光粼粼的河水，乘着和煦柔柔的微风，嗅着花草淡淡的清香，回忆过去，品味现在，畅想未来，聊着头一晚上没聊完、永远也聊不完的话题。

　　时间过得飞快，倏忽间太阳就要西沉了。我俩起身，漫步到车前，我请你吃饭。找了好几条街道，才确定去一个不起眼的饭店，你也不嫌弃，点两个很一般的菜，没花几个钱。

按说第一次请心仪的女孩吃饭，应该好好表现才对呀。说心里话，我真不是抠门舍不得，确实是不知道去哪里好。我平时的应酬也不少，可对饭店就是没感觉。没想到，这一次给你留下了个话柄，后来你多次说我是"小抠儿"。

第一次见面，你给我最深的印象是善良、单纯、阳光，我被深深地打动了，心里暗暗地告诉自己：就是她了！"众里寻他千百度，蓦然回首，那人却在，灯火阑珊处。"我欣喜若狂，终于找到心目中的"那人"了。我离异一年后，很多人对我很关心，不断有人牵线搭桥，见了几个，没一个可心的，以致被人介绍对象成了我最害怕的一件事。那时常常想，如果自己能碰到一个心仪的该多好呀。现在天遂人愿，还真的碰到了，也许这就是天意吧。

过了两天，你请我吃饭。你找的是一个很雅静的风味小店，比我请你吃饭的那个饭店高级很多。我俩开心地吃着、聊着，愉快而又默契。不承想，你第二天上午给我打电话，说不能跟我处了。我非常吃惊，心想，昨晚还好好的，一夜之间怎么就变卦了呢？我问你为什么，反复追问，你才说是你妈不同意，嫌我没房子。我说我现在确实没房子，但可以买呀。无论我怎么解释，怎么挽留，你就是铁了心不跟我见面了。我跟你唠了一个多小时，也没有挽回你的心。好不容易遇到一个心仪的，才处两三天，就被人家甩了，对于一个还算自信的我来说，顿时像掉进冰窟窿，从头凉到脚，失望至极。

大概过了半个月，一位好心的大姐又给我介绍一个对象。对方各方面条件都很好，开始一两个月我们相处得很愉快，她要给我换新车，还要给我买房子，都被我坚决地拒绝。

这也让我知道她可能很有钱，到底有多少我不得而知，我知道的是，我的心慢慢地与她有了距离。我绝对不会去吃别人的"软饭"，这不是我的性格。跟她相处三个多月，越处心离得越远，双方不得不遗憾地分手。记得英国作家毛姆有一句话："满地都是六便士，他却抬头看见了月亮。"我心中也有一轮月亮，几十年来一直在精心地守护着。我始终认为，人格和尊严永远也不能丢失，必须牢牢守住。

半年多来，我基本在忙着见对象、处对象，却一直没有结果。我觉得，两个人无论条件多么相近，看上去多么般配，如果无缘，总是走不到一起的。而缘分又是个很神奇的东西，也许要有千年修行。

不承想，神奇的缘分又将我俩牵到了一起。10 月中旬，也是一个周五的晚上，大约十一点钟，我一边看央视三台文艺节目，一边翻看手机电话"联系人"，居然看到了你的名字。我当时觉得很奇怪，记得把你删掉了，怎么还在呢？于是，我好奇地点了一下你的名字，竟然打通了，但你没接。很快，你就反打过来，问我怎么想起给你打电话，并问我是不是要请你吃喜糖。我说，吃什么喜糖啊，光棍一个。我反过来问什么时候吃你的喜糖，你说你也是光棍一个。我立刻有一种幸灾乐祸的感觉，揶揄地说：是不是在等我呀，看来我还有机会。你笑着说："想得美！"我能感觉出，你对我给你打电话还是很开心的。我俩聊了很长时间，最后我约你第二天一起吃饭，你爽快地答应了。

后来你对我说，当时你正想从两个男人中选择一个，但选哪一个都不太理想，正在纠结的时候，我出现了，你立马放弃选择，决定跟我相处。我对你说，这就是天意，这就是缘分，我们应该好好珍惜呀。茫茫人海中与你相遇，尤其是在茫茫无际的网络上与你神奇相遇，何其有幸，我怎能不万分珍惜！

第二天，我请你吃完午饭，又驱车来到浑河公园，又漫步在上次走过的河岸，然后又坐在上次坐过的石阶上，聊着我俩分手这五个月各自工作生活中的大事小情，聊着我俩再次相遇的喜悦，聊着对以后美好生活的向往。我们的心情，像当天的天气一样，晴空万里，风和日丽，令人格外惬意。

从此，这一段河岸的小道，这一处石阶，成了我俩"爱的港湾"，是我俩约会必去之地。我俩结婚之后，基本每周都会去一次，如果不去，心里就像缺失一点什么。有了开心事，到这里分享，闹心了或是生气了，也到这里排解。这里见证了我俩爱情之树从发芽、开花到结果的全过程，也记录了我俩开心与烦心、幸福与烦恼、和谐与冲突的点点滴滴。我俩对此地情有独钟，念念不忘。

从那一天起，我俩便开始心无旁骛地恋爱，非常愉快，非常顺利。我俩相识于春，相恋于秋，春华秋实，多么富有诗意啊！

大概是在相处两个多月后的一天晚上，我俩一起吃完晚饭，你提议去唱歌，我立即赞同。这是我俩第一次去 KTV 唱歌。在包房里，你唱一首，我唱一首，非常开心。你的音色很好，歌声甜美，唱得声情并茂，扣人心弦，感染了我，打动了我。我不断地为你鼓掌喝彩，你也夸我唱得不错。

我俩第一次置身于没人打扰的两人世界，以歌传情，以歌咏志，幸福又快乐。正尽兴时，我对你说："给你唱首我最喜欢的一首歌吧，也是我今天最想对你唱的，这首歌里蕴含着我对你的表白和承诺，好吗？"你很期待地说："好呀！"我就点了郭峰的《甘心情愿》。我面对你动情地唱着，不觉泪水涟涟，你过来抱着我，眼泪沾湿了我的衣服。我俩紧紧地拥抱着，任泪水流淌。你突然贴着我的耳朵说："我要嫁你！"我顿时感动和欣喜，轻轻捧着你的脸，看着你的眼睛，郑重而坚定地说："我要娶你！"于是我俩亲吻在一起，和着肆虐的咸咸而又甜甜的泪水。这是我俩第一次拥抱和接吻，也是我俩对爱情的庄严承诺。

从这一天起，我俩死心塌地地恋爱了，朝着结婚的方向。此时，你三十二岁，我四十二岁。

2020.9.2

 我们的儿子

媳妇儿，你住进 ICU 已经十三天了，我撕心裂肺地想见到你。经过软磨硬泡、找人说情，覃大夫终于同意我进去看你，让我下午听通知。

下午四点五十分左右，我终于等到通知。先在谈话室穿上隔离服和拖鞋，然后嫚姐把我领到你的床前。我终于看到你了，看到我朝思暮想的大宝了。看着你的样子，我浑身颤抖，眼泪顿时涌出，俯下身说："大宝，老公来看你了，你睁开眼看看我好吗？"你满脸浮肿，面部呆板，眼睛闭着，毫无表情。也许是听到我的声音，你眼睛微微睁一下又闭上了。看你有睁眼的动作，我不停地说："媳妇儿，我是你老公啊，大宝，把眼睛睁得大大的，看看我呀！"可你再没有睁开眼睛，也没有任何反应。

我扫视你的全身，看得我心口一紧一紧地痛，泪水不断地流。你鼻子里插着一根管子，脖子气切口里插着白色的塑料套管，套管里插着供氧和雾化的两根细管；左臂绑着量血压的绷带，左手大拇指夹着测血氧的夹子，右臂上打着点滴；床左边挂着的尿袋连着导尿管；从被子覆盖下的胸部拉出几根细细的导线，导线与床头边医疗设备相连。你双手紧握，两脚弯曲，身上有一股腥臭味，下嘴唇还结了大拇指甲那么大紫黑色的痂。我抚摸着你的脸颊，哽咽着对你说："大宝啊，你怎么能遭这么大的罪呀，求你坚强一点，赶快醒过来，

我们回家。"我语无伦次地说了很多，现在也想不起来都说了些什么。只待了几分钟，护士就说时间到了，催我快些走。我这才想起来看监护仪，由于第一次见到这东西，看不懂，就问护士那几个数字是什么意思，护士一一讲解，并说你的相关指标基本正常，虽有忽高忽低的时候，但都在可控范围内，没什么大问题。在护士的一再催促下，我亲亲你的额头，恋恋不舍地离开了。

我是有生以来第一次进入 ICU 这个地方。返回时，我边走边瞅，这才发现 ICU 空间很大，横竖好几排病床，床上躺着危重患者，有的在呻吟，有的似乎奄奄一息。仪器发出的"嘀嘀"声，如同生命的呐喊和警告，给人一种恐惧感。此种场面，让人目不忍睹，心生悲凉。我的两腿像灌了铅似的异常沉重。走出 ICU，我傻愣了老半天，才慢慢回过神来。

大宝呀，看不到你，我整天像没魂一般，看到你又像丢了魂一样，我的心确实被你收去了呀！你一定记得，我曾多次对你说，我已经把心交给你了，希望你收好。现在看来，你收藏得非常好。

今天，我大哥大嫂、二哥和妹妹妹夫在大厅守了一天。他们从几千里之外来到这里，多么想跟我一起进 ICU 里看看你，但医护人员是绝无可能满足他们这个愿望的。他们只能围着你妈说说话。你妈突然对我妹妹说："等你三嫂出院了，把她送到你们养老院吧。"妹妹满口答应："可以呀，我们一定会把三嫂照顾好的。"我很纳闷，你妈昨天还跟他们说要把你接回她家，今天怎么又想把你送到那么遥远的地方呢？你和我妹妹关系非常好，感情很深，她开的养老院是当地的品牌，她绝对会照顾好你的。可是，把你送到那么远的地方，我是不敢想的，权当你妈是随便说说而已。

晚上请人替我一两个小时，回家陪家人吃一顿饭。他们大老远地来看我们，怎么也该尽一下地主之谊呀。大嫂和妹妹把饭做好了，我赶到家，匆匆喝几杯酒，气氛挺沉闷的。等儿子给你录好两首歌，我就返回医院了。

儿子录的是《吉祥三宝》《世上只有妈妈好》两首歌。他说《吉祥三宝》肯定是你喜欢的，《世上只有妈妈好》是他特意送给你的。我感动地说："儿子，你真是个有心的好孩子！妈妈听后一定会有用的。"

媳妇儿，你还记得吗，儿子四岁那年的春节，我们一家三口坐在沙发上看电视，当时看的好像是历年春晚精彩节目回顾，当看到《吉祥三宝》时，儿子说："我们家也是吉祥三宝，妈妈是大宝，爸爸是老宝，我是小宝。"你开心地笑了，抚摸着儿子的头说："儿子说得对，我们是吉祥三宝、快乐三宝、幸福三宝。"我和儿子都应和着你说的话，其乐融融，幸福无比。此后，我们仨对这首歌似乎有特殊感情，常常会在家里唱起来。

在家里，我们仨相互间的称呼是很温馨的。我俩自谈婚论嫁后，你便叫我"大宝"，我叫你"小宝"，如此称呼，从来不叫姓名，即便在外人面前也是如此，别人可能听着肉麻，我俩全然不顾，是那么自然。儿子出生后，你说这称呼得改了，儿子是小宝，你是大宝，我则是老宝。从此，除儿子叫我俩爸爸妈妈外，我俩都叫儿子小宝，我叫你大宝，你叫我老宝。随着儿子的长大，最近两三年，这种称呼有点少了，是不是在儿子面前不好意思了呢？

《吉祥三宝》这首歌与我们家还真是有缘分。这首歌第一次上央视春晚是 2006 年，巧的是，你也是这一年怀上儿子的。我永远也忘不了，那年 10 月 1 日，吃完早饭，你突然提出去承德旅游，我当即同意。我俩立即动身赶到车站，当晚就到了承德。第二天上午，你带着我直奔普宁寺。一进寺里，你就去请了高香点燃，拜三拜，嘴里还无声地说着什么。我便问你许的是什么愿，你笑笑说"不告诉你"。你拉着我进入大乘之阁，虔诚地对观音菩萨行拜。到这时，我才知道这里供奉着世界上最大的金漆木雕千手千眼观音菩萨（已载入吉尼斯世界纪录）。后来，你禁不住我的好奇，还是告诉了我，说是向观音菩萨求子。你说："我就想要个儿子。"

一个多月后，你感觉身体不舒服，去医院检查，医生说你怀孕了，并推算受孕时间在 10 月 1 日左右。真是不可思议，你那时可是安全期呀！你非常高兴，不停地感谢着观音菩萨。你当天就穿着防辐射衣服去上班，兴高采烈地向单位同事报喜。单位领导给你安排尽可能远离电脑而且是最轻松的工作，像对待"大熊猫"似的保护着你。随着胎儿一点点长大，你的肚子不断隆起。我们每天都一起出去散步，你一只手挽着我，一只手叉着腰，脸上阳光灿烂，仿佛有意向众人"炫耀"要当妈妈了，好像是天底下最幸福的人。十月怀胎，一朝分娩。2007 年 6 月 16 日，经剖宫产手术，诞生的竟然真的是男孩儿。我们觉得很神奇，安全期受孕，求子得子，难道真是观音菩萨显灵？

怀孕期间，一切都很顺利，但有一件事却困扰着你。你在得知怀孕前，感觉身体不舒适，以为是感冒，服用了一种抗生素药。在做孕期检查时，医生说这种药可能影响孩子的软骨，你吃的药量不多，应该不会有什么影响。这让你很苦恼，不想要这个孩子了。我坚决反对，对你说："请相信我的直觉，我们的孩子不会有问题的，更何况还有观音菩萨保佑呢。"你听从了我的话，坚持按时做孕期检查。越到后期，你越忧心忡忡，总担心孩子软骨有问题。医生说，如果你不放心，可以做穿刺取羊水检查，但也有风险，穿刺可能会伤及孩子。你更加纠结，坐立不安，打电话找这个咨询，找那个征求意见，拿不定主意。看你这么纠结，我非常心疼，于是坚定地对你说："我俩那么善良，孩子怎么可能有问题呢，有观音菩萨罩着，什么也不要担心。我做主了，不做这个穿刺检查。"你伸手紧紧地抱着我，流着泪说："谢谢大宝！"孩子出生后，完全健康，什么毛病也没有。

这件事再次说明，滥吃药的危害有多么大！这件事也说明，男人在关键时刻一定要站出来，为自己的女人遮风挡雨、分忧解愁，做个顶天立地的人。

2020.9.3

今天上午，我请嫚姐去看看你怎么样了。她回来告诉我，你昨晚有点发烧，体温最高时 37.8℃，后来降到 37.4℃，其他没什么大变化。我不断打听，你的体温总在 37.4℃左右波动，医生只说这不是问题，也不说明原因。嫚姐提醒我跟医生说说，早些把你转到普通病房。

这两天，我妹夫也多次对我和你父母说："三嫂的生命体征已经稳定，各项指标也没有大问题，要尽快转到神经内科，转得越早对三嫂的治疗越有利。"妹夫是医生，非常清楚 ICU 与普通病房的功能，他说的肯定对。

下午三点多，我去找覃大夫，问什么时候可以把你转到普通病房。他说："在 ICU 多好呀，普通病房有这么好的条件吗？着什么急！她血压、体温还不稳定，转什么转？"他这种态度，把我弄得灰头土脸，非常尴尬。我纳闷了，他今天说的话与 8 月 28 日所说的话正好相反，怎么和你弟弟的说法一样了呢？

大宝，今天又想起有愧于儿子的两件事。你曾经几次跟我说："你这个工作狂，太对不起儿子了。"我何止对不起儿子，也对不起你呀！现在想起来，心里更加难受，我会因此愧疚一辈子的。

儿子出生前，北京有一个重大调研课题，要抽调我参加调研组的工作。因为你已近临产期，我向领导表示走不开、不能去。单位主要领导让我先去，有情况马上回来。没办法，我不得不去。临走时，你千叮咛万嘱咐，要我二十四小时开机。我走后的第六天在长沙调研，准备第二天乘飞机返回北京。就在那天晚上，我手机没电了，充电时忘开手机。早晨醒来打开手机，立刻发出"嘟嘟"响声，像放鞭炮一样响个不停，我顿时像触电一样，急忙点开短信，看到全是你打电话和发短信的信息，时间从晚上十点多到凌晨四点多。我立即给你打电话，是你爸接的，说你已进手术室，做剖宫产。我那个自责呀，无以言表。

当时只有一个念头，就是立刻飞到你的身边。我马上找人退票、买票，并给大哥大嫂（他俩当时正好在本市）、单位占龙秘书长打电话，请他们替我去医院照看一下。航班只有下午两点多的，我心急如焚，从未感觉时间过得如此之慢，晚上七点多才赶到医院。看你痛苦地斜躺在床上，旁边躺着脸上还是紫红色的儿子，我那个心啊，激动、愧疚又疼痛，不禁双眼湿润。我亲亲你，亲亲儿子，跟你说着歉意的话，你一句埋怨我的话都没说。后来，你对我说："知道你赶不回来，当时就想听到你的声音。"你从破羊水到进手术室前，一直在给我打电话、发短信，但得到的都是失望。我知道，那个时候，你是多么希望我能在你身边呀，可是，连想听到我的声音都成了一种奢望。

儿子一岁多时，突然得急性喉炎，造成呼吸困难。你晚上十一点多带儿子去省医院，医生说要切开气管，否则孩子会憋死。你当时吓坏了，但还很理智，又急急忙忙带着儿子到了医大二院。医生说不用切气管，打点滴就能好。虽然已是午夜十二点多，可每个窗口仍然排着长队，大家听说孩子危急，都主动叫你到最前面挂号、交钱、取药。这等于为儿子的生命让开了一条"绿色通道"，儿子很快就打上了点滴。你后来说，这一幕非常令人感动，还是好人多呀！经过治疗，儿子的急性喉炎很快就好了。让我遗憾的是，我一周后才得知此事。那时，我作为材料组组长，正与几个同事住在宾馆写工作报告，一个多星期没有回家。儿子病得那么危险，你怕影响我的工作，没有告诉我。你一直都在支持我的工作，但儿子的生命已经受到了威胁，这么大的事，你不应该瞒着我呀！

你说我是"工作狂"，其实也不算"狂"，只是几十年来我一直保持着"要么不干，干就干好"的朴素想法，要对得起工资，对得起良心。所以，只要走进办公室，就会下意识地立即进入工作状态，与工作无关的事情立马从大脑里清空，这已经成为自然而然的习惯。加班加点是常态，通宵写材料不回家，占用休息时间工作是家常便饭。平时，脑子里装的基本都是工作，很少想家里的事，很少操心你和儿子。现在想起这些，真是羞愧难当。大宝，我确实对不起你。无论你以后是什么状况，我都会尽我所能加倍弥补，全力守护着你，否则我将死不瞑目！

我已经十四天没有上班了，脑子里甚至没有了单位和工作的概念，岗位职责、工作内容好像被清空。四十年了，第一次这么长时间没上班，也没有听说对单位造成什么影响和损失。看来，地球少了谁都一样旋转，单位缺了谁都一样运行，人还真不能把自己看得多么重要。

2020.9.4

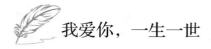

我爱你，一生一世

　　媳妇儿，今天是你住进 ICU 的第十五天。昨晚你的体温最高时 37.5℃，血压最高到达 147/82。今天一早，我就敲开 ICU 的门，询问都降下来没有。值班医生说降下来了，现在体温是 36.8℃，血压是 137/75，并说像你这样的病人，体温、血压忽高忽低很正常，家属别一惊一乍的。他们哪知道整天守在门外的家属的心情啊，病人有一点异常变化，哪怕是体温有一点点升高，都会心神不宁，焦躁不安。

　　今天上午，我二哥和妹夫回老家了，妹妹留下来照顾我们的儿子。他俩临走时，眼泪汪汪，对我千叮咛万嘱咐，担心我精神垮下来，身体吃不消。妹夫再次告诉我，一定要尽快把你从 ICU 转出来，否则肯定耽误治疗。无论他俩说什么，我都是含泪点头，不知道说什么。我没有去送他们，他俩是打出租车去车站的。大哥大嫂也留了下来，但回他们自己家住了。

　　今天是周六，ICU 只有值班的医生护士，管理稍微松一点儿。下午两点来钟，我和嫚姐去给你洗头，可以趁机看你了。我中午到医院对面的大超市，买一个大脸盆和两条纯棉毛巾，买一瓶你常用的洗发水。你已经十多天没洗头了，要给你好好洗一洗。我快步走到你的床边，终于又看到你了。你静静地躺着，双眼紧闭，脸蛋微红，面部浮肿，头发黏到了一起，散发出馊腥熏人的气味儿。嫚姐给你洗头，我负责接水倒水。第一盆水洗得发黑发黏，第二盆水也洗黑了，用了五大盆水才把你的头发洗干净。洗头期间，我不停地跟你说话，讲我和儿子以及你父母怎么想你，大家怎么盼你赶快醒过来，我们都多么爱你。我反复请求你睁开眼睛，你始终没有反应。洗完后，我又俯下身，抚摸着你的脸，含泪对你说着永远也说不完又不断重复的话，直到护士催我们离开。

媳妇儿，你是个多么爱干净的人啊！过去，你每天早晨要洗头，晚上要洗澡，每天都要更换内衣和袜子；家里必须打扫得干干净净、整整齐齐。你不喜欢收拾屋子，说宁愿省吃俭用，也要雇人打扫卫生，整理家务。现在打扫卫生的钟点工小孙，已经在我们家干十多年了，你俩相处得情同姐妹。现在你竟然连续十多天没洗头、洗澡，如果你有意识，该有多委屈呀！

记得我俩恋爱时你第一次到我住的出租屋，看到衣柜里的衣服和床上的被子都叠得方方正正、摆放得整整齐齐，床单也铺得平平整整，感到惊奇。你说："一个大男人能做到这样，真是想不到。"我说这都是在部队养成的习惯。婚后，你负责洗衣服，我负责折叠摆放，已成为我俩的习惯。你总夸我会叠衣服会摆放，我也很乐意接受你的赞美。

你说你不爱做家务，但对我和儿子换衣服却盯得挺紧。你总是每天早晨拿出内衣、袜子，三两天拿出衬衣衬裤，隔三岔五拿出外衣，让我们更换。刚结婚时，我不愿意换那么勤，有抵触情绪。你说："你穿得不干净，人家不得说你娶个懒老婆呀。"你这么体贴，我心里甜滋滋的，笑着说："我不是为了让你少洗衣服嘛。"你说："也不要你洗，你操什么心啊。"于是，我也习惯勤换衣服了。每天早晨你都要将我和儿子的鞋擦干净，整齐地摆在门口。你总是那么细心，让我们干干净净、整整齐齐地出门。

在吃穿上，你对我和儿子照顾得更是无微不至。你不喜欢做饭，但对每天晚上的饭菜却很上心，对吃什么、什么口味以及怎么做，都要给小孙交代得清清楚楚，每晚至少两个菜，一般是三菜一汤，总想方设法让我们吃饱吃好。你知道我不爱逛商店，就把不同款式和颜色的衣服买回家让我试穿，我不喜欢的或不合适的你再拿去退。其实，有的不是我不喜欢，也不是不合适，而是我不想买那么多。我也劝你给自己买一点儿好衣服、好鞋，但你总不听，买的基本都是二百元左右的。我又不会买，你也不让我买。每当说这些时，你总是说："我胖，买不到好衣服，就给你买，看到你穿着精神，我心里舒服，很享受。你大小是个领导，也得穿戴体面一些。"没办法，我说不过你，也阻止不了你，只好任你打扮我了。

你一直很关心我的身体健康，想方设法为我调理。从我俩结婚的第二年开始，一入冬，你就让我吃海参，每天早晨一只，吃到开春，年年如此，到今年都十三年了。海参都是你亲自买的，还要买质量好的。曾经连续几年，你坐着长途汽车，不辞辛苦到二百多公里之外的海边购买质量有保靠的鲜海参，往返得两天。我担心你的安全，不让你去，你说是熟人，没问题，硬是要去。我的颈椎不好，你就寻找手法好的按摩师，无论价钱多贵，都要逼着我去做按摩。有一位按摩师做一次两百元，我嫌贵不愿去，你硬劝我去做，并且让我一连做了一百次，后来我死活不去了才算终止。我的颈椎乃至全身都调理得很好了，你又找到按摩师老孙太太，让我继续巩固。我叫你不要为我花那么多钱了，你却笑着说："你

036

的身体必须棒棒的，还指望你陪我到老呢。"

大宝啊，你总是用精心的关怀和贴心的照顾，向我和儿子传递着你深深的爱，我们也幸福地享受着你的爱。

此时此刻，你那让我永远也看不够的脸庞又浮现在我的眼前。你那永远也不老的娃娃脸，那总是挂在脸上的笑容，那与脸蛋正好相配的不大不小的鼻子，那不涂口红也总是自然红润的嘴唇，尤其你那与众不同的棕褐色的眼珠发出的柔柔暖暖的光亮，让你总是显得那么年轻、靓丽而又富有激情。总有人夸你像个二十多岁的小姑娘，你总是貌似谦虚地回答"哪里，哪里"。每当我俩坐在饭店品味美食的时候，每当你挽着我的胳膊走在公园、马路、商场的时候，你总爱打趣地说："一看你就是个老不正经，勾引小姑娘。"我则感觉幸福指数暴涨，骄傲地说："你看，那些男人都在羡慕我呢，那些女人也在羡慕你呀！"

我俩婚后的生活，始终是甜蜜幸福的，你说是不？现在，我多么想再回到过去呀！结婚后，除了上班，我俩就腻在一起，无论是逛街、看电影、散步，还是外出游玩、聚会吃饭，都形影不离。我俩上街、散步，你都会习惯性地挽着我的胳膊，紧紧地挨着我，哪怕是走短短的几步路，哪怕是上下楼梯，也是如此。我俩的称呼总是那么亲密。十多年了，一直这样保持着爱意绵绵，温情暖暖，从未改变过。

这么多年，晚上边吃饭边聊天，已经成为我俩的习惯。只要我在家吃晚饭，你都让我先吃饭（为了保护我的胃），然后再喝点小酒。你滴酒不沾，总是很享受地坐在我旁边，我俩天南地北地聊天。我一般喝一两白酒，你常常劝我再来一点儿，也许是为了延长聊天的时间。我俩什么都唠，单位的事、生活的事、世界上的事，或所见所闻、所思所想，或商量要做的事、要解决的问题，或讲笑话、猜谜语，无所不聊，无所不及。有人说，无话可说是压死婚姻的最后一根稻草。对我俩来说，不存在这个问题。我俩有说不完的话、唠不完的嗑儿，这一直是我俩都感到欣慰的事。

我俩还会时不时制造一点浪漫和惊喜。记得婚后第一年你生日那天，我悄悄订了九十九朵玫瑰，让花店直接送到你单位。你说第一次有人给你送花，受宠若惊，当时眼泪哗哗地流了出来，女同事都对你羡慕不已。从此，每逢你的生日，我都让花店给你送一捧花，坚持了几年，后来你坚决不让送了，我才改为其他礼物。十多年来，我俩互相为对方过生日，从来没有间断过。我过生日时，你都要精心选订生日蛋糕，亲自做几个我爱吃的菜，给我戴上生日帽，点燃蜡烛，唱生日歌，还得让我许愿，每次都是那么庄重而又温馨。你过生日，我也是这么做，年年如此。

每年的情人节，我基本都会给你送一件或大或小的礼物。前年我花一万多元买一只老玉手镯，回家后趁你不注意时突然拿出来，给你戴上，并说"祝大宝节日快乐"。你霎时热泪盈眶，拉着我的手说了几遍"谢谢老宝"。

我永远忘不了今年 5 月 21 日的早上，在上班途中，看到你在微信中给我发来"521""1314"两个红包，因不知何意，便打电话问你干吗发这么多钱。你说"你看看今天是几月几号就知道了"。我才猛然醒悟，原来是"我爱你""一生一世"。我既感动又惭愧，心里暗想，明年的这个日子一定要给你一个更大的惊喜。写到这里，大宝啊，我已经控制不住泪水了，你是那么爱我，并且要一生一世爱我，我何尝不是啊！大宝，你快些醒过来、好起来，我还有好多惊喜要给你呢！

媳妇儿，十多年了，我俩一直这么一心一意相亲相爱着，爱情中饱含着亲情，亲情中饱含着爱情，得到了多少人的羡慕和赞美啊！我多次听到有人说，像我俩这样的半路夫妻，能相处得这么好，相爱得这么深，真是难得。平时跟人闲聊时，我总会情不自禁地说到你，总会自豪地夸你这好那好，浑身洋溢着幸福感，好像天底下只有我的老婆最好。你出事的前几天，我在参加省劳模疗养时，还在几位劳模面前拿你"吹牛"呢。在我的同事、战友、老乡和朋友中，虽然很多人没见过你，但都知道我有个好老婆。

2020.9.5

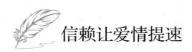 **信赖让爱情提速**

今天是周日，我一直在大厅里守着。ICU 里的医生护士说你挺好的，没什么大变化。从早到晚，ICU 和手术室没有病人进来，ICU 也没有逝者抬出，大厅里难得的安静。

上午妹妹来陪我，下午大哥大嫂来陪我，晚上女儿来陪我，这一天过得很快。

我女儿是第六天的下午才知道你住院的。她给我打电话，哭着问你病情，然后让她妈做几个我爱吃的菜，还买一小瓶酒，给我送来，陪我到很晚才走。女儿虽然不是你亲生的，但你对她胜过亲生，关心她的生活和工作，从不吝惜钱和物，你们的感情很深。你遭此大难，她非常痛心，接受不了。女儿告诉我，她妈心里也很难过，对你很关注，说你是好人，老天会保佑你，肯定能好。

女儿她妈对你这样的态度，也很难得。她妈曾跟别人说，她对你没有任何意见，因为我和她离婚与你没有一丝一毫的关系。过去我跟你讲过，她很能干，也很善良，对我照顾得很周到。问题出在我和她都性格急躁、脾气大，常常石头碰石头，直至两块石头都破碎了。

我和她离婚后，虽然感觉解脱了，但也认识到没有经营好婚姻，是我们双方的责任，也是双方的悲哀，心里都很痛苦，因而谁也没恨谁。十多年来，对涉及女儿的事情，我和她都会在电话里心平气和地商量，没有出现任何冲突。她常常提醒女儿多看我、孝敬我，我也常常要求女儿理解她、孝顺她，仍然在关心着对方的生活和健康。

我觉得，夫妻两人从喜结良缘到分道扬镳，也许是感情没了，缘分尽了，应该和平分手，各过各的生活，最好是期盼对方生活更美好，而不应该怨恨对方，成为仇敌。从爱人变为仇人，互相诋毁，互相伤害，两败俱伤，有什么意义呢？更何况还有共同的孩子牵挂着。

媳妇儿，你很少跟我讲你的前一段婚姻，你说很没意思，不愿多说。你只告诉我，你和前夫没有多少感情基础，婚后生活了无情趣，不久便分手了。你离婚后回到了娘家，一待就是十年。你说开始几年没想过再找对象，由于跟父母在一起生活不是那么开心，后来就开始找了，也处了几个，都不合心。

好在你我都没有被失败的婚姻击败，还都相信爱情，相信婚姻，心中都存有对美好生活的向往，都希望有一个属于自己的家，所以得到爱神的怜悯，将你和我牵到了一起。我俩恋爱后，相处很愉快，也很顺利，都认为找对了人。你父母对我也很满意，要求我们早些结婚。

在我俩相处三个多月时，我的一个好朋友劝我买房子，并主动提出借给我钱。我也认为该买房子了，但手头只有两万多元钱，怎么买呢？朋友告诉我，用公积金贷款一部分，他再借我一部分，不用着急还钱。我心里有底了，便和你一起在我们划定的区域内寻找所需要的房子。好不容易找到一处相对合适的二手房，但室内光线不太好，又临街比较吵，我俩准备再继续寻找。

你回家跟你父母说了这处房子的事。你爸说这房子已经很不错了，坚持让我们买。你们为此吵起来，还吵得很凶。你赌气离开家，并关了手机。我和你妈冒着大雪，找遍了你可能去的地方，直到夜晚十点多，也没找到你。你妈说不找了，让我回去。

这一晚，我没有吃饭，躺在床上，心急如焚，担心你的安全，一遍又一遍地给你打电话、发短信，你一直关机。到了夜里十二点多，在我要绝望的时候，你突然来电话了。我兴奋得眼泪瞬间流出，急忙问你在什么地方，你哭着告诉我地点。我说，外面太冷，你先进屋里，千万不要离开，千万要开机，我马上就到。我开着车，奔驰在厚厚积雪的大街小巷，不到二十分钟就到了你所在的地方。我急切地给你打电话，你从屋里出来了。我急忙跑到你的身边，紧紧地抱着你。你嘤嘤地哭了。我们一起回到我的出租屋。路上，我给你妈打电话，告诉她已找到你，让他们不要担心。

这一晚，我俩唠了很久。你详细地叙述了你跟你爸吵架的事，并说再也不想回到那个家。你边哭边说，非常伤心，极度委屈。我努力劝导，你才慢慢平复下来。你因为我买房的事跟你爸吵架，你开机后第一个想到的是给我打电话，而且我是你唯一打电话的人，说明你心里有我。我郑重地对你说："我们结婚吧！"你眼含热泪，深情地看着我，点头说："好，我们结婚。"

爱情最大的魅力就是信赖，尤其在信赖已成为稀缺品的当下，信赖便让爱情提速。当你我毫无顾虑地将自己交付给对方，没有猜忌，没有担心，没有忐忑时，结婚也就是唯一的选择。

功夫不负有心人，我们终于找到一套包括你父母都中意的房子，房主急于出手，房价还不贵，当天就签了买卖合同，交了定金，然后贷款借款、办手续，很快就有了属于自己的房子。你知道我手头没什么钱，大多数家具都是你主动花钱购买的。你看出我的尴尬和羞愧，便对我说："你买房子花大头，我买家具花小头，你还想那么多干吗？"媳妇儿，你不仅不嫌弃我穷，还心甘情愿地倒贴，你知道我是多么感激吗？

我俩很快把房子收拾停当，然后就去办了结婚登记手续。从确定恋爱关系到成为合法夫妻，只有五个多月时间，我俩算不算"闪婚"呢？

我俩选了一个良辰吉日，举办简单的婚礼。你说你只请相好的同事和同学，娘家亲戚一个也不请，最多需要两桌，我也只请要好的同事、战友和老乡，一共打算办十桌。没想到，我的一些同事和战友不请自到，不得不临时加桌，最后竟然达到十七桌。我俩的婚礼虽然简朴，但有那么多亲朋好友捧场，显得热烈而祥和。尤其那么多人见证了我俩是为真爱而结合的夫妻。记得在婚礼上，我多次默念"芝兰茂千载，琴瑟乐百年"，仿佛是在虔诚地祈求上苍护佑我们白头偕老。我还悄悄地对你说，我俩婚姻的旅程已经开启，希望我们永远在路上，没有终点。你使劲地点了点头。

从这一天开始，我俩又有了自己的家，然后有了儿子，换了新的房子，买了新的车子，日子过得一天比一天好。我们一家三口是幸福快乐的，你我都是满意的。

2020.9.6

 **同病相怜**

前两天我头痛欲裂，昏昏沉沉的，就没有给你写信，今天好多了，可以写了。

这几天你的状况挺好的，眼睛睁开了，气色也有好转，偶尔体温有点高，但很快又降下来，其他指标都正常。昨天我问覃大夫是不是可以把你转出ICU，他说你的好转只是暂时的，随时可能出现问题，现在转不了。他说话时连头都没抬，好像不屑于跟我说话。从今天起，康复科技师开始给你做关节松动训练，希望能对你手脚弯曲、小腿肌肉萎缩起到缓解作用。

下午两点多，覃大夫告诉我，要给你做脑CT和肺CT，让我找几个人帮忙。他刚说完，大厅里就有好几位患者家属过来，说他们可以帮忙。我点了四个人。需要这么多人，主要是为了抬你，从病床到平车、到CT床，然后再从CT床到平车、到病床，要抬四次，人少了抬不动，而且容易出危险。抬你时，大家都很小心，一起用力，平行移动，轻轻抬起，轻轻放下，生怕你哪儿不舒服了。从五楼到负一层，要等一会儿电梯，总的来说比较顺利。做CT时，我留下来，穿着沉重的铅衣，扶着你的脑袋，全程陪着你。我极为珍惜这段陪你的时间。你出ICU到再进ICU，不到半个小时，我始终靠近你的头部，眼睛分秒不离地看着你，不停地跟你说着话，生怕浪费一秒钟。多么想多陪陪你啊，但时间飞驰而过，ICU 的门又将我俩隔得远远的。

医生的脸总是冷冷的，患者家属的心却总是暖暖的。在这大厅里，患者家属之间不管认不认识，都非常热情。平时互相安慰，有事争着帮忙，体现出人性的光辉，令人倍感温暖。大家每天面对危重的亲人，还有医生的冷漠，内心的焦虑和痛苦不言而喻，即便这样，还能主动相互关心关照，也许这就是同病相怜、同忧相救吧。

这几天，你和我的同事、朋友每天总有人或来医院，或打电话，询问你的情况，关心你的病情。今天上午，你的同事小朱打来电话，抽泣着问你怎么样了，能不能进去看你，说同事们都很惦记你、想念你，都在祈求你早日苏醒，早日康复，早日上班。我痛苦地回应着她，感谢着她。

媳妇儿，求你尽快苏醒、尽快好起来，不要辜负那么多关心你的人，好吗？

2020.9.9

都夸你是有孝心的儿媳妇

媳妇儿，昨晚我梦见我妈来看你了。老太太是乘飞机赶来的，竟然畅通无阻地直奔你的病床前，对着紧闭着眼的你说："丫头，妈来看你了！"你立马睁圆了大眼睛，惊喜地喊道："妈！"两手撑床，一骨碌下了地，抱着老太太，脸贴着脸，哭着说："妈，我可想你了！"老太太也哭了，说："孩子，你受苦了。"你和妈抱着边说边哭，我在旁边竟哭得喘不过气来。一憋气，就醒了。我虽醒了，似乎还在梦中，一个劲地纳闷：你住院的事，我们一直瞒着妈的呀，老太太怎么就来了呢？

我从折叠床上坐起来，听着大厅里各式各样的呼噜声，品味着这个梦，回想着你与我爸妈以及我家人的关系。

你曾不止一次对我说："我对你爸妈比对我自己的爸妈亲多了。"我问你为什么，你总是苦笑着说："我也说不清。"

记得儿子一岁多时，我带你和儿子第一次回老家。那是3月下旬，我那北临淮河、南依大别山的家乡，正是草长莺飞、万木葱茏、花海飘香的大好季节，视线所及，犹如斑斓缤纷的绒毯在丘陵上起伏，扑入鼻息的是摄人心魄的花草芬芳，空气清新，春意盎然。你惊喜而又疑惑地问我："这是江南吗？"

你终于见到我所有的家人。除大哥大嫂，我爸妈和其他家人你是第一次见面，但你对他们毫无陌生之感，很快融入一起，相处得很亲切。尤其是你对我爸妈那个亲啊，我爸妈对你那个喜欢呀，我都嫉妒了。你说："好像上辈子我和他们就是一家人。"世上没有无缘无故的爱，也许这就是前世的缘，今生的分。你很快爱上了我的家乡，爱上了我家乡的风味美食。短短几天，你就乐不思蜀、流连忘返了。

你和我的家人相处得亲密无间，和我家的亲戚包括邻居也相处得像多年的老熟人一样。从这一年开始，每年你都要求回老家一两次。我爸去世后，你要求每年回去两次看我妈，与家人团聚。每次回去，你都安排大部分时间陪老人。哥哥、弟弟和妹妹五家轮流请吃饭，有时亲戚家也请，吃完打麻将、打扑克，大家庭团聚，其乐融融，你乐此不疲，很享受这种爱的氛围。每次回去，你都要嘱咐我不准告诉我的同学，怕他们请我吃饭，影响家人团聚，我只好乖乖地服从。看你每次回老家都是这么开心快乐，我的幸福感也油然而生，所以，只要你提出回老家，我都积极支持配合。

媳妇儿，受你的感染，让我实实在在地感受到家永远是爱的港湾，回家就是爱的反哺、爱的团聚、爱的回归。和家人在一起，仿佛一切都在爱的海洋荡漾，一切都在爱的原野驰骋，一切都在爱的怀抱滋养。就如曲黎敏说的那样："家是你魂魄熟悉的地方，一回到家，那些魂魄就噼里啪啦地又回归了本位，又附了体。"

八年前，我八十一岁的老父亲突然去世，我俩带着女儿和儿子立即乘飞机回到老家。你的悲痛绝对不亚于我，哭得昏天黑地，坚持每天夜晚为老人守灵，白天也基本守在灵堂，有时一跪就是几个小时。你对老人的不舍，对老人的虔诚，让我的家人和亲戚动容，大家都夸你是有孝心的儿媳妇。

我爸去世后，我俩最担心的是我妈以后的生活。老两口为了不拖累儿女，一直单独过。爸走了，妈怎么办呢？让妈一个人过，我俩都不放心。我俩反复衡量，觉得妈到我小弟家更合适，跟小弟商量，小弟同意。我俩又和大哥、二哥、四弟和妹妹分别沟通，他们也认为可行。爸的丧事办完后，我建议开个家庭会议，把这事定下来。会议开得很成功，确定以请保姆的价格和我妈日常生活所需来计算费用，由各家分摊，每月支付给小弟。

　　妈在我小弟家住了三年，考虑到我小弟身体有病、孩子上学，多有不便，就到了我妹妹家。妈在妹妹家住了一年，担心死在女儿家不吉利，要求回自己家，而且不让请保姆。这下可让你闹心了。你说老太太四年多没有自己过了，岁数越来越大，身边没有人也不安全呀。妈回自己家的第二天晚上，你翻来覆去睡不着，突然说你要回去照顾老太太一段时间，同时跟哥哥、弟弟、妹妹商量怎么办。我让你不要着急，你不听，当晚十二点多就去车站买了火车票，急急忙忙回到妈的身边。你跟妈在一起住了十天，给妈做饭、洗衣、打扫卫生，把房子收拾得干干净净，并与大家商量以每家每周轮流看望的方式，保证每天都有人来陪妈，让老人天天有人关照。妈得脑梗瘫痪后，不得不请保姆伺候。妹妹的养老院开业后，妈住进养老院，你才算彻底放心。

　　爸活着时，你隔三岔五给爸打电话。爸去世后，你更是频繁地给妈打电话，询问老人身体、生活情况，跟老人聊天，逗老人乐，并常常提醒我打电话。你说："我们离家太远，更得经常打电话，让老人感受到我们就在他们身边。"我时常对你说，你不是儿媳妇，而是我爸妈的亲女儿。你对我爸妈所做的，比我这个当儿子的好过多倍。

在花钱上，你更是从不含糊。老人的生日、每年的重大节日，你比我记得还清，总是提前将钱打给老人，一次不落。老人劝你不要给钱，你根本不听。爸去世后，妈更是不要你给她钱，说她要钱没有用。你说，老太太手上有钱安心，必须给。在妈的赡养费方面，你也是极为大方。妈到妹妹家住，你对我说要独自出全部费用，我说不能这样做，否则兄弟们会有意见的。这次你听了我的话。后来大家决定每家每月分摊六百元，你却多拿九百元，说是给妹妹的辛苦费。妈回到自己家以至后来请保姆，你仍然坚持每月转回去一千五百元，直到妈住进养老院，妹妹说每家每月六百元就够了，不让我们再拿那么多钱，你每月还是多拿两百元给妈买尿不湿。大宝啊，你对我爸妈这么好，我怎能不心存感激呢！

尤其让我难忘的是，爸去世的第二年，我们回老家给妈过八十大寿。你要带妈到我们家住一段时间，妈虽有顾虑，后来还是欣然同意。你让妈只带一套换洗衣服，其他什么都不要带，一切由你买。妈在我们家住了四个多月，你竟然改变了妈几十年养成的生活习惯。妈不爱吃水果，你搞清是因为妈不吃凉东西的缘故，就把水果切成小块煮熟，盛到小碗里给妈吃。过了大约一个月，你看妈爱吃水果了，又尝试让妈吃没有煮的水果，妈还真吃了。你隔两天就买几样时令水果，洗净削皮，切成小块，放到小碗里插上牙签，送到妈手里，天天如此，直到妈离开我们家。你想方设法调剂每日三餐，绞尽脑汁做妈爱吃的饭菜。妈爱吃大虾，你就三天两头做一次。妈来我们家的第二天，你就带妈去商店买衣服。妈找各种借口不肯买，你知道妈是舍不得让你花钱，就耐心地说服，好不容易买了两件。你经常带妈逛商场，看到妈对哪件衣服有喜爱之意，就买下来。妈回家时，一年四季的衣服装了几大包。妈说，这些衣服到死也穿不完啊！

妈虽然八十岁高龄，却喜欢旅游。妈最爱游览古迹，我们就带妈走遍省城所有的古迹景点。每去一处，妈都要把每一个角落走到看到，腿脚之快，我们自叹弗如。本市周围的旅游景点，我们基本带妈去过，最远的是大连。妈没见过大海，我们趁五一放假，带妈去大连玩了三天，和妈一起坐快艇，游览景点，品尝海鲜，还通过战友登上新服役的军舰参观。看到妈那个开心劲儿，我们也感受到了做儿女的幸福。

妈临走时说："我在你们这里，没吃过的吃了，没穿过的穿了，没看过的看了，没享受的享受了，这辈子值了！"

媳妇儿，我有一个感觉，在我家人特别是爸妈面前，你好像找到了失散的亲人，找到了感情的寄托，找到了人生的归宿。你对他们掏心掏肺，他们对你也实心实意，相互之间没有丝毫猜忌和虚套，完全是亲人间的自觉自愿、亲情的自然展现。因为你，我切实地认识到，这样的才是一家人！

2020.9.10

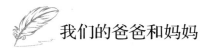

我们的爸爸和妈妈

今天我问医生你脑 CT 和肺 CT 的结果，他说头部没发现任何异常，肺部有炎症但比过去减轻很多，除没有苏醒的迹象外，你身体已没有大的问题，偶尔体温有点高，但都没超过 38℃，是正常现象。我想，既然你的身体恢复得挺好，那苏醒不是也快了吗？

今天，我一直在回忆你给我讲的那些往事。很多事情，你讲了多遍，现在想起来还历历在目。

你说，你爸年轻的时候在部队当过几年兵，复员后到一个政府部门上班，当了一辈子的"员"；你妈是环卫所的工人，工作很累很辛苦。你比你弟弟大五岁，一家四口，虽然不富裕，但生活比上不足比下有余，没有什么起起伏伏、沟沟坎坎的事情。

你说，小的时候，也不知道你父母都忙什么，平时很少顾及你，尤其是有你弟弟后更没精力和时间过问你。你很少和父母一起生活，除在奶奶家，你时常还被送到姑姑、大爷、舅舅等亲戚家。有一位舅舅在二百里之外的小城市，大爷在偏远山区。他们的家庭生活条件虽然不太好，但粗茶淡饭还能管够，有好吃的都让着你。你在他们家是开心自由的，整天像个野孩子到处乱跑，上树逮鸟，下水抓鱼，想干啥干啥，随心所欲。他们把你当成小公主，宠着惯着，谁也不敢惹你。你说，那时候你虽然很乐意在亲戚家，但看到别人家的孩子围在自己父母身边，心里还是有些失落，有时候就用任性来发泄不满，所以你从小就任性。

媳妇儿，你讲小的时候，开始是乐呵呵的，后来却有一点黯然神伤。那时我还有些纳闷，现在能理解你了。

你说你最怕你妈打你，尤其是用手掐你大腿内侧。她对你不满意或心情不好的时候，就狠狠地掐你大腿，把你掐得哀号惨叫痛哭流涕，身上给掐得青一块紫一块。你对我讲，十岁那年，有一天你和弟弟出去玩，因为玩不到一起，就各玩各的，没想到你弟弟把胳膊腿摔破了。你妈看到你弟弟摔伤出血了，骂你没看好弟弟，就对你脚踢手掐抽嘴巴子。每次讲到这里，你都会哭着说："那时我也是孩子，也喜欢玩，凭什么那样打我呀！"作为一个女孩子，你被伤了自尊心，产生了叛逆反抗之心，也在内心留下了阴影。

你说，你弟弟在家里就是"大爷"，说什么做什么都是对的，没人敢管。你父母对他百依百顺，什么都可着他。他上大学了，你妈还叫你剥瓜子仁给他吃，指甲盖都剥出血了，还得装小碗里送到他手上。你想不通，都是同一父母所生，待遇怎么就不一样呢？

你说有两件事，让你有些不可理解。

你很幸运地赶上单位最后一次福利分房，分到一间不足三十平方米的房子。住房制度改革后，你办了房产证，有了属于自己的房子，很兴奋。不久，你爸找你商量，说他一个好朋友的孩子小升初，想上你单位附近那所重点中学，你的房子正好是学区房，让你把房子过户给这个人，只过户不付钱，也就是"假过户"，孩子初中毕业后再还给你。你毫不犹豫地一分钱没收就将房子过户给这个人了。这个人的孩子毕业后，你爸没有跟你打招呼，把房子过户到他自己名下，变成他的房子。之后，这片房子被拆迁，你爸将自家的房子卖掉，要了一套八十多平方米的拆迁安置房，当时同一个小区的商品房每平方米卖到一万多元。你爸非常高兴。他说新中国成立前这一片方圆几公里都是他家的土地，现在终于落叶归根了。

你弟弟准备结婚时，你父母要给他买婚房，为了用你的住房公积金贷款，就以你的名义给他买了一套一百四十多平方米的房子。没多长时间，双方却分手了。由于你弟弟已经在北京工作，不可能再在本市成家，你爸就把这套房子卖了。过后很长时间你才知道你父母将卖房子的钱全给了你弟弟。你说，把钱给你弟弟你一点儿意见都没有，但他们不该隐瞒你。

你父母这样做，你有些不理解，但从未对他们表现出明显的不满。每当你说起这些时，我劝你放下过去的事，眼睛往前看，我们现在的日子不是过得很好吗？你总是含泪笑笑说："好吧，不想了。"

你给我讲的事情还有很多，有些我记得不是那么清晰，就不写了。

你弟弟又从北京回来了。我问他在北京咨询专家的情况，他也没说出个所以然来。

2020.9.11

今天上午，ICU 里的一位护工告诉我，几个医生护士昨天夜晚在你旁边唠嗑儿，看见你眼睛眨了一下，感觉像是有意识眨的。听到这个消息，我太高兴了，这是你苏醒的征兆呀！大宝，你该醒了，我相信你一定会很快醒来的！

媳妇儿，今天我特别想我妈。二十多天了，我一直没有给妈打电话，不是不想，而是不敢，怕控制不好情绪，不小心把你住院的事流露出来。如果知道你现在躺在ICU，那不得要老太太的命呀！

也许是这二十多天饥一顿饱一顿，现在特别想吃妈炒的油干饭。小的时候，妈偶尔会给我们兄弟几个炒油干饭，一人小半碗。我们基本是先吃两大口解馋，然后再一点一点地往嘴里送，细细地嚼，慢慢地咽，美美地品，尽量拉长享受的时间，每次都吃得舔嘴巴，舍不得把碗放下。妈炒的油干饭，其实就是在热锅里放一点点油，将吃剩下的大米饭倒里面，再淋上盐水翻炒。这样简单的饭食，在那个年代能吃上也是极为难得的。此时想一想，口水就流出来了，非常想吃一碗！那时，家里有一点好吃的，妈都留给我们兄弟几个。好心的邻居劝我妈，该吃也要吃一点，孩子吃香的喝辣的时候还在后头呢。妈说，孩子以后万一混得不好，可能什么好的都吃不上，这辈子多可怜啊。妈宁可自己不吃不喝，也不亏了孩子。

也许是这二十多天太缺觉了，现在特别想趴在妈的腿上睡一觉。小时候，冬天的夜晚，妈做针线活，我坐在小椅子上，趴在妈的腿上看妈绣花、缝衣服、纳鞋底，看着看着就睡着了；夏天的夜晚，妈会和邻居坐在大门口乘凉，我就趴在妈的腿上，听他们拉家常讲故事，听着听着也睡着了。我最享受的是趴在妈的腿上，让妈给我掏耳朵。妈让我歪着头趴在她的腿上，用掏耳勺轻轻地小心翼翼地在我耳朵眼里掏呀掏呀。掏了一边，换个姿势再掏另一边。每次掏耳朵，我总想着能掏一天该多好呀，可时间一眨眼儿就过去了。此时此刻，如果能趴在妈的腿上睡一会儿，哪怕是趴一会儿，该多好呀！

媳妇儿，你还记得吗，妈来我们家的那四个月，你说妈来一次不容易，总提醒我多在家陪妈聊天。有一天，我跟妈回忆我小时候的事，妈听得很认真很开心，你在旁边也哈哈大笑，还一个劲儿地埋汰我。

我跟妈讲：大概是我两三岁的时候，我在家睡觉，妈出去上工，把我锁在家里。我睡醒了，下床使劲扒门，一边扒一边哭，嗓子哭哑了，还尿了一地，后来在尿泥里哭累了睡着了。妈叹口气说，那个时候，我两个哥哥上学，她还要挣工分，家里没人看我，也是没办法呀！

我跟妈讲：有一次，小叔用箩筐把我挑到我爸学校，那些老师都喜欢我，每天早晨总有一位老师把我领到街上买好吃的。到吃饭时，我总要对着饭堂里正在说话的收音机问："他怎么不出来吃饭呀？"老师哄我说一会儿就出来。更搞笑的是，一位年轻未婚的女老师特喜欢我，让我和她住，有一天夜里我尿床了，湿了一大片，尿完我就醒了，一动也不敢动，想把床暖干，可到天亮也没干。妈大笑说，那时我还不到三岁，怎么记得这么清楚呀！

我跟妈讲：有一天，塆儿里一位大姐在池塘边洗鸡，我蹲在旁边跟她唠嗑儿，问她鸡好不好吃，她说好吃，晚上给我送一碗。鸡炖熟后她给我送来一碗，她老公叫她再给她亲戚家的女孩儿也送一点儿，她不肯，两人打起来，把一罐子鸡肉打翻在地，除我之外，谁也没吃上。妈笑着说，我小时候可会说话了，人人都喜欢，谁家有好吃的都会给我送一点儿，谁知长大了反而不会说话了。

看妈高兴，我又讲：那年闹地震，塆儿里人都不敢在家里睡，拿出被褥睡在屋外，整天观察狗叫猫跑鱼跳水老鼠窜，一旦发现有情况，就以为地震来了，赶紧往空地上跑，人心惶惶的。时间一长，大家也就不在意了，又卷着被褥回到家里。有一天夜里，我闲着没事儿在塆儿里乱转，竟神使鬼差地"啊，啊"大喊几声。这下可坏了，家家户户的人闻声而动，连滚带爬跑到外面。出来发现一切正常，便把我这个让他们出一身冷汗、影响他们睡觉的罪魁祸首揪了出来。我妈赶过来打我一巴掌、骂我一顿，大家看我受到了惩罚，也就不吱声了。妈笑一笑，说我那时候也够调皮的，把塆儿里的人都吓坏了。你问我"塆儿"是什么？我说是我们老家对村落的称呼。

那天，母子情深，温情切切。唠到最后，我突然想起一个多年不解的问题，问道："妈，我过去每次回家探亲走的时候，你怎么不送我出大门呢？"妈沉思片刻，意味深长地说："我要送你，你就走不了了。"每次离家，我非常希望妈能把我送出家大门口。妈接着说："儿子，你知道吗，每一次你走出家门，我都要哭一场。如果看到我哭，你还有心情走吗？"我突然明白，妈为了我，宁愿自己默默流泪，也不让我分心，忍受了多少情感的煎熬呀！妈的爱是那么深沉，又那么细腻，这是不是"大爱"呢？！我潸然泪下，搂着妈说："妈，对不起，我错了。"我在部队二十多年，春节只回家过两次。我曾经听弟弟妹妹说，每逢大年三十全家人团聚吃年饭时，妈都迟迟不肯落座，即便坐下，也不爱说话，大家都挺纳闷。有一年我回家过年了，就没有这种现象，大家恍然大悟，原来是因为饭桌上少了我。在妈心里，六个子女一个也不能少啊，少一个就不算团圆，但她却从来不说出来。母爱深似海，妈心里只有孩子，可我又理解了妈多少呢？

我们兄弟姊妹六个，大哥比我大七岁，二哥比我大五岁，四弟比我小五岁，小弟比我小七岁，妹妹比我小十五岁。养活一大帮孩子，我爸妈的生活压力该有多大呀。但无论多苦多难，爸妈都不会亏待自己的孩子，而且一视同仁。

2020.9.12

媳妇儿，终于有好消息了！今天上午，我找覃大夫了解你的治疗情况，他告诉我，你身体的各项指标已恢复正常，转氨酶降到正常，血氧饱和度也接近正常值。我问什么时候可以转到普通病房，他说过两天吧。听到这个消息，我的心豁然敞亮，满脑子都是希望，你终于可以转到普通病房了，这也说明你的苏醒也近在眼前了。

我今天的心情，是二十四天以来从未有过的好。生活有了亮光，心情自然好。今天我的眼睛是明亮的，脸色是红润的，大脑是敏捷的，腰板直了，走路快了，吃饭也香了。我看大厅里的人神态也变了，好像他们脸上都露出了笑容，在为你、为我而高兴。刚才我还对几位患者家属说："终于见亮了，我媳妇儿很快就要苏醒了，等她好了，我一定要把她保护得好好的，当一个名副其实的好老公！"他们非常相信我说的话，还夸我已经做得很好。

得到这个好消息后，我马上用微信告诉了我兄弟和妹妹等亲朋好友，他们都秒回表示祝贺。我也打电话告诉了你父母和你弟弟。晚上，你弟弟开我的车去覃大夫家，我也不好问他去干什么，但我有一点担心他不让你出 ICU。

我现在仍在兴奋中，内心释然，就给你写写我爸妈的故事吧。

我爸妈都是刚解放即当上教师的，妈的文化水平比爸还高一点儿，不过，爸二十多岁就当上了小学校长。20 世纪 50 年代初，上面要送爸去苏联留学，因奶奶坚决阻止而没有去成。后来爸说，你们的奶奶真有眼光，幸亏没去苏联留学，如果去了，"文革"时还不打成叛徒啊。爸说这话，也是因为被斗怕了。反"右"时，爸整天戴着高帽子被游街、批斗，差一点被斗死。妈看爸被斗成这样，很不理解，苦恼且迷茫，就辞掉教师工作回到农村。万幸的是，爸没被斗死，也没划成"右"派，但被开除党籍，撤销了校长职务，变成普通教师。

妈回到农村，爸也没什么工资，为养活我两个哥哥，妈就拼命干活，家里人基本能吃饱穿暖。可天有不测风云，由于种种原因，那一年，素有"鱼米之乡"之称的我的老家竟然遭遇大饥荒，野菜、榆树皮等一切能吃的东西全部被人吃光。妈眼见她和我两个哥哥可能被饿死，就带着孩子投奔我姨妈。那时农民吃大食堂，我姨爹是生产队队长，可以从大食堂偷拿一点粮食回家，姨妈就偷出一点给我妈。姨妈因此多次被姨爹打得死去活来，但她仍然小心翼翼地坚持给我妈偷粮。妈用这点宝贝一样的度命粮食，混着好不容易弄来的野菜、草根、榆树皮和稻糠等，用水煮成能照出人的清汤寡水的"食物"，给两个哥哥每天吃一小碗，维持着不被饿死。妈不到迫不得已是舍不得吃的。很多人劝我妈舍去孩子保大人，妈坚决不同意，说要死就一起死。由于无油无盐无营养，他们骨瘦如柴，浑身浮肿，软弱无力，一阵风都能吹倒，在死亡线上挣扎着勉强活了下来。后来，妈经常对我们说，那时如果没有姨妈，他们三个必死无疑。姨妈对我们家恩重如山，我们对她心怀感恩，敬爱有加。妈为了她的孩子放弃尊严，吃尽苦头，差一点搭进性命，这样的母亲用"伟大"二字形容都显得苍白。妈在我心里永远崇高无比，永远是我心中金光灿烂的太阳！你对妈的孝顺，很大一部分也是源于内心由衷的崇敬。

妈为了把我们养大，供我们上学，参加生产队的劳动，重活累活抢着干，病了也咬牙坚持出工，竭尽全力多挣工分、多分粮食。妈是全垮儿妇女中挣工分最多的。回到家，妈还要做饭、收拾家务、缝补洗涮，忙里忙外，整天忙得脚打后脑勺，累得昏天黑地。爸后来每月有二十来块钱的工资，妈很会精打细算，日常生活、孩子上学、人情礼节、救济亲戚和左邻右舍等等，都靠这一点钱，每一分钱都花在刀刃上。在妈的操持下，我们粗茶淡饭都能吃饱，隔三岔五还能品尝一点鱼肉、吃一点水果，穿着有衣有鞋有袜、干净整齐，即便有补丁也是精细的缝补，妈有时在补丁上绣一朵花，像新的一样。我们兄弟姊妹六个是幸福的，但苦的是妈。

20世纪六七十年代，生产队是按家庭人口和工分分配粮食的。我家只有妈是全劳力，两个哥哥利用课余时间上工，我十岁以后也开始上工，尽管如此，我家一年的工分也是全垮儿最少的，但分粮食时我家人口最多可以多分些，引起个别人的不满。大队支书和生产队长常常在多种场合及社员大会上拉着脸数落我家，说我家吃闲饭的多、干活的少，应该让孩子停学参加劳动。一般情况下，妈忍着不理他们，但如果说得太过分，妈就会和他们理论："共产党、毛主席说过不让孩子上学吗？孩子是我家的也是国家的，供孩子上学有错吗？"问得他们理屈词穷。理论一次就会管一阵子，到分粮时他们还会憋不住地数落，妈仍然如法炮制。二哥十七八岁时长得高大壮实，几次要揍他们，这样的事情才终止。妈说，孩子不上学怎么能有出息，不管多苦多难，也要供孩子上学。所以，我们兄弟姊妹六个都上了能够上的学，虽然没有大出息，但也都有体面的工作和生活。这应归功于妈的远见，归功于妈的无私奉献。

爸妈落实政策后，妈变回了城镇户口，爸当上小学副校长，学校还给爸分一套房子，全家搬到县城。大哥成为国家公务员，二哥是教师，我上了军校，两个弟弟上学，妹妹上幼儿园，家庭生活压力大大减轻，生活质量一年比一年好。我们家分享了国家改革开放的成果，对此我们都心存感激。正当爸妈即将步入晚年，该歇一歇、享享福的时候，因为我的缘故，让妈遭了二十多年的罪。那一年，妈做完急性阑尾炎手术出院没几天，我就带着恋爱对象回家探亲。妈很开心，每天忙着买菜、做饭伺候我们，没有得到应有的休养，导致刀口外面愈合了里面的刀口却裂开了。肠子的压力致使肚子鼓胀，妈悄瞒着所有人，悄用宽布带捆着，正常做家务。肠子压迫刀口，不可能不疼。等我知道这事，已是三年以后。我们劝妈再去做缝合手术，但她坚持不去，说有布带捆着不碍事。就这样坚持了十多年，直到疼得坚持不下去了，才同意做手术。做完第二次缝合手术，妈因为咳嗽又导致里面刀口没能愈合。妈更不愿再做手术了，又用宽布带捆了十来年，后来疼得受不了，加之大家的苦劝，才去医院做了打补丁的缝合手术。在家人的精心照料下，里面的刀口终于愈合，妈才结束了长达二十多年的痛苦。每想到这件事，我都非常自责。那时我如果稍微懂点事，心疼一点儿妈妈，帮妈干一点活，不就能避免妈遭受那么多罪吗！从这也可以看出，妈多么坚强，多么能隐忍。

媳妇儿，我写了这么多，基本都是写妈的，因为我们更多的是在妈的陪伴下长大的，和妈相依为命在一起生活的时间更长，妈的形象在头脑里留下的烙印更深。我很小的时候，妈给我讲的很多有文字记载的中国传统故事和口口相传的民间故事，至今还记忆犹新。几十年来，这些故事帮我为人处世，帮我克服困难，帮我解决问题，帮我抵御诱惑，一直伴随着我成长，影响了我一生。我多次讲课时也借用这些故事来教育别人，让更多的人从中受益。还记得我因带两个弟弟影响了上学，妈就教我识字、写字和算术，使我在小学时很轻松地跳了两级。妈不仅管我们吃穿，供我们上学，更教我们做人，我们的成长凝聚着妈一生的心血。可以说，没有妈就没有我们兄弟姊妹的今天。

其实，爸在我心里同样是伟大的。他毕竟是我们家的顶梁柱，是我们家物质和精神的支撑者，大的事情还是要靠他来决定。爸虽然比较威严，但对孩子是和蔼可亲的，很少打我们，对我们的生活、学习、人格成长都很关心，常常耐心地跟我们交流，给我们讲道理。爸多数时间住在学校，自己舍不得花钱，但回家时总会给我们带一点吃的、玩的，惦记着我们。爸岁数大了以后，成为一个慈祥的老人，对孙子孙女惯着宠着。因为我离家最远，爸对我总是放心不下，以前经常写信，后来三天两头打电话，千叮咛万嘱咐，生怕我做得不好，生怕我犯错误。我在部队当领导后，爸每个星期都会给我写一封信，告诉我注意这事注意那事，就连"不管谁来办公室都要站起来，走时送一下"这样的小事都写了好几次。我也确实按照爸的要求做了，并养成了习惯。

我永远也忘不了爸生前最后一次给我打的电话。爸去世的前两天给我打电话，声音洪亮，底气十足，跟我没完没了地聊，聊他一辈子的是是非非，聊我应该怎么对待工作生活，特别是怎么善待你；聊我妈的好，聊我们应该怎样孝敬母亲……聊了一个多小时，爸将手机递给我妈，让我跟妈说几句。我和妈还没说几句，爸又把手机要过去接着跟我聊，说他的老伙计谁谁去世了，他也很快要到阎王爷那里报到了。我对爸说，就凭您的状态，活一百岁也没有问题。好好活着，爸活着就是儿女的福分。爸说他自己知道，快了。打死我也想不到，第三天早晨爸就去世了，那竟然是爸跟我最后的一次通话。过去我真有点嫌爸唠叨，可现在想听也听不到了，有时特想爸再跟我唠叨唠叨。唉，有时不珍惜，没有时再想又有什么用呢？

2020.9.14

 ## 有的时候，无追求就是追求

　　媳妇儿，今天上午又给你做了脑 CT 和肺 CT。覃大夫说这两天你的血压不太稳定，有点偏低，但不是大问题。我觉得，今天给你做 CT，应该是出 ICU 前的例行检查，说明这两天你就要转到普通病房了，真是好事情！

　　你今天做 CT，正好妹妹也在，她终于看见你了。妹妹已经来十多天了，一直说着要看你，总也没机会。今天你的状态很好，眼睛睁得比过去大多了，眼珠子转来转去，好像在看身边的人。妹妹一见到你就哭了，俯身摸着你的头，一遍一遍地喊"三嫂，三嫂"。她靠近你的头部推着平车，边走边跟你说话，说她非常非常想你，说全家人都在眼巴巴地盼你醒来，都在等着你回老家；说你儿子需要妈妈，天天盼你回家管他。妹妹跟你说了很多，你好像听懂似的，有时眼角还流出泪水。看你有意识、听懂话的样子，我的心情似乎轻松了一点，感觉你苏醒近在眼前，也许就在这一两天。

　　下午，妹妹在大厅里陪着我。她眼含泪水、心情沉重地数说着你的各种好，后来她叫我讲讲你的个人经历。我就将你曾经对我说的以及我俩婚后我所知道的对妹妹说了一遍。下面是我说的主要内容。

　　你于 20 世纪 70 年代初期出生在一座被誉为"东方鲁尔"的省会城市，那时这座城市的经济形势和生活条件比全国很多城市和地区要好，而你的父母又是双职工，家里人口不多，

生活还是不错的。虽然你跟父母在一起生活的时间不是太多，但亲戚待你如"公主"，没人敢怠慢，你也算是在"蜜罐"里长大，没干过活，没受过苦，没品尝过生活的辛酸。

你曾对我说，你上学后，轻松自在，父母不管，你对学习抱着无所谓的态度。小学时学习成绩还不错，到了初中就不爱学了，成绩很不好。你父母觉得你上高中没什么希望，就让你上了职高，学的是工商财会专业，学制三年。你多次说，你的整个学生生涯就没体会过学习的苦和累，一切顺其自然，哪像现在的学生这么可怜。

职高毕业不久，你爸求人把你安排到区工商局办公室当打字员。虽然大家把你当小孩儿看，但你对工作很认真，除了打字，让干啥就干啥，从不讲价钱，表现很突出，受到领导和同事的肯定和认可，连续多年被局里嘉奖。就这样干了几年，你遇上了一个好机会，工商局在内部工作人员中招考国家干部，你以高分被录取，端上了"铁饭碗"。你说是你的运气好，我说这也是你自己努力的结果，如果工作干得不好，招考分数低，能让你参加考试、又能被录取吗？

你有很强的记忆力。招考国家干部时厚厚的一大本复习资料，你基本能熟记于心，所以考高分也在你预料之中。平时有什么业务考试，领导总会想着你，你也总能为局里增光添彩。今年上半年，你又拿回一本书在背。我说："都多大岁数了，还让你考呀？"你无奈地说："我是考试专业户。"

你在办公室工作几年后，调到当时很有名气的女子工商所，做个体工商户办照、验照、咨询等工作。这项工作很枯燥，一坐就是一天，但你能坐得住。你总是仔细查验每一份资料，认真回答每一个问题，真诚对待每一个来办事的人，实实在在地做好每一件事，从来没有马虎大意过，也从来不口大气粗撂脸子。你对自己的要求是：保证所办的每一个证照都经得起检查。那时，因为收缴个体户管理费和会费，工商部门的日子比较好过，福利待遇挺好，还时常出去旅游，这正好和你的喜好相吻合，所以你觉得在工商所真好，哪怕工作累一点也值得。

你生完儿子不久，被调到人事科，负责工资福利工作。这项工作很繁杂，整天和数字打交道，其实这不是你擅长的，但你还是硬着头皮去做，而且一做就是十年。你对待工作的态度是既然做了就尽力做好。面对这个没有淡季旺季、永远也做不完的工作，你从没怨言，从不懈怠，常常加班加点，做到不出差错，不给领导添乱。很多次，我去接你下班，你走不了，我就陪着你加班。在市工商局垂直管理的时候，你到市人社局办事非常顺利，可归到区里后，话不好说了，事也不好办了，你很苦恼。你不想挨人家的训，不想看人家的脸子，想离家近一点，方便照顾儿子上学，就提出调到谁都不爱去的政务办事中心。领导马上就同意了。这里的工作很枯燥，又是政府文明服务的窗口，既要受党政机关的监察，又要受群众的监督，稍有一点差错，就有可能个人受处分、单位被通报批评。你抱着做就做好的态度，认真仔细地办好每一个证照，微笑对待每一个办事的人，保证不出问题，保证所做的工作经得起检验。在这里，时常会遇到代办证照的人送钱送物，你从来都是坚决拒绝。你问我："老公，我做得对不？"我说，当然对，你也不是爱占小便宜的人啊。

你对自己职高毕业能当上公务员，感到很知足，很满意。其实，你也有不满意的时候。你对自己的学历文凭不满意，所以参加了省委党校本科工商管理专业的学习，拿到了大学本科毕业证书。公务员职级套改时，你对没定上应定的职级不满意。你做副主任科员长达十六年，才给你定了个四级主任科员，与副主任科员属于同级别。局里留着十个名额不用，却从你开始画线，你前面的都上调为三级主任科员，后面的都没有调上。没调上的人意见很大，到处找人讨说法。你感到委屈，我也认为确实不合理，便去找区里的一位领导反映情况。也许是这位领导的干预，局里决定不再留名额，重新制定方案，重新研究，重新公示，你和另外九人都调上了三级主任科员，皆大欢喜。这是你为个人问题唯一有意见的一次，还是合理的、正当的。

　　你说，你是个没有追求的人，不追名不逐利，把本职工作做好就行了。我说，有的时候，无追求就是追求，也是一种境界。像你这样的人还真不多，同事劝你入党你说觉悟低不愿写申请，领导劝你参加中层干部竞争你说能力弱不愿报名，我想帮你换个单位你说本单位就很好哪儿也不去，你就这样按部就班乐呵呵地上班下班，挺开心，挺满足。有人说，人生本不苦，苦的是欲望太多；人心本不累，累的是相互攀比。人生之所以烦恼，不是拥有的太多，而是贪念太多。你微信、QQ 的昵称都叫"知足常乐"，难道你参透了人生的本真？我觉得，人各有各的活法，像你这样淡泊名利无欲无求，拥有的是快乐和安宁，谁能说不是一种健康的人生追求呢！

　　妹妹听完我的讲述后，感慨地说："我更加敬佩我三嫂了！"

2020.9.15

# 为何不让你转出 ICU

今天上午，我怀着兴奋的心情找覃大夫问脑 CT 结果，他拉着脸说你又有脑水肿了，不能出 ICU。他简单的两句话，如五雷轰顶，把我满心的希望击得粉碎。我问他怎么会出现脑水肿，他说前段时间因为治疗脑水肿，药物造成转氨酶升高，为降转氨酶，停了治疗脑水肿的药，脑水肿又严重了。我说过去也没听说过有脑水肿啊，他对我白白眼，什么也不说了。我在想，治疗脑水肿→转氨酶升高→降转氨酶→出现脑水肿，如果这样循环下去，何时能治好，何时才能出 ICU 呀！

从 ICU 谈话室出来，我垂头丧气，心情沉重，不知如何是好。我在大厅椅子上坐一会儿，拿出手机分别给两个医院的朋友打电话，介绍你目前的病情，咨询有关问题。他们说的大同小异，原话我记不清了，大意是有的药物会造成肝损伤，导致转氨酶升高，医生应该根据病情尽量避免使用这样的药物；至于用降转氨酶药物的同时该不该停用治疗脑水肿的药，ICU 医生应该是明白的，不该顾此失彼。即便是有脑水肿或转氨酶高，在普通病房也可以治疗，没必要非得在 ICU。他们说的话我是认可的。

尽管你出现了脑水肿，我还是想把你转出 ICU。上午，我先后找了两位与 ICU 主任关系不错的熟人，请他们说说情。这两人给我反馈的信息是一样的，是你弟弟怕你出现反复，不让转出 ICU。我真的就要崩溃了，你弟弟这是在帮你还是在害你呢？

　　我虽然很痛苦很无奈很无助，但仍然没死心。下午你妈来了，我就让我大哥大嫂找你妈谈谈，希望你妈跟你弟弟说一下，让你早些转到普通病房治疗。大哥大嫂跟你妈谈时我回避了。他们谈了很久，可等来的是大哥大嫂沮丧的表情。大嫂告诉我，你妈反复说你弟弟历来都是说啥算啥，她管不了。你妈的态度也在我的预料之中，你弟弟无论做什么永远都是对的。大嫂无奈地提醒我，以后一切听你弟弟和你父母的。

　　大宝啊，你弟弟和你父母这样做，是什么意思呢？你弟弟因为他丈母娘转出 ICU 后出现了反复，就不让你出 ICU 了？我不相信，他们就不希望你早些醒过来？

2020.9.16

山不向我走来，我就向山走去

这两天，我多次请嫚姐去看你，她说你的体温、血压、心率都很正常，状态也不错，看不出有什么问题。眼睁睁看着你在 ICU 躺着，时间一点一点地流逝，我却无能为力。对儿子我也是无能为力，他小姑想管又无从下手，老师说他学习成绩不如从前，还常常上课打瞌睡。对你们两个我都无能为力，愁死我了！

大哥大嫂今天回老家了。他俩说在这里插不上手，什么也做不了，大嫂兼职的公司也催她回去。他俩来了二十多天，基本天天到大厅守着，等你的消息，也陪着我。他俩一直想看看你，来这么长时间连你的面都没见到，我心里也不舒服。于是，昨天下午五点多钟，我死皮赖脸地求值班医生，医生才发慈悲让我们进去。大嫂见到你就哭了，摸着你的头喊着你的名字跟你说话，说家里人都想你爱你，让你坚强，尽快醒过来。你睁着眼，脸上没有表情。我们只待几分钟，护士就来撵我们走，他俩流着泪依依不舍地和你告别。他俩又对我嘱咐来嘱咐去，怕我坚持不住，担心我倒下。我让他们放心，我能扛得住，我还有很多任务没完成呢。

今天，我和妹妹在等候大厅里聊了很久。她说她知道我在外几十年非常不容易，很想听听我的故事。我就从童年讲起，一直讲到现在。下面是我讲的内容，简要写给你啊。

我是 20 世纪 60 年代出生的，那时农村很落后，农民也很穷。妈说，我出生时又小又瘦，以为活不了，没想到竟然活了下来。塆儿里的婶子嫂子都说我命大，谁有奶都给我吃，到四五岁还在吃奶。那时塆儿里的孩子比较少，我的嘴巴又甜，大家都喜欢我，谁家有好吃的都会给我送一点儿。我就是吃百家饭长大的。

因为要照看两个弟弟，我到九岁才上学。为赶上同龄人，我小学跳了两级。从小学到初中，我根本没学到多少文化知识。幸运的是，上高中之前"文革"结束了，正常的教育秩序得到恢复，我被选到全县唯一的理科重点班，但高考却因两分之差而落榜。妈对我还抱有希望，让复读一年，我竟然考上了，还被第一志愿填报的一所空军院校录取。就这样，我入校入伍，成为一名光荣的军校学员。

军校的生活，基本是宿舍、教室、操场、饭堂"四点一线"，有一些简单枯燥，但团结、紧张、严肃、活泼的氛围却令人回味无穷，尤其是正统的教育、艰苦的军训、严格的管理等，全是满满的正能量，会融入血液，能改变基因，让人受益终生。我学的是飞机机械专业，在学好专业课程的同时，我还热衷于共青团和新闻宣传工作，所以很快崭露头角，不到两年就成了中国共产党预备党员。毕业时我二十岁，感觉自己似乎长大了。

军校毕业分到部队，我当飞机机械师，是技术干部。两年多后，改行成为政工干部，历任师政治部干事，连队政治指导员，师政治部秘书和军区空军政治部干事、科长、副处长以及军事法院副院长、团政委。经历这么多岗位，让我记忆最深刻的有三个。一个是在机械师的岗位。虽然当机械师时间不长，但由于工作要求高、任务重、环境苦、压力大，练就了我精益求精、严谨细致的作风，以及敢于吃苦、不怕困难的意志，这对我一生影响深远。再一个是在军区空军政治部的岗位。在大机关工作，如果没有一定的文字、协调和谋划能力，没有一定的格局、视野和胸怀，根本待不下去。好在那时我正是风华正茂、精力充沛的年龄，善于学习和动脑，又不惜加班加点，所以很快成为笔杆子、多面手，能够独当一面。我的职务也一路攀升，八年时间从副营职提升到正团职领导岗位，据说是当时所在部队最年轻的团职干部。第三个是在团政委的岗位。作为政委、党委书记，我紧紧抓住"出主意、用干部"这两件事，与党委班子成员特别是团长密切配合，突出解决主要矛盾和矛盾的主要方面，很快就把全团的工作搞得红红火火，当年即获得军区空军所有的先进荣誉，我本人也被通报表彰。在这个位置上，把我当主官的潜力挖掘了出来，使我以后在任何岗位上都更加从容。

后来，我要求转业到地方工作，费了很大劲才得到批准。这时我已是正团六年、上校三年了。我那时的构想是：如果能活到八十岁，那么童年和上学二十年，军旅生涯二十年，地方工作二十年，退休养老二十年，经历丰富，没有白活。

在安置工作时，组织上给我找了好几个党政部门，我后来选择了市总工会。我觉得工会是为老百姓做善事、办好事的单位，正是我最喜欢做的工作。不少战友对我去这个单位很不理解，问我后不后悔。我有时解释一下，有时则一笑了之，他们对工会不了解，多说无益。说实话，这一辈子，无论在部队还是在地方，我多次调换单位，只有这次是我自己做主选择的，而且是我最喜欢的工作，怎么可能后悔呢？几年之后，很多战友、朋友不断从电视、报纸、网络上看到有关我的报道，感到很惊讶：这家伙竟能在工会做得风生水起，不可想象。

我在市总工会工作十一年多，历任正处级调研员、办公室常务副主任、农民工工作部部长、城建交通工会主席。

我刚去时的主要任务是适应环境、转变角色。我报到的第一天，便开始审视自己：我不再是被人称呼为"首长"的领导了，没有自己的大办公室，没有可指挥的人，没有专车，只是一个刚刚"入伍"的新兵，必须把过去的"我"从脑子里抹去。心态调整过来，位置摆正了，我很快就适应了环境、转变了角色，而且很快就独立工作了。有不少人说我转变和适应得太快了。我自己很清楚，转变是痛苦的，适应是艰难的。我想，"山不向我走来，我就向山走去"，应当主动去适应环境，不能坐等环境来适应自己，入乡随俗，到什么山上唱什么歌。

之后，我主要做了两方面工作：写材料；搞创新。

我去市总工会的主要工作是写材料。我经历的第三位"一把手"主席，曾是全市的大笔杆子，对文字材料要求极高。他刚来时，机关几个部门的主要负责人给他写材料，都不符合他的要求，他有时气得把材料摔到地上大骂。后来他发现我会写材料，写得还符合他的要求和胃口，就让我写。这一下可坏了，我从此成了写材料的机器，不仅他的大小材料由我写，机关部门的重要材料他也批给我修改。从此，双休日、节假日和八小时之外的时间与我毫无关系。那时真累啊，既累脑子又累身子，还管不了家。我曾说："下辈子再托生，如果让我选择，我就当原始森林里的一只鸟或深海里的一条鱼，如果必须托生成人，那我就当文盲，大字不识。"

这也是写材料累出来的感慨啊！

给这位主席写了两年多材料，我便脱离了苦海，被任命为农民工工作部部长，后又调到城建交通工会任主席。在这两个岗位，我除做好常规性的工作外，主要精力放在了工作创新、填补空白上。五年之中，我研究并组织完成了十来个全国没有的创新项目，反响很大，被各大媒体宣传报道，我还分别获得市级和省级五一劳动奖章。其中影响最大的有两个：一个是签订建筑行业"1+N"集体合同，从法律的层面将为农民工被动讨薪变为主动维权，成为全国首创。中华全国总工会主要领导来我们市视察工作，第一个视察的项目便是"1+N"集体合同的成果，得到高度评价。另一个是签订公交行业集体合同，解决了困扰公交行业十多年的老大难问题。签订这个合同非常艰难，经过了长达一个多月的十二轮"马拉松式"谈判。在第十一轮谈判没谈下后，我已筋疲力尽，想放弃，可在绝境中我又想出奇招，以至第十二轮谈判顺利通过。这也是全国首创。新华社率先报道，央视新闻先后两次报道，《人民日报》近一个版面报道此事，东方卫视还做了一个专题片播放，其他媒体和网站更是广泛跟踪报道，还被中华全国总工会誉为"中国集体合同发展史上的又一个里程碑"。我体会到，有些事情离成功就差那么一小步，咬牙坚持一下可能就成功了，否则就会半途而废、前功尽弃。所以，不管事情有多难，不到山穷水尽，不要轻言放弃。

在城建交通工会任职三年多后，我被市委提升为国企高管，结束了我长达十七年的正团和正处职级。这就像天上掉馅饼，完全出乎我的意料。

四十年来，我不仅用心工作，也在用心学习。无论在部队还是地方，我多次调换工作岗位，每次都要学习大量的与岗位相关的知识，从未偷过懒。我工作的过程也是学习的过程。我还参加了汉语言文学专业大专、经济管理专业本科的学习，在职读了法律专业、经济专业的研究生课程。这四十年，我从未间断过学习。

我对妹妹说，我这辈子活得很简单，也比较通透，没有什么野心，虽在官场，却把当官看得很淡，从未为此劳心费神，更没为此拉过关系、送过礼。我的想法是顺其自然，决不强求，给我，乐呵呵地接着，不给我，也没必要埋怨谁。但是对待工作，我从来没有含糊过，总是发自内心地自觉自愿地去做，而且尽量做得完美。我喜欢研究，总想做别人没做过的事情，填补一点空白。每当我想出一个创新项目，不把它攻下来，就睡不着觉、吃不下饭，寝食难安。我常常对我的手下说，我们赤条条地来到人世，也不能再赤条条地离开呀，总得留下一点什么。别人可能会在这个地球上留下一双深深的脚印，我们的双脚怎么也得留下一点点痕迹吧，否则不是白活一回吗！有人说机会是给有准备的人，其实这是让我们要有所付出。我最喜欢"天下没有白吃的午餐"这个故事，它告诉我们想有收获，就必须付出，白吃午餐是要付出代价的。这是一个千古不变的真理。我虽然没有做出什么惊天动地的大事，但我在力所能及的范围内努力做过，也就对得起良心，也就没有遗憾。

媳妇儿，我和妹妹聊了几个小时。你曾说，我的经历比你复杂，故事也很多，但我今天只能给你写这么一点，确实没有时间和精力写了。

2020.9.18

苦

今天是周日，我上午找医生了解你的病情，她说你这两天血压不太稳，忽高忽低，其他都还可以，但还是没有苏醒的意思。我请求进去看你，她说刚进来了新的危重病人，有规定不能进去。没办法，我只好在 ICU 外面大厅守着。

今天是我守在大厅里的第三十天。这三十天里，白天呆坐在椅子上等你的消息，晚上躺在折叠床上想着你、给你写信，从来不敢离开太长时间，生怕漏掉哪怕一点点你的信息。吃饭、上厕所、洗漱、给你买东西等必须离开的时候，也是匆匆地离开，急急地返回。每天最闹心的是打听不到你的病情，等不到你的好消息，不知道你什么时候能好，就像被人架在火上烤，温火慢烤，一点点地把油水耗尽。大厅里的嘈杂喧哗对我根本算不得什么，叫人难受的是常常有死人从 ICU 里推出来。前天下午不到十分钟就抬出三个。死者亲属撕心裂肺的哭号声，再联想到 ICU 里面自己的亲人，叫人痛苦不堪，不知所措。有人说，即使没有亲人在 ICU 里，没有任何压力的人，在这个大厅里待上十天半个月，也得抑郁或者精神失常。我说，我们之所以没有抑郁，没有精神失常，是因为我们心里充满希望，精神不倒人就不会倒。

ICU 里的好心人，还有大厅里相处不错的病人家属，常常劝我回家休息，不用二十四小时在这儿盯着，还劝我晚上不用在这儿住，说你病情已经稳定，不会出现大问题。可我就是不忍心离你太远，觉得在大厅里待着心里踏实。他们说我太痴情、太固执。我说没办法，因为你是我的命呀。

在大厅里守候确实难熬，确实很苦。我是吃过苦的人，从来不怕苦，但此苦与彼苦却无法比拟。现在的苦，是心灵深处之苦，不知道苦到什么时候，苦不堪言，无法排解。过去受的苦，多是身体疲顿之苦，睡一觉，歇一歇，苦也就烟消云散，精神重新焕发。

记得我开始在生产队上工挣工分也就十一二岁。每天天刚蒙蒙亮就被妈喊起来，人是起床了，可眼睛却没有睁开，走路还在睡觉，干活时眼睛还是闭着的。那时我长得很瘦，个子也不高，挑农家肥挑不到大人的一半还很吃力，只得将扁担横放在两个肩膀上，驼着背弯着腰往前走，每挑一担累得上气不接下气，一个早晨才挣半分。夜晚没睡够，加之早晨出工的劳累，我免不了上课打瞌睡。我常常被老师敲醒，睡眼惺忪地听课。那个时候确实挺苦，但那是生活条件差带来的苦，能让人一辈子知道什么是甜。

第二次高考后，我觉得考上的可能性很小，整天沉默寡言，天天拼命地铲草皮沤粪，一连干了二十多天。那时正值盛夏酷热的时候，我中午也不闲着，冒着四十多度的高温在野外铲草皮，竟然沤了几大堆粪，手磨得起泡出血，身上脱了几层皮。我每天忐忑地数日子，既盼高考分数出来，又怕出来。那时的苦，是我自找的苦，是迷茫时的苦，一旦曙光出现即苦尽甘来。

我当机械师两年多也很苦。室外作业，冬冒凛凛寒风，穿着黑色笨重的防寒服防寒靴，脸和手脚被冻得麻木没有了知觉；夏顶炎炎烈日，汗流浃背，闷热难耐。不论怎样的天气，每个飞行日，我们都周而复始地乘着毫无遮挡的牵引车奔波于起飞线和着落线，工作十二个小时以上。机械师要对所维护的战机安全承担责任，飞机一起飞心就提到了嗓子眼儿，然后数分数秒地盼着飞机降落、人机安全。但那是军人的职责所在，是我们义不容辞的苦，也是可以承受的苦。

还有写材料也苦。我在军区空军机关是"笔杆子"，转业到地方还是"笔杆子"，写大材料哪次都少不了我。一个大材料写下来，几个人合作也需要五天八天，有时被一个思路、一个观点憋得想撞墙、想跳楼。有人说写材料的人是"省老婆、费灯泡，损腰肌、伤脑筋，喝浓茶、撒黄尿"，确实形象。当令人满意的高质量的材料呈现在我们面前时，我们脸上露出来的是得意的笑容，所有的苦消失得无影无踪。

这些苦，犹如取之不尽用之不竭的核能，一直给我克服困难、战胜挫折的勇气和力量，推动我不断前行。因为吃过苦，我才知道什么是甜，也才懂得如何珍惜甜。有时给儿子讲我过去受的苦，他竟认为是天方夜谭，不以为然。我能理解，在蜜罐里长大的孩子，怎么能体会到苦呢？其实，不知道苦的滋味，也很难品尝出甜的味道。

媳妇儿，这三十天的苦，是我一生中感受到的真正的最大的苦，是从心底往外溢的苦，苦到全身每一个细胞每一个毛孔，苦到血液，苦到骨髓，痛彻心扉却又无法言说，与过去的苦完全是质的不同。面对这份苦，我告诉自己：无论多苦，也要往肚子里咽，让这苦滋润心中的希望，催生希望之花结出期望的果实。大宝啊，能让我尽快结束这个苦的只有你呀，你醒了、好了，我才能苦尽甘来。

2020.9.20

 ## 姑嫂情深

上午我看见覃大夫在谈话室，就进去问你的情况，他说你比前几天好一些，但还有抽搐，其他的就不愿多说了。

下午医护人员换班后，在嫂姐的疏通下，我和妹妹进去看你了。妹妹见到你就泪如泉涌，啜泣着对你说，她明天要回家了，盼你赶快好起来，全家人都在等你回老家。还说我瘦得不像样，整天像没魂似的，儿子想你都想哭了。妹妹说话时，你睁着大眼睛好像在听，但没有表情。妹妹说到动情之处，你张大嘴巴，瞪大眼睛，大口出气，两手紧紧地攥着，两脚僵硬弯曲，满脸通红，浑身使劲。我以为你是激动，便抚摸着你的脑袋说"大宝不激动，大宝不激动"，你却没有变化。护士过来说，你可能是激动造成抽搐，让我们出去，别刺激你了。看你遭罪的样子，妹妹哭得更厉害了，我的心也在流血。大宝，我和妹妹多么希望你是激动啊，这样的话，说明你有意识了，也就该苏醒了。

妹妹来我们家已经二十来天，要不是看我们的儿子可怜没人管，她怎么可能抛家舍业这么长时间呢。她家里的事情太多了，里里外外都需要她管。即便这样，她还在我们家待了这么长时间。她的儿子也在上初二，妹夫上班事多，根本管不了孩子；我们八十八岁的老母亲在她的养老院里，一天看不到她就问个不停，对她非常依赖；她的养老院正开得红红火火，很多事情需要她回去处理。我不能再把她留在这里

了，必须放她回家。

这段时间，妹妹为了把我们的儿子照料好，从早忙到晚，很是辛苦。她早晨五点就起来给孩子做饭，然后叫孩子起床，督促孩子洗漱吃饭，把孩子打发上学后又收拾卫生、洗衣服、买菜，忙完就赶到医院陪着我守着你。晚上又给孩子做饭、准备水果、改判作业、整理书包。孩子不睡她就得陪着，直到凌晨一点后才能休息。儿子吃饭费劲，尤其早餐更是吃不下，妹妹为让他吃饱吃好，绞尽脑汁，想方设法调剂。早餐尽量做得精致可口，晚餐荤素搭配，做家乡风味的炖肉炒菜，都是孩子爱吃的。儿子过去早晨没胃口，现在对姑姑做的早餐却吃得津津有味。这二十来天买粮、买菜、买水果的钱都是妹妹花的，我给钱她还不要，她是劳神费力还搭着钱啊。因为妹妹的帮助，我才能安心地在医院守着你。

你和妹妹有一个共同点，就是善良贤惠、慷慨大方，年龄又相差不多，所以你俩最有共同语言，感情也最深厚，像亲姐妹一样。十多年来，你俩隔三岔五就要打一次电话，没完没了乐呵呵地聊，总有说不完的话。你喜欢我们家乡的腊肉、卤肉、笨鸡，每次从老家回来时妹妹都要给我们带一大堆，每年冬天你还让妹妹快递来一大箱。这些美食我们家冰柜里长年不断，妹妹不要你的钱，你也习惯了不给。你对妹妹也从不吝啬，衣服啊、包啊之类的，你绝对舍得花钱给她买。妹妹有什么事需要你办的，你从不过夜，生怕办慢了。你俩不分里外，没有客套，她敬重你，你钦佩她，姑嫂之间能处得这么无私融洽，还真不多见。我想，人与人之间，如果都能以心换心、以爱博爱，没有处不好的。

媳妇儿，妹妹明天回家了，我从明天晚上起，得回家照看儿子，只能白天来守着你了。儿子开学二十多天了，我都没过问他的学习，得管一管了。你现在身体状况稳定了，我们家离医院又很近，万一有什么事，我会立即赶过来，绝对不会耽误一分一秒，请你放心。其实，我一刻也不想离开你，在这里守候着，我才能安心，但儿子没人管怎么办呢？大宝啊，我晚上不在你身边，你会想我吗？你会不高兴吗？你会理解我吗？

你弟弟又回北京了。他说为你耽误了不少生意，以后不会再回来了。

2020.9.22

# 关于生命的话题

媳妇儿，今天上午，你称呼为"仙儿姐"的桂红女士来看你。她进不去 ICU，见不到你，我们在大厅里唠了一个多小时。她问我还记不记得春节前对我说的话。在她的提醒下，我想起来了。春节的前两天，她说你今年是本命年，非常不好，七八月份可能有一场大灾难，如果躲不过去，后果会很严重。我不相信她的话，听后很不高兴，心想你好好的，怎么会有灾难呢？但我还是把这事告诉你了，你更不相信，让我别听她胡说。现在想来，她怎么说得那么准呢？

桂红劝我想开点儿，她说"一生皆是命，半点不由人"，人不能跟命争，有时候就得认命。我说，我也许认命，但我会与厄运抗争，竭尽所能"尽人事"，对你永远不会放弃。她很赞赏我的态度，并说她要用她的办法争取促使你苏醒过来。有病乱投医，我不能放弃任何一个可能的机会，万一她真能行呢。

晚上我回家了。晚饭是小孙做的。妹妹走了，小孙又来我家打扫卫生、做晚饭，我还会像你一样付她的工钱。我吃完饭，洗完碗，儿子在写作业。趁现在有空，我继续给你写信，前面那一点儿是下午写的。

媳妇儿，今晚的饭我吃得很苦涩，味同嚼蜡，还得尽力掩饰，不能影响儿子。过去我们一家三口坐在一起吃饭，其乐融融，今晚只有我和儿子，冷冷清清。儿子吃得快，吃完

就去写作业。我还像过去一样，习惯性地把那只视为宝贝的酒杯拿过来。这只容量一两的银酒杯，手工制作，雕刻精细，造型美观，厚重沉甸，是你前几年在四川花一千多元特意给我买的。我拿着酒杯凝视片刻，斟一杯白酒，狠狠地喝了一口，瞬间从口腔辣到喉咙再辣到胃里，很快又感觉从嘴里苦到嗓子眼再苦到心里。过去吃晚饭的情景不断在眼前浮现，感觉你还坐在我的旁边，忍不住朝你常坐的位置上看，但却是空的，我的心更空。多么想像过去一样跟你边喝酒边聊天呀，我有太多太多的话要对你说，有太多太多的苦要跟你诉，都快要憋死了！喝着想着，不禁泪水涟涟，滴进酒杯，品尝着苦辣咸涩的味道，心里百味杂陈，苦不堪言。不觉杯空，很想听到你劝我再倒一点的声音，可是你那熟悉的声音却没有出现，我长叹一声，又斟满一杯。

一小口一小口地喝着酒，不禁想起你出事前几天的一个晚上，你坐在我旁边吃菜，我品味着酒的醇香，我们谈论生命的话题。我俩从新冠疫情谈起，我说美国在短短几个月时间里出现爆炸式蔓延，已经有六百多万人确诊，十六万多人死亡，以后肯定会有更多的人确诊和死亡。肉眼看不见的小小病毒，居然让人类的生命遭受如此巨大的威胁，可见人的生命是多么脆弱。"岁月静好，现世安稳"，这是今年微信里出现最多的一句话，反映出人们面对疫情侵袭对生命的美好愿望。

我又说，人来到这个世界上是极其不容易的，科学家通过计算认为，一个人诞生的概率只有三百万亿分之一，因为人是由来自父亲的二十四个染色体和来自母亲的二十四个染色体非常偶然结合而成的，而每一个染色体又有几百个基因，某一个基因变了，一个具体的人就变了。这还是从染色体和基因方面计算的概率，再考虑其他更多的不确定因素，一个人生成的概率就更小了，就像一部老电影里说的，如果那天晚上你们的父母干点别的事情，那么就没有你们了。不仅人诞生的概率极小极小，而且每一个人都是这个世界的唯一，如同世界上有那么多的树叶，但绝对找不到两片完全一样的叶子。

我说，我们每个人作为世界上唯一的个体，那么艰难地来到人世，又会遭遇那么多的威胁，遇到威胁时生命又显得那么脆弱不堪，能活着是多么不容易啊！在历史的长河中，人的一生如白驹过隙，一闪而过，稍不留意，一辈子就过去了。而且每个人的生命只有一次，从尘埃中来又回到尘埃中去，有没有来生谁也说不清。所以，人的生命是最为宝贵的，我们没有理由不热爱自己的生命，没有理由不珍惜自己的身体，凡事多往好处想，多一些坦然和喜乐，少一些焦虑和烦恼，开开心心地过好每一天，让生命更加精彩，让生活更有品位，不枉来这个世界一趟。你非常赞同我的观点，又给我倒一点酒，笑笑说，那我们就好好过日子吧。

我又说，我们的生命属于自己，但又不仅仅属于自己。就拿你我来说吧，我俩是那么相爱，那么依恋，命运乃至生命早已紧紧地交织在一起，缺了哪一个，另一个的生命就是不健全的，人生就是痛苦的，所以都要为对方而活着。儿子是我俩生命的延续，你和我生命的长短、生命的质量，直接对儿子产生影响，不是积极的影响，就是消极的影响。所以为了儿子，我俩也得认真地活着。我们还有双方的老人，还有那么多亲朋好友，很多时候得考虑他们的需要，考虑他们的感受，还得为他们而活着。记得卢梭有一句话："生命本身没有任何价值，它的价值在于怎样使用它。"为我们所爱的人，为需要我们的人，为我们赖以生存的工作，也更为我们自己，无论多么委屈，多么无奈，都得好好活着，活出生命的价值，活出生命的光辉。我说完，你深情地看着我说："老宝，你可得为我好好活着啊！"

大宝啊，怎么也料想不到，我俩谈论生命话题才过去几天，你却进了ICU，差一点丢掉生命，现在还没有苏醒过来，你叫我怎么接受这个现实啊！

儿子的作业写完了，在背知识点和英语单词，我要给他改判作业，然后拍照发到老师群里，再给他整理书包。我得去干活了，就写到这里吧。

又及：我和儿子刚刚忙完，已经凌晨一点多，该睡觉了，明早五点钟得起床。大宝，你现在怎么样啊？睡了吗？

2020.9.23

这是儿子锥心的呼唤吗

　　媳妇儿，你这几天状态很好，身体的各项指标都很正常，我觉得你是在往好的方向发展。我今天找覃大夫问你是不是可以转到普通病房，他说还得观察，下周再看能不能转。大宝啊，你千万不能再出现其他问题，否则又不能转出 ICU 了。

　　这两天晚上我回家陪儿子了。说实话，我还真不习惯，身在曹营心在汉，心里更惦记你，更闹心，还不如守在大厅里踏实。早晨把儿子送到海鸣爸爸车上，我就急三火四地赶到医院，然后在大厅里守着，觉得安心多了。

　　这几天我从医院到家来回都是骑共享单车。刚开始有点儿不会骑了，毕竟三十来年没骑自行车，但骑一两次就没问题了。不能开车，因为医院外面没有车位，停在医院内一天的停车费得二十元，能省一点是一点。我守在大厅里三十多天，一天三顿饭才花二十多元。那时吃饭，就是对付，医院附近的小饭店都让我吃遍了，什么便宜什么便捷吃什么，完全是为了填饱肚子，哪有心情品尝好不好吃啊，只想赶快吃完返回大厅。这两天早晚在家里吃，不能糊弄儿子，饭菜好多了，我吃得也挺好。

　　大宝啊，我现在什么也不敢多想，只想你早一天转出ICU，接受专业治疗，尽快苏醒，尽快回家。你知道我的心情吗，现在我只想你能快些转出 ICU！

2020.9.25

今天一早，我敲 ICU 的门，嫚姐开门让我进入谈话室。她说，ICU 里好几个人看到你在听《世上只有妈妈好》这首歌时张嘴大哭，还流了眼泪，面部表情也是哭的样子，像是有意识地哭，而且哭了三次。她说的时候，我的嗓子就发硬了，急着要进去看你。她说医生护士都在交接班，绝对不可以进去。没办法，我就求她进去录一段视频给我看看。不一会儿，她给我发来一段视频。看到你睁着大大的眼睛，脸上红润，气色很好，表情也不像过去那样呆板了。我一遍又一遍地打开视频，心里一阵又一阵地激动着，这是你一个多月以来最好的状态，也是我一个多月以来最好的感觉。大宝，这是你要苏醒的征兆啊，看来你是真的要醒了！

我今天必须要看到你，否则心里像猫抓一样难受。中午你父母来了，我告诉他们你有好转的消息，并说我想进去看你，他们也要去。我去找医生，说你父母想看你，求他准许，他很快就答应了，让四点半以后进去。大概四点四十左右，我和你父母走到你的床前，看你的状态确实挺好，我的心情也好多了。我贴近你的脸说："大宝，你父母看你来了，你现在一天比一天好，再加把油就好了。"你妈连喊几次你的名字，你本来睁着的眼睛马上就闭上了，你妈一直喊你跟你说话，你一点反应也没有。我在旁边纳闷，你妈喊你，你怎么还闭上了眼睛呢？我用手指按你的脚心，按一下，你的腿弓一下，两条腿都是这样。我想，你的腿是有意识在动吗？即便不是有意识的，也说明你有痛感，这也是好事。你妈后来哭了，说你如果不醒，她死了就没有人哭她了。我听着心里很难过，也跟着求你快些醒过来。我们待了二十来分钟就出来了。

我们去 ICU 看你之前，桂红来电话问你的病情，我把视频里看到的和嫚姐说的情况告诉了她。她说你很快就会苏醒，很快就会好的，并叫我把《大悲咒》录下来给你听。听她这么说，我更高兴了，认定你一定会好的。

晚饭后，我录完《大悲咒》，儿子又让我录《天之大》这首歌，他说这是他的心声，专门送给你的。录完这首歌，我特意关紧卧室的门听了一遍，"妈妈，月光之下，静静地，我想你了""妈妈，月亮之下，有了你，我才有家"……这是儿子锥心的呼唤吗？！我的眼泪不禁滚落下来，难以控制内心的悲怆。

儿子很坚强，甚至内心比我还强大。我看得出他非常想你，他不说，我也尽量不提起，怕说多了影响他的学习，影响他的心情，就这样坚持吧。儿子在写作业，他说今天的作业包括背的、抄的特别多，可能到凌晨一点也完不了，让我先睡觉，需要时再叫我。我哪能睡呢，过去都是我管上半场，你管下半场，现在只有我一人硬撑着了。

媳妇儿，告诉你一个好消息，儿子本周的周考成绩不错，进入全班第十六名，比上一个周考前进了十五位，特别是语文和物理成绩分别取得了第二、第三名。儿子在家里遭到这么大变故的情况下，能有这样的成绩，确实不容易，我很为他高兴，你也一定为他高兴吧？晚上吃饭时我表扬了他，鼓励他继续努力。大宝，儿子现在正处于青春期，又是学习最关键的时候，他需要你啊，如果你在他的身边，他的学习肯定会更好。快醒来吧！

2020.9.27

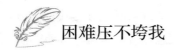

困难压不垮我

媳妇儿，我昨天上午询问覃大夫你这个星期能不能转出ICU，他说还得观察几天，国庆节后可以转。看来你还要在ICU住十几天呀！过一会儿，他把我叫进谈话室，让我在一张单子上签字，说要给你打营养神经的药，我签了。可我纳闷的是，为什么进ICU快四十天了才给你用营养神经的药呢？是不是有点晚呀？

这几天你一直很稳定，状态挺好，气色也不错。我昨天下午进去看你，待了半个多小时，是时间最长的一次。你听着《甘心情愿》《吉祥三宝》《世上只有妈妈好》等歌曲，我在床头不停地跟你说着话，讲我俩的故事，讲儿子怎么想你，你的眼睛睁得不是太大，但眼珠子不时地左右转动，好像在认真地听，后来两眼含泪，再后来竟咧嘴哭了。我觉得，你听懂了我的话，也听懂了歌的含义，你的哭是真的。看你这样，我的心情好多了。

今天下午，我陪你妈和你二堂哥去看你，从ICU出来后，他们坐在大厅的椅子上，把我叫过去。你妈问我知不知道你借钱给你二堂哥的事，我说知道。她让你二堂哥把一张银行卡给我（这张银行卡一直在你二堂哥手上，每次交钱都是他来办），说这是你弟弟给你治病的二十万元银行卡，已经交医院十多万，还剩几万，现在给我，顶替你二堂哥借的二十万，就算借的钱还给我们了。我将卡接过来，说"行"。

你二堂哥把医院的收据和他写的费用清单交给我，并告诉我银行卡的密码。你妈说，你弟弟拿二十万给你治病，是瞒着他老婆的，怕他老婆知道了不愿意，得把钱退给他。我说"没问题"。

我看了你二堂哥写的费用清单，从你住进医院那天起到现在，每笔费用都有记录，你爸垫付的钱都已从中扣走，不用我亲自还了。也就是说，从今天起，我们不欠他们一分钱了，他们也不欠我们一分钱。

大概二十天前，我回家找出五张银行卡，分别到相关银行，用我能想到的密码去试，只有我的工资卡密码是对的，但卡里只有三角四分钱，当时心里凉凉的，真不是滋味啊！我去窗口询问怎么修改密码，业务员说很麻烦，得需要法院的法律文书以及我们的户口本、身份证等资料。其他的都好办，要想得到法院的法律文书是不容易的，我现在也没有时间和精力去办这事。再等等吧，如果过一段时间你苏醒了，就不用这么麻烦了。我不知道这些银行卡里有多少钱，如果钱很少，我就打算把那间小公寓房卖了。

我正在想心事的时候，一个朋友打电话说他们三个哥们儿来看我，已经到 ICU 大厅了。我赶紧过来，见过三位。他们看我心情不太好，问我怎么了，是不是为钱的事发愁，如果需要钱随时打电话，他们会立马把钱转到我的银行卡上。在这之前，也有几位朋友要借钱给我，有的还当着我的面要给我转钱，被我谢绝了，我说等我缺钱时再借。我的哥哥、弟弟和妹妹，上次来时给了我几万元，后来又多次打电话要转钱，我都没同意。你单位和我单位的领导还准备发动职工为你捐款，也被我谢绝。在我们陷入困境时，我们的同事、朋友和家人能主动伸出援手，我心里暖乎乎的，让我感受到人间真情之可贵，也给我战胜厄运的力量和勇气。

媳妇儿，放心，我挺好的。无论遇到什么困难，都丝毫不会影响我对你的治疗，更不会影响我对你的情和爱。自己的事自己办，我从来就没有指望依赖过别人，过去没有，现在没有，以后也不会有。相信我，困难压不垮我，厄运也压不垮我。

2020.9.30

没想到我还能过上这么好的日子

今天是国庆节，也是中秋节，这两个节日在同一天出现，平均十九年才有一次。可是，这却是我们过得最悲惨的一个节日。今天，天空阴沉，下着小雨，令人压抑，如同我的心情。你在 ICU 里躺着，我在大厅守着，儿子在家写作业，一家三口这样度过应该团圆的中秋节，如此惨淡，怎能不让人悲哀！

过去过中秋节，你都会提前准备好吃好喝的，做一大桌子菜，把你父母请到我们家，有时大侄子一家也会过来，大家一起吃着喝着，品尝月饼的香甜，欣赏圆月的皎洁，享受着这个传统节日的美好。大宝，你还记得吗，多少个中秋节的夜晚，我俩倚在窗台前，遥望玉盘似的月亮，一边吃月饼、葡萄，一边吟诵与中秋月亮有关的唐诗宋词，讲月亮的故事，甚至猜想嫦娥吴刚此时此刻在干什么，回忆我俩爱情的精彩片段，畅想我俩美好生活的诗与远方。那个浪漫，那个甜蜜，那个美妙，不能不让我刻骨铭心。去年的中秋，我俩依旧赏月，又说到嫦娥吴刚，你说你是嫦娥，我说我是吴刚，然后我俩开动脑筋，想象在月亮上该如何浪漫，后来情不自禁地拥抱在一起，动情地唱起《最浪漫的事》，唱得泪流满面、感天动地。每个中秋节，我们都过得温馨、幸福和快乐，现在想来，一切恍如昨天。今天你没吃上月饼和葡萄，我也没有吃，你不吃，我怎么可以吃呢！大宝，今年我们不能在一起过中秋节，明年还像过去那样过这个节日，好吗？

媳妇儿，今天我们不能团圆，但我怎么也得去陪你一会儿。放假期间，ICU 管理要松一些，进去相对容易。下午两点多，我和嫚姐进去，先给你洗头。你又十多天没洗头了，头发油腻腻的，气味刺鼻，我们用了四盆水才洗干净。你的精神状态比较好，脸色红润，表情平静。洗完发后，我跟你说了一会儿话，我说今天是中秋节，老公来给你洗头陪陪你，你很快就会好的，好了咱就回家，回到你亲手建起来的那个家，我们天天在一起，天天团圆。你睁着大眼，好像在静静地听着我反复说过的那些车轱辘话。正在说话间，儿子来电话了，我把手机放在你耳边，让儿子跟你说话。儿子连喊了几声"妈妈"，然后说："儿子想你了，儿子需要妈呀，你赶快回家吧！"我看你眼睛有点儿发红，是不是听懂儿子的话了，想儿子了？

晚上我和儿子随便吃了一点饭，我给他拿一块月饼，他没有吃。

2020.10.1

你今天身体的状态仍然挺好。下午我和嫚姐去给你洗脚，你已经四十多天没洗脚了，搓下很多脏东西，第一盆水成了黏糊状，第二盆水又搓出不少白色的泥垢，直到第三盆水才把脚洗干净。我仔细地看了一下，搓出的东西基本都是皮屑，这说明你的新陈代谢功能是正常的。看着你那双白白嫩嫩曾经那么美的脚，现在却弯曲了、没有感觉了，我的心一揪揪地痛，如同刀割。我用手捧着你的脚，舍不得放下，当时多想亲亲呀，如果旁边没人也就亲了。

你的脚指甲很长了，今天没带指甲剪，准备明天来给你剪。过去你的脚指甲都是我剪的啊！每次都是我俩坐在沙发上，你突然把脚伸到我的腿上，说："老公，给我剪趾甲。"我就去找来指甲剪，一个一个认真地剪，再一个一个精心地锉，直到你满意为止。有时我有意逗你说："不剪。"你就耍赖皮、撒娇，嬉皮笑脸地说："好老公，求求你嘛。"经不住你的软磨硬泡，我佯装不情愿的样子，捧起你没洗的脚开剪。不光是剪脚指甲，手指甲也常常是我给你剪的。其实，每次给你剪脚指甲、手指甲，我心里都是美美的甜甜的，都是幸福的爱的感觉。大宝，我多么希望一切都回到过去啊！

今年的国庆节和中秋节连在一起，放假八天，这可苦了儿子。其他孩子有爸妈带着出去玩儿，我们的儿子哪里也去不了。看儿子太可怜了，我昨天下午从 ICU 出来后赶回家，陪儿子看了一场电影。今天下午，他跟两个同学去大悦城玩了三个多小时。在我的印象中，这是第一次让他单独外出，我不能不让他去，他得放松放松，明天又要开始班补了。如果你好好的，我们一家三口是不是可以出去玩一天呀。

旅游是你的最爱之一。每逢节日和寒暑假，都会带儿子出去游玩，时间长去外地旅游，时间短就在附近的旅游景点玩一天两天。

儿子记事起，你就带着他游历祖国的山川湖海，寻觅人文古迹，去了很多我都没有去过的地方，给儿子留下了美好的记忆。寒假时去海南，儿子竟然不愿意离开，你连哄带骗才把他带回来；暑假去九寨沟、黄龙，回来不到一个星期九寨沟即发生地震，儿子为仙境般的景点遭到破坏多次流泪；国庆节去登泰山，你确实爬不动山了，半途折返，儿子没能感受到杜甫"会当凌绝顶，一览众山小"的气概，一直耿耿于怀；去重庆参观渣滓洞、白公馆，儿子回家后居然把《红岩》连读三遍；去西安游览兵马俑、华清宫、古城墙、大雁塔等古迹，引出儿子对中国历史的浓厚兴趣，等等。古人说"读万卷书，行万里路"，旅游对儿子的健康成长影响很大，他开阔了眼界，增长了见识，愉悦了心情，这是你的功劳。儿子放假，我还是有忙不完的工作，都是你带着儿子出去游历，现在回想起来，我真感到惭愧，觉得自己不是个好爸爸。

我俩一起旅游的次数不多，大概也就四五次。去承德旅游有了儿子，意义重大。儿子三个多月时，我俩去山西旅游，我印象最深的是夜宿五台山，惊喜地看到二十多年未见的满天繁星，一下子把我带回少年时期。乘着凉爽的夜风，仰望浩瀚的星空，我给你讲了很多小时认星座和数星星的故事。八年前我俩和小东、中林、加力三位好朋友去敦煌，游完莫高窟、月牙泉、鸣沙山、玉门关、雅丹，连夜乘火车去北疆，包一辆沙漠风暴，自由自在地驰骋于喀纳斯、五彩滩、魔鬼城、坎儿井等景点，一路欢笑一路歌，一路美食一路喝，一路关爱一路情，忘乎所以，开心至极。去年8月我们回老家，你突然提出去云台山，我俩便兴致勃勃地带着儿子和小外甥乘车而去，游览红石峡、子房湖、潭瀑峡。也许季节不对，瀑小水浅，玩得不够尽兴，便结束了旅程，急忙返回，印象不太深，但毕竟去过了。我说过多次，要带你和儿子去无锡灵山，领略"九龙灌浴，花开见佛"的绚丽景象，遗憾的是始终没有成行。等你好了，一定尽快兑现我的承诺。

媳妇儿，你是非常喜欢旅游的，也喜好各地美食。我俩过去多次说过，等退休了，儿子上大学了，就开着车不紧不慢溜溜达达地自驾游，哪里好玩去哪里，让退休生活丰富多彩。你说你喜欢我们的老家，以后一年回去住几个月，甚至还设想弄个菜园子种点菜，养几只鸡，过一过田园生活。大宝，我俩这些美好的愿望还没有实现呢，你赶快醒过来、好起来吧，老公求求你了！

2020.10.2

媳妇儿，现在是5号的凌晨两点，我刚刚忙完。

这两天很想去看你，值班医生说有新的危重病人进来，还总有病人去世，不让进。昨天听ICU里的护工说，你的状态一直很好，有时像是在思考问题，好像有什么烦恼。你在想什么呢？是想儿子、想我吗？还是想怎么快些醒来？你如果真的是在思考问题，说明你有意识了，说明你快苏醒了，那就太好了！这可是我四十多天以来每时每刻都在苦苦盼望的呀，多么想你立刻就醒过来啊！

我夜晚十点多才离开大厅，就是想多守你一会儿。回到家，开始给儿子改判各科作业，整理这四天积累的一大堆试卷和资料，清理乱了套的书包，忙了三个多小时才干完，儿子还不满意。他说："要是我妈，一会儿就做完了。你干了这么长时间，还没有我妈做得好。"唉，我真无语了。

天已经凉了，儿子该换秋天的衣服了，我在衣柜里找了老半天，又找遍了可能存放衣服的地方，也没有找到合适的。没办法，我只好把我的衣服找出来，让他先凑合穿几天。媳妇儿，儿子的衣服应该很多呀，你都放到哪里去了？儿子看我难过的样子，说："没事儿，有衣服穿就行。"儿子这么说，我心里更加难过，感觉太对不起儿子了。

大宝啊，我过去基本不管家务事，现在什么都不会，这日子该怎么过呀，真难死我了。你赶快苏醒回家吧，家里一天也少不了你呀！

2020.10.5

今天下午，我终于进去看你了，待了二十多分钟。你睁着大眼睛，神态挺好。我站在床头，左手握着你的手，右手抚摸着你的脸，俯下身子跟你说话。我向你忏悔：由于老公的无知，那天打120晚了，让你遭这么大的罪，请求你宽恕；由于老公的无能，让你在ICU住了这么长时间，请求你谅解；由于老公平时对你关心太少，做得不够，欠你太多，你好了后我一定加倍偿还，请求你相信。我两眼含泪，声音颤抖，不停地道歉，不停地认错，不停地请求。你好像在听，却没有反应。我想起几位朋友让我说一点儿刺激你的话，看能不能把你激醒，便说：儿子需要妈妈的关爱和照顾，你躺在这里，想让儿子有个后妈吗？你把家建设得那么好，应有尽有，想让新的女主人来享受吗？我又说：你父母身体不好，你老婆婆岁数那么大了，还需要你孝敬呢，你不醒来，不是给老人增添痛苦吗？为了儿子，为了老人，为了你的家，你也应该醒过来呀！说这些话时，我一直在仔细观察你的面部表情，你仍然没有反应。

ICU里的人说你好像有意识，好像在思考问题，好像有烦恼，我今天说那么多话，就是想触动你、刺激你，既想验证一下你到底有没有意识，又想起到促醒的作用。应该说，你还是没有意识，没有苏醒的迹象。

媳妇儿，我今天说的后妈、新女主人之类的话，只是为了刺激你才说的，你千万别在意啊！说实话，即使你愿意，我还不同意呢。我们这个家是你亲手建起来的，耗费了你多少心血啊。请相信我，你女主人的地位谁也撼动不了！

我不禁想起，没有你的付出，就不会有我们现在住的这套房子，也就没有这么好的家。我们在结婚时买的那套房子里住了近五年时间，越住越感到不合心，就想换房子改善一下。正好这时候附近有一套二手房要出售，我俩赶紧去看。此房在三楼，三室两厅，格局很好，装修也比较新，负一层还有一间赠送的仓房，特别是客厅足有五十平方米，我俩一眼就看上了。这栋楼有六层，只有两个单元，有自己单独的院子和大门，可以随便停车，旁边就是运河和公园，楼外树多、安静，环境非常好。我俩决定买这套房子，但却受到资金的困扰。房主要求必须一次性付清全款九十万元。当时我俩手上只有十多万，即使把住的房子卖了也不够，再加上买家具和简单装修，至少得一百万，资金缺口太大。而且我们只有搬进新房子，才能卖原先的房子，需要暂借一大笔钱。你说，这房子必须买，你拿二十五万，让我想办法借六十万，等房子卖了马上还他们。听你这么说，我很吃惊，问你哪来那么多钱，你说是拆迁房的钱。我立即找朋友借钱，借了好几个人，才凑够六十万。就这样，我俩买下了这套房子，并更换了所有家具。对这个家，你不是一般的爱，你常常情不自禁、眉开眼笑地在屋里看来看去，好像永远也看不够，满脸洋溢着幸福，总会说："我太爱我的家了！"有时下班一进门，也会哈哈一笑，说一句："我的家真好，我太爱了！"

在决定买这套房子时，我才知道你有房的事。当时你给我讲了单位给你分房以及如何被你爸占去的来龙去脉，你说拆迁时不要安置房政府就给二十五万元的补偿费。你爸要了拆迁安置房，按理说应该把补偿费给你，但他从未提过此事，这次我们买房，得把钱要回来。你问我："我俩结婚这么多年了也没告诉你，是因为房子被我爸占去了，说了怕你不高兴。现在你生气吗？"我说："大宝，我心里只有感激，怎么会生气呢，更何况那是你婚前的财产，不说也是应该的。"对你的无私奉献，我确实感动，至今仍然充满感激。

写到这里，我满屋子瞅一眼，多么希望能看到你，看到你待在你所热爱的家里呀！大宝啊，你快好起来回家吧，这个家不能没有你呀！

2020.10.7

今天中午，嫚姐告诉我，你在听《世上只有妈妈好》《吉祥三宝》歌曲时，满脸大汗，护工擦了一次又一次。我对她说，你过去是不爱出汗的呀，夏天也极少出汗，今天怎么会出这么多汗呢？是听这两首歌的反应吗？如果是这样，那可是好事呢！

今天是"两节"八天假的最后一天。下午两点左右，你绪哥（你舅舅的儿子）来医院了，他是这个假期你娘家人中唯一来医院的人。你们两个年龄差不多，一起长大，他对你还是有感情的。在嫚姐的安排下，我和绪哥进去看你。他跟你说了很多话，我也跟你说了很多，你睁着眼睛，什么反应也没有。后来你有痰了，憋得满脸通红，看着揪心。护士说这是你听到我们说话受到刺激激动的结果，叫我们离开。如果真是这样，不是说明你能听懂我们的话了吗？

媳妇儿，我今天差一点干了一件傻事，幸亏终止了，否则现在不知要多痛恨自己呢。昨天下午接儿子时，在补课班外面遇到海鸣爸爸，他说你的病不知道什么时候能好，即使好了也不一定能开车，你那辆卡罗拉总停在外面容易坏，不如卖掉，他可以联系买主。我说卖了也行，等你好了，再给你买辆新的。这人办事真快，今天上午就给我来电话，说联系好了，有人要买。我说可以。但通完电话，我心里就突然一阵难过，眼泪都要出来了。这可是你喜欢的车呀，虽然车龄十三年了，但开了不到九万公里，车况一直很好，开着也很舒服。我记得很清楚，我在参加省劳模疗养时，也就是你出事的前五天，你特意给我打电话，说你花了几千元给车做了全面保养，又像新的一样，开得可轻松可舒服了，修车店老板说再开十年也没问题。这车你开了七八年，对它很有感情，现在要卖它，我怎么舍得呢！我说过，只要是你的东西，我都要保留着。想到这儿，我马上给海鸣爸爸打电话，说不能卖，即使卖，也得等你苏醒后同意再卖。虽然已经决定不卖了，但我心里仍然难过，很痛苦。

媳妇儿，这两年，你对我们家能拥有两辆车是很自豪的，你说这是我们好日子的象征。

我俩刚认识时，我开的是一辆二手桑塔纳。我刚转业到地方上班，没有专车了，上下班只能乘公交车，常常要等几趟车才能上去。那时正值冬天，冻得我缩脖子跺着脚，很狼狈。朋友劝我买车，我就用仅有的四万元买了那辆车，成为我单位第一个拥有私家车的人。我俩结婚后，你还很开心地说："没想到我也有车了。"

家里有车，你就想学开车，便找一家驾校报名，笔试还考了个满分。在学驾驶科目的整个过程中，你是怀着身孕、挺着大肚子的，教练都有一些担心，我却鼓励你尽量坚持下来，并一次不落地到现场陪着你。你还真行，每次考试都顺利通过，在儿子出生前拿到了驾驶证。那时我俩的胆子真大，儿子也真经得起折腾。有人开玩笑说，我们的儿子在娘肚子里就会了开车，以后不用学了。

儿子出生后，你妈嫌那台桑塔纳老旧，说小孩儿乘坐不安全，要求我们买一辆新车，我俩就咬牙筹钱买了这辆卡罗拉。这是那年新出的 2007 款卡罗拉，款式和质量都不错，很抢手。4S 店没现车，我是找人帮忙才买到的。这车我开了五年，后来我在单位有车了，就成了你的专车。你开的时间比我长，对车很爱惜也很有感情。

前年我们集团车改，取消领导干部专车，我本不想买车的，你坚持给我买一辆新车，而且还得是像模像样的车。我觉得我们手头并不宽裕，没必要去"摆谱"，后来因为儿子看上了一款皇冠车，你就按儿子的要求贷款买下了。这样，我们家就有两辆私家车了，你一辆，我一辆，说明我们家的生活在不断向好。过去有一辆旧桑塔纳你就很满足，现在有两辆车你更高兴了，你说："过去哪敢想啊，我还能过上这么好的日子！"

大宝啊，我们刚把车贷还完，眼看着日子一天比一天好，你却突然倒下了，怎么不叫我痛心，又怎么叫我接受得了啊！你说你是享受型的人，现在却在遭罪。求你赶快好了，老公一定竭尽全力让你享受到你想享受的生活。

2020.10.8

太难为孩子了

节前，覃大夫说过完节把你转出来。今天是节后上班的第一天，我上午找他问什么时候转，他说下周一转到神经外科。我心里的一块大石头一下子就落地了，急忙连声说"谢谢"。今天是周五，再过两天你就可以转出来了。大宝，你终于可以出 ICU 了！我心里很高兴，相信这次应该是真的。

听 ICU 里的护工说，你今天早上张着嘴像在哭，但又没有眼泪，好像委屈的样子，感觉像是有一个"结"没有解开。上午桂红来电话，我就说了这个情况，她说你心里确实有一个"结"，还在生儿子的气，对儿子没有原谅，如果原谅了儿子也就能苏醒了。她让我赶紧把儿子接来看你，并教我让儿子怎么说、怎么做。我立刻又去找覃大夫，说今天儿子必须来看他妈，请求他开恩让儿子进去。他想了一会儿就答应了，让四点半以后进去。我又给儿子的班主任打电话，约好四点去接。可此时我又陷入困惑之中，让一个十三岁的孩子做这种事，太难为他了，害怕对儿子造成心理压力和心灵创伤，又担心儿子质疑不愿意做。我反复琢磨跟儿子怎么说。想了半天也没想出合适的说法，后来干脆不想了，临场发挥吧。

我四点前到了学校，等了一会儿，儿子出来了。儿子上车就问："我正在上课呢，叫我出来干吗呀？"我说："儿子，我的一个朋友让你去给你妈做一件事，可能对你妈苏醒有好处，但只是一种可能，我想让你试试。"儿子问我是什么事，我就将怎么做、怎么说讲了一遍。儿子听后说："好，我做。"这完全出乎我的意料，没想到儿子这么痛快地答应了。我激动地说："儿子，谢谢你！"我又把怎么做、怎么说给儿子说了一遍，问他记住没有，他说记住了。

我带着儿子来到你的病床边，看你睁着眼睛，我将右手搭在你的头上，对你说："大宝，儿子看你来了。"儿子走近床头看看你，马上跪在地上，磕一个头，说："妈，我错了，知道错了，请你原谅，我再也不惹你生气了。妈，你快回来，跟我回家吧！"儿子还现场发挥，连说了三遍"妈，你快回来，跟我回家吧"，又磕一个头。我扶儿子站起来，儿子痴痴地看着你。我泪眼模糊，轻轻地对你说："大宝，你听到儿子说的话吗，感受到儿子的恳求吗？无论我和儿子哪方面做得不好，都不是有意的，请你宽恕，请你原谅，别总放在心上。我们永远爱你，你永远是我们最亲的人。你快醒来吧，跟我们回家吧！"我擦擦眼睛，看一眼站在旁边的护士、护工，他们也在流着泪。一位护工过来说："丛岩，看你的大儿子多好啊、多乖啊，又是跪又是求，你别生气了，快醒吧。"可是整个过程，你一点反应都没有。我对他们表示感谢，他们叹着气说"太难为孩子了""这孩子真不错"。我含泪带儿子出来，又把他送回学校。

大宝啊，让儿子这么做，我也是没招了，不知道能不能解开你的心结，不知道对儿子的心灵会造成什么影响，但只要有可能让你苏醒，我什么都会去做，不会放过任何一个机会，更不想留下一点遗憾。儿子那么虔诚，你应该感受到了吧？

晚上接儿子回家，我心情太沉重，什么也没说。夜晚把儿子的作业、书包等整理完，已凌晨一点多。我躺在床上，毫无睡意。

2020.10.9

 **我的毛病**

今天上午，ICU里的一位保洁大姐告诉我，她早上对你说，你儿子昨天来给你下跪磕头喊妈妈，你还记得吗？你有一个好儿子啊！她看你笑了。这可是你五十天来的第一次笑啊！中午又听嫂姐说，护士上午给你换输液袋，你眼睛看着护士，当旁边一个人跟你说话时，你又转过头看说话的人，她说你应该是有意识了。我听后眼睛潮湿了，这可是高兴的呀！

媳妇儿，今天听到的全是好消息，而且是天大的好消息，更是我天天苦求苦盼的好消息，怎能不叫我激动啊！看来儿子昨天做的还真是对了，感动了你，解开了你的心结。这也说明你是有意识了，是真的要苏醒了。我对你一直满怀信心，从来就没有怀疑过，坚信你一定会苏醒的。大宝，再加把油，你很快就好了！

这几天我一直想把家里的衣服整理一下，但不知如何下手，只好请人帮忙。今天下午，我将好朋友吉鸿请来，把所有衣柜、抽屉里的衣服全部清出来，分门别类整理，秋冬衣服放在衣柜的明处，伸手可取，袜子、内衣放在不同纸盒摆放在衣柜里，夏天的衣服打包存放在衣柜的另一处，你的衣服全部集中放进床板下空格里，摆放得整整齐齐。将儿子和我的床单、被套、枕巾也换了，焕然一新。人家干这点活不费吹灰之力，一个多小时就整得利利索索。但是，还是没找到儿子的秋季衣服，冬天的衣服除羽绒服外也没有几件，而且有点小。我猜测可能是儿子的衣服都不合身，你拿去送人了，准备买新的。我对吉鸿说，我也不会买衣服呀，求她好事做到底，再帮儿子买两套秋季衣服。她很痛快地答应了。她是个大忙人，干完活就急急忙忙赶回单位。

　　媳妇儿，我这个人有不少毛病，在工作中也得罪过人，但是在我最艰难的时候，有那么多朋友、同事和战友多次来看我或隔三岔五打电话对我嘘寒问暖，有的还主动伸出援手帮了我很多忙，确实让我感动。

　　在部队时，我的战友说我的优点是"实"和"直"，缺点是"太实""太直"，他们的评价很中肯，也很到位。我确实是这样的人，说话太直接，做事太实在，一点圆滑劲都没有。我当团政委时，对全体干部明确提出"谁送礼谁没官当"的要求，可有的人就是不长记性，竟然拿着一大信封的钱送到我家，被我赶出家门，并且坚决阻止其提升。有人就说"当官不打送礼的"，我太没有人情味儿。转业后与这些战友相聚，有人问我："你那时太实在了，现在后悔不？"我说不后悔，如果我收礼了，你们还能这样想着我吗？在市总工会的一次年底工作汇报会上，我汇报不到一半，"一把手"就打断我的汇报，让我下一年放下所有工作，集中力量做一件大事，我觉得这件事完全超出了我们的职能范围，是一项根本完不成的任务，解释他还不听，我便赌气地说："既然这样，后面的我也不用汇报了。"主持会议的领导叫我继续汇报，我坚持不再汇报，把领导弄得很尴尬。好在这位领导大人大量，不仅未记恨我，后来还对我帮助极大。我明白"太实""太直"是官场之大忌，但我从来没想去改，觉得改了就不是"我"了，我得保持一个"真我"的存在。

我最大的毛病是性格急躁，批评人不讲情面，二十多年的军旅生涯，又极大地助长了这个毛病。工作中，一旦发现手下做事拖拉或出现低级错误，我就会劈头盖脸地一顿批，也不管人家能不能接受。转业到地方，虽然尽量控制自己的急性子，但有时还是会不由自主地暴露出来。说来也怪，这么多年，我批评最多、最狠的，后来都是跟我最亲的、关系最好的人。

我还是一个疾恶如仇、喜怒形于色的人，对看不惯的，会立马在脸上和语言上表现出来。我不怕得罪人，该说即说，不会藏着掖着。我也喜欢开玩笑，但有时一句不经意的玩笑，却把人得罪了，还不自知。平时，我不会刻意与人交往，在单位最不喜欢到其他办公室乱窜，往往满机关都知道的消息我却蒙在鼓里。

我这样一个人，应该没什么朋友。可是，每离开一个单位，还有很多人想着我、念我的好，不少人还能成为我的好朋友。我到企业后，市总工会各个部门的人见到我可亲了，对我是有求必应，我从未有"人走茶凉"的感觉。这么多年，不知不觉地也有了一些好朋友，有的是同事，有的是战友，有的是老乡，都是实在正派、品行端正的人。他们诚心实意地帮助我，我也诚心诚意地对待他们，愿意与他们做一辈子的朋友。

我也是一个与人为善、乐于助人的人。对找我办事的人，只要是合法合规的、我力所能及的，都会想方设法去办。我给你讲过曾帮助一位陌生人办成一件很棘手的事情，你听后还有所怀疑。我能帮只有一面之识的人办事，对我的手下、同事和朋友的事情，我不更得去帮忙嘛。我从来没为自己求过人，但为别人办事却求了不少人。从部队到地方，我为别人办了多少事记不清了，也没必要记着。我认为，人生活在这个世界上，需要互相帮助，一个没人帮助的人犹如置身于真空，是存活不了的。你中有我，我中有你，帮助别人，就是帮助自己。

媳妇儿，上面给你写了我的一些缺点，你肯定深有体会。我对我的缺点毛病心里是清楚的，我俩也多次议论过，但我认为那就是"我"，从来没想去改一改，以后也不改了，反正你也习惯了。

2020.10.10

 **熬不起**

今天是半阴半晴的天气，云时不时变幻着嘴脸，太阳时不时露出头来照一会儿又缩回去，西北风时大时小地撩着树枝，给人时凉时暖的感觉，我的心情也阴晴不定。

今天是周日，儿子没有班补，难得不上学。我稍微多睡一会儿，六点起来做早饭，饭熟叫儿子起床，吃完饭带他去口腔医院进行牙齿矫正复诊；然后去洗澡，洗完已十点半了。发现你妈打来的未接电话，我给她打过去，她说腰又不行了，叫我联系曾经给她看过病的老中医。我通过好几个人才找到，但人家在外地旅游，让等几天。回到家，我赶紧做午饭，为省时间，做了两碗鸡蛋面。吃完饭，我又洗了一堆衣服，便急忙拉着儿子上车，去医院看你。

覃大夫不在，进 ICU 比较容易。我和儿子很顺利地来到你病床前，我让儿子先跟你说话。他说了一些想你和认错的话，盼你早些回家，想吃你做的饭，想让你去接他放学、给他整理书包。儿子眼含泪水，声音低沉，语速缓慢，一言一语让人心痛不已。我跟你说了儿子和你父母还有我都需要你、你的任务还没完成之类的话，求你赶快醒来，赶快回家。看你多次张着嘴像要哭的样子，还以为是你听我们话产生的反应呢。护士说这不是有意识的，是痰憋的，平时有痰也是这个样子。护士的话就像兜头一盆凉水，几乎把我心中的希望之火无情扑灭。我痛苦万分，儿子也很难受。我和儿子无精打采地走出 ICU，沉默无语地回到家。

媳妇儿，这段时间，我感觉非常疲乏。我单独管儿子才二十来天，眼看就要坚持不住了。每天晚上要对儿子的各科作业改判、出分、签字，还要监督儿子背英语单词短句、古文诗词和各科知识点，看着儿子对历史、地理、德法每科至少一课的课文大声读两遍并签字，有些作业还要再笔考一遍或口考一遍，然后在班主任群进行"全部作业家长已确保完成"的接龙。儿子是语文、英语、物理等科的"学困"（学习困难户），需要对这几科每天的大小考试、作业中的错题"加练"（罚写至少两遍，英语单词得写二十一遍），连同当天的作业，在时限内拍照或录视频发给老师。本来作业就多得写不完，放学又晚，加之"学困"额外的任务，儿子哪有那么多时间完成啊，只能点灯熬油，夜战到后半夜一两点钟。早上六点半要到教室坐好，儿子五点半就得起床，上厕所、洗漱、吃饭，眼睛还没睁开就急急忙忙往学校赶。儿子每天能睡四个多小时的觉就不错了。我夜晚得等儿子睡下了才能上床躺下，早晨五点钟起来做饭，一晚只睡两三个小时。白天我必须去 ICU 大厅守着你，有时困得不行了就坐在椅子上眯一会儿，但很难真正睡着。

自从儿子上初中，我俩就没有安生地睡过好觉。过去每天晚上，我负责上半场，你睡觉；你十一点多起来负责下半场，给儿子作业签字、整理书包等，我睡觉。你凌晨五点就得起来做饭，伺候儿子起床、洗漱、吃饭。那时，我俩一起做，还觉得很累，现在只有我一个人，真是熬不动了。儿子初中才上了一年，还有两年呢，老师对学习抓得越来越狠，作业量也越来越大，儿子该怎么熬，我该怎么熬呢？

媳妇儿，你过去对床是多亲啊，晚上早早地上床，早上睡到上班要迟到才急匆匆起来。双休日、节假日有时能睡到中午十二点。生儿子后因为有保姆照顾孩子，也未影响你睡觉，你说睡懒觉是你的一大爱好。那时，我俩的单位一天供两顿饭，早上都到单位吃饭，所以可以睡懒觉。儿子上小学后，你清晨六点多起床做饭，不再睡懒觉了，但晚上还可以早睡。儿子上了初中，你虽然负责下半场，可真正睡着的时候并不多，睡得晚、起得早，睡眠时间大大减少，以致常常头痛，身体和精神处于"崩溃"的边缘。

我们做大人的都有些熬不起了，儿子不是更辛苦更吃不消吗！你每天早晨叫他起床，得大喊多次，他还是磨磨蹭蹭地起不来，不得不起床，也是闭着眼上厕所，闭着眼洗漱，闭着眼吃饭，早饭吃两口就不吃了，气得你大喊大叫。我理解你的心情，但也同情儿子，总劝你对儿子温柔一点。

儿子在这个学校上学不到一年，我俩就后悔了。小升初之前，儿子被人"洗脑"，说这是一所民办学校，招收的学生少，升学率全市第一，要求上这个学校。那时我俩也打听到这个学校是"魔鬼式"教学，但没想到"魔鬼"到这么严重的程度，不仅折磨孩子，家长也跟着受罪。儿子班里已经有七个孩子转学了，我们是不是也该考虑这个问题呢？

儿子的作业快写完了，我得去忙他的事了。大宝，明天是周一，你要转出 ICU 了，我可以天天守在你的身边了，一想到这儿，我就兴奋。

2020.10.11

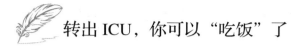

转出 ICU，你可以"吃饭"了

媳妇儿，昨天你没能转出 ICU。在我据理力争、强烈抗议之下，今天把你从 ICU 转出来了，终于离开了那个可怕的地方。

一大早，我以兴奋的心情来到医院，又以忐忑的心情走进 ICU 外面的大厅。敲开 ICU 的门，请嫂姐去问问你几点转出，她告诉我等通知。

昨天下午我就给大侄子、女儿、外甥女打电话，叫他们早点到医院帮忙。他们很早就来了，后来你父母也来了。我们在大厅里等着。我时不时看手表。九点多，ICU 里的人出来告诉我们，马上就要把你推出来。我的心顿时一阵狂跳，那种兴奋，那种激动，过去可从来没有过这样的感觉。

我们等在 ICU 大门外，我的心像小鹿乱撞，急切地盼着门打开。等了几分钟，门终于开了，你被推出来，我们把你抬到平车上。医生说先去做 CT。我们推着平车很快就离开了 ICU。你的状态很好，脸红扑扑的，嘴微闭，两眼左右转动，好像在看一个新的世界。我眼含热泪，边走边对你说："大宝，你终于出来了，老公盼了五十多天啊！这下就好了，老公可以天天陪在大宝的身边，天天和大宝在一起了。咱们抓紧治疗，大宝很快就会好的。"这一路，我的眼睛都没离开过你，嘴也没停止过说话，好像分别了很久很久。

做完 CT，直接就把你推到九楼神经外科。你的病房是四人间，已经住有三个卧床的重病号。将你抬上护工已经铺好的病床，护士立刻连接监护仪等仪器，实施一级护理。护士长和护士们很热心，对你全身检查一遍，告诉我们怎么翻身、吸痰、擦身、打流食、防治褥疮等，交代得很详细，后来又多次过来查看。

护士长检查你身体时，我也在旁边看着，这是五十多天来第一次看到你的全身，看得我心都碎了。你全身皮肤发黑（你的皮肤应该是很白的呀），散发出又腥又臊熏人的气味，屁股上有几块红通通已破溃的褥疮，腋窝、大腿根部、大腿内侧皮肤紫黑红肿糜烂，屁股沟出现很大的紫红色的裂口，后背长满像痱子一样的红点点，两只手紧紧地攥成一团抠都抠不开，右脚弯曲成僵硬的半圆形，手脚畸形而且浮肿。大宝啊，你是多么爱干净，又是多么爱护皮肤的人啊，现在这样子让人目不忍睹。你要是苏醒看到，该何等伤心、何等痛苦呀！

我和护工立即给你清洗全身，还害怕洗破你脆弱的皮肤，担心感染还在出血的伤口，非常轻柔地慢慢擦洗，用了三盆水才勉强洗干净，刺鼻的怪味没有了，但皮肤仍然显得灰暗。我到药房买药，给你的伤口逐个消毒、上药。我又给你做简单按摩，希望能起一点儿作用，让你舒服一点儿。护士给你挂上了点滴，说有好多种药液，包括营养液，得滴十多个小时。

下午，我们又将你推到二楼做动态脑电图。因为需要二十四小时监测，医生把设备连接好后，我们又把你推回病房。然后，我去医生办公室找主治医生海大夫，我得尽力和他搞好关系。我客客气气、低三下四地求他把对你有促醒作用的药物、高压氧等都用上。他瞅我一眼，说："这个不用你操心，我们知道怎么办。"我点头哈腰地一再表示感谢。

护工是你父母和你弟弟定下的，每天工资三百三十元，五天一支付。目前，也看不出她好不好。住院所需物品，她想起什么，我就立马去购买，先后跑出去四次，大包小袋地往病房拿，像居家过日子似的。对我这个平日根本不买东西的人来说，买东西真有点难度，每次都要跑几个地方，医院附近的大超市、小卖店差不多走遍了，才把东西都买回来，我的腿都要跑细了。

听说你转到病房，海鸣妈妈、李想夫妇晚上就跑过来看你，他们一看到你就哭了，泪眼汪汪地跟你说着话。李想爱人更是动情，你竟然也流出了眼泪。我希望以后有更多的人来看你，这对你苏醒会有帮助。

媳妇儿，这一天我忙得真是脚打后脑勺，但不管多忙多累，我都是高兴的。你终于离开 ICU，离开了那个令人生畏的地方。你竟然在那里待了五十三天，该是多么孤独、多么恐怖呀！现在到了普通病房，可以进行专业治疗，有人精心照料你，也有好朋友来看你，我也可以天天陪着你了。我相信，你一定会慢慢好起来的。

2020.10.13

媳妇儿，你今天基本睡了一个白天，睡得很香，病房那么吵也没有影响到你，是因为有我在身边，还是你昨晚没睡好呀？护工说，昨晚你的痰很多，不到一个小时就得吸一次痰。她说她一夜都没睡好，要求我再找一个人夜晚跟她一起护理。白天有我帮她，夜晚我得回家管儿子，我到哪里去找这个人呢？

医生上午查房时告诉我，在给你静脉输入和鼻饲注入营养液的同时，可以给你打一些饭菜流食，由于你胃里很久没进饭菜食物了，要少食多餐，一天五次，一次二百毫升，过几天再逐渐增加，今天就可以打流食。你可以"吃饭"了，我非常高兴，立马给单位的诗情打电话询问怎么能买到破壁机，她说她帮我买。不到一个小时，她就和俊涛、杨硕、穆颖来到病房，带来了破壁机和大虾、胡萝卜、小白菜、馒头等食材。她们请教护工后，便动手将大虾、胡萝卜和小白菜洗净煮熟，然后和馒头一起用破壁机打成糊状的流食，护工用灌注器通过胃管注进了你的胃里。大宝，这可是你五十多天来吃的第一顿饭菜啊，尽管不是用嘴吃的，但也具有标志性的意义！

从明天起，我要亲自给你做饭了。我准备给你做的早餐是小米粥和笨鸡蛋，另外四餐是鲽鱼、香肠、胡萝卜、白菜和馒头，你不是爱吃鱼和香肠吗，我今天特意去买的，现在都准备好了，明天早上再打成流食。我不会做饭，而且还是第一次做流食，不一定做得好，但我保证做熟、洁净，尤其是保证有营养，你别挑我啊。我没有经验，配哪些食材更有营养，还得研究和学习，请相信我，我一定会越做越好的。

下午，两个医护人员拿着仪器来给你做 PICC 静脉置管，在你的右臂埋下静脉注射线，整个过程比较顺利。以后无论打什么点滴，用这个置管就可以了。

上午俊涛打电话告诉我，说王刚师傅建议我用牙签扎扎你脚底的涌泉穴和公孙穴，看有无反应。我立刻找一根牙签，扎这两个穴位，扎一下，你的腿就弓一下，嘴也咧一下，反应很明显，左脚更敏感一些。我给王刚师傅打电话说了这个情况。他说，有反应，说明你有痛感，应当经常刺扎和按摩，可以起到促醒作用。他过几天来医院看你，尽力帮你。你跟王刚是认识的，我和他并不熟，但听说他为人实在，对人热心，喜欢做善事，是一个很不错的人。大宝，只要对你苏醒有帮助，不管效果如何，我都会毫不犹豫地去试去做，万一有用呢。

2020.10.14

　　媳妇儿，今天凌晨，我是被梦惊醒的。我梦见你突然坐起来，伸个大大的懒腰，打个大大的哈欠，红光满面，神采奕奕，微笑着说："睡够了，起床了。"然后穿衣服下地，问我："老宝，有什么好吃的呀？"我兴奋地说："有，有，马上做。"我赶紧打开冰箱，里面却是空的，一激灵，汗都出来了，也就醒了，再也睡不着了。

　　不到五点，我就爬起来了，把儿子的早饭准备好后，立刻给你做一天的五顿饭并打成流食，装好打包，然后三口两口地吃完饭，骑着共享单车急急忙忙赶到医院。这是我第一天给你做饭，手忙脚乱的，时间也比较紧张，但我打心眼里愿意做，为你做饭也是一种享受啊。

　　看着护工把我做的流食打进你的胃里，我挺高兴，有一点点成就感。但看着看着，一股莫名的酸楚涌上心头。你是一个多么爱吃的人啊，遇到美食总是笑逐颜开，吃得那个美呀、香呀，让看的人都流口水。可现在，却是用管子把食物注进你的胃里，好吃不好吃，你全然不知。

　　你还记得吗，我俩恋爱不久，有一天晚上去吃灶台鱼，一条三斤多重鲜活的草鱼，加上各种配菜，炖了一大锅。我俩看着香喷喷的一大锅鱼和菜，说这么老多，两个人哪能吃得了呀。我俩一边吃一边聊天一边说笑，你给我舀一勺，我给你夹一筷子，不知不觉地，突然发现锅见底了，鱼和菜竟然没有了。我俩不禁大笑。你说："两个饭桶，太能吃了！"现在想起那天你天真可爱的样子，还是那么清晰，仿佛就在昨天。

此时此刻，我俩在一起品味美食的一幕一幕不断浮现出来，将我带到那一个又一个的幸福时刻：我俩下班后开着车满大街寻找美食；深更半夜从床上爬起来出去吃夜宵；在旅游地拿着手机搜索风味饭店；在老家大吃大嚼炖腊肉、炖鸡、炖鸭、卤肉等家乡美味……每一次看你吃得那么香甜那么投入，我的享受感就会油然而生。尤其你边吃边笑嘻嘻美滋滋地咂摸着嘴说"好吃"的时候，我的馋虫都被一串一串地勾出来，以致食欲大振，把肚子吃得溜圆。

大宝啊，你可别忘了，我还欠你一顿飞蟹呢。就在你出事的前几天，你特意给我打电话（那时我在外地疗养），撒娇似的要求我回来后给你买大飞蟹吃，还得是大大的肥肥的，我当即答应。可是我还没来得及兑现承诺，你就倒下了。你是最爱吃大飞蟹的，一年总要吃几次，每次吃三四只不在话下。我现在多么希望你赶快好了，我给你买多多的大大的肥肥的飞蟹，让你吃个够呀！

今天上午，又推你到二楼做肌电诱发电位检查，医生说要看脑神经畅通情况。我请单位两位同志和大侄子过来帮忙。下午，脑电图、电位检查结果出来了，我拿着单子找海大夫，他说你这两项检查都有问题，应该属于中度脑损伤，但还有苏醒的希望。他说做这两项检查，是为给你做电极植入手术准备的。得知你有苏醒的希望，我的心敞亮多了。

　　下午五点多，儿子初中同学麒丰、姜扬的妈妈来看你，走到床边就哭了。才一年时间，你和儿子同学的家长相处得都挺好，这两位跟你的关系更好一些。她俩一个拉着你的左手，一个拉着你的右手，边跟你说话边按摩手，待了一个多小时，按摩了一个多小时。你多数时间闭着眼睛，没有太大反应。她俩走时是哭着离开的。你的两只手不像过去那么僵硬，也没有那么弯曲了，看来她们的按摩还真有效果。

2020.10.15

 你笑了

今天是你转入神经外科的第四天，褥疮正在好转，后背的红点儿也在消失，腋窝、大腿根部、大腿内侧和屁股沟的伤口正在愈合，脸色出现了正常的红润，面部表情也不那么呆板了，整个状态与四天前相比，发生了明显的变化。为什么短短几天，就有这么大的变化呢？应该是用药对症了，护理精心了，有亲人陪伴了，有人跟你说话了，有人抚摸按摩了。如果早一些从 ICU 转出来，你是不是会更好一些呢？

今天，护工经我同意，借一把理发推子将你的头发都剃了，她说这样便于洗头和护理。看你光光的脑袋、青青的头皮、圆圆的脸庞，慈眉善目的，活像一尊弥勒佛，很精神也很好看。我抚摸着你的脑袋，对你说："大宝，你成小尼姑喽，佛更要保佑你了。"你好像在看着我，但没有反应。

你转到普通病房后，我都是从早上六点半到晚上六点一直守着你，只要没有其他干扰，只要你没有睡觉，就不停地跟你说话，给你按摩，抚摸你的头、脸和手，希望起到促醒的作用。听说唤醒植物人的最好办法是亲人的呼唤和触摸，所以我就不停地这么做，恨不得立刻就让奇迹出现。这几天早晨，把儿子送出门，我简单收拾一下屋子，就急急忙忙地往医院赶，晚上到了再不走就耽误接儿子的时候，才一步三回头恋恋不舍地离开病房，就是想尽量多地陪在你身边，哪怕多陪一秒钟也是好的。

中午，你单位的黄姐和小金来看你，哭着跟你说了很多话，待了近一个小时。她俩刚走，牛哥就来了。他们都是多次打电话，一再嘱咐我，你出 ICU 就告诉他们。我昨天告诉他们，今天就来了。牛哥说他虽然退休了，但一直和你保持联系，你出事的那天早上还给你打电话，约好了一起去买大虾，谁知才过几个小时你就出了这么大的事，他非常痛心。他待了两个多小时才走，说要经常来，要把你唤醒。

　　牛哥讲了很多你们在局办公室工作时的事。他说，你那时候年龄最小，单纯可爱，大家都把你当小孩子、小妹妹对待，宠着你惯着你。你跟他最好，总喜欢"熊"他，他还就乐意被你"熊"。你想吃什么东西了，就喊牛哥，让他买这个、买那个，他就立马出去买，乐呵呵地送到你手上。早上、中午在食堂吃饭，你们两个总是坐在对面，你吃完了，将饭盘碗筷往他面前一推，笑眯眯地说"拿去洗吧"，顿顿如此。他说，那时局里职能部门和下面的工商所时不时组织旅游，办公室因为工作的关系出不去，你就总在主任面前"磨"，要求也组织大家出去玩。主任禁不住你"磨"，还真组织了两次集体活动。要不是你会"磨"，主任也许就不会带大家出去放松了。

　　牛哥说，你待人热情，乐善好施，同事中谁有啥事，只要你能做到的，都会主动帮忙，而且尽心尽力。比如，你认识卖水果的李想，只要他那里来了好水果，你都会马上通知大家，有需要的，你就以最低价给大家买回来，甚至送到家里。后来谁想买水果，都会找你，你也乐此不疲地帮大家买，愿意为大家效劳。他说你心地善良、为人诚实，一副热心肠，从来不扯闲话，不背后议论人。我说，你确实有一颗慈爱之心，就连我们楼下那条流浪狗，你都喜欢得不得了，经常煮鸡蛋、鸡肝喂它。前年你拿着三个鸡蛋黄，手捏碎了一口一口地喂它时，大拇指被狗牙刮破了，害得你去打狂犬病疫苗，花了一千多元。你还乐呵呵的，继续喂狗。这段时间，这条狗总到我们家门口蹲着，想必是来找你的。

牛哥说，你平时总是笑嘻嘻的，不笑不说话，挺招人喜欢的，但有时个性也很强，脾气很大，一旦发起火来也挺厉害的。如果有人招惹你了，工作上"难为"你了，你会立马摆脸子、发脾气，像个"小辣椒"似的。不过，你发完脾气就完事了，从来不会记恨谁。他说，你在家父母惯，在单位同事惯，结婚了老公惯，把你惯得有些任性。认识你将近三十年，他和他爱人一直把你当作小妹妹，太了解你了。

听牛哥这么说，我很吃惊，这是我第一次听外人说你任性。我一直以为你在外面很阳光，见人乐呵呵的，说话柔声细语，只有对我、对儿子、对你父母发脾气，不知道你在单位也有这样的事。这么多年，我见到的都是你与同事、朋友、左邻右舍和亲戚和睦相处的情景，听到的都是大家对你的赞美之声，从来没见过你对外人红过脸，从来没听外人说过你一个"不"字。我曾经对你说："大宝啊，如果我俩发生大的矛盾，我就是有一万张嘴也说不清呀，肯定全是我的错。"你问我："你娶我后悔不？"我说："不，我不会后悔的。"

我确实没后悔过，因为爱你，我脑子里装的全是你的好，既然娶你，就要把你的优点缺点一块娶过来。人无完人，我从来就没要求过你完美无缺，因为我的毛病也很多。大宝啊，我现在多么希望你能跟我发一通大脾气呀！

2020.10.16

媳妇儿，这几天感觉你好像有意识了。前天，我连续跟你说了一个多小时的话，说到卖卡罗拉车的时候，你的面部表情比较复杂，像要哭的样子。问你卖不卖，如果不卖就眨眼，你眨了一下眼。我心里一颤，心想幸亏没卖，否则怎么对得起你呀。昨天下午，我带儿子来看你，儿子跟你说话，你一点反应也没有，眼睛还总闭着。儿子以为你不理他，心情挺不好的。我和儿子准备走时，邻床的一位家属叫儿子亲亲你，儿子不好意思，我就去亲。我"叭"地亲了一下你的大脑门，你张嘴大笑了一下。看到你笑，我非常激动，说："大宝，你笑得太美了！"又狠狠地亲了一下，你又笑了。当时旁边好几个人，都为你的笑而兴奋。今天，我讲述你在承德向观音菩萨求子的事，问你昨天儿子跟你说话怎么没有反应，你面目表情变化很大，开始像是很幸福地听，后来像要哭的样子。大宝啊，你是不是有意识了？

上午，儿子小学同学的五位妈妈和两位爸爸来看你。妈妈们一见到你，眼泪都流了出来。她们跟你说了很多话，讲了许多大家一起旅游、吃饭、说笑时的情景。这几年，我们六家相处得非常好，寒暑假都要带孩子出省旅游几天，节假日都要在省内景区玩一两天，一年总要在一起吃几顿饭，大家感情很深。他们在你身边待了很长时间，你的眼睛基本是闭着的。王刚师傅也从海城赶来，他说你的状态不错，肯定能醒，并说他正在用他的方式帮你，争取助你早日苏醒。他没说是什么方法，我也没问，只有心存感激。媳妇儿，你看，有多少人在关心你、帮助你呀！

今天一个白天，本来挺好的，可你下午出了状况，把我吓得半死。接近六点，你睁着大眼睛，打一个大哈欠。我发现你突然双眼紧闭，嘴唇发白，呼吸声音变得很小，脸色也不那么红润，叫你没反应。我的腿都软了，心都要跳出来。马上查看监护仪的各种数据，其他都正常，只有呼吸为零。我让护工赶紧找护士，护士来发现监护仪没有显示呼吸数据，调一下就正常了。其实你什么问题也没有，不过是我产生的错觉，神经过敏，精神紧张。尽管如此，在骑单车回家的路上，我的心情仍然没有平静下来，握着车把的手还在微微颤抖。

目前，最大的问题是对你的护理。这个护工不是很理想，她总说太累睡不好。我昨天给她开了五天的工资一千六百五十元，才干了这么几天就嫌累，怎么能护理好你呢？你妈要我再找一个护工，让两个护工护理。现在找一个可心的护工太难了，找两个护工经济上也吃不消呀。这件事真让我为难。但再难也得想办法，绝对不能让你受委屈。

2020.10.19

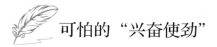# 可怕的"兴奋使劲"

今天早上，我把按摩师老孙太太请到病房，让她看看给你怎么按摩效果更好，我要学一学。她说针对你的病情，就得按摩头部、手脚和胳膊腿，穴位都要按到，并手把手地教我如何按摩、如何推拿、如何使用精油，要我早晚各做一次，一次一个多小时。你和老孙太太认识很多年了，关系也不错。她看你变成这个样子，心里很难过。她今天还说，也是你命不该绝，那天要不是我破天荒看一下手机立马赶回家，你肯定就没命了。

上午医护人员把你的气切塑料管换成了金属套管。换完后，你好像很难受，痰更多了，咳嗽也频繁了。是不是你不适应金属管呢？看你难受，我心里更难受，一天都不舒服。你今天多次将两只手臂使劲压着身体，两手紧握，两腿紧绷，张嘴大喘，满脸通红，浑身出汗，很兴奋的样子。你前几天也有过这种"兴奋使劲"（我不知道这是什么症状，暂且这么叫吧）现象，但没有今天严重、频繁。医生说，不像抽搐和癫痫，可能是大脑受损放电，也可能是你苏醒前与病魔做斗争的正常反应，不好确定。我想，如果真是苏醒前的反应，那当然是我梦寐以求的好事，可我更担心这样会伤害你的大脑。大宝啊，我天天都盼着你一天比一天好，很快苏醒，很快好起来，最害怕你出现新的问题。你知道我每天是怎样的心情吗？

上午高压氧科来两个医护人员会诊。她们说你的痰太多，高压氧舱里不能吸痰，一旦有痰咳不出来会有生命危险，不适合高压氧治疗。我是听说高压氧对恢复大脑神经细胞有作用，所以找了海大夫和住院医生好几次，今天才来人会诊，可他们却说你不能做高压氧。

中午，你的同学惠娟来看你。她见到你就哭泣不止，呼喊着你的名字，对你说：你有个好老公，有一个大儿子，有那么好的家，又有一份好工作，怎么可以在医院躺着呢，赶快好了啊。

惠娟是你最要好的同学，你俩关系密切，来往也多。这几年，她只要有伤心事，晚上就会把车开到我们家楼下，你就到车里听她诉说，一唠就是两三个小时。你总是想方设法安慰她，苦口婆心开导她，生怕她想不开出什么问题。好在她非常信任你，找你发泄，听你的劝，每次见到你都能化解心中的郁闷，满心轻松地回家，你似乎成了她的精神支柱。她每找你一次，你都会对我说一次："我比惠娟幸福多了，就是和其他女同学比，我也是最幸福的。"你还不忘补充一句"谢谢你啊老公"。

惠娟今天说了很多我对你如何好的话，她说得越多，我越感到惭愧，越觉得对你关心太少，做得不够，更对你现在的样子感到痛心，也更坚定了给你治疗、保护你、关爱你的决心。大宝啊，老公永远爱你，此生不变！

今天你的表姐艳文大姐特意从开原赶过来帮助护工照顾你。她负责夜晚，我负责白天，这样就不用另外找护工了，解决了我的一个难心事。

2020.10.20

媳妇儿，你今天的状态比昨天好多了，痰明显减少，"兴奋使劲"的现象也少了很多，这让我放心不少。

按照老孙太太教的方法，我给你做按摩、推拿，上午做一次，下午又做一次。我一边做一边跟你说话，按摩推拿到哪个部位，就讲按摩推拿这个部位的作用和好处，累得满头大汗。看你很享受很舒服的样子，我就有一种成就感。今天还有一个发现，当看到你要"兴奋使劲"的时候，我马上给你按摩头部，跟你说话，你很快就平静下来。这一招也有不灵的时候，但你"兴奋使劲"的次数比昨天少了很多，也轻了很多。

媳妇儿，看你没有尊严地躺在病床上，是我最难以忍受的。身上插着胃管、气切套管、导尿管，胸部贴着几根连接监护仪的导线，胳膊上绑着测量血压和心率的绷带，大拇指上夹着测量血氧的夹子，让人揪心。当你出现"兴奋使劲"时，全没了正常人的形象。你赤身裸体地躺在病床上，虽然盖着被子，但护士查看你的身体时，不管病房里有多少人，也不管是什么人，掀开被子就看；护工给你擦大便、换纸尿裤，给你叩背排痰、擦洗身子，也得掀开被子，露出大半个后身甚至全身，这些都使你毫无隐私可言。为了保护你的隐私和尊严，我总会自觉不自觉地用身体挡住你，尽可能地不让外人看到。但我这么做又能起到多大作用呢？大宝啊，看你落到这般田地，真如万箭穿透我的心，我真的是无法忍受啊！

你是个传统的女人，从来不穿大领口的上衣，从未穿过短裤出门，偶尔穿裙子也是长裙。你从不刻意修饰自己，不抹口红，不搽胭脂，不描眉毛，不画眼线，不戴项链、耳环，不戴戒指，始终保持自然朴素的形象。我曾劝你适当修饰一下，你却不为所动，还戏谑自己"清水出芙蓉，天然去雕饰"。在日常生活中，你很注重自己的尊严和形象，不给人任何轻浮的印象，不给人留下任何负面的谈资，努力做一个受人尊重的人。而现在，你却赤裸着身体，身上插着管子、布着导线，无知无觉地任人摆布，这是多么残忍、多么悲哀呀！大宝啊，老公能不痛心疾首吗！

所以我要说：人啊，千万要保重自己，千万不能得重大疾病，否则就没有了尊严，没有了体面。

今天你父母把护工换了，新来的护工小秋也是你妈找的。希望她对你好，能把你护理得周到细致，让我放心。

2020.10.21

今天早上，我带着做好的流食，骑着共享单车来到医院。我抚摸着你的面颊，动情地对你说："大宝，今天阳光明媚，又是新的一天，今天比昨天更美好，你也比昨天更好。"你睁着大眼，静静地听我说话。

你今天确实表现得很好，倾听我没完没了地述说，享受我的按摩推拿，似乎在配合着我。病房里的人说，你很依赖我，只要我在你身边，你就比较安静。我听后很高兴，说明你心里有我，也说明你有些清醒了。下午，你本来睁着的眼睛突然闭上了。我瞅了一会儿，就喊"媳妇儿""老婆""大宝"，你没有反应。我用双手在你眼前轻轻地拍了一下巴掌，你立刻睁开眼，张嘴笑了一下。我兴奋不已，狠狠地亲一下你的脑门儿，给你一个奖励。

但是，你"兴奋使劲"的问题还是让我忐忑不安。早上到病房，好几个人告诉我，昨晚你一夜都没有闲着，基本处于"兴奋使劲"状态，张着嘴大叫，病房的人跟着一夜未眠。我便找医生反映你的情况，他们说这是像婴儿想说话又说不出来时着急的动作，也许越这么闹腾，越有利于苏醒，可以再观察观察。听他们这么说，我觉得是好事，你越闹腾，离苏醒就越近了。大宝，你就狠劲地闹腾吧！

下午五点半左右，你又开始"兴奋使劲"了，隔三四分钟一次，直到六点我不得不去接儿子，你仍然如此。这让我走得很不忍心。看你那痛苦遭罪的样子，我怀疑起来，这到底是不是好事呢？

2020.10.22

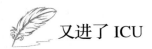# 又进了 ICU

媳妇儿，现在将近凌晨一点，我躺在你的病床上，心情沉重，毫无困意。一个小时之前，因为血压低，你又被送进ICU，又住进那个令人生畏的地方。

听护工小秋和艳文大姐说，你晚上的血压本来是正常的，九点钟左右，同病房一位老太太去世，屋里乱哄哄的，你的血压开始下降，最低时到了80/50。小秋急忙找值班医生。用上升压药后，由于泵入量太少，血压仍然没有升高。小秋又找医生，对医生说，升压药泵入量只有5，肯定太少，按照你的体重，如果调到15至20，血压肯定能升起来。小秋当了十多年的护工，见多识广，也有经验。医生对小秋的要求不但置之不理，还说要把你送进ICU。小秋和大姐当时就急了，大声对医生说，血压低一点就往ICU送啊，就这个本事怎么还能当医生？医生态度更生硬了，蛮横地说，你们说了算啊？不送ICU，出了问题你们负责吗？这个医生是个二十六七岁的年轻人，可能是缺乏经验，害怕担责任吧。

晚上，我的老朋友仁连兄和华子在我家附近请我吃饭，我把儿子安顿好后才去的，晚到了一个多小时，他俩一直在等我。他俩很关心你的病情，也担心我的身体，劝我想开一点，别太死心眼儿太较真，尽了心就可以了。我们边吃边说。也就一个多小时，小秋来电话说你血压不稳，值班医生要把你送到ICU，让我去一下。我大吃一惊，立马起身就走。

今天是入秋以来最冷的一天，气温已降到零下五度。寒气扑面而来，我不觉一阵战栗，急忙跑到路口，拦住一辆出租车，催着司机赶往医院。到病房后，我看了一下监护仪，血压确实低，但是不是到了必须转入 ICU 的程度，我不得而知。我就去找值班医生，他不愿意再管，坚持要转走。去世的老太太被推走后，医生才叫我们赶紧准备，马上送你到 ICU。十一点多钟，我们怀着无奈无助的心情，忍痛把你送进我们极不愿送你去的地方。

你进去不久，我敲开 ICU 的门，问医生你的血压怎么样了。医生说：血压没什么大问题，基本正常，现在体温有点高，38℃左右，应该是导尿管引起炎症导致的，换一下导尿管，打点消炎药就能好了，过两天可以转回病房。听完她的话，我既高兴，又气愤，高兴的是你没有大问题，气愤的是那个年轻医生不该简单粗暴地把你送进 ICU。

我本来要在 ICU 外面大厅守着你，大姐和小秋硬是劝我到病房去，说病房就在 ICU 上面，有什么事很快就能下来。这时我才想起给儿子打电话，让他早点睡觉，照顾好自己。大姐和小秋各自睡在折叠床上，让我睡你的病床。

大姐和小秋都是好人，心肠好，有爱心。大姐说，没想到你病得这么重，太可怜了。她要多待一段时间，夜晚帮小秋护理你。她老公有病，孙子才几岁，都需要她管。为了你，她放下家事，远离家庭，不辞劳苦，彻夜守着你。我对她非常感激。

小秋比我小两岁，很早就出来打工，后来当了护工，经验丰富。她老公和儿子都在本市打工，还买了房子，家里生活也不算差。她与之前那个护工是完全不同的人，她勤快，有爱心，不多言多语，没有因为累和睡不好觉而抱怨。她说，护工就是来伺候病人的，得让家属满意，要不然，谁拿那么多钱雇护工啊。希望她能坚持下去，把你护理好。

今天下午，我到单位参加党委班子学习研讨会了。开会时，主要领导要我第一个发言，然后就让我赶快返回医院。在单位，大家像对待客人似的非常热情地跟我打招呼，关心你的病情，嘱咐我注意身体，让我深切地感受到同事们的真情和关爱。我在单位待了不到一个小时，便驱车赶回医院，回到你的身边。

这几天，我也感觉你对我很依赖，我在你身边，你就会安静，表现就好，"兴奋使劲"就少。大宝，你又进 ICU 了，我不能陪在你的身边，你的表现好吗？

2020.10.23

好朋友犹如寒冬里的一炉炭火

今天一大早，我跑到 ICU 门口敲门，找医生询问你的情况，但里面的人说医生没空，让我等。一直到八点半，才出来一位医生。她说你现在血压正常、稳定，体温在 37.8℃左右，消炎后很快就能下去，其他没什么大问题。我问她你晚上有没有叫唤，她说刚接的班，还不知道。我要求进去看看你，她让我下午去。这位医生我是第一次见到，人还不错。

我下午进去了，见你静静地躺着，监护仪上的数据基本正常。我有点儿兴奋地喊"大宝""老婆""媳妇儿"，然后亲你的脸蛋儿，抚摸你的脑袋，对你说："大宝，对不起，老公没有保护好你，又让你进 ICU 了，但你已经没什么问题了，很快就会出来的。"你动了一下脑袋，好像是听懂了。我待了一会儿，护士就让我出去了。

媳妇儿，你再一次进 ICU，我担心你身边没有亲人照顾而受委屈，担心你看不到我、听不到我的声音而着急上火，担心你好不容易有好转的身体又受到损害，更担心你在 ICU 里不容易转出来，真的心神不宁。我不能陪在你的身边，不能跟你说话，不能给你按摩，不能给你做饭，心里空落落的。好在你并没有多大问题，应该在 ICU 待不了几天。今明两天是双休日，你肯定是出不来了，希望下周早些出来。

通过昨晚的事，我对神经外科医生的医术水平、职业道德、服务态度产生怀疑，有些不信任他们了。我考虑给你转院，去个好一点的医院。

我的好朋友马林下午来医院看我，我就把想转院的想法对他说了。他说他认识省医院的一位副院长，可以让副院长帮帮我。他当着我的面给这位副院长打了电话，让我有问题直接去找她，她会提供帮助。我想，既然有副院长帮忙，以后在治疗上应该会好一些，就在这里再治疗一段时间吧。

马林既是我的好朋友，也是我的战友和老乡，现在一个市局里当处长。他埋怨我这么大的事不该不告诉他。我说："也不是什么好事，告诉你干吗，我对谁也没说。"他说："你应该告诉大家，人多力量大，大家一起想办法，总比你一个人撑着强。"我说："我也不知道谁跟医院有关系，怎么去说呀？如果说了，好像找人家要钱似的，你今天不就花钱了吗，我不要你还不高兴。"我知道，他说的确实有道理，但我肯定不会主动给别人打电话说你住院的事，除非是我不得不求的人。

这两个月，有不少同事、朋友、战友和老乡来医院看你看我，有的来过多次，他们都是通过其他途径知道你住院的。我特意打电话的只有一个人，那就是我们集团的董事长，因为我必须请假。来看我们的人中，很多在平时联系并不多，而一旦有事都会头拱地的去帮忙，是那些重情重义的人。比如，你住院后的十几天，我的好朋友立中兄，刚提升为正厅级领导干部，从北京来我们这个城市调研工作。不知他是怎么知道你住院的，当天连夜赶到医院来看你。平时我们两个很少联系，即便是打电话，也多是我找他办事。再比如，你的好朋友裴姐和薛姐，前天来陪你一个下午，还迟迟不愿离开。薛姐还带来你大病保险的复印材料，说要帮你申请理赔。

要不是她的提醒，我真想不起来你还有保险的事。这样的朋友，犹如寒冬里的一炉炭火，大雨中的一把雨伞，温暖我冰冷的心，给我与厄运做斗争的力量和勇气。

有朋友说，谁谁最应该来看你，至少应打一个安慰电话，他们的消息最灵通，不可能不知道你住院的事。我说，来看是情谊，不看是本分，谁也没有义务必须去看谁，谁也不欠谁的。不过，这也让我明白了，酒肉朋友也许就是饭桌上的朋友，酒阑人散也就过去了，所以交友还是谨慎为好。尤其对把交友当交易的人，虚头巴脑的人，还是不交为好。

媳妇儿，你这一次的灾难，让我真切体会到什么叫人情冷暖，看清了人间百态。几十年历尽沧桑，阅人无数，短短两个月，竟让我领悟了"看透世间百态，唯有冷暖自知"的含义，这也是收获。

2020.10.24

上午我找嫚姐问你的情况，她说你从昨晚到现在，时不时地喊叫，声音很大。今天，只要 ICU 的门打开，我就会听到你的喊叫声。下午我进去看你，见到前天晚上那位医生。我问你的血压有什么变化，她说从你进去到现在血压一直比较正常，让我不用担心。我看了一下监护仪上的数据，都很正常，然后俯下身子，摸着你的脸，跟你说话，陪了你十多分钟。

今天是周日，儿子没有班补，但有你给他安排的补课，上午一节课，下午一节课，把一天的时间弄得零零碎碎。把他送到补课班，我就赶到医院，在 ICU 外面的大厅待个把小时，然后去接他吃午饭，再把他送到另外一个地方补课，之后又急忙赶回大厅，待一会儿再去接他，开着车跑来跑去。为了你和儿子，我倒也乐此不疲，心甘情愿。

今天给医院的副院长打电话了，并加了微信，请她帮忙尽快把你从 ICU 转出来。她挺热情，让我明天去办公室找她。这两天，你妈总给我打电话，要我抓紧把你转回病房。

天一天比一天冷了，儿子过冬的保暖衣裤没有一件合适的。我既不知道买多大尺寸的，又不知道到哪里去买，只好请俊涛帮忙。上次我让吉鸿买的是秋季衣服，却没想到买冬季的。下午，俊涛送来几件新买的保暖衣裤，都是儿子喜欢的，试了一下很合身，非常满意。现在家里遇到的一些事情，我虽然学着去做，但要做好，也得有一个过程。大宝啊，你还是快苏醒回家吧，没有你的日子真不好过呀！

2020.10.25

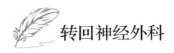 **转回神经外科**

媳妇儿，这两天经过斗智斗勇，费了很大的劲，今天才将你转出 ICU，回到神经外科病房。

早晨把儿子送上车，我就带着流食和小褥子等物品赶到医院。先同小秋一起把你的病床铺好，然后到 ICU 大厅等着，非常担心不把你转出来。到了九点半之后，他们才告诉我准备接你。我心急火燎地站在 ICU 门外，急盼着门打开。门终于开了，我和小秋、艳文大姐急忙进去，推着病床就往外走，生怕他们改变主意。你的神色很好，脑袋左右转动，眼睛也左右转动，好像是在感受周围不同的环境。我边推着病床边跟你说话，上电梯下电梯，很快就到了神经外科。

几个病友家属主动过来帮忙，我们一起把你抬到病房的床上。护士给你连接上监护仪，护士长过来检查你的身体。你身上又有一股难闻的臭味；屁股上起了很多即将破裂的水泡，还有没擦净的大便；大腿根部潮湿发黑，出现一条一条的裂口；手也肿了、弯曲僵硬了。才短短的四天五夜，你就变成这个模样，我非常心疼，一再地跟你说："大宝，好好表现，再也不去那个可怕的 ICU 了，再也不能去了。"

小秋兑好两大盆热水，对你全身进行擦洗，给你大腿根的裂口、屁股上的水泡消毒上药。她说，再不从 ICU 出来，水泡很快就会变成褥疮。她将你的身体翻成侧身，用开塞露给你通便，用了两次开塞露，你才拉干净。身体洗干净了，大便也排净了，你似乎表现出很轻松很舒服的样子。

小秋忙完后，我开始给你按摩推拿，跟你说话。又拿你最喜欢的旅游和美食作为话题，说等你好了，我俩自驾游去那些你还没有去过的地方，欣赏美景，品尝美食。当我说到带你去西藏的拉萨、日喀则、林芝、可可西里无人区，还要攀登珠穆朗玛峰时，你竟然笑了，脸上露出愉快的表情。我觉得你听懂了我的话，高兴地在你额头上使劲亲了一下。我之所以反反复复地跟你讲这些，就是想给你希望，给你刺激，起到促醒的作用。

今天又开始给你打流食，你已经四天没有吃到我亲手做的饭菜了。看着小秋把流食注进你的胃里，我的幸福感油然而生。我在你耳边播放《甘心情愿》这首歌，并随着一起唱，还动情地讲述我第一次给你唱这首歌时的情景。我感觉你脸上的表情时不时有一点点变化，这是不是你内心的反应呢？

这一天，你基本处于平静状态，大部分时间睡觉，也许你在 ICU 没睡好，也可能是累了。下午三点来钟，我到医院大门外买东西，小秋给我发来你"兴奋使劲"的视频。她说我刚走，你就有动静了，可能是不愿意让我离开。我赶紧回到你的身边，给你按摩头部和手臂，说安抚你的话，可你还是接连"兴奋使劲"了几次，张着嘴，大声喘气，满脸通红，浑身出汗，持续半个多小时。看着你难受的样子，我真不知道如何是好，但愿你是在同病魔抗争，是在努力苏醒。

到了六点多钟，我不得不和你告别，离开病房去接儿子。这段时间都是海鸣爸爸将儿子送到我家附近，我去迎接，这也是为了省一点时间多陪你一会儿，当然辛苦了海鸣爸爸。

2020.10.28

 **你就是我的命**

媳妇儿，你这两天上午基本是以睡为主，下午会出现"兴奋使劲"现象，晚上"兴奋使劲"会加重，发出的声音比较大，像婴儿的哭叫声。

昨天我找海大夫询问你"兴奋使劲"到底是什么原因，他说不好确定，再观察观察。我问有什么解决办法，他说没有什么好办法。我请求他对你进行全院会诊，安排做高压氧和肢体康复治疗，他说不用我操心，他知道怎么办。我又给副院长打电话，请她跟海大夫说一下，做全院会诊。她说她不分管这个科，说了也不一定有用，但会打电话试一试。我之所以再次提出做高压氧，也是其他医院医生建议的，但今天没有任何消息。好在康复科下午来人给你做康复按摩了，效果还不错，你的手有一些变化，不那么僵硬了。

媳妇儿，我对将你转到神经外科一直有想法。一个多月之前，我问了几个其他医院的朋友，他们都说应该到神经内科治疗，神经外科以手术为主，对治疗像你这样的大脑疾病不是最专业的。在 ICU 时，说三个月后给你植电极，所以把你转入神经外科。我们什么也不懂，就稀里糊涂地同意了。后来我找覃大夫，要求先把你转入神经内科治疗一段时间，如果确实苏醒不了，再转到神经外科植电极。他却生气地说："你想转哪科就转哪科呀？已经定了的不能变。"海大夫还说："我们科能接收你老婆已经很仁慈了，你以为其他科会要她吗？"你弟弟也是这件事的参与者，我让他跟覃大夫说一说，可他说神经外科和神经内科是一样的。这次从ICU转出前，我又找那位副院长帮忙，想把你转到神经内科。她说她不分管这几个科，说了也不管用。基于此，我才提出对你进行全院会诊的要求，但他们能不能去做，我一点信心也没有。

下午，我去单位参加党委中心组学习。刚到单位，心里就闹得慌，感觉你在找我、在哭闹。我赶紧请假，又跑回医院。见到你，守在你的身旁，我的心也就踏实了。

2020.10.30

今天，你和前三天正好相反，以睁眼为主，比较安静，身体各项指标也正常。我还是一如既往地跟你说话，给你按摩推拿。还给你播放了我妹妹专门对你说的一段录音，给你听我手机微信里你过去的语音。你听录音和语音的时候，有时咧嘴哭泣，有时张开嘴舌头在动，像要说话却发不出声音，有时转动脑袋和眼睛，像有意在看我。我拿一根香蕉在你眼前移动，你的眼睛有时也会随着香蕉转动，尽管反应比较慢。这些都让我觉得你有了一些意识，也更坚定了我对你很快苏醒的信心。

下午，其他病房的几位患者家属和护工过来看你，说你今天状态很好，变化挺大，一定会苏醒过来。她们进来就问谁是你的老公，小秋指着我说："他是。"她们说，听说你有一个好老公，特意来看看我是什么样子。我顿时不好意思了，说："我有什么好看的呀？"一位五十多岁的妇女对你说："你的命咋这么好呢，找了个这么好的老公。我的老公有他的一点点好，我就满足了。"其他几个女的也随声附和，把我弄得很尴尬。我说："我有什么好啊？如果我把她保护好了，她也不会躺在这里。"来的人中，有两位是在 ICU 外大厅见过我的患者家属，其中一位马上说："你就别谦虚了，这么长时间，我们都看在眼里，你一天不落地守在 ICU 外面，跟丢了魂一样，有几个男人能做到呀。"

她们离开后，我在想，我是个好老公吗？

媳妇儿，我不知道我是不是一个好老公，但我知道，我对你的爱是发自内心的，没有半点虚假，你在我心目中的位置是第一的，你对我的重要性是无可比拟的。还记得吗，我曾对你说："你就是我的天，你就是我的命。"你深情地点头微笑说："我相信，我知足了。"

自从结婚后，除了上班和加班之外，我都尽可能地把时间留给你，陪在你的身边。我很明白，你非常希望我下班就回家，我俩一起吃饭，一起看电视，一起散步，幸福地腻在一起。所以，这十多年来，我晚上尽量不参加活动，尽量不外出吃饭，确实推辞不掉的，我都要提前向你"请假"，并告诉你在什么地方、都有哪些人，完事后会立即赶回家，从来没有超过晚上九点的时候。我这么做，既是想多一点时间陪你，也是不想让你为我担心。我俩相互依赖，相互依恋，已成为习惯。

这么多年，我没有指使过你干这干那，我能做的，就自己去做。饭后刷锅洗碗，几乎成为我的专项工作。有时我不做，也不会叫你去做。因为你愿意做的，自然会去做，无须我多说话。正好相反，在家里，你是喜欢使唤我的，对那些弯一下腰、伸一下手就可以做的事，也会叫我干。有时我会不高兴地说："这样的事也叫我干呀？"你总是嬉皮笑脸地说："我就喜欢叫你干啊，咋的？"不高兴归不高兴，没有一次不做的，因为我不想让你不高兴。其实，这都是一些小来小去的事，干了也累不着人。你喜欢使唤我，也是对我的一种依赖，说明我对你还挺重要。

在婚后的生活里，我最担心的是你生气，最害怕的是你发脾气。有的时候，某一件小事或我的某一句话，可能就会让你生气。说实话，我一直把你当小孩儿对待，尽量忍让。偶尔吵架了，无论对错，我都会尽快向你认错，想方设法让你消气。我知道，家不是讲理的地方，夫妻吵架没有输赢，我让了、忍了、认错了，甚至下跪了，也不会掉一块肉，也不会矮半截。大宝啊，就因为爱你，我才怕你生气，怕跟你争吵。好在我俩从来没有因此影响感情，就像我对你说的：夫妻争吵，如同炒菜放一点辣椒、胡椒面，更有味道，但不能多，否则菜就不好吃了。

在钱的问题上，我俩从来没有生过气、争过嘴，只有信任和舒心。刚结婚时，谁也不愿意管钱，在我的坚持下，还是由你管，我把工资卡交给你。你是个不善于精打细算的人，花钱大手大脚，我们基本算是"月光族"。每当你为家里和亲戚朋友花钱时，总会乐呵呵地说："花钱真爽，我喜欢！"但你从不为自己乱花钱，你不讲究穿戴，不化妆，一年给自己花不了几个钱，即使我要求你给自己买东西，你也不听。我曾对你说"我负责挣钱，你负责花钱"，你开心地举起双手说"我同意"，还对着我脑门儿亲一口，笑眯眯地加一句"真是我的好老公"。

媳妇儿，我是打骨子里爱着你，既爱你的优点，也没嫌弃你的缺点，始终忠贞不贰，一辈子都不会变。现在我最痛恨自己没能全力保护好你，让你遭非人之罪，让你成为这样可怕的样子，这将是我的终生之痛、一世之哀！

2020.10.31

媳妇儿，你前两天除体温有点高，其他指标都正常，夜晚仍然"兴奋使劲"大声喊叫。但昨晚你比较安静，睡了很长时间，没有"兴奋使劲"，大家也都能正常休息了。今天白天你睡了两次，每次一个小时左右，其他时间都是睁着眼，状态也比较好。

昨天晚上，心理专家闫老师给我打电话，说你心里可能有郁闷的事，让我开导开导，看能不能起到促醒的作用。我下午一边给你按摩脑袋，一边跟你唠嗑儿，回忆我、儿子、你父母可能让你烦恼的一些事，又讲述我们过去那些幸福快乐的日子和以后的打算，引导你不要计较和纠结过去不愉快的事，多想开心的事情，要坚强起来，要有信心，尽快醒过来、好起来，早日回家。我还说，放下过去，就是放过自己；跟自己较真，就是跟自己过不去，何必自寻烦恼呢。聪明的人不能干糊涂的事，更不能拿别人的缺点来惩罚自己。把自己活好，活得阳光灿烂、丰富多彩，才是正道。我说了很多，你似乎在听，但没有回应。

我还跟你说了昨天将那间小公寓房出租但租金很低，已让房产中介挂到网上准备出售的事，你也没什么反应。因为你治病、儿子上学都需要钱，不卖这间小公寓房，我手头上的钱就要接续不上了。但很难卖掉，即使卖了，也得赔。那个楼盘还有不少空房销售不出去，不降低价钱是没人买的，再加上过高的税费，我们能收回一半的钱就不错了。

这间公寓房不到四十平方米，是你前年买下的。那时你特别想再买一套房子，看了很多个楼盘，转了很长时间，由于受资金的限制，最后选了这间小公寓房。办理房证时，你非要将产权人写我一个人的名字，我不同意，要求只写你的名字。你说："我们现在住的房子就是我的名字，车也是我的名字，这房子再写我的名字，对你就不公平了。"我说："都是一家人，有什么不公平的，我不在乎。"我犟不过你，手续都是你办的，所以这间公寓房的产权人是我。

你是知道的，我历来把钱财看得很淡，从未在这方面动过脑子，也从未在钱财上跟谁计较过。我对你讲过，和前妻离婚时，我将那么大的房子以及车库、现金和家里的所有东西全部给了她，自己净身出户。有些人说我是傻子，我说我是男人。更何况夫妻一场，何必为了钱物闹得不可开交呢。几年前，在你的支持下，我又主动将房子的产权过户给她，她很是感动。

购买现在住的这套房子，是我俩一起去办的过户手续。我提出产权人只写你一个人的名字，窗口工作人员再三提醒我慎重考虑，我说不用考虑，他便让我写下自愿放弃产权、此房只属于你的声明，并签字按手印。后来你多次要求把我的名字再加上，我都没有同意。你说我真傻呀。我说："有什么傻的，产权人是你，我不是一样在这房子里住吗。退一万步，假使到了离婚那一天，即便是我一个人的名字，我也会把房子给你的。"你竖起大拇指说："真男人！"有时你还不理解，问我："为啥把房子和车都落在我的名下？"我说："连我都是你的，这些东西还不应该是你的呀！"听我这么说，你甜蜜地笑着，表示首肯。

我转业到地方这么多年，先后有几位做生意的朋友劝我利用工作上的人脉和资源做点事赚点钱，他们可以协助，都被我婉言拒绝。我说，我一点经济头脑都没有，不是做生意的料，再说公务人员也不准做生意。他们说我脑子不开窍，放着钱不挣，真傻！我想，傻就傻吧，反正我做人的原则不能变，不该得的钱不能得，不该拿的钱不能拿，不义之财一分钱也不取。钱财是身外之物，生不带来，死不带去，够花就行。古人不是说嘛，"家财万贯，日食不过三餐；广厦千间，夜眠仅需六尺"，何必为钱财所累，为钱财所苦呢。那些贪念太甚、利欲熏心的人，有几个有好下场的。

在对待钱财上，你与我是一样的态度，对我的所做所想一直都是支持的。这真是应了那句俗语：不是一家人，不进一家门。

2020.11.4

你有意识吗

媳妇儿，你今天的几个动作让我惊喜。我剥开一个橘子，试探着往你嘴里挤了几滴橘子汁，你竟然咂巴咂巴嘴，咕噜一声咽了下去，这说明你有味觉，有吞咽功能了。我在你眼前拍巴掌，拍一下，你眼睛闭一下，再拍一下，你眼睛又闭一下，我反复拍了好几次，你都闭眼了，这说明你有知觉了。小秋告诉我，你昨晚咳嗽时，有抬头现象，身体还有倾斜和移动，好像能活动了。每当发现你有新的变化，哪怕是细微的一点点变化，我都会欣喜若狂，兴奋老半天，认为你很快就要苏醒了。

你"兴奋使劲"的现象时有时无，时重时轻，昨天白天到夜晚比较轻，今天下午就严重了，大声尖叫，大口喘气，大汗淋漓，看着让人揪心，更让我不知所措。前几天，我还相信医生说的话，你是在与病魔做斗争，是苏醒前的呐喊，可现在我担心了、害怕了，感到不是什么好现象。

我忍不住，就去找海大夫，他不在办公室。他很少在科里，找他是不容易的。两个多小时后找到他，我问你的"兴奋使劲"现象怎么越来越严重，对大脑会不会有损伤。他没有回答我的问题，而是要求我抓紧时间跟你娘家人商量给你植电极的事。他说快到三个月了，越早做越好，尽快拿出意见，他好做准备。我说，我会考虑的。其实，这也是我一直在咨询和思考的问题。我直接找专家咨询，也请别人帮助询问，还查找相关资料，得到的信息基本一样，那就是像你这样的病情不适合植电极。我还会继续咨询和研究，尽快做出决定。

2020.11.6

这几天，你"兴奋使劲"的状态不断加重，夜晚更加频繁，甚至整个夜晚不消停。我是越来越担心了。今天一早又问了海大夫，他说你大脑有损伤，这种现象很正常，没有办法制止。海大夫的话，我已不再相信了。

上午，我请熟人帮忙，带着你的脑CT片子、脑电图、电位检查报告等资料，去找战区总院的一位神经内科专家咨询。这位专家看完你的视频和资料，说你"兴奋使劲"现象可能是阵发性交感神经过度兴奋综合征，因没有临床观察，他不敢确定，有两种药可以让你的主治医生试用一下。我问"兴奋使劲"是不是你苏醒前的反应，他说如果这么认为纯属胡扯。我回来后马上建议海大夫使用专家推荐的那两种药。他厉声说："你不是想让她苏醒吗，用这药还能苏醒？不能用。"他说用这两种药会影响你的苏醒，我就不敢多说了。

我还询问这位专家，你偶尔会哭、会笑，喂果汁还咂巴嘴，扎脚心腿会动，是不是有意识了？他说这是你的本能反应、神经反射，也可能是微意识。判断有没有意识，最基本的是对你发出语言指令，你能按照指令做出相应的动作。他说你现在还不算有意识。下午我叫你动动手、眨眨眼、伸伸舌头、张张嘴，你没有任何反应，看来你还是没有意识。

我还跟这位专家探讨了大脑植入电极的问题。他说这是个新生事物，成功率很低，从目前仅有的成功病例来看，基本都是大脑因遭受严重外伤造成的植物人，像你这样的病人没有多大用处。另外，植入电极还有可能出现排异反应，对大脑造成新的伤害，有一定风险。他建议还是先不要做的好。他的说法，和我通过多种途径得到的消息是一致的。我觉得，海大夫急于给你植电极，有实验的嫌疑。

大宝啊，这次咨询，尽管我得到了很多信息，但也让我心里更加沉重，更加难受。前一段时间，我还相信你"兴奋使劲"是苏醒的前奏，以为你笑、哭、动是意识的恢复，虽然我也逐渐有所怀疑，可一直希望是真的，今天就像一下子从梦幻中醒来，心里空荡荡的。这种打击，叫我怎能不难受呢？我还是没有搞清楚你"兴奋使劲"到底是什么，越是这样我越是担心，害怕对你的大脑和身体造成新的伤害。不过，这位专家说你不适合做植电极手术，让我心里更有数了，至少暂时先不做。

昨天我问一位老中医，能不能给你吃安宫牛黄丸，他说可以吃，不宜吃太多，早晚各半丸，吃三天看看有无效果。我之所以问这个，是因为二十多天前我们家二楼的一位大姐特意告诉我，说安宫牛黄丸有促醒作用。那时你还在 ICU，这事就放下了。今天早晨，我送走儿子，就开车到一家同仁堂药房，买了三丸，一丸七百八十元。到病房后，小秋给你鼻饲了半丸，一个白天你都很安稳，不知是不是安宫牛黄丸的效果。

这几天中午，我和小秋吃的都是方便面。过去如果这样连续吃，可能早就恶心了，现在吃得倒挺香。这两个多月，我是啥也不挑了，能吃饱肚子就行。好在晚上有小孙做饭，为了儿子也要有肉菜，我也可以改善改善。大宝啊，你不回家，我们的生活就不可能正常。

2020.11.9

媳妇儿，这几天我白天还是跟你说话、给你放录音、给你按摩，你比较平静，气色比较好，有时睡一会儿，下午和夜晚仍然会"兴奋使劲"，但不像过去那么频繁了，也没有那么强烈了。你"兴奋使劲"的现象减少了、减轻了，这是好事，希望逐渐减弱，以致消失。

我昨天将眼睛贴在你的额头上，在你耳边小声地叫"媳妇儿""大宝""老婆"，你笑了，笑得很开心，牙都露出来了。看到你这么幸福地笑，我那个高兴劲儿啊，就别提了！今天下午，我跟你说话，说到高兴处，你又笑了。小秋和病房里的人看到你笑，都为你高兴，认为你是有意识、快苏醒了。我何尝不是这样想、这样期盼的呢！

今天，儿子班主任在群里发了期中考试各科成绩以及排名，儿子有进步，在班里语文第四名、数学第五名，英语和小科没考好。儿子放学回家后告诉我，周一学校升旗仪式，老师让他护旗，他挺高兴，说这是对期中考试成绩不错的奖励。儿子高兴，我更开心，对他讲了一些表扬和鼓励的话。我说："你上次说期中考试要考好，果然就考得比较好，这说明你只要想做就能做到，也说明你努力了就有好的成绩。老师让你护旗，这是一分光荣，希望你以感恩之心保持下去，再进一步，不辜负老师的期望。"我和他一起分析语文和数学能考好、其他几科没考好的原因，帮他查找学习上的薄弱点，和他研究改进学习的方法。我又分别给班主任、数学老师、语文老师发微信，表达了作为家长的感激、感恩之情和期望、寄托之意。

大宝啊，你知道吗，看到儿子考试有了好成绩，哪怕是每天的小测试得了高分，我都感觉有一股暖流涌遍全身，对儿子顿生感激，总要激动老半天。如果看到儿子考试成绩差，即便是小测试不合格，也如同当头被泼了一盆凉水，从头凉到脚，既埋怨儿子不努力，又害怕儿子被老师批评。儿子学习不稳定，成绩忽高忽低，我的血压也随之不稳，成天为他提心吊胆，感到无计可施、无能为力。我说轻了他不当一回事，说重了起了冲突，又没人替我解围，真的感到很难。大宝，你要是好了，我俩齐心协力管教儿子，一个唱红脸，一个唱白脸，效果肯定不一样。你躺在医院，儿子得不到母亲的关爱，心里必定有失落感，这不可能不对他的心情和学习产生影响。虽然我在努力地弥补他缺失的母爱，但怎么做也替代不了他的妈妈呀。大宝，你说孩子能离开妈妈吗？为了儿子，你还是赶快醒过来吧，求你了，大宝！

2020.11.14

今天白天你比较平静，小睡了几次，多数时间睁着眼睛。小秋和大姐说你从昨晚五点多到今早八点前，十多个小时基本都在"兴奋使劲"，被子都汗湿了。我早上八点到医院，看你脸色苍白，很疲惫的样子。那么长时间的折腾，即使是身体健康的人也受不了呀。你已经连续吃了六天安宫牛黄丸，不仅没有出现苏醒的迹象，"兴奋使劲"现象反而更严重了，于是不敢再给你吃了。

今天是周日，我中午回家给儿子做饭，下午又过去陪你三个多小时，基本都是跟你说话。当说到因为你换了窗户家里很暖和、我们过去到浑河边挖地菜、儿子期中考试成绩不错要是你在家他可能考得更好、我俩非常相爱谁也离不开谁等话题时，你流了很多眼泪。我跟你说话时，你总是很注意听，头歪向我，眼睛也会朝向我，面部表情不断变化。我一直觉得，你能听懂我的话，小秋、大姐和病房的人也是这么说。大宝，我认为你是有一些意识的，如果没有的话，能有这样的表现吗？

媳妇儿，家里的窗户是你今年4月份更换的。现在进入冬季，室内温度提高了，暖和了，你却躺在医院。过去我们家的铝合金窗户年久变形，有很多缝隙，冬天不保温，夏天进蚊子，你下决心要更换。门窗维修店是你找的，窗户样式是你设计的，然后利用一整天的时间将窗户全部换成断桥铝合金、三层玻璃厚度的窗户，不仅隔热性能好，外观也好看。你看着更换后的窗户，笑眯眯地说："真好！这一下我们家就完美了，我太喜欢了！"今年夏天家里再也没有蚊子了，冬天也暖和了，这是你亲自操劳的结果。家里每一处建设、每一样东西都凝结着你的心血，应该你来享受，你赶快好起来，回到你热爱的家吧！

今天我跟你讲了我们挖地菜的故事。地菜是我家乡人最爱吃的一种野菜。十年前，我在公园里挖了一大把地菜，你是第一次见到地菜，也是第一次品尝地菜的味道，觉得好吃。后来我俩在浑河岸边苗圃地发现了大片的地菜，一下子就挖了两大方便袋。此后每年的春秋季节，我们一家三口去挖地菜就成了习惯。刚开始两三年，都是我挖，这几年你比我挖得还欢实，一到季节就叫着我去挖地菜，每次都是几大袋子。回到家，我俩一起择菜，择得津津有味、乐此不疲。我们用地菜包饺子、做鸡蛋汤、涮火锅、蘸酱吃，百吃不厌。吃不完你就把地菜焯水装成一小袋一小袋的，放在冰柜里冻上，随吃随取，长年不断。

那年妈来我家，我们开着车带妈去苗圃地。妈看见大片的地菜，惊喜不已，兴奋地说："青茫茫的，绿油油的，太喜人了！"妈从来没见过这样成片的地菜，个头大，根茎长，嫩绿馋人。妈乐呵呵地挖，边挖边赞叹，一会儿就挖了一大袋子。我们很快挖了几袋子，妈还舍不得走。回到家，妈亲自剁馅、和面，给我们包饺子，一家人美滋滋地品尝着，那个开心，那个幸福啊，我一生难忘。

小小的地菜，给我们带来那么多乐趣，足见我们对生活的热爱，对生活是多么容易满足。当然，这要看跟谁一起生活。跟爱的人在一起，即使简单一点、清贫一点也是幸福的。

媳妇儿，再过三天就是你的生日了，求你赶快醒过来。一个月前我就有个强烈的心愿，如果你在生日前醒来，我一定要给你过一个隆重的生日，那可是双喜，是大喜呀！

这几天，我感觉身体明显不适，多次眩晕，也许是睡眠不足、压力过大引起的。我真担心一头倒下，真担心坚持不下来。不过，我会尽量调整心情，尽量多睡一会儿，绝对不能倒下。

2020.11.15

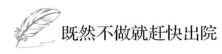

既然不做就赶快出院

　　媳妇儿，今天终于给你做上高压氧了。这是你入院近三个月第一次做高压氧，小秋进高压氧舱陪的你。按照护工圈子里的规矩，一次给她五十元钱。小秋说，你前一个小时还比较平静，后一个小时一直在喊叫，可能是不习惯，但总的来说还算顺利。

　　自从你转出ICU，我就一直要求医生给你做高压氧，他们一拖再拖，直到今天才做上。小秋说高压氧舱有吸痰设备，为什么上次那两个人说吸不了痰呢？他们是故意不给你做吗？我真的是不理解了！今天突然又给你做了，是不是看你要转院，才不得不安排的？

　　昨天海大夫找我，说你已经三个月了，该做大脑植入电极手术了。我说暂时不想做，再等一等。他一听就不高兴了，说既然不做，那就赶快出院，别在这儿住了。我当即表示，会尽快转院。

　　我立即研究往哪个医院转，还得是有高压氧舱设备的医院。小秋说东北国际医院有高压氧舱，她认识这个医院神经康复科的吕护士长。我让她赶紧联系，对方说可以接收。今天上午，我去了这家医院，找到吕护士长。她很热情，带我转了一圈，看了病房的环境，给我介绍了医术水平和医疗设备。这是一家大型三级综合民营医院，医疗设备齐全先进，病房干净宽敞明亮，医护人员服务态度也不错，特别是针对你的康复治疗基本符合我的要求。我向护士长提出想住单间病房，她说尽量安排。我决定把你转到这家医院，这两三天就转过去。

你这两天夜晚"兴奋使劲"的现象仍然很严重，我希望东北国际医院能有办法解决这个问题。

2020.11.17

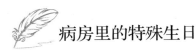 ## 病房里的特殊生日

　　大宝，今天是 11 月 18 日，是你四十八周岁生日。去年我对你说过，今年要好好给你过一个生日，给你一个小小的惊喜。我已经盼一个月了，祈盼你生日前苏醒过来，可还是没有盼到，去年的承诺也兑现不了。

　　我上午去好利来蛋糕店，挑选一个有寓意的蛋糕，写上"生日快乐，早日康复"，并要了 4 和 8 两根蜡烛。中午，我给你戴上生日皇冠帽，把蛋糕放在你的胸前，点上蜡烛，我和小秋、大侄子、女儿唱生日歌。我替你许愿、吹灭蜡烛，然后在流食里加一小块蛋糕，打进你的胃里。这就算为你过了一个简单而特殊的生日。我对你说："大宝，对不起，只能给你象征性地过生日了。等你醒来，我要给你补办一个隆重温馨的生日，做你最爱吃的美食，给你送生日礼物，请我们最亲的人来给你祝福。"大宝啊，这整个过程，包括跟你说话，我都是眼含泪水，心痛不已。

　　为了让你的生日不孤独，我把大侄子和女儿叫来了。大侄子给你买了水果和酸奶，女儿带来了你让她制作的属相鼠挂件，他俩对你说了祝福的话，并陪你到下午很晚才走。晚上六点半左右，你父母来了，站一小会儿就走了。

　　大宝啊，过去你过生日，我都会给你买蛋糕、买礼物，买你爱吃的菜肴，给你戴皇冠帽，点燃蜡烛，唱生日歌。你双手合十虔诚地许愿，然后吹蜡烛、切蛋糕。你不爱喝酒，

我也要开一瓶红酒，给你倒小半杯，我和儿子一遍又一遍地向你敬酒，祝福你生日快乐、一生幸福，我们沉醉在幸福快乐的氛围之中。很多次我们还将你父母请来，与我们一起分享欢乐。可今天，尽管给你买了生日蛋糕、点了蜡烛，尽管在你流食里特意加了你爱吃的飞蟹、大虾、鲽鱼、香肠等食物，但那都是象征性的。你神志不清，不能吃不能喝，怎么品尝这些美味，又怎么能享受到生日的快乐呢？今天没有了过去的欢乐和温馨，有的只是锥心的痛楚和悲伤。

上午你做了高压氧治疗。小秋说你在高压氧舱里一直处于"兴奋使劲"状态，出了很多汗。你昨晚从十一点多"兴奋使劲"到今天早上，上午又如此。这样下去，你怎么吃得消啊！

下午，我分别通知海大夫和东北国际医院神经康复科护士长，后天上午转院。

2020.11.18

只要我有一口气，就把你管到底

昨天还飘着小雪花，今天却天空晴朗，阳光普照，虽然气温在零下，但毕竟是个好天气。是不是老天爷知道你今天要转院，特意放晴呢？

上午九点，我们把你推进救护车，告别神经外科。小秋和大姐陪着你，我和大侄子像搬家似的开车拉着大包小裹，跟在救护车后面，十多分钟便到了东北国际医院，很快住进神经康复科病房。这个病房是两人间，吕护士长说不再安排其他病人进来，相当于住单间。人少不嘈杂了，有利于你休息，更可防止病菌感染。尽管床位费高一些，但你有一个好的环境也是值得的。小秋让大姐睡另一张床，她睡折叠床，她俩睡觉的地方也解决了。

由于对你实施的是二级护理，不再使用监护仪，你身上也没有了那些导线，我看着也舒服多了。下午高压氧科、康复科来会诊，明天开始做高压氧、针灸和四肢康复治疗。我们下午还把你推到二楼，做了双下肢深静脉彩超。医生说你没有血栓，可以做四肢康复治疗。唯一遗憾的是科主任在外地开会，过几天才能回来。

媳妇儿，这个医院不光住的条件好，医生也很和善，护士长和护士们也很热情，我的心情一下子轻松了很多。医院换了，医生换了，环境也换了，我多么盼望一切都往好的方向发展呀。希望你在这里能得到有效的治疗和康复，希望你在这里能尽快苏醒、尽快好起来。

昨天下午，我到区法院递交起诉状，申请判决我为你的法定监护人，他们受理了。这是银行需要的法律文书，否则银行卡密码修改不了。我从内心里是非常不愿意修改你所设定的银行卡密码的，一直在等你醒来。等了三个月，你还没有苏醒的迹象，则不得已而为之。大宝，你能理解我吗？

2020.11.20

这天气也真是奇怪，昨天还好好的，今天就下起了雪，我的心也随之寒冷起来。

媳妇儿，刚刚转到这个医院，你就发烧了。也许是昨天转院时给你盖得少，让你着凉了。昨晚你烧到 38.3℃，今天白天达到 38.5℃。下午给你打头孢点滴，降了一点儿。医生说发烧不能做高压氧，今天只进行了针灸，做了四肢康复治疗。你昨晚发烧，加之一夜"兴奋使劲"，消耗了大量体能，以致白天很疲惫，也很安静。由于我们的疏忽，使你着凉发烧，让你多受一分罪，还影响了正常治疗，我非常愧疚。

大宝啊，这三个来月，我每天翘首祈盼的是你一天比一天好，那个焦急的心情只有我自己知道。最害怕你身体出现问题，哪怕是一点点问题，都会让我紧张不安，担心不已。看你发烧难受可怜的样子，我既心疼又闹心，真担心你的身体承受不住，引发其他问题。好在你的体温在下降，一定很快就会好的，很快可以恢复正常治疗。

中午我给马林打电话，问他认不认识这个医院里的人，他说该院的王副院长是从军队一家大医院来的，他很熟，便介绍给我。我很快和王副院长取得联系，请其多关照。王副院长很爽快，说要跟该科主任打招呼，尽力给予你最好的治疗。有熟人好办事，但愿他们对你的治疗有所帮助。

吃晚饭时，我同往常一样，拿出你买的那只银酒杯，倒上酒，痛苦地喝着，痛苦地想着你，不禁两眼模糊。已经三个月了，尽管我不惜一切地救你，一心一意地守着你，千遍万遍地呼唤你，甚至愿意用生命换回你的健康，但是，你仍然没有苏醒过来，也许再也回不到你过去的状态了。我痛恨自己没有及时保护好你，痛恨自己没有能力救治你。我祈求出现妙手回春的神医来到你的身边，祈求大慈大悲的观世音菩萨护佑你。我知道，痛恨没有任何意义，祈求也不会有任何作用，可是，我该怎么做才能使你苏醒、让你好起来呢？谁来给我指点迷津？！

大宝啊，有一点我对你绝对会做到，那就是：不离不弃，无怨无悔，不放过任何一个机会，不留下一点点遗憾。这是我的原则，也是我的底线。我要对得起天，对得起地，对得起你，对得起我的良心。只要我有一口气，就要把你管到底。大宝，老公说到一定会做到。

2020.11.21

媳妇儿，你真是好样的，体温正常了，今天上午做上了高压氧。我没想到你高烧这么快就降下来了，并且很快恢复正常，高压氧、针灸、四肢康复治疗都可以做了。看着你，我很感动，也很感激，情不自禁地说了一句："谢谢你，大宝！"

这两天，你不仅体温不断趋于正常，而且夜晚睡得也很好，大姐和小秋也能休息一下。小秋说，你表现得这么好，她反而不习惯了，夜晚时不时要起来看看你。白天你也很好，有时睡一小会儿，多数时间睁着眼睛，气色不错。

媳妇儿，我们从一些细微之处，总感觉你是在好转。比如，你的左手臂能微微地动，脸上的表情更丰富了，两只手和胳膊比过去软和多了，能小口地喝水和果汁了，偶尔会笑会哭了。这些变化虽然很小，但小的变化多了，就会有质的大变化，那时你也就苏醒了。每当看到你一点点好的变化，我心里就会一阵狂喜，信心也就更足了。我坚信，你一定会很快醒过来。

这几天我倒不好了，头痛、咳嗽、流鼻涕，吃药也不见好。我害怕传染给你，不得不离你远一些。小秋和大姐不让我去医院，我不去不是更闹心吗？只好戴着口罩，少说话，离你远一点儿。

上午趁你做高压氧的空当，我去省医院把你住院的费用结算了。你住了九十天，花费四十四万，平均每天近五千元，由于有医保和大额补助，个人承担近十五万，比预想的要少。现在你住院用的是大额补助，不用受医保限制，可以在东北国际医院住到年底，否则最多只能住十五天，就必须转到其他医院。我们可以少折腾了。

2020.11.24

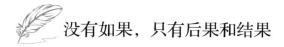 ## 没有如果，只有后果和结果

媳妇儿，你昨晚又发烧了，到今天早上还是38℃，高压氧又做不了了。医生说，可能是昨天在去高压氧科的路上受风，再加上尿道有炎症，引起发烧。不过，针灸和四肢康复治疗还是做了。这针灸扎得也太多了，五十多根银针，从头到脚到处都是，叫人心疼。你是最怕扎针的呀，如果你苏醒了，绝对不会让他们这么扎！

你肯定是昨天被寒风吹着了。我们推你出大楼，掀开门帘子的一瞬间，一股寒风猛吹过来，把你的被子和脸上盖的毛巾都吹开了，我们冷得一哆嗦，你那虚弱的身体怎么经受得住呢！你昨晚发烧，小秋和大姐一夜没睡，一会儿往你胃里打温开水，一会儿用热水给你擦身子，想方设法物理降温，到早上仍然没有降到可以做高压氧的温度。大宝啊，对不起，这还是老公办事不周到，又让你遭罪了。

今天，科里的冯主任从外地开完会回来了。早上他过来了解你的情况，说要对你下一步的治疗制定具体方案。我下午到他办公室，他说王副院长给他打电话了，并说即使没人打电话，他也会对病人尽力治疗的。我自我介绍是从军区空军机关转业的，他说他是从四六三医院退休后过来的。这样，我和他就是老战友了，距离瞬间拉近，没有了拘束，说话也随便了，我俩实实在在地聊了很长时间。我对他讲了你药物中毒的情况后，他看着你的出院材料，问我好几个问题，并

逐个谈了他的看法。

他问为什么不洗胃。我讲了当时的情况。他说，这样的抢救怎么能让家属决定呢？尤其是在生死攸关的危急时刻，应该由医生决定抢救措施。洗胃是必需的，即便有危险，急诊室也有抢救办法，更何况洗胃也不至于导致心脏再次骤停。药物留在胃里，被身体全部吸收，必将加剧对大脑和脏器的损害，虽然做了血液透析，但那也是药物被吸收之后的事情，不洗胃是绝对错误的。

他问为什么在 ICU 住那么长时间。我将你弟弟和 ICU 医生不让出来的情况讲了一遍。他说，这可就把最佳的治疗时间给耽误了。救命与抢救大脑神经细胞应当同时进行，生命体征没有问题了，呼吸机都撤了，就应当马上转到普通病房治疗，ICU 毕竟不是专业治疗的地方。

他问为什么不做高压氧。我说是医护人员说有痰不能做。他说，抢救脑细胞和抢救生命一样重要，还有带着呼吸机、由医生陪着去做高压氧的。高压氧舱配备有吸痰设备，有痰也不会受影响。做高压氧对修复将要死亡的神经细胞、激发失去功能的神经细胞的活性是最有效果的，越早做效果越好，应该与时间赛跑才对。

他问为什么没有做脑部核磁共振检查。我说在 ICU 住了五十多天都没有做，转到神经外科后，我提出做磁共振，医生也没有安排。等换了气切金属套管，又说有金属不能做了。他说，现在检查大脑的手段本来就不多，连磁共振都不做，怎么判断大脑的受损情况？在换金属套管之前有两个来月时间怎么就不做呢？太可惜了。

他问为什么从 ICU 转到神经外科。我讲了他们要给你植电极的情况。他恍然大悟地说，怪不得，这样的话，有些问题就可以解释了。他也说不应该转到神经外科，你这种情况植电极没什么作用，与我过去得到的信息基本一致。

冯主任从医几十年，又是神经内科专家，他所说是完全可信的。其实，有些问题的答案我已经知道，只是知道得太晚，觉悟得太晚了。跟他聊完后，我再一次陷入深思，痛苦万分。大宝啊，如果早一些打120，如果给你洗胃了，如果及时把你转出ICU，如果把你转入神经内科，如果早点给你做高压氧，你能是现在这个样子吗？

可是，没有如果，只有后果和结果，而且是让我无法承受的后果和结果。

2020.11.25

前两天你的体温逐渐恢复到正常，医生说再稳定稳定，下周一做高压氧。可今天体温又升高了，在37.8℃左右，我真担心继续中断高压氧的治疗。

你"兴奋使劲"又严重了。昨晚大喊大叫，大汗淋漓。小秋和大姐一夜没睡，不停地给你擦汗，跟你说话，给你按摩，一大堆毛巾都擦湿了，被子也换了好几条。也许是多次给你擦身子、换被子，致使你受凉体温又升高。

上午，我去找冯主任询问你"兴奋使劲"到底是怎么回事以及怎么治疗。他说，你这症状是肌张力增高，与大脑神经受到损伤有关。抑制肌张力增高，确实没有更好的办法，但他会努力，尽快联系本院的一位老中医为你针灸，将药物、高压氧、针灸、关节松动训练等结合起来治疗，尽量把肌张力降下来。

大宝啊，我还是第一次听说你的"兴奋使劲"是肌张力增高所致。过去，他们说既不像"抽搐"也不像"癫痫"的症状，可能是苏醒前的反应，是好现象，让我高兴了那么长时间。他们为什么不告诉我这是肌张力增高呢？

其实，你肌张力高的现象在 ICU 里就出现了，而且在不断增高，你手脚弯曲变形，很大程度就是肌张力高造成的。这么明显的症状，ICU 里的人竟然说是"抽搐"，甚至说是"有痰憋的"，难道他们是真的不懂吗？

大宝啊，我现在真是欲哭无泪，为什么会出现这种情况？

中午，仁连兄和小元约我，说要谈点事，叫我必须过去，我就去了。见面唠了一会儿你的情况，小元让我给他发一张你的照片，我不愿意给，在他再三要求下，我不得不找一张发到他的手机上。他立刻将照片发给另外一个人，并打电话请求那个人给你诊病。他将电话设为免提状态，我听那个人说你已经由虚病转为实病，而且时间太长，没办法治了。小元一个劲恳求，那个人才勉强答应试一试。小元说那是一位高人，能用另一种方法为你治病，让我等消息。晚上小元来电话说，高人也没高招了，确实治不了。我对他的关心和帮助表示感谢。说实话，他能这么上心，我已感到很温暖了。

我说过，只要能让你苏醒，让你好起来，不管是什么人，也不管是采用什么方法，我都愿意去试，不会放过任何一个机会。尽管已经失败了很多次，但我还是不会放弃。

2020.11.28

我这一颗心好像被揉得稀碎

媳妇儿，今天是你住院的第一百零一天。

上午做了高压氧，为你高兴！这是你转到该医院十天来做的第二次高压氧，希望坚持下去。针灸和四肢康复治疗也都正常进行，针扎得更多了，达到六十多根，全身扎满了针的你，有一点像刺猬。

大姐和小秋说你昨晚表现得非常好，肌张力正常，睡得安稳。白天你也是以睡为主，不睡时很安静，脸色红润，很好看。下午我剥开一个橘子，把橘子汁挤到你嘴里，每次你都咂巴咂巴嘴，"咕噜"一声咽下，吃得很香。看你这么好，我的心情也好多了，多么希望你一天比一天好呀。

昨天晚上，儿子将近凌晨两点才写完作业。我两点多睡的觉，今天早晨五点起的床。睡这么短时间，我还做了两个梦。一个是梦见你的魂魄像几个小红球嗖的一下滚进你身体，你立马坐了起来，笑嘻嘻地说"我好了"；另一个是梦见你回家了，满面阳光，站在客厅里跟我和儿子又说又笑，还不时扭动身体，好像遇到大喜事。起床后，回想梦中的情景，心想今天是你入院的第一百零一天，是不是有奇迹出现？

送走儿子，我以急切的心情开车往医院赶，一路都在想，昨晚的梦是个好预兆，今天看到的可能是一个苏醒的你。其实，每天早上我在赶往医院的路上时都是这种心情，带着满满的希望，急不可待地赶到你的身边，希望看到你坐起来、站起来，跟我打招呼、迎接我。大宝，我每天像盼星星盼月亮一样，多么希望有那么一个早上，进入病房，一眼看到的是你完全苏醒的样子呀！我多次设想，当我看到你苏醒的那一瞬间，会是什么样的状态呢？可能是喜极而泣，抱着你痛哭；可能是惊喜异常突然昏倒，又很快爬到你的身边；还有可能是昏倒后再也没有起来。我反复琢磨，还是第一种的可能性比较大，因为你好了，我更不能倒下，我对你许下的那么多承诺还没有兑现呢。今天虽然又没有看到你苏醒的样子，但你能做高压氧，对我也是莫大的慰藉。

昨天是周日。中午阁臣、积涛、子龙三位好兄弟特意打车到我家附近的一个饭店请我吃饭。他们让我把儿子带着，儿子吃完就回家写作业了。儿子走后，我跟他们讲了你的病情，说了医治你、保护你的决心，他们说了很多安慰、理解、支持我的话，一再嘱咐我有难事及时告诉他们，他们一定会尽心尽力去办。这三位好兄弟，一直惦记着你的病情，关心着我的身体和精神状况，经常打电话问候，让我倍感温暖。

2020.11.30

大宝啊，你又发烧了，高压氧、针灸、四肢康复治疗全都停止了。

早上到病房，看你在发烧，肌张力也增高，我的心都碎了。昨天刚做一次高压氧又发烧了，同样的情况反复出现，这病还怎么治呀！看你那难受可怜的模样，我控制不住自己，眼泪一下子滚落下来。我俯下身抱着你的脑袋，无奈地说：大宝，你这是怎么啦？我又开始责备自己，也许是我把感冒病毒传染给你了，不然的话，你怎么又发烧了呢？

正在闹心的时候，儿子的班主任发来一条微信："语文课睡着了。自己说晚上十一点睡的，也不晚啊。"我心口刺痛，立即回了一条微信："将近两点睡的，只睡了三个多小时。他总有写不完的作业，还坚持不写完不睡觉。"我还对班主任说："他妈躺在医院昏迷不醒，对他影响很大，精神状态不是太好，我会慢慢引导他的。"班主任回复："他现在就是利用大人的这种心理，博得同情，为他自己不争气找理由。"她这么说，我就不爱听了。她也是一个母亲，怎么就没有同理心呢？下午三点多，班主任又发微信说儿子上政治课睡着了。我早晨给儿子泡一碗燕麦片，他喝了不到三分之一，小馒头和鸡蛋一口都没吃。他觉睡不好，饭又不好好吃，身体不得搞垮了吗？晚上放学回来，我问儿子上课困不困，他说"困呀"，我又问打不打瞌睡，他说"打呀"，还说谁不打瞌睡呀，全班基本都打瞌睡。已经连续两个多星期，儿子都是凌晨一点以后睡觉、早晨五点多就起床，睡眠严重不足，上课不打瞌睡才怪呢。

媳妇儿，我现在既不能替你躺在病床上，又不能替儿子学习写作业，无助无奈，身心俱疲。我这一颗心啊，七上八下的，好像被揉得稀碎。

今天下午，儿子同学麒丰的妈妈打电话告诉我，说有一种负离子仪器，可能有促醒作用，叫我跟她一起去一家小诊所借一台，给你试用一下。我马上开着车就去拿了回来。因为你是躺着的，仪器不好摆放，铁床又静电太大，我想了好几个办法才勉强用上。我教小秋怎么使用，让她晚上再给你做一次。我多么希望这是一台神器，能让你苏醒！

2020.12.1

你笑得真甜

经过医生的精心治疗，你的体温已经正常了，也很少出现肌张力高的现象，状态比较好。今天上午我直接到高压氧科，说明你的情况，请他们安排做高压氧。但他们不同意，说还得观察两天，主要是担心再发烧，对你的康复不利。他们还说你做高压氧太晚了，现在做只能起一点辅助作用，效果不会有多大。我说不管效果大不大，都得做。高压氧做不了，针灸、四肢康复治疗都恢复了。我的想法是能做则做，尽量多做。

我和小秋、大姐都觉得你越来越明白事了。昨天上午我的战友老田来看望你，对你说："快好吧，我还要请你吃灶台鱼呢。"你开心地张嘴大笑。他回忆去年我俩请他一家吃灶台鱼的事，你听得很认真。他说你肯定有记忆，苏醒是没有问题的。我也这么认为。

因为疫情的原因，最近市教育部门不让老师搞课外补课了，儿子双休日只能在家里写作业。昨天下午，我带儿子来陪你。儿子走到你的面前，对你说："妈，我来看你了。"你听到儿子的声音，咧开嘴笑了。儿子跟你说话，你一直在笑。儿子说完，我叫他到旁边写作业，你仍然在笑，持续十多分钟。听小秋说，儿子去之前，她告诉你儿子一会儿来看你，你突然就哭了，哭的声音还很大。小秋说"儿子来了，你可不要哭啊，要把阳光的一面留给儿子，别让儿子有压力"，你马上闭嘴，停止了哭泣。你刚哭完，儿子到了，你就笑了，笑得那么甜。儿子在你旁边写作业将近两个小时，你睁着大眼睛，一直很安静。大宝，你这么做不是有意识的吗？

小秋今天中午出去办事，三个小时后才回来。这期间，只有我一个人在你身边，这也是我第一次单独照顾你。我给你用鼻饲打药物，喂橙汁，按摩手脚，跟你说话，亲你脑门儿，生怕浪费了时间。两点来钟，你排了很多大便，我笨手笨脚地清理完，再清洗，换纸尿裤、护理垫，然后把你放平躺好，盖好被子。我是第一次干这样的活，没有嫌弃之感，反而很有成就感。三个多月了，第一次单独和你在一起，第一次独自一人伺候你，我是开心的。我非常珍惜这短短的独处时间，尽量多做一点儿事，让你感受到老公对你的爱。

区法院一位法官来电话，说要到医院来取证。小秋回来后，我急忙开车去接她，她来到病房验证你的病情、拍照，让住院医生写病情介绍，说过两天就可以开庭审理和判决了。在送她回法院的路上，她对你这么年轻成了这个样子很惋惜，对我们儿子没有妈妈的爱护很同情，对我的不易很理解，把我说得心情沉重，哀叹不已。

我现在晚上得去学校接儿子了。海鸣爸爸最近工作很忙，晚上要加班到很晚，他问我晚上能不能去接孩子，我当即答应可以接。他早上送两个孩子上学，我晚上把两个孩子接回来送到家。他已经很够意思了，接送我们儿子三个多月，帮了我很多，我真的感激不尽。

2020.12.7

法院的判决书让我痛苦至极

这几天，你的状态比较好，体温正常，偶尔肌张力有些高，但持续时间短，强度也小。看你一天比一天好，我的心情也一天比一天好。

上午占龙兄两口子来看你，他俩跟你说话，回忆我们两家一起吃饭时的情景，开始你笑了，后来却哭了，而且是嗷嗷大哭。他俩很难过，说你是一个非常好的人，不可能不好起来。并说你肯定听懂了他们说的话，有意识了，苏醒是没问题的。占龙兄前不久从领导岗位上退下来，我们平时很少联系，昨天他得知你重病住院，今天就和嫂子来医院看你。我不让他来，他说必须来。他是个重情重义的人，不仅没有因为我们平时联系少而淡化友情，还在我俩坠入人生低谷的时候及时来到我们面前，送来真情，送来温暖。这样的朋友，我不能不珍惜。

下午区法院开庭审理我提请的案件，我请你爸作为你娘家的代表参加庭审。我提出的为更好地保护你的身体健康、照顾你的生活、管理和保护你的财产、维护你的各项合法权益等理由，均被法庭采信。我和你爸对法官提出的几个问题，都做出了明确回答。庭审很顺利，法官准许了我的申请，并下达了民事判决书。判决书宣告你为无民事行为能力人，指定我为你的监护人。拿着这个判决书，我极为痛苦和烦闷，这是我不愿意得到的结果，相当于在我流血的伤口上撒了一把盐。如果不是为了修改银行卡密码，我绝对不会提这个申请。法官将判决书交给我的时候，我问法官，你苏醒了，这个判决书是不是就自动作废，法官肯定地回答了我。大宝啊，我多么希望这个判决书尽快作废呀！

在法院的时候，东北国际医院王副院长给我打电话说要去看你，我说我不在病房，请他等我回去再过来。我回到病房时，小秋说副院长已经来过了。我立即给他打电话表示感谢。他说作为战友，必须对我讲真话，你苏醒的可能性很小或者是没有，要我接受现实。听他这么说，我的脑袋就要炸裂了，万分痛苦。我还是不能接受这个现实，不相信你不会苏醒。我对他说，你还年轻，应该能醒来，我必须尽最大努力让你苏醒，我和儿子需要你，请求他给予帮助。他说他很理解我的心情，但要有思想准备，不能太固执。我等了这么长时间，一直认为你在好转，他竟然说你不能苏醒，我怎么能接受，又怎么能相信呢？媳妇儿，争口气，赶快苏醒过来，用事实否定他的判断，创造一个奇迹，好吗？

大宝啊，本来我在法院心情就很不好，王副院长又给了我这样的消息，犹如雪上加霜。不，谁也扑不灭我心中的这团火，你不苏醒，我怎能罢休！

2020.12.9

花多少钱也要做高压氧

媳妇儿，你今天终于又进高压氧舱了，这是转院二十六天以来的第三次，太不容易了。

天气越来越寒冷，怕你往返途中受凉，我特意请高压氧科安排中午这一批次，我们也采取了很多保暖措施。我和小秋给你盖上两床厚被子，戴上帽子和口罩，头部用棉垫挡着，最外面用一大张塑料薄膜罩得紧紧的，生怕凉气进去。可能是把你捂得太紧了，你在里面大声叫唤。好在室外只有二百来米的路程，我和小秋推着平车一路小跑，不到两分钟就过去了。到高压氧科后，我们马上把塑料薄膜取下来，你脸上出了很多汗，便将你推到更暖和的地方，打开被子，露出脑袋擦汗，你很快恢复了正常。我们想，这次你不应该受凉了。

高压氧科主任告诉我们，本院医保科通知，从今天起，做高压氧不能走医保，全部自费。有的家属马上给熟人打电话询问，得知其他医院仍然可以走医保，便质问为什么自费。科主任说他只是按医院的要求告知。有几位家属说做一次一百八十多元，做不起，推着病人就走了。我对小秋说，苦苦等了这么长时间才给你做上，不管花多少钱也得做。

小秋说，你今天做高压氧表现挺好。同舱里一个神志不清的大姐时不时地大叫"妈呀，妈呀"，你总是应声来回转头寻找，并跟着喊叫。她不叫，你也安静了。回到病房，我表扬你表现得非常好，你笑了。看你笑，我也随着笑，我笑时你也笑，然后我有意放声大笑，你也跟着我开怀大笑，我俩如此反复多次，把我高兴得不得了。小秋也笑了，说我俩像精神病。小秋告诉我，昨天晚上六点多，你打哈欠时连放几个屁。她对你说，等一会儿大姐来，你也来个连环炮欢迎欢迎吧。说完就笑，你也跟着乐。小秋说这不是有意识了吗？

下午，我跟你聊了一个多小时，主要聊你的重要性和我们今后的美好生活。我细细地数说你对儿子、对我、对你父母的极端重要性，谁都需要你，谁都离不开你，有你在身边生活才能正常。我又细细地数说我们今后的美好生活，并说这一切是建立在你苏醒的基础之上的。

大宝啊，今天我跟你说话时，你明显是听懂了。当我说你重要时，你哭了，甚至大声哭，哭得很伤心；说我们美好生活时，你笑了几次，甚至大声笑，笑得很甜美。我觉得我俩是在幸福地交流，你这难道不是有意识吗？不管怎样，我认为你今天的所有表现，都是一大进步，心里很激动，也很开心。多么希望你每天都有进步，很快苏醒过来。

2020.12.15

喜讯：你有苏醒的迹象了

大宝啊，今天是个值得纪念的日子，你终于有了重大突破！你能按照我的指令做动作，这可是苏醒的重要迹象啊！

下午六点左右，我仍像往常一样跟你唠嗑儿，唠了一会儿，我想测试一下你到底有没有意识。我坐在你的床头，右手抚着你的脑袋，左手握着你的手，两眼凝视着你的双眼，问："大宇是丛岩的儿子吗？如果是，你就闭一下眼睛。"你闭了一下眼睛。我又问："丛岩是詹军的老婆吗？如果是，你闭一下眼睛。"你又闭了一下。然后我接连问"丛岩是大宇的妈妈吗""詹军是丛岩的老公吗"几个问题，你都用闭眼回答了我，而且一次比一次闭得更紧，睁开眼后还笑一下。我反复问几次，你都闭眼了。小秋和大姐在一旁看着，都为你的表现兴奋不已。我又用左手托着你的左手，叫你往下压，你也能按照我的指令轻轻地压我的手。大宝，你知道我有多么激动吗？我一次又一次地亲你的脑门儿和脸蛋儿，不断地说："谢谢大宝，你终于要苏醒了！"

大宝啊，我守了四个来月，苦等了一百一十九天，祈盼了一百多个日日夜夜，几乎熬尽了心血，哭干了眼泪，顶着巨大的压力，忍着极度的痛苦，强撑着疲惫的身体，终于等来了你苏醒的迹象，我怎能不激动不兴奋！我立即将这一消息告诉了科主任、住院医生和我哥哥、妹妹等亲朋好友，晚上回家告诉了儿子和我们的邻居，让他们分享你的喜讯。

小秋说，你今天做高压氧，比前几次表现得都要好，没有喊叫，没有不安，总是笑呵呵的。同舱的陪同人员很好奇，都过来看你。大宝，你是不是有意这么表现的呀？

按照冯主任的安排，下午做完高压氧，我们直接将你推到老中医工作室。我向他介绍了你的病情和现状，请他对你进行促醒和康复治疗。他表示愿意为你尽力，从下周一开始针灸，并让我去办理治疗手续。通过他的针灸治疗，再加上高压氧和药物治疗，我想你一定会很快苏醒的。我多么希望，关键的时候能有贵人相助啊！

媳妇儿，今天是12月17日，我俩的手机号码都有两个17，这是我俩的吉祥数字吗？我想应该是的。希望今天是一个新的起点，从今天起你逐渐苏醒过来，一天比一天好！

本打算早上把饭送去就去办几件早就应该办的事情，但就是不想离开你，结果哪儿也没去。前几天，小秋多次让我去上班，不要总守在医院，可一到你身边我就不想走了。没办法，我就是离不开你，跟你在一起才能安心，看着你才能放心。大姐说我对你太痴情，叫我干点其他事分分心，可我的心怎么能分呢？

今天是我近四个月以来心情最好的一天。有感而发，我在朋友圈写了一句话："面对灾难，只要希望不灭，精神不倒，抗争不止，就会感动天使，气死魔鬼，奇迹终将出现。"没想到，很快得到五十多人的点赞和评论。

2020.12.17

你这几天高压氧做得挺好，希望继续坚持。你肌张力增高的问题又时不时地出现，有时还很严重。

我去找冯主任，他说这是大脑受损伤的后遗症，很难根治，等你苏醒了，肌张力可能自然就正常了，他会想办法继续治疗。他说他在考虑一个问题，不得不对我说：根据你的情况，不知是苏醒好呢，还是不苏醒好。如果苏醒了，你极有可能会像其他患者一样整天大叫大闹，让人不得安宁。因为语言、视力、腿脚不可能恢复到正常状态，你会接受不了，不能正确对待。如果不苏醒，保持现状，还好护理、好伺候一些。像你这个年龄，如果不苏醒，躺十年、二十年甚至三十年都是可能的。他意味深长地说："老战友啊，我很为你担心，也替你闹心，这样下去你怎么能承受得起呀！该放下时就得放下，不要硬撑着。"我告诉他，我不想去设想"如果"，只想要你苏醒，更何况你也有完全恢复到正常的可能，我绝对不会为自己留下遗憾。他笑笑说："像你这样的老公也难找，我只好支持你了。"

　　大侄子夫妻俩昨晚特意来我家，又是炖又是炒地做了几个菜，为我和儿子改善生活，我们大吃了一顿。我把炖得烂乎乎的猪蹄子、排骨肉和鱼肉都给你留了一点儿，又煎了两个鸡蛋，煮十几个大枣，和蒸熟的胡萝卜、黑木耳、小白菜等蔬菜以及馒头合在一起，给你做了一大碗流食。这是你一天的四顿饭。这两个多月，我每天都精心调配食材，该炒的炒，该蒸的蒸，该煎的煎，该煮的煮，既保证营养丰富，又保证味道香美。虽然辛苦一点，但乐在其中。有人对我说，你也不是用嘴吃，做得再好也不知道，干吗费那么大劲啊？我说，你是个美食家，如果你是清醒的，不好吃的东西你不会吃。就因为你现在不知道，我才更要用心去做，否则良心何在！

今天是周日，儿子上午补完课后，我带他来看你。儿子跟你说话，你转过脸对着他，好像在认真地听。儿子问你："我是你儿子吗？如果是，你闭一下眼。"你的两眼紧紧地闭了一下。儿子高兴地说："谢谢妈妈！"儿子跟你说话期间，你出现两次短暂的肌张力高的状况，儿子有点害怕和紧张。你今天的精神状态、气色不是太好，肯定是昨晚没有休息好造成的。

昨天上午，我去银行，把你的三张银行卡密码修改了。我向银行提交了法院判决书、我俩的身份证、户口本等资料，工作人员仔细核实，顺利地修改了密码。三张卡的钱加在一起也不多，这是我预料之中的。大宝啊，判决书下来十来天了，我才去银行办这事，就是不愿意修改密码呀！卡里的钱，除了给你治病、儿子上学必用之外，我是不会动的，尽量给你留着，等你好了由你来使用。

2020.12.20

你现在心里可明白了

今天是老中医第三次给你针灸。从前天开始，我们每天早晨七点钟把你推到老中医工作室，你是他一天中的第一个患者。他把你的上身和腿用绷带固定，给你扎上七十多根银针，头、胳膊和腿五处用电针。你的全身布满银针，看着揪心。你今天很平静，不像前两天大喊大叫的，也许是适应了针灸。

今天是你连续做高压氧治疗的第九天，坚持得很好。昨天，小秋把打好的橙汁带到高压氧舱，用灌注器一滴一滴地往你嘴里喂。你咂摸着嘴，"咕噜"一声咽下去，吃得很开心。每当灌注器挨到你的嘴唇，你就会立刻张开嘴，有时喂得慢了，你还会主动张嘴要。小秋说，做高压氧时有吞咽动作，效果会更好，以后每天都带一小瓶打好的果汁进去。今天带的是香蕉汁，你吃了两口，再也不张嘴了。小秋说你可能是不喜欢香蕉汁的味道。下午我给你喂橙汁，你却吃得很香，看来你会挑食了。不过，你今天在高压氧舱表现得可不好，大喊大叫，浑身大汗淋漓，用来擦汗的几条毛巾都能拧出水，被子和床单也都湿了，弄得全舱人都不得安宁。我觉得，你这还是肌张力增高。

昨天，将你的导尿管拔掉了，这又是一件好事。小秋在一个月之前就开始用夹子不时夹住导尿管让你憋尿，慢慢适应自主排尿，昨天感到时机已经成熟，就请示护士长拔掉了导尿管。你身上少了一根管子，也减少了感染的概率。如果再把胃管和气切套管拔掉，就意味着你完全好了。媳妇儿，我期待着尽快拔掉这两根管子！

前天，我去省医院病案室打印病历，打印出六百多页，光各种检验报告就有五百来页，装订了七大本。工作人员说很少见到有这么多病历的。我抽空查看了病历，有一个问题引起我的好奇。记得覃大夫说你 9 月 15 日做的头部 CT 发现有脑水肿，而这一天影像学检查报告单上写的怎么是"头部 CT 平扫未见异常"呢？这是怎么回事？

2020.12.23

媳妇儿，这两天你除了时不时肌张力有点高之外，其他都非常好，康复治疗正常进行，所有点滴都停了，有几种口服药也停了，这说明你的身体已趋于健康。

做高压氧时，小秋一直坚持喂你果汁或温开水，这样做似乎减少了肌张力增高现象的出现。早上针灸，老中医行针时你张嘴叫唤，过一会儿也就安静了。你的大小便很规律，说明消化和排泄功能很好。前两天，我买了一个吸舌器，每天给你做舌头伸缩运动训练，老中医说这有助于恢复你的吞咽和语言功能。

我和小秋、大姐明显感觉到你的意识在不断恢复。我们跟你说话，你能用闭眼的动作来回应，有时会用劲地闭一下，有时连闭几次好像在逗我们似的，在闭眼的同时还伴着微笑。你眼睛闭着的时候，叫你睁眼，你会睁开一点儿，叫你睁大一点儿，你会用劲睁一下。小秋说，昨晚帮你排便时，感觉你应该排完了，问你还有没有，你闭了一下眼。她说闭眼不算，排完了就睁眼。你立马使劲把眼睛睁开，睁得大大的。她说你现在心里可明白了。你越来越喜欢用嘴喝果汁，常常会主动张开嘴要，不爱吃的吃两口就闭上嘴。所有这些，说明你确实是有意识了。我多么为你高兴啊！

今天下午五点多，我给你反复放儿子为你录的两段录音，跟你讲儿子想你、需要你、盼你快些回到他的身边。你开始静静地听，后来却张嘴大哭，然后肌张力升高，持续很长时间。我本来是想刺激你达到促醒的目的，没想到把你肌张力刺激高了，我非常后悔，马上哄你，向你认错。大宝啊，我想让你赶快苏醒都要发疯了！

今天，住院医生告诉我月底出院，因为大额医疗补助到本月31号就不能再用了，让我抓紧联系其他医院。我找冯主任，说老中医的针灸才做几天，这段时间高压氧做得也比较顺利，想再住一段时间，1月份就可以启动明年的医保了。如果真不行的话，即便是自费也要继续住。冯主任当即与医保科联系，医保科同意1月份再住十天。住院医生告诉我，像你这样的病人，需要准备两三个医院来回转，在哪个医院最多也只能住十五天。

现在入冬了，儿子的冬季衣服还是不够穿。昨天我又托吉鸿给儿子买了三件冬季上衣和两条保暖裤，晚上让儿子试穿一下，竟然有两件上衣有些大、两条裤子有点小。看儿子那无奈的表情，我非常尴尬，赶紧对儿子说："对不起，都怪爸爸不会买衣服，明天就去换，肯定不能让我的儿子冻着。"媳妇儿，你看，没有妈妈管是真的不行呀，如果你在家，哪能出现这种情况呢？

2020.12.25

快乐的元旦

今天是新年的第一天，尽管天寒地冻，但阳光明媚、晴空万里，让人心情舒畅，也预示着新的一年有好光景。

早上到病房，看你在睡觉，我坐在床头看着你。九点左右，你醒了，我亲亲你的额头，抚摸着你的脑袋，对你说："大宝，新年好！今天是元旦，又是新的一年了。希望你在新的一年有新的气象、新的变化、新的生活。等你好了以后，你就是我的'皇帝'，我就是你的'丫鬟'，我要把你伺候得舒舒服服的，一切随你心、随你意，让你成为真正的享受型的有福之人。"我说这些话时，小秋在旁边笑，你也咧嘴笑了。我又对你说："因为疫情，医院管理严格了，儿子进不了病房，不能来看你，但他很想妈妈。"你好像有点失望。

下午，我又跟你说起我爱你、你爱我、谁也离不开谁、永远在一起之类的话，然后我问你："大宝，你爱老公吗？如果爱，你就闭一下眼睛。"你闭了一下眼。我又问："大宝，老公爱你吗？如果爱，你就把眼睛睁得大大的。"你眼睛大大地睁了一下。我亲你的额头、脸蛋、鼻子、嘴和下巴，并发出响响的声音，每亲一处，你都开心地笑一下。我把脸送到你嘴边，让你亲，你却笑了，笑得很甜很美。我俩都非常愉快，基本是在笑声中度过新年的第一天。这应该是个好兆头吧？

你这两天的觉可没少睡呀，从前天晚上到今天早上，基本处于睡眠状态。昨天早上针灸、上午做四肢康复训练、下午做高压氧和翻身叩背，这么折腾都没有影响你睡觉。昨晚一夜都在睡，睡得很沉。这四个多月，甚至这一年，你都没有痛快地睡过一个好觉，你是要把过去缺的觉都补回来吗？因为你睡眠好，所以精神状态也好，气色也好。高压氧科、康复科放假了，所有的康复项目暂停，可以好好休息三天。希望你继续睡，睡个够，说不定一觉醒来，你就苏醒了呢。今天我给你做按摩，帮你做舌头训练，给你喂橘子汁，你都很配合，享受着我的伺候。这个白天，我没闲着，你也没睡觉，我们很开心、很快乐。

中午，我在朋友圈里转发了《2021，心有所愿，愿有所成》的文字，并附上一句话："愿所有的灾难和厄运随2020年的过去而永远消失，盼所有的心愿和祝福伴2021年的到来而变为现实！"到晚上，已有上百个点赞和评论，说明这是大家的共同心愿。

媳妇儿，艳文大姐昨天回家了。她老公身体有病，孙子要放寒假了，都需要她照顾，她不得不回去。大姐是个善良贤惠的好心人，常常为你落泪，为我担忧，为我们这个家惋惜。你夜晚发烧、肌张力高时，她彻夜不眠，为你擦汗，跟你说话，给你按摩手脚。你哭她跟着你哭，你笑她随着你笑。你咳痰有时从套管喷到她的脸上，她乐呵呵地笑着说"劲真大"。她晚上六点多来到病房，早上六点多疲倦地离开，每天乘公交车不辞辛苦地来回奔波。大姐六十多岁了，舍家忘我、分毫不取地护理你两个多月，这恩情我会铭记在心，永生不忘。

2021.1.1

 儿子转学

　　今天是元旦放假后第一天上班，针灸、高压氧等康复治疗都恢复了。小秋说你下午做高压氧时醒时睡，很安静，同舱的陪同人员都为你点赞。你这几天的状态一直很好，多数时间在睡觉，有时肌张力会高，但强度小、时间短。

　　昨天中午，小秋回家办事，我单独护理你六个多小时，你表现得非常好。其间你尿了三次，每次尿后都张嘴表现出不安的样子，换完纸尿裤就安静了。我特意带来你最爱吃的榴梿，打成糊状喂你，你吃了几口就不吃了。后来喂橙汁，你喝了不少。榴梿可是你的最爱呀，怎么不吃了呢？我又放妹妹跟你说的一段录音，你听了几句就大哭起来。我怕引发你的肌张力，马上关了录音，说了一些安慰的话，你才不哭了。

　　上午，你针灸后回到病房，我坐在你的床头，握着你的手，想再刺激你一下，便对你说："大宝，你怎么还不苏醒呢？是不是不想要儿子、不想要我、不想要家了呀？你如果都不要了，那我也不要你了。"当"不要你了"的话音刚落，你就张着大嘴哭起来，豆大的泪珠瞬间滚落，哭得很伤心，吓得我马上搂着你的脑袋一个劲地哄。哄了一会儿，你不哭了，但还是有点不高兴。我给你按摩手，按摩脚，问你："想不想回家？如果想，你就睁大眼睛。"我刚说完，你就咧着嘴，使劲地睁大眼睛。看你这样强烈的回应，我心口一阵痉挛，泪水随之涌出。我对你说："大宝啊，我知道你非常想

回家，我和儿子也在盼着你回家。你很快就会好了，希望春节回家过年啊。"这一上午，我一刻也没有离开你的身边，跟你说话，喂你果汁，帮你训练舌头，看你睡觉，怜爱地守着你。

媳妇儿，这段时间，你越来越能听懂我们的话了，也越来越明白事了，只是还不能说话，不能活动。照这样发展下去，苏醒也指日可待。大宝，我对你信心十足，我们继续加油吧！

进入冬天，疫情又严重了，学校线上教学，儿子在家上网课。中午他愿意吃剩饭就自己热，不想吃就泡方便面。我在医院照顾你，管不了他。班主任在群里公布了期末考试成绩，儿子的成绩比我预想的要好一些，各科分数有高有低，也有满分的，我和他挺高兴。他的成绩仍然属于中等，要想考一个好的高中，是很困难的。晚上吃饭时，我跟儿子谈了打算给他转学的事，开始他不同意，经我分析转学的好处后，他同意了。

晚饭后，我给在区教育局当领导的同兵老弟打电话，说明原因，请他帮忙将儿子转到能住校的实验北中学，他当即联系了该校的建卓校长，很快建卓给我打来电话。建卓是个实在、热心、很有同情心的人。我跟他讲了儿子转学的原因后，他痛快地答应了，让过完春节办理转学手续。没想到，这么顺利就办成了儿子转学的事情，解决了一个让我闹心的问题。实验北中学是民办学校，也是重点中学，但侧重于素质教育，还可以住校。把儿子转到这个学校，我觉得是最合适不过的。

现在这个学校越来越不适合于儿子。他班里的很多同学上小学时就在超前补课，学习基础很好。我们的儿子小学六年时间却在学画画、书法、萨克斯、围棋、游泳，从来没有补过课。那时，我俩的想法是一样的，就是尽量给儿子培养兴趣爱好，让他有一个愉快的童年。我们不给儿子补课，儿子也没有补课的习惯，进入初二才补一两科。这个学校只注重升学率，"题海战术""魔鬼式"的教学方式，使儿子学得很累很费劲。

另外，我还考虑两个问题。一个是因为你突患重病，儿子与班主任之间就有一个难解的心结，加之他长期不能保证睡眠，我担心他不仅学习好不了，还会影响心理和身体健康；另一个是我确实没办法把精力和时间从你身上分出来去管儿子，儿子住校，或许就可以解决我的"两难"问题。

给儿子转学也是无奈之举。大宝，我想你一定会支持我的。

2021.1.4

没有流出的眼泪是最痛苦的泪水

媳妇儿，前天你突然发烧了，最高体温达到 38.5℃，高压氧又做不了了。医生下医嘱，给你挂盐水、服抗病毒药，从昨天开始体温逐渐恢复正常。

你从前天晚上到今天上午，将近四十个小时基本都在睡觉，这对你降温和恢复体力起到了重要作用。这三个白天，我寸步不离守在你的身边，时不时给你量体温、喂温开水、揉手脚，看着你睡觉，观察你的变化，静候你慢慢好转。

中午，你醒了，闻到我和小秋吃酸辣粉的味道，扭动着脑袋，不停地咂吧嘴，还流出了口水，最后竟然哭了。我知道你是馋了，虽然心里难过，但还是想刺激你一下，就说："大宝，想吃不？想吃就起来，老公给你做大大的一碗，让你吃个够。"你的反应更大，哭声也更大了。你是爱吃的人，现在连方便面都让你馋成这样，这该是多么残酷呀！

下午四点多，你突然一阵接着一阵地出现肌张力增高的状况，浑身使劲，满脸通红，张嘴喊叫，大汗淋漓，有时甚至眼睛鼓胀、嘴角变形。看你被折磨得如此痛苦，我心如刀绞，目不忍视，恨不得抱着你从十二楼一跃而下，永远结束这不堪忍受的痛苦。我强忍锥心之痛，不停地按摩你的脑袋，反复亲你的额头，失声地叫着"媳妇儿""老婆""大宝"，眼泪不停地滴落，后来竟然号啕痛哭。我好久没有这么痛哭了，多次想找个没人的地方大哭一场，没想到今天暴发了。哭一阵子，心情轻松多了，你的肌张力也慢慢减轻。晚上回家的路上，泪水又不知不觉在眼眶里打转，痛楚无以言表。我觉得，没有流出的眼泪才是最痛苦的泪水。

儿子早上告诉我，说他梦见你会说话了。我说我也梦见你坐起来了。我问儿子以前有没有梦到过妈妈，他说经常梦见，梦见你做饭，梦见你整理书包，梦见你考他英语单词，梦见你给他买新衣服……有的能记得，很多记不清了。四个多月了，这是儿子第一次对我说他梦见你。我感觉得到，他是把对你的爱、对你的想念深藏在心里，不愿说出来，怕我难过，怕增加我的压力。我今天之所以大哭，也是联想到儿子梦见你的事，情之所至，不得不发。

这几天，我一直在联系你转院的事情，想给你做中医治疗。本打算把你转到本市最有名的辽宁中医康复中心，但该中心所在的区疫情严重，基本处于封闭状态，不接收新的病人。在辽宁中医康复中心医生王鹏的帮助下，我决定把你转到他们在另外一个区的合作医院——悦禾医院。悦禾医院康复科的以超主任很热心，表示一定把你安排好，我和他商定后天转院。今天晚上，以超主任给我打电话说，他们医院刚开完会，要求新进患者必须带三天之内的肺CT片、血常规化验单和核酸检测报告，陪护人员也要有三天之内的核酸检测报告。我马上打电话告诉住院医生，请她下医嘱，明天做这三项检查。大宝，后天就把你转到悦禾医院。愿上天保佑，能遇到一位中医高手，让你真正苏醒，早日出院。

在东北国际医院住了五十多天，尽管你还没有苏醒过来，肌张力高的问题还时常出现，但冯主任等医护人员是尽了心的，他们热情的治疗和服务态度，我是非常感激的。

2021.1.8

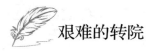# 艰难的转院

　　媳妇儿，这次转院太不容易了，一波三折，今天终于住进悦禾医院病房。

　　昨天下午一点多，救护车把你送到悦禾医院。在一楼大厅办手续时，医生说你的肺CT片子显示有炎症，血常规化验单上血象高，量体温是37.2℃，尽管核酸检测呈阴性，但因有炎症，不能收你住院。康复科以超主任找该院专家组医生，专家也说不行。以超主任又将院长请来，院长说："我知道她的炎症与新冠肺炎无关，但有炎症，我们就不敢接收。"我反复求他收你住院，否则到哪里去呀！他可能是看我太痛苦太焦急了，又说："那就去做新冠抗体化验，抗体没问题，我们就接收。可是这个化验，我们医院做不了，得拿血标本到其他医院去做检测，大概需要两天才能出结果。我们医院没有发热门诊，不能留在医院，得回家等结果。如果想快的话，你们就去能做这个化验的医院。"医院不能留，回家不具备护理条件，只能找一家医院去化验。

　　我们又叫来救护车，把你拉到省医院。本来说是到发热门诊，可发热门诊医生说你核酸检测没问题，不让进去。我们只好把你推到急诊室。急诊室医生给你做了一般性的检查，然后抽血送去做新冠抗体化验，又给你打点滴消炎。不到一个小时，化验结果就出来了。我立刻给以超主任打电话，问现在可不可以去办入院。他说领导都下班了，让明天

上午去。没办法，只好让你在急诊室委屈一夜。好在每个床位旁边有拉帘，小秋把你床位两旁的拉帘拉上，将四周完全围住，这样就有了自己的小天地，也可以阻挡冷空气。我去打来开水，帮小秋给你打流食、打口服药，都安排妥当后，才回家照顾儿子。

我七点多到家，儿子已经吃完饭在写作业。我刚吃几口饭，突然想起你到急诊室后出汗太多，衬衣和床单都湿了，而所有的东西都在车里，小秋想换也拿不到。我立刻下楼，从车内的纸箱里找出你的衬衣、床单和纸尿裤，骑着共享电动车往医院赶。夜晚真冷啊，差不多零下二十度，迎着西北风，又忘了戴手套，两手冻得钻心地疼，咬牙骑到了医院。我和小秋给你翻身叩背、换上衬衣和床单以及纸尿裤、护理垫，跟你说一会儿话，喂一点水，看你安静地睡了，我才回家。

今天一大早，我就到了急诊室，走到你床头，亲一下你的额头，你就哭了，也许是在急诊室委屈了。我安慰你一会儿，你不哭了。给你喂水，你不停地要喝，喂慢了就张嘴叫唤。小秋说你昨晚表现不错，肌张力没有高，尽管急诊室很吵闹，也没有影响你睡觉，很安静地度过了一个夜晚。

九点半救护车过来，我们十点钟就到了悦禾医院。以超主任亲自协调张罗办理入院手续，我在一堆文书上签完字，你就住进了脑科病房。病房是单间，这是我特意要求安排的，条件很好。然后，我下楼，把车上的大箱小包一趟一趟地搬到病房，累得一身大汗。下午给你挂上了消炎点滴，以超主任亲自给你针灸，还做了肢体康复训练。今天一切顺利，都是以超主任全力帮助的结果，对这样的好人，我能不千恩万谢吗。

这次转院，没想到费了这么大周折，也怪我只想着赶快转院，没弄清疫情期间不断变化的新规定、新要求。昨天没能住进来，也不能怪悦禾医院，上面的要求他们不敢不执行。可是，明知炎症与新冠肺炎无关，还让一个神志不清、插着气切套管的病人到处折腾，万一出了问题怎么办？

事情都往一起赶，我今天也够忙的了。按照工作的预先安排，下午集团主要领导听我分管单位的生产经营情况汇报，作为分管领导，我不能不参加。把你安顿好后，已经快十二点了。我急忙开车赶到单位，饿着肚子听汇报，到六点半才完事。我开着车找了好几家药店给你买药。在去医院的途中，我给小秋打电话，小秋说你听到我的声音就张嘴大哭。我以最快的速度往医院赶，恨不得瞬间跑到你的身边。可是，一楼大厅值班人员不让我进去，任我怎么解释、怎么哀求都不行，其中一个人把药拿过去，说替我送到病房。自从你出ICU，我几乎随时都可以出现在你的身边。现在却不让我进去，我怎么受得了！

这段时间疫情严重，医院管理严格了，大门小门都有人把守，以后不让我进去看你怎么办呢？

2021.1.11

今天早上，我提着装满流食的大罐子和一袋纸尿裤，忐忑地走进医院一楼大厅，竟然没人阻拦。我径直走进电梯上了七楼，门口值班护士问几句就让我进去了。我如蒙大赦！走进病房，见你睡得正香，就坐在床头看着你，抚摸着你的头，自言自语地小声跟你说话。

不大一会儿，护士长带着几个护士进来查房，问我怎么进来了，我说送饭。她说赶快走吧，又问起了你的病情。我简要介绍一下，并说："我要是不来，谁回答你的问题呀？"她说可以打电话问呀，之后没再撵我。也许是我们说话把你吵醒了，你张嘴叫唤，我急忙哄你。我贴贴你额头，感觉没有发烧，量体温，36.5℃，正常。你的痰比较多，不时从套管里喷出来，我赶紧擦干净。我不断地跟你说着话，生怕以后进不来，连话都说不成了。

九点来钟，以超主任过来针灸，我询问下一步怎么治疗。他说，脑科主任已经开了中药处方，主要针对促醒进行整体调理，加之针灸和运动疗法（PT）、作业疗法（OT）、泥蜡疗以及西药，对你进行以中医为主的综合治疗。扎完针，一位年轻的女康复师来给你做OT，她边做边跟你说话，引导你配合，很温柔很贴心。看她这么敬业，我不住地表扬她、感谢她。然后是泥蜡疗，可能是有些热，你咧嘴叫唤，但一会儿就好了。快到十一点时，我该走了，不能让人家撵。我跟你告别，去单位上班。

元旦后，在小秋的一再催促下，我两天打鱼三天晒网地去上班，而且还是下午去，上午守着你。我已经四个多月没怎么上班了，基本靠电话办公。你出ICU后，我虽然偶尔去一下单位，也是有重要的事情不得不去。我对我们领导班子特别是主要领导是极其感激的。这么长时间没怎么上班，没有任何人说过半个"不"字，即便是去开了几次会，也是让我提前离开。他们对我的同情、对我的宽容、对我的理解，以及给予我的温暖、给予我的帮助和支持，我只有感恩和感激，铭记在心。我的下属也对我表现出充分的体谅，不仅没人对我有非议，而且还积极来帮助我，这同样让我心存感激。

四十年来，从部队到地方，我哪有这么长时间不上班呀，即便是一天不上班也是不可想象的。过去，特别是到企业任职之前，我满脑子都是工作，总有干不完的事，整天如同驰骋的列车停不下来，双休日、节假日也很少休息，好像地球少了我就不转似的。也由此造成我对你爱护得不够周全，关心得不够细致。现在想起来，我真是惭愧。如果时光能倒流，我会把工作放一放，将时间和精力分一部分给你，多替你分担责任和忧愁，让你内心充满阳光，获得实实在在的快乐。大宝，你给我弥补的机会好吗？

2021.1.12

活动一下放弃你的心眼儿就是罪过

　　媳妇儿，现在是 16 号凌晨一点半，我刚剥完红枣和蚕蛹皮，准备好你一天四顿饭的食材，现在躺在床上给你写信。

　　每天夜晚我都是在忙完儿子的作业等事情后，才开始准备你的饭菜，早晨再打成流食，这也是为了尽量减少熟食存放的时间。小秋说你白蛋白偏低，让我给流食里加点儿蚕蛹，再买几罐进口的动物乳清蛋白粉，对你进行食补。蚕蛹很好买，但她所说的蛋白粉却不好买，我找了好几个地方，后来是在医大一院的小超市买到的。蚕蛹皮和红枣皮很不好剥，也许是我剥的不得法，二十多个得剥很长时间，手指甲都出血了。无论怎样，我都会去做，不把蛋白补上来，你的抵抗力就会低，就会出现其他毛病。

　　你前几天还好好的，这两天肌张力又高了，有时还很严重。刚才我给小秋打视频电话，她说你正在大喊大叫，还有点发烧。从视频里看到你紧握的两只手使劲地压着肋骨，张嘴喊叫，满脸汗珠，我的心都碎了。我不停地喊着"大宝""媳妇儿""老婆""亲爱的"，说着爱你、坚强、安静、休息，可是毫无作用。你在那里遭罪，我怎么能睡得着呢。

　　你的肌张力高让我心口堵得慌，你的眼睛更让我心痛不已。昨天上午，我请以超主任测试一下你的眼睛能不能看见东西，他测试后说看不见。他又找来眼科医生，眼科医生检测后说你的眼睛还有光感，不算失明，以后能否恢复到看见东西还不好说。小秋说只要夜晚熄灯，你就会叫唤，打开灯就没事了，说明你眼睛确实有光感。我早就感觉到你眼睛有问题，因为害怕听到不好的消息，一直没敢问医生。尽管有心理准备，可是害怕的事情一旦得到证实，还是接受不了。听医生那么说，我站不稳了，一屁股坐到椅子上，痛苦地说："天哪，干吗这么残忍，干吗这样对待我的媳妇儿呀？"我真不敢想象，你哪天苏醒了，发现眼睛看不见东西，你会做出怎样激烈的反应啊！

跟小秋在电话里说你的肌张力，又说到你的眼睛，她看我实在太伤心，便一个劲儿地劝我。她说我已经尽力了，够男人的了，像我这样痴情有担当的男人不好找。让我顺其自然，真不行就放弃。类似这样的话，很多人对我讲过，这是我最不爱听的，也是让我最痛苦的话。大宝啊，我怎么可能忍心放弃你呢？我觉得哪怕是活动一下心眼儿，就是一种罪过！你把一切交给了我，我既然接受了，就要承受一切，就要负责到底，永不放弃。

我满脑子都是你，晚饭后还在和两个医生研究你的治疗问题。我给以超主任打电话，请他想办法把你的肌张力降下来。他说对肌张力高的病人，最好不对四肢针灸，明天只针灸头部和腹部，四肢的针灸全停，包括PT、OT也暂停，观察几天看看肌张力情况。我表示同意。跟以超主任打完电话，我又查看你服用的几种西药说明书，看得我心惊肉跳。有的药品副作用也太大了，甚至会引发抽搐和癫痫，住院医生还调大了剂量，这么长期吃下去，你的身体能受得了吗？我又给住院医生打电话，说有两种药副作用太大，现在吃的剂量有点多，是否可以停用或减小剂量。她说不能停，但剂量可以减一减。我和她确定了最佳剂量，然后打电话告诉小秋调整药量。

你近五个多月的住院经历，让我感受到，家属必须参与病人的治疗，经常和医生探讨治疗方法，及时提出意见建议，不能放任不管。我们过去的教训太深刻了！

这几天，我有时能混进病房，有时则被拦住不让进。前天就没有进去，这是你出 ICU 后三个多月以来，我第一次全天没有看到你，心里空落落的，只能通过小秋的视频电话看看你，跟你说说话。不知疫情何时能结束，总这么偷偷摸摸地溜进去，自己也不好意思，让人家撵来撵去的，影响也不好。尽管我有核酸检测报告，但医院规定一个病人只能有一个陪护，其他人不让进病房。为了让你能随时听到我的声音，前天晚上我给你新录了一段话，儿子凌晨一点写完作业也录了一段，他说得比我还多。昨天下午，我把儿子的录音放给你听，儿子动情地说了想你、盼你回家，特别是盼你春节回家过年的话。你哭了，我也听得泪眼蒙眬。

2021.1.16

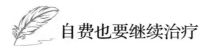

自费也要继续治疗

今天，你从七楼的脑科转到了十二楼的康复科。医院的值班人员把我拦在了外面，只有小秋一个人推着你转科，那么多东西也是她一趟又一趟搬过去的，真把她累坏了。

这次转科，我们是完全自费的。你在这个医院已经住十五天了，无论医保的经费用没用完，都得出院，这是所有医院约定俗成的做法。由于疫情期间转院非常困难，也为了不中断当前的治疗，我宁愿自费，也要让你继续治疗下去。又由于在同一个医院不能从这个科转到另一个科，即使是自费住院也不可以，只能先办出院，再办门诊治疗，借用病房床位，也就是不算住院，十多天后，再办理入院手续，重启医保。这也是当前医保政策的一个弊端，不想转到其他医院，就得想办法自费。要不是有以超主任帮忙，自费也不一定能住进来。你住的还是单间病房，而且比脑科那间病房大，条件更好，当然床位费也更高。医生护士态度都挺好，尤其有以超主任照顾，我很放心。

昨天是周日，医院管理松一点，我顺利地进入病房，陪了你一个白天。好不容易进来，我生怕浪费时间，不断地跟你说话、给你按摩、喂你果汁、放儿子的录音，还时不时搂着你的脑袋，脸贴着你的脸，亲昵一会儿。我跟你说，这段时间儿子一个人在家上网课，没有受转学的影响，每次测试成绩还不错，中午总是吃方便面。要是你好好的，儿子不可能总吃方便面啊。你安静地听着我说话，有时咧着嘴，像哭的样子。我又问，快到春节了，你想不想回家过年？你紧紧地闭了一下眼睛。我说，你要是想回家过年，就睁大眼睛。你立即把眼睛睁得大大的。看来你是真想回家过年呀！你睡觉时，我就在你的枕头边趴一会儿，趴下就睡着了。

　　这两天你肌张力有所减轻，小秋说可能与服用德巴金口服液有关。你过去服用的是医院开的德巴金片剂，小秋说口服液效果更好，但医院没有，建议我去药店买。我找了好几家药店都没有，后来还是大侄子在网上查到一家药店有才买到的。今天我又看了德巴金口服液说明书，感觉服用的剂量有点少，经与住院医生商量，明天将每次八毫升改为十毫升，三天后再改为十二毫升。剂量加大，效果应该更好一些。我过去生病，都是你拿药给我吃，从来不过问。现在你每天要吃十来种药，我不得不研究。这样下去，我可能就成为半个医生了。

2021.1.25

你尝不出味道，我也不能偷懒

我们市的疫情在严密防控下已经好转，十多天没有新病例。这几天，医院也管得不那么严了，早上我很容易就把流食送进病房，上午也能放心地陪着你了。

你这两天没有出现肌张力高的问题，精神状态挺好。今天上午，我跟你说话，说到高兴时，你开心地笑了。我说下午接儿子来看你，你却又哭了。

下午一点钟，我带儿子到病房。儿子很久没看到你了。站在床头刚说一句话，你就把脸扭向儿子，眼睛对着儿子，好像看见一样，咧开嘴，泪水溢出。儿子呆呆地看着你，不敢说话了。我立刻哄你，对你说，儿子来看你应该高兴啊，不哭，不哭。你很听话，不哭了。儿子跟你说话，说了几句，你又哭了。这样，反复几次，你慢慢安静下来，儿子再说话时，你就不哭了。儿子对你说："妈，我想看你笑。"我在旁边附和着说："给儿子笑一笑吧。"你开口笑了，但只笑了两下，又变成了哭。看你这样，我悲从心起，知道你是笑不出来啊！

不一会儿，康复师过来做PT，你没有叫唤，配合得很好。做完PT，儿子用小勺小心翼翼地给你喂果汁，又喂温开水，你一口又一口地吞咽，喝得很甜很香，似乎很享受儿子的孝敬。儿子三点半要补物理课，不得不离开，他走时对你说："妈，现在放假了，医院管理也不严了，我会经常来陪你，我想和你在一起啊！"你大睁着眼睛，好像不想让儿子离开。

　　我晚上做了酸菜炖脊骨，是照着网上视频做的，还不错，儿子吃得挺香。已经一个星期了，我下班买菜，做晚饭，给你准备食材，抽空打扫卫生，虽然时间紧张一些，也挺累，但我愿意。上星期，小孙说单位来新领导了，晚上要给领导做饭，不能来我们家干活了。这正合我意，本来就用不起了。她昨天又说能来干了。儿子替我解了围，儿子说他放假了，可以做饭，也可以打扫卫生，不用再雇人了。我太感谢儿子了，他怎么知道老爸的苦衷呢？我真的吃不消了，每月要给小孙一千五百元工资，护工至少八千元，你住院自费部分在五千元左右，再加上你的营养品、药品、食物、尿不湿，还有儿子的补课费，以及其他开销，每月至少得两万元。我早有辞她的打算，因为你妈说还得继续用，我不好硬辞，这下不用费口舌了。儿子说他可以做饭打扫卫生，我怎么忍心让他做呢？

　　今晚和往常一样，晚饭后给你准备食材，睡前做熟，明天早晨再煮鸡蛋、黄豆，热好馒头，然后打成流食，前后怎么也得三个小时左右。昨天小秋又说我不该这么费时费事，弄几个菜一打就行了，反正是流食，做得再好，你也尝不出味道，我说："她尝不出味道，我也不能偷懒。"每次给你做饭，我都按你的口味去做，比如炒肉丝，我把油烧热放葱姜末炒香后，倒入肉丝，再倒点生抽和料酒炒，然后加一点水炒熟，这样做才好吃。每天的食材，我都准备十种左右，保证足够你身体所需的营养。你白蛋白低时，就准备蛋白粉、蚕蛹、鸡蛋清、黄豆、鱼肉等含蛋白质高的食物，纯牛奶、酸奶也是每天必喝。你缺钾时，就选择一些富含钾的食物，比如黑木耳、紫菜、山药、土豆、玉米、红薯等，再给你喂一些含钾较多的橙子汁。常用的食材有瘦肉、豆制品、红枣、鸡蛋、胡萝卜、圆葱、茄子、青椒、青菜、银耳等。你爱吃的食物，保证每天都有。儿子说："妈妈吃得比我好多了。"我对儿子说："你妈是病人嘛，更需要营养。"

　　我在食材上精心准备，择菜洗菜也不含糊，生怕择不干净、洗不净。破壁机的杯体和盛流食的大碗，使用前我都要清洗几遍，用开水烫一烫。大宝，我觉得只有这么做，才能对得起你。我感到做一次饭，你要吃一天，对身体不利，现做现吃才好。以后我跟小秋商量，如果她能给你现做流食，那是最好不过了。

2021.2.1

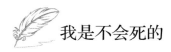# 我是不会死的

今天是腊月二十三，农历小年。我早早地来到医院，小秋正在给你翻身叩背。你听到我说话的声音，哇地一声就哭了。我赶紧换下小秋，一边叩背，一边哄，你很快不哭了。把你放平躺下后，我转身去拿东西，小秋骗你说："你老公走了。"你顿时张嘴大哭。我立刻走到你床头，亲一下你的脑门儿，说："她瞎说的，老公没有走。"你哭了两声，就闭上了嘴。

我坐在床头，抚摸着你的脑袋，握着你的手，给你讲昨晚做的一个梦：我在病房吃橘子，吃出两粒籽儿，一粒吐出来了，另一粒却进了气管。我不能呼吸了，憋得趴在地上，感觉快要死的时候，使劲爬到你的床前，流着泪艰难地对你说："大宝，老公要死了，你怎么办呀？谁来管你呀？"说完就死了，然后就醒了。我一直想这个梦，后怕。

你哭了。我问你："大宝，你是不是不想老公死呀？"你紧紧地闭了一下眼睛。我说："大宝啊，你离不开我，我更离不开你呀！老公不会死的，你快些苏醒过来，我俩天天厮守在一起，谁也不离开谁。"

上午十点多，你单位领导来医院对你进行春节慰问。他们在病房待了十来分钟，向我询问你的病情，又说了一些安慰的话，走时给你留下一千元慰问金。这期间，你歪着头好像在看他们，听他们说话，一直很安静。小秋说，我下楼接

他们时，她告诉你，一会儿你的领导来看你，你听后大哭。她说别哭了，让领导看到多不好呀，你马上就不哭了。我送他们刚离开病房，你又哭了，哭得泪流满面。

下午，我去一家保险公司给你办大病理赔。理赔员很热情，看了保险合同和病历，说可以按"深度昏迷"进行理赔。但病历中缺少反映深度昏迷的两个重要数据，这是理赔的要件，让我去医院补说明材料，并告诉我这两句话怎么写。看来理赔有希望，我明天就去省医院办这件事。

2021.2.4

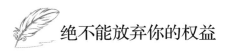 绝不能放弃你的权益

　　今天是腊月二十九，经过多次博弈，我终于拿回了保险公司所需要的两个重要数据证明，太不容易了。

　　下午三点，按预约的时间，我准时到了省医院 ICU 谈话室。嫚姐进去叫覃大夫。覃大夫满脸微笑地出来，很客气地将写好的并签字盖章的"病情证明"递到我手上，还对我说了几句解释的话。他今天的表现与过去相比，简直是判若云泥，让我很不适应。

　　保险合同上对"深度昏迷"有明确的界定，即 GCS 昏迷分级结果为五分或五分以下，持续使用呼吸机九十六小时以上。这是保险公司能否进行理赔的两个极其关键数据。医院收费明细清单里有你使用呼吸机一百九十二小时的记载，但没有"持续"两个字，特别是病历里没有 GCS 昏迷评分记录。理赔员让我去医院开证明，并说依你的病情，到医院就能开出来。没想到，为开这个证明，我跑了五趟，费了很大周折，才把证明拿到手。

　　第一次去找覃大夫，我诚恳地向他说明情况。他说手头上没有你的病历，不能开证明，让我找神经外科。我就傻乎乎地到了神经外科。住院医生说你的深度昏迷发生在 ICU，他们开不了。我觉得住院医生说得有道理，第二天又去找覃大夫。他说："我看不到病历怎么给你开？"我说："你是主治医生，我爱人在 ICU 住了将近两个月，她是什么情况

你还能不知道？"他说："记不住了。"说完起身就走。无奈之下，我找该院副院长帮忙，她给 ICU 主任打了电话，让我再去找覃大夫。我第三次找到覃大夫，他根本就不正眼看我，低着头说："你找副院长，GCS 也不能低于六分。"我跟他摆事实讲道理，他仍然坚持要给你的眼睛反应打四分，语言反应和肢体运动分别打一分。他返回 ICU 几分钟，出来扔给我一张纸，扭头就走。我看纸上的两行字，GCS 是六分，使用呼吸机没有写"持续"二字，连你的名字也写错了，这个"证明"完全是一张废纸。

　　我怏怏地离开省医院，心想，覃大夫是不会开这个证明了，那就放弃保险理赔吧。可又一转念，如果放弃了，那不是放弃了你的利益、放弃了你的权利吗？深夜，我躺在床上琢磨怎么摆平这件事，突然想起我手机里有那么多你在 ICU 里的视频，便打开从头一个个看，找到了很多铁一般的证据。你不仅在 ICU 的前几天眼睛是闭着的，即便在第十三天也没睁开；第十五天给你洗头，那么折腾，你的眼睛还是闭着的。有这些证据，我就可以维权了，绝不能放弃你的权益。

　　昨天下午，我第四次找覃大夫。我打开视频让他看，并跟他解释，根据你的真实情况，眼睛反应打四分肯定不合理，打两分才是正确的。他根本不看视频，漫不经心地说："视频没有代表性，不能证明。"我说："这么多视频还不能证明，什么可以证明？你不是说不记得我爱人在 ICU 的情况了吗？怎么又说她能自然睁眼呢？"他傲慢地说："如果眼睛打两分，肢体运动就得打三分，加上语言一分，还是六分，反正不能低于六分。"我顿时不高兴了，生气地说："我知道你是故意跟我过不去，事实明摆着，你就是存心不开这个证明。"他斜眼看我一下，嘲弄地说："你去找副院长啊！"我大声说："我谁也不找了，我现在要求你必须回答我一个问题，我爱人为什么要在 ICU 住五十多天？告诉我！"他像看怪物一样看着我，抓一下耳朵，没有底气地说："那是你小舅子不让出来。"我愤怒地说："你告诉我，出 ICU 是他说了算，还是你们说了算？你和他是什么关系，你以为我不知道吗？"他立马放下身段，放低声音，笑一下说："别这么说嘛，我再去查一下，病历上只要没有睁眼睛的字眼儿，我就按呼叫睁眼打三分，总分五分，行不行？"听他这么说，我问他："什么时候给我证明？"他说："明天这个时候，可以吗？"我说："可以，但你不能让我再白跑一趟。"说完我就走了。今天下午，我第五次去，果然拿到了证明。

好了，不写这令人不快的事了。马上要过年了，还是开心一点。大宝，我多么希望你能回家过年呀！就像儿子说的，妈妈不在家，这年过得还有什么滋味、有什么意思呢？我们怎么盼、怎么想都是没用的，你肯定是要在医院过年了。今天，我带儿子陪你一上午，并给你办了住院手续，下午在家整理衣服、打扫卫生，去省医院、买菜和必需物品，回家换灯泡、挂灯笼、洗澡等，晚上给你和小秋准备明天过年的饭菜，然后躺下给你写信。这一天马不停蹄的，好像在跟时间赛跑。

现在是凌晨三点多，我得睡一会儿了。

2021.2.10

除夕，哪是一个"痛"字了得

媳妇儿，现在是除夕之夜。倒霉的鼠年马上过去，时来运转的牛年即将到来！我坚信，牛年伊始，你定会苏醒；牛年里，你定会恢复健康，回归正常生活。我和儿子在翘首祈盼！

上午，我和儿子陪你过年，给你带了年饭和车厘子、金果、杧果、铁皮西红柿等。我们守着你，给你喂果汁，跟你聊天。我跟你说话，你时而哭，时而笑，不管怎样的表现，我都难过。下午三点半，我们要走时，我像往年一样给你一个一千元的压岁红包，放在你的枕头底下，也给小秋一个同样的红包。我俩结婚后，每年除夕夜十二点我都要给你压岁钱，每次你都笑呵呵地接着，今年我只能提前给你了。我抚摸着你的脸，对你说："大宝，我和儿子要走了，去大哥家吃饭，再不走就晚了。"你哭了。我说："大宝啊，你哭，我和儿子怎么走呢？"你马上就不哭了，直到我们走，一直很平静。我们走后，你哭了吗？

昨天晚上我给你准备年饭的食材时，恨不得把家里所有的食材都给你做了，但只能做一天的饭菜，只好一样选一点儿。我数了一下，有十七种食材：猪肉、牛肉、鸡肉、鱼肉、大虾、鸡蛋、银耳、胡萝卜、青椒、山药、圆葱、茄子、西兰花、黄豆、红枣、玉米饼、饺子。我一琢磨，挺好的，从第12个开始，12是要儿，13是一生，14是一世，15是要我，

16是要顺，17是要妻，合起来就是"一生一世要妻要儿要我要顺"。不经意间，出现了这么好的一组数字，又隐含着这么好的寓意，这难道不是预示着我们一家三口感情深厚不分不离、新的一年事事顺意你能完全苏醒康复吗？！ 17又是我俩手机号码里的数字，这是巧合，还是天意？看着这些食材，我心里顷刻之间敞亮了，仿佛你吃完后，我们家一切都好了。

晚上在大哥家吃年夜饭。菜上来后，我把他们从老家带来的你爱吃的腊羊腿、腊猪肉、笨鸡肉等几种肉菜，每样都给你留一点，装了一大碗，明天你就可以吃到了。看着桌子上丰盛的菜肴，我不由想起你曾经笑盈盈地大吃大嚼的情景，看你过去常坐的位置，不禁一阵阵难过。吃饭之前，儿子多次提醒我别喝多了。我真想喝醉，一解我的忧愁，但又确实不能喝醉，因为我还要回家给你准备明天的饭菜，还要煮跨年饺子，当然也不能让儿子难心。

大宝啊，这是十多年来我们第一次没在一起吃年夜饭，也是我俩一生中过得最凄惨的除夕夜。没有你在，这还叫过年吗？过年是中华民族最重要最隆重的传统佳节，是举家团圆的节日，可是你没有在家，我们就不能团圆，这哪是过年呀！我俩自从结婚后，已过了十四个春节。过去，我俩都提前两个月在饭店预定一个大包房，将你父母、我大哥大嫂、大侄子一家、外甥女一家以及大侄子岳父母请来，十多人一大桌，欢欢喜喜、热热闹闹地在一起吃年夜饭。那个喜庆的氛围，那个爆棚的人气，才叫过年呢！可今年，你在医院，我和儿子到大哥家，没了欢乐的光景，更没了愉快的心情，我心里的苦涩和酸楚，哪是一个"痛"字可以了得！

大宝，我希望这样的过年是我们一生中唯一的一次。明年，我们还要像过去那样，一大家子人坐在一起吃年夜饭，开开心心地过大年。

2021.2.11

春节，我们仨在病房里团圆

媳妇儿，这三天，我和儿子去陪你过春节了，以后几天也会去的，我们一家三口尽量多地在一起，也算团圆了。

初一上午，一楼大厅值班的护士拦着不让我们进去，怎么求情都不行，后来是康复科的值班医生下楼把我们接了进去。儿子给你拜年，我给你祝福，你静静地听着，好像心情不错。我告诉你，儿子早上给你父母拜年了，也替你给他们拜年了。我又给你讲了在大哥家吃年夜饭的情况，因为没有你在场，大家吃得很沉闷。你流出了眼泪，我又赶紧哄你。我和儿子待到天黑，才不得不回家。

昨天是以超主任值班，我们很容易就进去了。还与往常一样，跟你说话，给你按摩、喂果汁、喂黑芝麻糊。为逗你开心，我说："大宝，我想吃肉，让我咬一口你的脸蛋呗。"然后我做出咬的动作，你张嘴大笑。反复几次，你一直在笑。看你笑得那么开心，我的心情也跟着好起来。就是这么一个小小的场景，也让我感觉如春风拂面，给这个悲凉的春节带来一丝温馨。下午，大哥大嫂和大侄子来看你。你听说他们要来的时候就哭了，我劝你也没有止住，他们到了病房你仍然在哭。大嫂跟你说话，你以哭回应，我则不停地哄着你。因为你哭得很伤心，大家心情都很沉重。

今天是情人节，上午我拿着一捧鲜花，带着儿子来到病房。我走到你的床头，俯下身子亲亲你的额头，又亲亲两个脸蛋儿，柔情地说："大宝，今天是情人节，祝你节日快乐！送你一束鲜花，愿你像花儿一样永远鲜艳美丽！你闻闻，香不香？"你眼睛对着我，甜甜地笑了。每年情人节，我都会送你礼物，今年只好送花了。今天我和儿子要去参加两个活动，只陪你一个多小时就走了，我心里很不舒服。走之前，我说出儿子几个同学妈妈的名字，问你记不记得，问一个你眼睛大大地睁一下，表示记得。她们都是你的好朋友，你不可能不记得呀。

按照节前的安排，中午我请儿子初中三位同学及其妈妈聚会。这三位妈妈过去多次请你和儿子，你早就打算回请的。儿子开学就要转校了，他提出请这几个同学聚一聚，我不得不替你来办这件事。我请他们在玖伍文化城游玩、吃饭、看电影，孩子们玩得开心，大人也唠得很好。看的电影是《你好，李焕英》。由于剧情与我们的遭遇有点类似，我边看边抽泣，儿子也泪流不止。儿子说他是第一次看电影哭，因为想到了妈妈，感同身受。

看完电影，我和儿子急忙赶到一家饭店，参加他小学同学六个家庭的聚会。我刚一到场，五个孩子的爸爸妈妈立刻围着我，询问你的病情。我向他们做了简要介绍，重点讲了你好转的表现，他们为你高兴，五位妈妈都流出了眼泪。他们知道你爱吃什么菜，专门挑出几种，让我带给你。吃饭的时候，我特意敬大家酒，感谢他们对你、对儿子、对我的关爱，没说几句话便泪眼模糊了。也许因为你不在场，也可能还沉浸在电影的伤感之中，我的胸腔好像被什么东西塞得满满的，始终没打起精神。

媳妇儿，儿子同学的家长都对你很关心、很挂念，盼望你尽快苏醒，尽快回到他们的行列。见到他们，你和他们在一起说说笑笑的情景一幕一幕地在我眼前浮现，而今天却唯独没有你，难言的悲怆萦绕在我心头，让我孤独惆怅、痛彻心扉。那个时候，我多么希望你像天仙一样飞过来，出现在我们中间啊！

2021.2.14

 好事连连

　　春节七天假期转眼就过去了，今天是节后第一天上班。我一如既往，上午陪你，下午上班。

　　早上，我悄悄走到你身边。你睁着眼闭着嘴，脸上一点儿表情也没有，似乎没感觉到我的到来。我静静地瞅一会儿，说："大宝，老公来陪你了，感觉到没？"你立刻张嘴大笑。看你笑了，我说："小坏蛋，你肯定是有意的。"你又大笑，我也随之大笑。从你的表现看，你真是有意的，这说明你的意识恢复又升级了，我怎能不激动啊！我搂着你的脑袋亲着你的脸，说着鼓励的话，并向你汇报昨天干了什么事、今天准备做什么。我说话的时候，你一直在微笑。小秋说，你昨晚睡得非常好，所以今天的精神状态也好。

　　媳妇儿，你状态好，我激动兴奋，你状态不好，我的心情跌入低谷，我哪经得起这么揉搓啊！只有你好了，我的心情才能正常，我们的生活才能正常，你说是吧？

　　小秋说，你老舅下午来看你了，待了一个多小时。他坐在你的床头，拉着你的手，流着泪跟你说话。你也多次张嘴大哭。他家离医院比较近，已多次来看你。你曾对我说，你小的时候，老舅很喜欢你，经常带你出去玩，虽然他家并不富裕，但对你却很大方，好吃的、好穿的、好玩的都舍得给你花钱，你们的感情很深。他已是七十来岁的老人了，每次来医院看你，都难过得流泪。可见他对你的爱有多深，他的

内心又是多么痛苦。媳妇儿，快苏醒吧，别让爱你的人为你流泪了，好吗？

2021.2.18

这段时间，你的状态还算不错，越来越明白事了，只是肌张力还时不时地增高，尤其是晚上常常折磨你，影响你的睡眠。

你在悦禾医院又住到十五天，该转院了。因为以超主任的关照，可以多住几天。我又找王鹏帮忙协调，想把你转到辽宁中医康复中心做进一步的康复治疗，但他只能安排到他所在的科，进不了应该去的脑病康复科。上午正在闹心时，接到老同事姚刚的电话，在他的一再追问下，我说了你进不去辽宁中医康复中心脑病康复科的事。他说他认识该中心的一位领导，让我把你的病情写出来发给他，他来办。很快，他就回电话说搞定了，并将脑病康复科鹏琴主任的电话号码给了我。在这关键时候，很久没有联系的老同事突然出现，还迅速帮我办成了棘手的事，真是天佑我的媳妇儿啊！

下午，我怀着愉快的心情去实验北中学给儿子交学费。建卓校长非常热情周到，亲自过问儿子转学的事。很快交了学费，选定了学班，安排了宿舍，一切顺利。儿子被安排到同年级学习成绩最好的一个班，班主任也是最优秀的。至此，儿子转学的事就算彻底办完，就等着开学了。在儿子转学这件事上，建卓校长自始至终都在积极主动地帮我，春节前十多天就让具体人员帮助我办理各种转学手续。因为是跨区转学，手续比较多，然而有明白人指点，办得很顺利。这也是遇到了好人，是天佑我们的儿子啊！

儿子要去住校，我觉得他好像要离我很远很远了。离开学越近，我心里越空落。昨晚我对儿子说："儿子，老爸宁愿你气我，宁愿伺候你，宁愿受累，也不愿意你离开我。"儿子说："我不是每个星期还回家两天吗，离得又不远。"他虽然这么说，但表现出的却是无奈的表情。儿子从未离开过我们，现在要去独立生活，他能照顾好自己吗？我有一种愧对儿子的感觉。

　　这五个月以来，我每天都要提前琢磨早晨和晚上做什么饭菜儿子才能喜欢吃，找别人问，在网上查，照着视频做，几乎成了每天必做的功课。尽管费脑子也费体力，但却很充实，看到儿子吃得香、吃得多的时候，我就像得了奖似的，心里美滋滋的。这几天，我更是想方设法做儿子爱吃的饭菜，让儿子多吃一些、吃好一些。儿子要去学校食堂吃饭了，能吃饱吃好吗？

　　媳妇儿，今天办了两件值得高兴的事，心情格外好，晚上回家做了两个菜，一个是牛肉炖山药、胡萝卜，一个是青椒炒干豆腐，和儿子边吃边聊，非常开心。明天我向你汇报，也让你开心开心啊。

2021.2.25

 **舐犊之情**

媳妇儿，今天儿子去实验北中学住校了，家里只剩我孤零零的一人。

上午我带儿子去看你，儿子对你说："妈妈，我下午就要去新的学校报到了，以后就住校了。我会好好学习，也会照顾好自己，请妈妈放心。我住校以后，家里只有爸爸一个人，很孤单的。希望你早些治好病，早些回家。爸爸太累太苦了，你好了，爸爸也就好了。"儿子说得有些伤感。你平静地听着，而我眼里却噙满泪水。

下雪了，瑞雪兆丰年，预示着今年是个好年成。下午两点，我送儿子到实验北中学，年轻的班主任婷婷老师冒雪出来迎接。一见面，她惊讶地说："哇，原来是个小帅哥呀！"她爱怜地拂一拂儿子头上的雪，对我说："把孩子交给我，你就放心吧。"我和她简单交流几句，她牵着儿子的手往教学楼走去。我站着没动，任纷飞的雪花飘落一身，盯着他俩走进教学楼，直到再也看不见了才去开车，朝儿子的宿舍楼驶去。这个学校对学生是半军事化管理，被子要叠成有棱有角的方块形状，床面要铺得平平整整，洗漱用品要摆放得整齐划一，生活老师每天都要检查和打分，有点军校的感觉。我拿出上军校时的手艺，将儿子的被子叠好，褥子和床单铺平，洗漱用品摆齐，其他生活用品放进柜子摆放有序。做完后，我找到生活老师，简要介绍了儿子的情况，请求她多多关照。

晚上七点多，我从医院回到家，在打开灯的一刹那，一种凄凉之感霎时笼罩着我。看着空荡荡的家，我的心也空空的。站在玄关处呆立良久，眼泪不禁涌出。我也说不清我现在怎么这么脆弱，泪水好像时刻在眼眶里等着，随时可以流出来。过去几十年我何曾轻易流过眼泪呀！我热一点剩菜剩饭吃了，然后洗儿子换下的衣服，再给你准备明天的食材。干完活，我总觉得儿子还在写作业，便不知不觉走进书房，可书房没有开灯，是空的，没有儿子的身影，心头又一阵酸楚。儿子长这么大，除了跟你出去旅游外，他哪天晚上不在家，我哪天看不到他呀！

正在闹心的时候，班主任婷婷老师来电话了，刚一接通，听到了儿子的声音。我简直不敢相信自己的耳朵，连叫几声"儿子"，才印证是真实的。儿子说，老师怕我想他，让他给我打电话。我跟捡到宝一样兴奋，问东问西。儿子说快要熄灯了，老师还要回家呢，就草草结束了通话。不过，我还是极其感谢老师，感谢儿子，在我想他难过的时候，他像天使似的给我打来了电话。儿子说，晚上九点自习之后，婷婷老师亲自把他送到宿舍，还给他重新调了房间，和班长住在一个宿舍，好几个同学帮他搬东西、铺床、摆放物品。我马上用微信语音对婷婷老师表示感谢，并请她对儿子严格要求，不能惯着孩子。她告诉我，她对我儿子的教育有一个小规划，现在不能批评，先得给他充分的爱，把他的心焐热乎，等到了心情舒畅这个境界，再严格要求，引导他积极向上，迈上新的台阶。她这么富于爱心，想得又这么细，让我非常感动。有这样的老师，儿子还能不好，我还能不放心吗！

媳妇儿，实验北中学肯定比原来那个学校好，儿子转到这个学校，我也就放心了，可以有更多的时间陪伴你，有更多的精力研究你的治疗了。你对这个安排，满意吗？

2021.2.28

昨天下午，姚刚亲自到辽宁中医康复中心协调安排，你顺利地住进了脑病康复科。脑科专家鹏琴主任和住院医生杨森大夫都很热情，立即对你进行了检查诊断，确定实施针灸、中药汤剂、高压氧、中医定向透药、运动疗法等治疗方案，能用的方法都用上了。我祈盼着你在这里能有好的治疗效果。

这个科在一栋旧楼里，条件一般，病房倒是不少，但都已住满，你能转进来确实不容易。目前，只有七人间的大病房有一个空床位，暂时把你安排到这里，等小病房有空位时再转过去。这么大的一个科室，竟然没有单人病房，两人的病房也只有两间。我请求鹏琴主任尽量快一些将你转到两人间。

七个病人加上陪护，显得病房里都是人。不同的病人发出不同的声音，不同的陪护又弄出不同的动静，使得病房乱哄哄的。上午有一个患者老太太不知道对什么不满，坐在病床上扯着嗓门儿没完没了地骂人，谁也劝不了。好在你表现得真不错，从昨天下午到今天，你竟然没有出现肌张力高的问题，也不喊叫，睡得也挺好。大宝，坚持几天吧，我会时刻盯着医生，尽快给你调换病房。

从今天开始，所有的治疗项目都按时间排序正常进行了。上午做了高压氧，你没有像过去那样大喊大叫，很平静地吸着氧，表现非常好。下午的针灸、运动疗法、仪器治疗等，你也配合得很好。换了一个医院，你是不是在有意配合治疗，想赶快好起来呀？如果是这样，说明你真的明白事了。大宝啊，老公天天在苦苦地盼着你好，盼望你在这个医院一天一天地好起来！

今天是儿子转学后的第三天。他昨晚九点多用学校的公用电话给我打了一个电话，说他挺好的，让我不用操心，只说了两三句话就挂了。今天晚上九点多，婷婷老师在寝室录了一段他的视频，发给我。我反复看了好几遍。他坐在床上，拿着一本书。婷婷老师让他跟我说话，他笑眯眯地说："老爸，我在这里挺好的，你不用担心，你一个人在家要照顾好自己。"小伙儿确实帅气，我怎么看也看不够。虽然只有短短的几句话，却让我心暖融融的，感觉儿子长大了，懂事了。这三天，婷婷老师每天都会将儿子的情况告诉我，她说孩子学习很认真，适应得很快，寝室内务也做得比较好，受到生活老师的表扬。她还说，她会尽力让孩子感受到温暖和快乐，在快乐中学习，在快乐中进步。我很感动，向她表达了我发自肺腑的感激之情。

这个班主任，给予孩子的是至诚的慈爱之心，使孩子如沐春风、如饮甘露，让孩子得到的是深情的鼓励，展现的是会心的笑容；给予家长的也是温暖和信任。家长把孩子交给这样的老师，还有什么不放心的呢！

儿子才住校两天，我就想得不行了，掰着手指头盼望周五快快到来，我好接他回家。这个时候，我似乎有些理解"可怜天下父母心"的深刻内涵了。

2021.3.2

今天上午做完高压氧，杨大夫就把你调换到两人间的病房，安静多了，条件也好多了。杨大夫对你的关照，我感激不尽。你在大病房的四天时间里，尽管也出现过肌张力高的现象，但总体表现还是很好的，嘈杂的环境没有对你产生太大的影响。

在新的病房安顿下来后，杨大夫给你针灸，我给你喂红糖水，跟你说话，你不时露出笑容，我也很开心。针灸后，我想试着让你坐一会儿，便和小秋将你扶起来，我跪在你的背后抱着你，你仰靠在我的身上。这是半年多来你第一次坐着，也是我第一次紧紧地搂抱着你，尽管抱得很吃力，但我心里是甜蜜的。坐了二十来分钟，我和小秋轻轻扶你躺下，怕你累，怕你吃不消。试坐成功，我很高兴，以后我每天都要抱你坐一会儿，逐渐延长时间，逐步减小坐姿的度数，直至你上身能垂直坐着，并能弯腰。我想，这对你苏醒和肢体康复一定有益处。

中午在病房随便吃一点，便跟你告别，去接儿子。终于盼到周五了，我开着车，以急切的心情往学校赶。离学校七百多米就开始堵车，四条车道全是车，走走停停，好不容易移到学校大门附近，我找个位置，把车停在路边，跑到学校大门口，生怕耽误了接儿子。气温很低，北风嗖嗖的，我在门口等了近二十分钟，儿子终于出来了。儿子心情很好，笑眯眯的。我激动地迎上去，拍拍儿子的肩膀，说了一句"想死老爸了"，接过拉杆箱，领着儿子往停车的地方走。回家的路上，五十多分钟，儿子的嘴没停过。他可是从未跟我说过这么长时间的话呀！儿子说学校怎么好、老师怎么好、同学怎么好，特别是班主任婷婷老师简直是太好了，既像姐又

217

像妈，充满爱心，不怒自威，同学们都很喜爱她、尊重她。他还说，自己对提高学习成绩非常有信心，唯一遗憾的是转学太晚了。晚上吃饭时他还在不停地说，谈他的打算，说他的感想。我听得津津有味，笑逐颜开，感受着他的好心情，分享着他的快乐。

儿子说，各科老师的课讲得都好，态度也好，同学们都爱听。作业不多，自习时间都能做完。尤其是教学方法好，四人一个学习小组，有难题一起讨论，各抒己见，互相启发，举一反三，解一道题胜过做几道题，比"题海战术"强多了。虽然作业不多，学生不累，但学习成绩并不比原来那个学校差。儿子对老师的教学方式，对班里的学习氛围，对师生之间和谐友爱的关系，赞赏有加。他说有这么好的老师，有这么好的同学，有这么好的学习环境，没有理由不把学习搞好。

但是，儿子提出一个问题，却把我难住了。他说晚上九点半就寝，睡得太早了，有点浪费时间，不想住校了。班里的同学只有几个住校的，其他同学要么回家，要么在学校附近租房，放学后还可以多学一两个小时。我觉得，他这是过去熬夜熬惯了，一下子从凌晨一两点睡觉变成夜晚九点半睡觉，还不适应。我耐心地跟他解释：根据我们家目前的情况，租房没有人陪住，回家路途又太远，只有住校这个选择。另外，早睡早起没什么不好呀，睡觉如同电池充电，是养精蓄锐。过去晚上熬夜，上课打瞌睡，不仅吃苦头，学习效果也不好。关键是利用好在校时间，把时间用好用足，同样可以达到那些同学多学那一会儿的效果。儿子无奈地说："好吧，那就继续住校吧。"

儿子上初中以来，我第一次看到他有这么好的心情，也是第一次感觉到他对学习有了信心，这说明给他转学是正确的。我倍感欣慰。从魔鬼式、填鸭式、题海式的学习方式，变为开悟式、开放式、研讨式的学习方式，儿子大开眼界，也在比较中找到了学习的信心和乐趣。

儿子住校才五六天，我感觉犹如过了几年，每天数着时间盼他回来，没想到我会有如此的舐犊之情。三天前我便开始在网上查、找人问，研究给儿子做什么好吃的饭菜；昨天下午我将车刷洗得干干净净，好让儿子坐着舒心；今天中午我比预定的时间提前半个多小时往学校赶，担心儿子在寒冷的室外等我。今晚我做了笨鸡炖黄花菜、清炒茼蒿，都是儿子喜欢的；明晚准备做牛肉炖萝卜、扇贝柱炒韭菜，也是儿子爱吃的。好不容易把儿子盼回来，得让他吃饱吃好。如果你在家，肯定比我做得更好。

2021.3.5

奇迹或许指日可待

　　大宝，今天是"三八"妇女节，祝你节日快乐、早日康复！

　　你转到辽宁中医康复中心这几天，变化很大，与过去明显不一样，不仅很少有肌张力高的现象，而且更清醒了，肢体也不那么僵硬了，还能配合各种治疗，感觉你真的是一天比一天好。看你在好转，我的心情也在好转。

　　你做高压氧时的表现，是过去从来没有过的好。每天早上，在高压氧科等待的时候，我总要问你想不想做高压氧，你用睁大眼睛表示想做。我说，那就好好配合，不要喊叫，安安静静地多吸氧，吸得越多就好得越快。你也会用眼睛回应我。小秋说你听懂了我的话，这几天做高压氧一直非常好，不叫不闹，也不睡觉，平静地吸氧。高压氧舱里的陪护人员都赞扬你是表现最好的。小秋还说，你最近好像比过去敏感了，昨天做高压氧时，喇叭里医护人员喊"九号，九号"，你显得很紧张，张嘴要哭，小秋说你是七号，不是叫你，你马上安静了下来。

　　上午杨大夫给你扎上银针后，我数了一下，一共二十七针，扎在头部、眼部、人中、下巴下端、手脚等部位，不像以前扎的那么多。我拍照片发给一位懂中医的朋友，他说这个针法很有讲究，是高手所为。我听后很高兴，也更充满信心。今天，鹏琴主任对你的中药汤剂的配方做了调整，应该是更加对症了。

每天最让我揪心的是康复师给你做PT。他可能是力度太大，你很痛，从始至终都张着嘴大喊大叫。他累得满头大汗，你也叫得大汗淋漓。我让他别使那么大劲，手法柔和一点儿，他说就得这么做，否则达不到治疗效果。尽管如此，每当看到你痛得直叫唤，我还是揪心不已。

今天扶你坐时，让你坐在床沿儿上，两腿搭到床下，上身基本与大腿垂直。我仍跪在身后抱着你。这样应该比两腿伸直坐在床上，更有助于你肢体的康复。我累得腰酸腿疼、浑身是汗，但一直咬牙坚持着，尽量让你多坐一会儿。我抱着你，贴着你的耳朵不停地跟你说话，问你针灸和肢体训练痛不痛，如果痛就睁大眼。你就把眼睛睁得大大的。我说既然那么痛就不治了，回家好吗？你顿时张嘴叫唤。我赶紧笑着说："大宝说了算，我们治疗，必须治疗，治好了才能回家。"你马上就停止了叫声。从诸多现象看，你的意识是明显的、真实的，对有些问题也是敏感的，对人对事也有记忆，现在就差突破性的变化、奇迹的出现了。

中午我刚到办公室，同事小鑫就过来了。她说刚刚才知道你有病，很为你痛心，希望能为你尽一点力、做一点事。她当即给一位高人打电话请求帮助，这位高人说你是由虚病转为实病了，没有什么好办法，但让我做一件事试一试。晚上我按她的要求做了，希望佛法无边，救你于危难。不管结果怎么样，有朋友关心你，帮助你，想办法让你尽快好起来，我就很感激了。我说过，我不会放过任何一个机会，不会留下一点点遗憾。

2021.3.8

媳妇儿，昨晚我梦见你苏醒了，手脚都能动，还能说话，笑容满面。你坐在床沿上，然后要下地。我立刻制止，说："大宝，你不能下去。"你朝我笑了一下，脚刚踩到地面，弯曲变形的脚瞬间恢复了正常。你慢慢地向前走，完全和正常人一样。我高兴得跳起来，高喊："我大宝好了！"这一喊，把我自己喊醒了。类似这样的梦，我做过很多次，每一次醒来，我都兴奋很久，希望把梦留住，希望梦是真的。

　　你今天做的一件事，实实在在地让我震惊了。早上，我走进病房，看你张着嘴、闭着眼在睡觉，睡得很沉。我站在床头看你老半天，你一直在安静地睡。我问小秋："怎么睡了呢，昨晚没睡好吗？"小秋说："睡得挺好啊，一直睡到天亮。你进来之前还睁着眼，咋这么快就睡着了呢？"我们正说着，你突然把眼睛睁开，睁得很大，眼球往上，翻着白眼儿。看你出现这种不同寻常的样子，我一下子就紧张了，吓得直喊小秋："快过来看丛岩怎么了？"你忽然张嘴大笑。我愣了一下，笑着说："你这个臭丫头、臭大宝，你是装睡的呀，骗我，是不是？"你的笑声更大了。我真不敢相信，你竟然会有意逗我们，真是天大的好事！我继续跟你说话，你一直在笑，小秋也在笑，我们开心了好一会儿。

　　你能装睡、翻白眼逗我们，这应该是一个复杂的程序，不动脑子不思考，是做不出来的。这不预示着你马上就要苏醒了吗！我觉得，这又是一个具有里程碑意义的好征兆，我得赶快告诉最关心你的人。在你做高压氧期间，我打电话告诉了妹妹、大嫂、大侄子，他们都为你高兴。

　　本周我在市委党校培训，因为离医院很近，早上、中午和晚上都可以来陪你。今天下午四点多，我到了病房。你听到我的声音，立刻哭了。我问你是不是想我了，你哭得更厉害。我给你喂水、打流食，跟你说话，又放儿子的录音，放《甘心情愿》歌曲，你虽然不流泪了，但仍张嘴叫唤。小秋说你这是要拉屁屁了，我特意说你没有屁屁，你的叫声更大了。我又说，大宝有屁屁，现在帮你拉啊。你立马不叫了。小秋给你侧身、打开塞露，很快就拉出来了。小秋问你拉完没有，你睁大眼表示没完，过一会儿又拉了一些，还尿了很多。小秋再问你还有没有，你紧紧地闭了几下眼睛，表示拉完了。小秋说，这段时间，你对要拉大便以及拉没拉完，非常明白；撒尿了，你也会叫唤，如果换纸尿裤换晚了，你的叫声会更大，说明你确实是越来越明白了。

前天下午，我带儿子和大侄子来看你，正赶上护士给你换胃管，插了好几次没插进去，不得不抽出来。这个护士不敢插了，又叫来一个护士。护士让我抬起你的脑袋，她插胃管。开始你比较配合，不吱声、忍着，插到一半的时候，你就吐了，把胃里的食物都吐了出来，鼻涕、眼泪流了一片，脸色通红，非常痛苦。又没插进去。看你这么遭罪，我的心都碎了，腿也软了，浑身直抖，差一点对护士发火。我实在不敢再看，也该送儿子回学校了，只好离开。我心情沉重地和儿子、大侄子离开病房。刚把儿子送到学校，就看到小秋给我发来的微信，说胃管已经插好了。我问是怎么插进去的，小秋说，我们走后，她跟你讲了很多话，说如果不把胃管插进去，就吃不了饭，就得饿死。并告诉你护士插管时吞咽一下，胃管就能进去。她让你试着咽一下，你真咽了一下，她告诉你一会儿就这么做，你睁大眼表示同意。她再次叫来护士，你非常配合，插管时一动不动，让你咽你就咽了一下，胃管立马就插了进去。小秋说，看你那么听话，那么坚强，她眼泪都流出来了。我赶紧开车返回医院，心疼地亲你、抚摸你，说了一些表扬和感激的话。陪你到七点多，看你睡着了，我才离开医院。

媳妇儿，这十多天你的变化真是太大了。周六、周日早上我来晚了，你就叫唤。小秋说"儿子回家了，他得照顾儿子吃早饭，一会儿就来"这些话之后，你就不叫了，学会控制自己。每次跟你聊天，开心了你会笑，伤心时你会哭，而且越来越敏感，反应也越来越快。你饿了、尿了、拉了，知道叫唤，尤其知道拉没拉完。给你做伸舌训练，叫你张嘴你就把嘴张开，叫你伸舌头你会努力往外伸舌头，包括插胃管，你会很好地配合。肌张力也很少增高了，坐着也自然了，手脚也柔软多了。所有这些，说明你在明显地变好，我真是为你高兴啊！

你在这个医院又超过十五天了。按说应该转院，但你刚有好转，正需要进一步治疗，我怎么可能把你转出去呢。前几天，我让大侄子跟他一个医保局的朋友联系，请求帮忙疏通，尽量多住一段时间。看来这个朋友起作用了，杨大夫告诉我，可以再住两周，一共不能超过四周。我都想好了，实在不行就自费。我多么希望你能在这个医院苏醒啊！

我的身体状况却越来越不好了，浑身酸痛无力，像散了架子似的，实在坚持不住了。今天晚上我从医院出来，饿着肚子，直接去找老孙太太按摩拔罐刮痧，皮肤变成一大片一大块的紫黑色。她说我全身都是毛病，再不治疗就更加严重。你过去几年费那么大劲、花那么多钱给我调理好的身体，这几个月连本带利全搭进去了。

2021.3.16

儿子住校后，周一到周五早上我都提着流食早早来到你身边，周一到周四和周日晚上也会赶到你身边。周六、周日早晨要给儿子做早饭，去得晚一些，周五、周六晚上要给儿子做晚饭，也就去不了。不知你怎么把时间记得那么清楚，只要到时间我还没去，你就会叫唤。你还是像过去一样，一天也离不开我。我也同样离不开你呀，总是想方设法留在你的身边，总是尽量多地陪着你，这七个多月一直如此。我想，这大概就是恩爱夫妻吧。

　　我给你买的轮椅，下午送到了医院。我立即组装好，和小秋一起把你抱到轮椅上试坐了半个小时左右，挺好的。这把轮椅是我反复比较后选定的，宽大结实，能坐能躺，有餐桌有坐便盆，可随意调节，质量不错。我托人买的小冰箱也送到了，我和小秋把它放置在病房隐蔽的角落。医院应该不让私用冰箱，但天气在一天天热起来，流食没地方保存，变质了怎么办。我这也是无奈之举呀。

　　还有一件好事，你的大病保险理赔成功了，保费已经打到你银行卡里。赔付的钱虽然不多，但对你的后续治疗和康复却有很大帮助，也让我更有底气了。你还有两个保单，最后无论赔付多少，我绝对不会动用一分钱，一定全部花在你的身上。

　　前几天，你的病房转来一个新病友，是一位女警察。她在上班期间骑自行车摔倒造成脑震荡，第一次手术后还能动能说话，第二次手术后却成了植物人，现在已经三年多了。她是工伤，住院不用医保，住院时间不受限制，所有费用包括护理费、生活费都由政府财政全额报销，目前已花费三百

225

多万。虽然她住院没有经济上的负担，但她需要有人关心、有人陪伴、有人呼唤。可是这三年多时间，她老公极少看望她。每天都是她七十多岁的父母给她送流食、送生活用品，陪她一会儿，平时只有护工照料。

她的父母对小秋说，我早晚都来陪着你，对你亲不够、爱不够的，如果他们女儿的老公也能这样，哪用他们这么大岁数天天坐着公交车跑来跑去的呀。他们问小秋，怎么没见到你的父母来看你，小秋说你父母岁数大来不了。

这个病友的父母确实令我钦佩，但对她的老公我真不理解。我觉得，考验一个男人对女人是否真心，很重要的一点就是看女人遇到不幸时，男人是以什么样的态度对待她。人们常说："夫妻本是同林鸟，大难临头各自飞。"我认为这句话是对那些自私自利、薄情寡义，不能同甘苦、共患难的夫妻的否定和鞭挞。夫妻两人无论感情如何，当一方遇到不幸时，另一方总该有最起码的良心和道义吧，总不能撒手不管吧。

2021.3.25

死心塌地的死心眼儿

今天是你转到嘉和医院的第三天。嘉和医院是与辽宁中医康复中心合作的一家民营中医医院，除没有高压氧科外，其他治疗项目和辽宁中医康复中心差不多。我为你要了一个单间病房，向阳、宽敞，床位费一天三百六十元，确实有点高，医保一天只能报销三十元，其余自费。为了你和小秋能住得安静舒适，就多花一点吧。不方便的是离家太远，离单位也远，单程都是二十多公里，但离儿子的学校很近。

你在辽宁中医康复中心脑病康复科住了近一个月，各项治疗都很顺利，效果很好，变化也很大，我非常想让你继续住下去。但还是医保问题，一次无论住多长时间，医保局拨给医院的钱就是那么多，住的时间越长，医院的损失就越多。杨大夫说再不转走，他们科里真就吃不消了。他说先把你转到其他医院十几天，然后再转回来，并亲自联系安排了嘉和医院。杨大夫是个好医生，医术精良，为人和善，待病人如亲人，随时与家属交流病人的病情和治疗情况，因而赢得了大家的尊敬。我不忍心为难他，不得不把你转出来。本来打算自费继续治疗，这也行不通，因为即便自费也不能住在脑病康复科，否则医保局查出来会罚他们。唉，这里的弯弯道道我也说不清，反正现有的医保政策与病人的实际需要存在很大的距离。

你在转入嘉和医院之前，杨大夫就给这里的一位医生介绍了你的情况并提出治疗建议，因此在这里继续施行辽宁中医康复中心的治疗方案，就连中药汤剂的配方也是杨大夫提供的，只有高压氧做不了。

今天忙了一天，本来就挺累的，住院医生跟我的一番谈话，又让我的心情沉重起来。晚上我刚到病房，小秋说住院医生找我，我就去了医生办公室。里面就两位医生，住院医生让我坐在她的旁边。她一脸真诚，同情地看我一眼，轻轻地说："哥，有些话很想对你说，又怕你接受不了。"我说："没事儿，你说吧。"她说："你爱人的病太严重了，时间也太长了，最佳治疗时间都过去了，苏醒过来的可能性不大，现在所有的治疗都没有多大意义，你为什么还要坚持呢？"她的话让我蓦然一惊，没想到她也这么说，我痛苦而又坚定地说："我不可能放弃！她刚进 ICU 时，医生就说即使救活也是植物人，但我请求医生不惜一切代价救她，结果救活了。那时候我就没有放弃，现在怎么可以放弃呢？我知道最好的治疗时间给耽误了，这也是我最痛苦的一件事。不管结果如何，我都得给她治疗，更何况她正在好转，我更不能放弃。"她好像对我有点不理解，又情真意切地说："你能这么做，我很感动，也很佩服。但我作为医生，毕竟见得比较多，你爱人真的很难苏醒，你还是应该考虑考虑，我这也是为你好。"作为医生，她能这么跟我说话，也是难得，不过，我还是告诉她："谢谢你！你说的意思，其实有不少人给我说过，但都没有动摇我的心。对于放弃治疗，我连想都没有想过，更不可能这么做。我对我的爱人有四句话，那就是不离不弃，无怨无悔，不放过任何一个机会，不留下一点点遗憾。"她无奈地说："你既然这么坚持，我也无话可说了，可我还是希望你适可而止，保重自己。"

我再次对她表示感谢，返回病房，扶你坐起来，和你并肩坐在床沿儿，紧紧地搂着你，脸贴着脸，无语凝噎。

大宝啊，这几个月，有很多人说过要我放弃，甚至有人说我对你这样毫无希望的人还死心塌地用心用力是死心眼儿、是傻子，明知不可为而为之，最终除了弄得一无所有，不会有什么好结果，认为我不可理喻。我说，作为一个有良知的人，哪怕是在马路上见到一个落难的乞丐也应伸手拉一把，更何况是自己深爱的妻子呢？媳妇儿，我这么对待你，不是说我这个人有多么高尚，而是爱你爱得太深沉、爱得太执着。你的痛苦就是我的痛苦，你的灾难就是我的灾难，你的命就是我的命，你的一切就是我的一切。无论何时，你都是我的，我也是你的，此情此心不可能改变。

2021.4.1

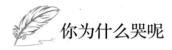

你为什么哭呢

媳妇儿，你转到嘉和医院后，尽管离家、离单位远了，我仍然坚持上午和晚上去陪着你，周日下午还带儿子陪你一会儿。这十多天你一直都挺好，意识仍在不断恢复，能配合各种治疗，只是肌张力高的现象还时不时出现，虽然没有过去那么强烈，但还是让我闹心。

你现在喜欢坐着了，而且主动要求坐，在床上坐，在轮椅上坐，从过去一次坐二十分钟到现在的一个多小时，从过去一天坐一次到现在的四五次，甚至坐着还能睡着。前天下午，我和小秋把你抱到轮椅上，坐了一个小时左右，你叫唤表示不愿坐了，我们把你抱到床上躺着。躺下不到两分钟，你就大叫。问你是不是想喝水，你闭眼表示不是。我又问你是不是想让我搂着坐，你就不叫了，还把眼睛睁得大大的。我就搂着你坐在床沿上，大概坐了二十分钟。你又叫唤。我问你是不是想躺着，你睁大眼睛。躺下后，我对你说："臭大宝，你每天不让我搂一会儿，就闹心是不是？"你甜甜地笑一下。过一会儿，你又叫唤，我问你是不是又想坐起来，你停止了叫声。我搂着你坐了半个小时，你又叫了，我问你是不是不想坐了，你眨巴眨巴眼睛，我以为你是要躺下，就把你放平了。刚躺下你就大叫，这时小秋发现你尿了，这一次你是因为尿了才叫唤的。刚换完纸尿片，你又叫唤。我问你是不是还想坐，你马上闭嘴不叫了，看来还是没坐够。我又搂着你坐了半个小时，你才要求躺下，再也不叫唤了。

不到三个小时，你起来坐了四次，一共近两个半小时。在这一系列的动作中，我觉得你的意识是清晰的。尽管你把我折腾得很累，但我心里是高兴的。

这几天，有好几个人来看望你。我的老乡永生兄、承山兄来看你了，你听到他们说话的声音，流出了眼泪。牛哥又来了，这是他第三次来看你，你哭了。你的同学宋梅来了，你俩都哭得稀里哗啦。我单位的诗情、俊涛也来看你，她俩跟你说话，你也哭了。面对这些人你为什么哭呢？是不是对你的现状感到伤心？如果是这样，那可是我最担心的问题！

我再给你写写儿子吧。他自从转入实验北中学后，学习热情高涨，精神状态饱满，各方面表现都很好，他已完全融入这个班级的学习氛围之中。我和他的班主任一直保持着联系。班主任说他适应能力很强，进入状态很快，学习积极上进，和老师同学相处得也好，是个好苗子，让我尽可放心。每周回家，他总会事无巨细地跟我讲他学习的得失、班里的趣事，我也会不厌其烦地问这问那，我们交流得很好。与过去相比，儿子判若两人，完全没有了过去的消沉萎靡之气。现在听到班主任说的都是表扬、鼓励之类的话，不像过去多是训斥甚至谩骂，真有"萧瑟秋风今又是，换了人间"之感，儿子心情愉悦阳光可人，我的心情也晴朗爽快了许多。

两周前，儿子一到家就忙着制作《钢铁是怎样炼成的》课外读物 PPT 课件，他说班主任要求学生上台讲解，好几个同学举手，老师选中了他。他说这是学校的一种教学方式，经常让学生上台讲课、展示自己。他充分利用手头的资料，又在网上查找进行补充，周五从下午做到深夜，做了五十多页的 PPT 课件。第二天他给我看，我看后，简直不敢相信他会做得那么好，思路清晰，内容丰富，语言得当，有文字有插图，有讲解有提问，就像老师的课件。他在本班讲了四节课才讲完，老师和同学都说讲得好，上周又让他在另一个班讲了三节课。我问他怎么少讲了一节课，他说讲一遍有经验，就不需要那么长时间了。他还笑着说："讲课真过瘾，我以后想当老师。"我说："当老师好呀！你爷爷奶奶都是老师，我们家现在还有四个老师呢。"

班主任婷婷老师与学生家长的关系非常融洽，每周都有家长往班里送吃的喝的东西，她在自习课时发给孩子们。我想，不能光吃别人的呀，我也得表示表示。今天便送去了五盒沃柑、一箱香蕉，并给班主任发了一条微信："送给每个孩子一根香蕉、两个沃柑，寓意是'100'，希望孩子们各科考试都得 100 分。"晚上，我就在家长群里看到几张照片，全班五十六个孩子每人手里拿着一根香蕉、两个沃柑，摆出类似 100 的造型，笑容可掬，模样可爱。家长们在群里对我表示感谢，并说寓意美好。我觉得，这个班就像一个大家庭，充满了爱意，充满了激情，充满了正能量，这对孩子的健康成长多么重要啊！

我这两天得了重感冒，发烧、发冷，脑袋疼，嗓子疼，流鼻涕，头重脚轻，我不得不慢点开车，生怕出事。到病房我戴上厚厚的口罩，离你远一点儿，怕传染给你。小秋告诉你我感冒发烧了，你听后大哭，泪流不止。大宝，你真的知道心疼我了吗？如果是这样，我再苦再累也值得啊！

2021.4.12

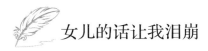

女儿的话让我泪崩

在杨大夫的安排下，前天上午将你转回辽宁中医康复中心脑病康复科，继续做半个月之前的治疗项目。我现在信心倍增，总觉得你在"五一"之前能出现奇迹，苏醒过来。大宝，你也得有信心啊！

你转院的前几天，我跟杨大夫联系想早些把你转回来，可两人间的病房一直没空出床位，连三人间的也是满的。我不想再等了，先把你转过来，治疗要紧。所以你又被安排在七人间的大病房，重复过去的经历。也许你也想尽快转回来，在转院途中，你在救护车里一声不吭，非常安静。到了嘈杂的大病房，我和小秋忙着搬运、整理、安置行李物品，你一声不吭地躺在床上，好像很理解、支持我们似的。我总感觉你和过去不一样，很懂事了。

昨天上午做高压氧，你是第一次坐轮椅去的。这比躺在平车上推过去方便多了，快多了。我觉得，这也是一个进步。小秋说，你昨天做高压氧的前半部分还挺好的，后半部分却一直在喊叫。今天早上，我又像过去一样，对你说了一些多吸氧、快些好的话，还真行，你不哭不闹，安静吸氧，表现得非常好。小秋说，你真听我的话。

明后天是周六、周日，我要和几个熟人去外地为你求医问药。你现在正一天天地好转，如果有新的办法为你加油助力，"五一"前苏醒回家，是完全可能的。午饭后，我搂着你的脑袋，紧贴着你，嘴在你耳边小声说话，说了明后天要做的事，说了我的想法，说了我俩的美好未来。也许你听到我要外出、要离开你，张嘴大哭。这是我近八个月以来第一次外出，也是第一次离开你，其实我也不忍心啊，但为了你，我不得不去试一试。

我外出，最不好办的是如何把儿子安排好，绝对不敢把他一人留在家里。几个朋友和同事让去他们家，我女儿知道后让到她家，并说她妈已经同意。无论到谁家，得由儿子做主。下午接儿子，我说了这件事，他竟不假思索，选择去姐姐家。我既高兴又纳闷，问他为什么这么选择，他说"因为她是我的亲姐姐"。媳妇儿，姐弟俩能亲近，我真的是开心，也感到欣慰。

说到女儿，不由想起她前天给我打电话，说了一番把我感动到泪崩的话。她觉得我现在太劳累、压力太大，担心我会倒下，在电话里说："爸爸，你可是我的榜样，是我最崇敬的人啊。你就是我的大树，是我的精神依靠，你千万不能倒下。为了躺在医院的丛姨，为了你的儿子、你的女儿，也要坚强。我现在正在努力让自己变得强大，以后好保护你，你老了还要养你。"我说："谢谢女儿对爸爸的关心！放心吧，爸爸是特殊材料制成的。你把你的事做好了就好。你好了，爸爸才能安心，才能开心。"放下电话，泪水夺眶而出。泪水里既有女儿给予我的感动，也有对女儿的愧疚。

在女儿面前，我不是一个称职的父亲，深感欠女儿的太多。女儿小的时候，我整天忙于部队的工作，对女儿管得太少，尤其对她的学习基本不管不问，以致她中考的成绩很差，只好上了中专。我和她妈离婚，对她产生了很大的负面影响，特别是心理上的影响更大，导致逆反心理很强。中专毕业后，她左闯右闯，后来闯到北京打工，一干就是十年。这十年，她做的主要是外国品牌服装的营销工作，从普通员工做到营销主管，学到很多营销方面的知识。在我和她妈的反复劝说下，她回到本市，很快进入一家外企服装公司做营销主管，月薪一万多。干了不到一年，她辞职不干了，要自己创业。她受日本一个文创产品的启发，自己设计、制作独具特色的文创产品，注册了商标，开始创业。女儿聪明，会设计，会画画，会制作，会销售，每一件产品都是她手工完成，每件产品都是独一无二的，受到很多人喜爱，竟然供不应求。但是，她太劳累、太辛苦了，即便天天通宵达旦、夜以继日地劳作，也不能满足消费者的需求。可她干得很起劲，因为她有自己的发展规划，有自己的奋斗目标。

作为父亲，我自责的是，如果在女儿小的时候多关心她，帮她找到学习的方法和乐趣，也不至于上个中专呀，更不至于孤单地到外地打工。一个女孩子，在北京打工，可以想象有多么艰难，生活上又多么不易。更让我痛心的是，女儿在打工期间还遇到两件惊心动魄的事，差一点害了她。

媳妇儿，你还记得吗？那一天，我俩下班刚到超市买东西，接到女儿的电话，说她被劫持了。我问在什么地方，她说不知道。只说了两句，电话就被挂断，手机也关机了。我异常紧张，极其害怕，立即给北京与公安部门有密切联系的老战友湛兄打电话，请求他尽快想方设法营救。湛兄一刻也没耽误，放下电话就办这件事。但由于没有一点线索，女儿的手机又关机，公安部门一筹莫展，告诉我再接到电话尽量拖延时间，他们时刻监控定位。我俩也没心情买东西了，回到家里，忧心如焚，坐立不安，为女儿的生命担忧。我一次又一次地打她的手机，都是关机，只能心烦意乱地等电话。大概过了七个小时，已是深夜，女儿突然来电话，笑着对我说："爸爸，我出来了！"我感觉像是梦，不敢相信，连忙问："女儿，是真的吗？再说一遍，你真的出来了吗？你在哪里？"女儿说："真的出来了，我在车上，回北京。"我还是将信将疑，问她到底是怎么回事，女儿说："我在马路边打车，被两个人骗上车，直接把我拉到河北境内的一个小镇子，关进一间小房子里。这时我才知道这两个人是搞传销的，要拉我做传销。我趁他们不注意，给你打电话，刚说两句，手机就被他们抢走了。他们不停地给我洗脑，我就反洗脑，斗智斗勇。好在这两个人比我还小，是新手，被我说服了，就把我放了。如果是老手，我就完了，肯定出不来。刚才我还没顾得上害怕，现在真怕了，吓死我了。"女儿哭了。我问她有没有受到伤害，她说没有，他们不敢。我一直与女儿保持联系，直到她回到宿舍，而我俩仍然心有余悸，久久不能安睡。

另一件事是女儿被网络诈骗，这也是你知道的。有一天晚上，女儿接到一个陌生人的电话，说女儿网购的物品没货了，要给她退款并赔偿，并报出女儿的姓名和订单号码，取得了女儿的信任。在这个人一步步的诱导下，女儿稀里糊涂地被骗走三万多元，最后还告诉女儿一个贷款的 App。女儿又迷迷糊糊地下载了这个 App，贷了三千元，贷款期只有七天，网站在催还贷的同时，又推荐了四十多个 App，诱导女儿从一个 App 贷款还另一个 App 的钱。就这样，女儿不断地下载 App，不断地贷款，不断地还钱，最后是越还越多，竟然从三千变成了十八万多元。女儿还不起了，便天天接到无数个威胁电话，说如果不按时还钱，就整死她，整死她家里的所有人。女儿如惊弓之鸟，实在没办法，就找她妈要钱，她妈就给我打电话。我那时虽然不知道什么是网贷，但觉得这里面有问题，就给在公安部门工作的战友打电话咨询。战友说，这是明显的网络诈骗，人都在国外，不要怕他们，从现在起一分钱也不要还，让女儿赶快换手机号码，不理他们。可是从这一天起，我的手机、你的手机、她妈的手机，每天都有成百上千个无名电话打进来，短信像放鞭炮似的往手机里挤，害得我们苦不堪言。过了几天逐渐减少，半个月后基本没有了。女儿手机电话记录被他们盗取了，所以我们都跟着深受其害。女儿后来说："我那时也不缺钱呀，怎么会贷款呢。这帮人太厉害了，他们能让你像个傻子一样把钱付了，再把款贷了，上了圈套，就被他们牵着鼻子走，越陷越深。他们威胁我的时候，我特别害怕，怕连累你们，死的心都有。我觉得老丢人了，都不好意思跟别人说这事儿。"

女儿在回忆这两件事时，不无感慨地说：这两件事的教训太深刻了，我从此再也不敢相信陌生人了，再也不敢随便下载 App 了，到处都是陷阱，时时处处都得小心，"害人之心不可有，防人之心不可无"啊！吃一堑，长一智，女儿现在确实长大了，成熟了。

女儿现在跟她妈相处得很好，日子过得有滋有味。她对我很孝敬，与她弟弟亲近有加，对你也是关怀备至。她说我们几位都是她最亲的人，更是她最爱的人，她的心永远和我们在一起。女儿越是这样，我越是惭愧，也更要加倍爱她了。

2021.4.16

 **魔 怔**

媳妇儿，本来昨天晚上就该给你写信，由于从医院回来太晚，这两天又太累，还要给你准备今天的食材，就没有写，现在一起写吧。

我周六早上开车带着几位朋友出发，行程三百多公里，到达要去的地点，直到昨天中午返回前，都在忙乎怎么给你治病的事情。因为这个过程挺复杂，我也说不清，就不具体写了。我要说的是，整个过程很累，也很煎熬，可我咬牙坚持了下来。为了你，我必须这么做。这样的经历，也许是我一生中第一次也是最后一次，我强烈地希望对你的苏醒康复有所作用。大宝啊，只要是可能对你有用的事，我都会不顾一切地去做！

我是昨天下午三点半直接赶到病房的。走到你身边，你应该是感觉到了，立刻张开嘴大哭，泪流满面。我赶快亲你的额头和脸蛋，抚摸你的脑袋，对你说："大宝，你是不是想老公了，老公也想你呀！我不是告诉你了吗，出去给你寻找治病的办法，现在不是回来了吗，不哭啊！"我简要地向你汇报了这两天的情况。我知道，你这两天没有好好睡觉，躺着叫唤，坐着也叫唤，把小秋累坏了。小秋告诉我，在我到病房的一个小时之前，她对你说了一句"你老公很快就回来了"，你立马就哭了，哭湿了枕巾，哭红了鼻子，好像很伤心、很委屈。

上午因为有一个重要会议要参加，把你送到高压氧舱后，我就离开了医院。下午三点半，我看到小秋发来的语音："下班没事就来医院吧，大宝想你啦！从上午到现在不睡觉，总是哭叫。我问她，想你老公了？妈呀，立马就不哭了。"我当即放下手头的工作，开车赶到医院。来到你的身边。我低头看你一会儿，你没反应，然后亲一下你的额头，你瞬间就哭了。大宝啊，看来你是真的想我呀！

　　我给你喂了一点水，然后搂你坐在床沿儿上。坐了半个小时，你张嘴叫唤，我问你是不是要躺下，你不叫了并张嘴挤眼。扶你躺下，发现你尿了，换完纸尿片不到两分钟，你又叫唤，要求坐起来。我又搂你坐着。这时小秋不高兴地叫着你的名字说："你已经两个晚上没睡觉了，今晚再不睡，我就把你从八楼扔到一楼，要不然，你就让你老公把你背回家吧。"我很不喜欢她这么对你说话，瞪了她一眼。你坐了不到十分钟，又叫唤要求躺下。你躺下后，还一直叫唤。我问你是不是想回家，你停止了叫唤，并睁大眼睛。我说："病没治好怎么回家呢，治好了才能回家呀。"你哭了，声音很大。我说："那好吧，我们回家。"你马上就不哭了，脸上还露出笑容。我不能骗你呀，又对你说："你不是要治疗吗，回家怎么治呢？你很快就会好的，好了老公就接你回家啊。"你又大哭，眼泪也出来了。大宝，我知道你是受委屈了，才要回家的呀！我只好转移话题，问你最想吃什么，问了猪肉、牛肉、大虾、螃蟹等，你都以叫唤否定，当问到鸡肉时，你一下子就把眼睛睁得大大的。我说："好，今晚就买，明早带来。"你安静了，有了困意，一会儿就睡着了。

　　媳妇儿，小秋太累太困的时候，偶尔说话让你接受不了，我也提醒过她，叫她顾及你的感受。小秋对你照料得很细心，护理也很专业，尤其是懂你，对你有感情。我们就不要计较她的一句两句话，好吗？

2021.4.19

今天早晨，我披着朝阳、乘着清风来到病房。你正在睡觉，睡得挺香，气色也不错。小秋说你昨晚睡得比前两天要好一些。你能睡好觉，有利于康复，我也放心了。

你做高压氧时，杨大夫打电话告诉我，两人间的病房有空位了，叫我尽快搬进去。我立马返回病房，将被褥、气垫等床上用品搬过去，把床铺好，然后又把常用的东西也搬过去。这间病房还是你上次住的那间，床还是那张床。杨大夫真是够意思，几天前就预订下来了。换到这个病房就好多了，希望你晚上睡得更好，养精蓄锐，提升治疗效果，早日康复，争取"五一"前出院。

上午，杨大夫刚给你扎上银针，就进来一位美女，四十来岁，慈眉善目，举止优雅。她声音轻柔地对我说："我丈夫住在对面病房，我想给你爱人做祈祷，昨天做了一次，你愿意吗？"看她那善良、真诚的样子，我很快回答："没问题，我同意。"对于好心人，我怎么可以拒绝呢，更何况她是为了你好。她蹲在床前，双手握着你的左手，头轻轻低下，眼睛微微闭着，虔诚地为你祈祷。她轻声慢语地说了大约二十分钟，很多我听不懂，但能听出来她对你的病情很了解，是针对病情来祈祷的。完事后，她站起来说："你爱人是个好人，不应该这么躺着的，我每天这时候都会来为她祈祷，直到我丈夫出院。"一个素不相识的人，能主动来实心实意地帮助你，是不是上苍的旨意呢？

作为病人的亲人，当看到医生无力回天、自己又走投无路的时候，只好幻想着借助超自然的力量，比如求佛祖、求上帝、求鬼神，寻大师、寻大仙、寻高人，在虚无中寻找希望，在无望中祈盼奇迹，哪怕有一点希望、有一丝可能、有一线光亮，都会抱着百分之一千的信念，去求，去寻，去碰。尽管幻影一个个破灭，但心中的希望又一次次升起，那种敢与天搏、誓与地斗的精神，那种撞了南墙也不回头的执着，不是爱病人胜过爱自己，谁能如此痴狂呢？大宝，我又何尝不是这样啊！我甚至幻想突然飞来一个神通广大、无所不能的外星人拍拍你的脑袋，或者自己变成七十二变的孙行者钻进你的大脑，瞬间救活你的脑细胞、接通你的脑神经，让你瞬间就行动自如、一切如常。这些意念常使我像魔怔了似的。

今晚本来与孙老太太约好七点多去做按摩的，却没有去成。我将近七点从医院出来，到一个拉面馆，刚准备吃饭，小秋发来微信，说你想我了，让我去看你。你这个大宝啊，我才离开几分钟呀！我急三火四地吃完面条，开着车就往医院赶。走进病房，见你正张嘴叫唤。我摸着你的脑袋说："大宝，老公来了！"你很快安静了下来。我在病房待了一个多小时，搂你坐了两次，还给你做了伸舌训练，喂你温开水，跟你唠嗑儿。后来看你困了，就跟你说："大宝，现在已经九点半了，你该睡觉了，老公回家行不行？"你眼睛往上睁了两下，表示同意。我亲亲你，就走了。

大宝啊，这几天，你怎么这么想我呢？是不是完全苏醒的先兆呀？只要你能快些好了，怎么折腾我，我都没有意见！

2021.4.20

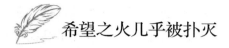 **希望之火几乎被扑灭**

　　大宝啊，这段时间你一直在好转，正当我信心满满的时候，万万没想到你却得了脑梗。这不啻于晴天霹雳，几乎把我的心击碎，我满腹的希望化为乌有，我痛苦至极，不能自已。

　　前天夜晚你突然呕吐，吐了两次，还有点发烧，体温37.1℃。昨天高压氧、针灸、中药等治疗项目全停了，只服用止吐药待观察。昨天下午又吐了一次，晚上九点吐得更厉害，把吃的食物和药物全吐出来了。晚上十一点半，也就是我从医院回家后一个来小时，小秋来电话说你又吐了。我立刻开着车，冒着雨，找到一个有人值班的药店，买了一盒据说是对止吐最有效的药，急忙往医院赶。

　　天好像被什么东西捅漏了似的，雨水疯狂地砸下来，街道两旁的树木无力地任凭瓢泼大雨无情地拍打。我开着车疾行在马路上，雨刷器在拼命地狂刷，但也追不上雨水的速度，挡风玻璃一片模糊，车如潜艇在汪洋大海里颠簸。好在路上没有几辆车，更没有行人，一路顺利。我在医院门前停下车，也没打伞，只六七米距离，便成了落汤鸡。

　　我跑进病房，好几个医生护士正在忙着给你抽血、量血压、做心电图、打点滴。你的血压竟高达178/110，太高了。值班的邵大夫站在你的旁边，她问胃难受吗？你睁大眼；心口疼吗？你也睁大眼；头痛吗？你还睁大眼。凌晨近两点，她打电话将在家熟睡的放射科主任叫到医院，她和两个护士以及我和小秋，把你推到二楼做脑CT。CT显示你大脑没有出血等异常情况，我们也都放心了。回到病房，你又吐了，吐的是水和黏液，胃里什么都没有了。看你那么难受，我搂着你的脑袋，感觉心在滴血。你平静后，我喂你一点红糖水，又跟你说话，哄你睡觉。你睡一会儿，醒了，张嘴叫唤，我搂你坐起来。你半躺在我怀里居然睡着了，我上身向后半仰着，一动不动地咬牙坚持着，生怕影响你睡觉，直到你醒了，把你放倒躺下。你很快又睡着了。我坐在你的床头，守着你，看着你，直至天亮。

今天一大早，邵大夫把我叫到医生办公室，说早晨又仔细看了脑CT，发现你得了急性脑梗。我心口一阵绞痛，不敢相信，请求她再看一看。她在电脑上把CT片放大，给我讲你脑梗的情况，说你呕吐、血压高，都是脑梗带来的。我求她尽一切努力医治，确保不发展。她说马上下医嘱，该用的药都用上，并上了监护仪，实行一级护理。刚到上班时间，我便找杨大夫看脑CT片子。他说脑梗面积不大，不是很严重，除呕吐、血压高外，还没有其他明显症状，先治疗观察三天。听他这么说，我心里稍微轻松一点。鹏琴主任也急忙来到病房，对你的治疗做出具体安排。你打了一个白天的点滴，也没打完，可能要打到深夜。

这一天，你除了上午吐一次之外，再也没有吐过，血压也有所降低，看来药物起了作用。我给你喂了几次黑芝麻糊，你很愿意吃，但一次只能喂五十毫升左右，不敢喂太多。你打着点滴还要求坐起来，我就搂你坐着。下午你时不时睡一会儿，晚上睡得挺好。对门那位美女照常来为你祈祷，那分真诚，实在让人感动。

更让我感动的是，从昨晚到今天，科里医护人员对你是重视的，也是尽力的。要不是邵大夫那么负责任，把放射科主任从被窝里叫过来，不可能这么快发现你有脑梗，也不可能这么及时进行治疗。鹏琴主任上午先后两次来病房诊断、查看，杨大夫一天过来好多次。他们能这样对待病人，我也心满意足了。

媳妇儿，一个多月以来，你病情的不断好转让我信心十足，我一直祈盼你"五一"前有奇迹出现，天天盼，时时想，心中始终充满希望。没料到，我等来的却是你的急性脑梗，这让我怎么能承受得起呀！关键是，这对你不是雪上加霜吗！尽管杨大夫说不是太严重，尽管今天有好转迹象，但我仍然担心，仍然压力重重。现在除了相信医生、祈求上苍，我还能做什么呢？但愿医生医术高超，能够妙手回春；但愿上苍慈悲为怀，能够善待好人，让你逢凶化吉，尽快康复。大宝，我在虔诚地为你祈祷！

2021.4.29

经过三天的治疗，你不呕吐了，血压、体温正常了，连监护仪也撤了，看来脑梗已被控制住，我悬着的心也落地了。

这几天，自费给你挂营养液点滴，不敢打流食，更不敢喂食物，怕引起你呕吐。今天给你喂水，还喂了半杯黑芝麻糊，你可以吞咽了，与昨天相比可是好多了。昨天你基本不会吞咽，一小勺水在嘴里转半天，也咽不下去。这才过去一天时间，就可以喝水、吃东西，说明你恢复得还挺快，很为你高兴。

下午，我找杨大夫咨询脑梗对你可能会产生的影响。他说，你的脑梗到底是哪天得的还不好判断，因为你不能说话不能动，出现脑梗不可能及时发现，这就导致治疗也会滞后，留下后遗症的可能性会更大。从你脑梗的位置看，主要对眼睛有影响，视力要想恢复正常就更难了，除非能激活附近的某个神经。他还说，在所有脑神经中，语言神经是最难恢复的，这就意味着你以后将不能说话。他的这些话，对我的打击是无情的，胸口一阵阵刺痛。大宝啊，我还指望你完全康复、恢复如前呢！以后你如果看不见东西、说不了话，腿脚也不灵便，你能接受得了吗？

有好几个人说你得脑梗，很大程度上与你心里越来越明白有关，越明白你可能越着急治好病，越着急回家，可能对自己的现状越不能接受，想得越多就越容易上火、焦虑，从而出现脑梗。我问杨大夫，有没有这种可能？他说脑梗与心情有很大关系，尤其对你这样的人，情绪不稳定，睡眠再不好，可能性更大。这也是我最担心的，害怕你接受不了现实而出现其他问题。

我很怕脑梗影响你好不容易恢复的意识，但你今天的反应，让我放心了许多。早上我到病房时，小秋正扶你坐着，我马上搂着你，把她换下。小秋说："从昨天晚上到今天早上，她反复要求坐着，刚躺下又要坐起来，一直在折腾，我一晚上都没怎么睡觉。我刚才还对她说，如果再这样，我就打你八百个嘴巴子。她听我这么说，又是叫唤又是哭。"我问小秋："你打她了吗？"她说："你问她。"我问你："大宝，她打你嘴巴子了吗？"你睁大眼睛，表示打了。小秋笑着说："我打你了吗？我也就是说说，真能打呀。"我替她打圆场，"是啊，你怎么可能真打她呢，但以后再不要这么对她说话。"

趁小秋出去，我问你："大宝，告诉老公，她打你没有？"你立马瘪着嘴哭了，眼泪也流了出来。看你委屈的样子，我心里非常难过，便说："大宝，她不会真的打你，但她这么说话也不对，我知道你委屈了，老公理解你。不要把她说的话放在心上，更不要难过，好吗？"你眨巴几下眼睛。我上午第二次搂你坐时，小秋去食堂买饭，我又对你说："大宝，小秋这样对你说话，肯定让你不高兴，其实我也不满意。但是，我们也应理解她，她长期睡不好觉，休息不好，心情难免烦躁。她对你照顾得还不错，对你也有感情，现在还真找不到比她更好的护工，我们需要她。你能明白我的意思吗？"你有意睁大眼睛，表示明白。

　　媳妇儿，我俩今天的交流，说明你的意识是清楚的，消除了我的担忧。但愿脑梗不会对你产生更大的影响，但愿你尽快苏醒、尽快康复。

2021.5.2

　　这几天，一直在给你打药物点滴和营养液。本以为呕吐被止住了，可昨天你又吐了两次，弄得我心惊胆战。今天又好了。上午小秋给你打了近二百毫升黑芝麻糊，也没吐。你还是喜欢坐起来，每天都要坐几次，只要我在病房，基本都是搂着你坐，你似乎也很享受。

　　媳妇儿，今天上午我干了一件坏事，到现在还在心疼，还在自责。昨天我把有自动调温按摩功能的足浴盆拿到病房，给你烫了半个小时的脚，你全身微微出汗。我觉得这样坚持下去，一定会起到舒经活血的作用，有利于你的康复。可是，今天却出了问题。

上午，我搂着你坐在床沿儿，你的两只脚放在足浴盆里，没几分钟，你张嘴大叫。我一个劲地问你哪儿不舒服，越问越哄，你的叫声越大。在我无计可施的时候，才下意识地往足浴盆里看，这才发现你的脚背红了。我赶紧叫小秋把你的脚从水里拿出来。把你放平躺下后，发现你两只脚的脚背出现了长长的宽宽的红印子，左脚背上出了三个水泡。我紧张极了，也心疼极了。护士拿来烫伤药膏给你擦上，我又到外面药店买了一支更好的药膏。昨天用得还挺好的，今天怎么把你烫了呢？我查看后才知道，是盆里放的水偏少，从出水孔出来的热水，直接喷到脚背上，而你又不会说不会动，任凭热水烫着，结果就烫伤了。到了中午，右脚背不怎么红了，而左脚背上的水泡更大了。这完全是我粗心大意造成的。我一遍又一遍地跟你说对不起，可说这些有什么用呢？错的是我，而痛的却是你呀！

　　晚上八点多，准备和儿子吃饭时，我给小秋打电话，她说你左脚上的水泡又多了几个，躺着哭叫，坐着也哭叫。我告诉儿子："我去看你妈，你自己吃吧，吃完抓紧写作业。"外面还在下雨，十来公里的车程，我不到二十分钟就到了。小秋拿着纸正给你的脚扇风，你在哭叫。我查看你的脚，左脚背上多了两个小水泡，脚跟处起了两个大水泡，比上午多了四个。我心痛不已，俯下身，贴着脸，带着哭腔对你说："对不起大宝，老公把你烫伤了，老公是混蛋！是不是很疼啊？"你睁大眼算是回答疼。我搂你坐了半个多小时，你要躺下。把你放倒、摆正、盖好被。小秋拿出一根针，用打火机烧红消毒，把几个水泡扎破，我用棉签轻轻地把水挤压出来，再擦上药膏。小秋给你擦洗完身子，你有了困意，慢慢睡着了。护士第二次来撵我，我只好亲亲你便离开，这时是十点钟。

媳妇儿，你的脑梗刚有好转，我又把你的脚烫伤了，我怎能不自责、不郁闷啊！"五一"放假五天，我每天都去医院陪着你，尽量早去晚归，儿子补课都是他自己走去的，中午自己随便吃一点，基本没怎么管他，就是想多陪陪你。我竟然把你烫伤了！我这干的是什么事儿呀，真是愁死我了。

这段时间也不知道是怎么了，非常不顺。你本来好好的突然得了脑梗，我的车在不到一周的时间内出了两次不该出的事故，今天又把你烫伤了。以后还会有更不好的事吗？

2021.5.4

你前几天都挺好的，烫伤也在变好，我以为脑梗被控制住了，但昨天你又开始吐，血压也升高了，特别是今天更加严重，几乎把我吓死。我不得不给你转院了。

早上，我看你面部表情呆呆的，跟你说话，没有任何反应。过一会儿，感觉你可能想坐起来，就搂你坐了半个多小时。你躺下后，又没有反应了，怎么叫你，怎么跟你说话，你都没有反应。我不禁悲痛欲绝，抱着你号啕大哭，边哭边说："大宝，你可不要吓我呀，你一定要好起来，老公和儿子盼你回家呀！"可能是我的哭触动了你，你咧了咧嘴，像要哭的样子。我哭了很久，几乎把这十来天憋在心里的郁闷都哭了出来。

十点多，我发现你下嘴唇和下巴不停地抖动，赶紧找杨大夫。杨大夫立刻下医嘱做脑CT。由于你的头总是动，CT做了三次，才勉强做完。过了不长时间，科里的一位副主任把我叫到办公室，说你的病情很严重，现在不是做康复而是要保命。并说他们是中医医院，治疗脑梗不是很权威，让我最好把你转到其他大医院，如果转不了，就进他们的 ICU。我五内俱焚，立即打电话找熟人分别联系三家大医院，哪个能进就转到哪个医院。我知道，这三家医院哪个都难进去，尤其是这么紧急，更是难上加难。我一个劲地催，但都是让我等消息。下午三点多，杨大夫说不能再等了，必须进 ICU。我也不敢等了，只好把你推进他们的 ICU。

你转入 ICU 不久，一位年轻的副主任把我叫进去，严肃地对我说："你爱人的病情很严重，主要问题是呼吸衰竭，病症有三个：重症肺炎，脓毒性休克，低血容量性休克。肺部问题最严重，功能基本丧失。现在有生命危险，希望你慎重考虑，该放弃时就放弃，救活也没什么意义。"他的话，如五雷轰顶，几乎把我击倒。我愣了片刻，坚决地对他说："我不会放弃，求你们尽全力救治。"他叫我去交一万元，并说每天都得交五千。我说没问题，只要把你治好，交多少钱都行。从 ICU 出来后，我倒有点怀疑了，这几天脑病康复科的主任、副主任和杨大夫一直在对你检查，这么严重的问题，怎么谁也没有发现呢？你进 ICU 才十多分钟，又没做肺 CT，他怎么那么快就诊断出你有那么多可怕的病症呢？怀疑归怀疑，我还是宁信其有不信其无，心情异常低落。

刚办完 ICU 的各种手续，医大一院的老乡小白给我打来电话，说他们医院的神经内科同意接收，让我明天上午把你转过去。真是好人有好报啊！我心中的希望之火不觉腾地燃起，又感到前面一片光明了。医大一院是附近几个省最好最权威的医院，能住进该院神经内科，你就有希望了！这个医院也是最难进的，竟然能进去。对小白，我是多么的感激呀！我立即告诉脑病康复科和ICU，明天转到医大一院，请他们提供方便。我和小秋将所有东西打包装箱，做好了转院的准备。

惊心动魄、高度紧张的一天，就要过去了。ICU的医生让我们晚上都回去，不用留人。我叫小秋回家，我也回家给儿子做饭。临走时，小秋才告诉我：下午正准备把你往ICU转时，你妈给她打电话，叫她转告我，不要把你转到ICU，不要再费劲了。小秋说，她当时没敢告诉我，怕我生气。我听后愣了片刻，不知道说什么。

2021.5.8

即便世界明天毁灭，我今天仍然要救你

一大早，我就到了 ICU。医生给我看了你的视频，说你基本清醒，血压也基本正常。我当时的第一感觉就是你没有太大的问题了。把你从 ICU 推出来时，你正张嘴喊叫，我马上跟你说话，摸你的脑袋，你不叫了，这更让我紧绷的神经放松了一些。将你往平车上抬的时候，发现你被插上了导尿管。你排尿一直都很正常，为什么要插导尿管呢？

九点多，我和小秋坐在救护车里陪你，大侄子和他表弟拉着满车的行李跟在后面，往医大一院驶去。由于医大一院只认本院所做的核酸检测结果，只有检测阴性报告出来，才能住进神经内科病房，所以今天你只能在急诊室待着。即使是到急诊室，也需要办理一系列手续。我跑了四趟才按程序把手续办完。医护人员的工作效率还是蛮高的，很快给你做了各项血液化验和脑 CT、肺 CT，并挂上了点滴，没有影响治疗。急诊室面积挺大，但已是人满为患。我们好不容易才找到一个相对好一点的停放病床的地方，把你安置妥当。

下午所有的检查结果出来了。医生告诉我：血液化验的有些指标虽有高有低，但差距非常小，不算问题；经过与过去的脑 CT 片子对比，你有脑梗，但不是现在新得的，应该在 4 月 29 日之前，后来也没有发展；从肺 CT 以及血液化验结果来看，肺部有炎症，但问题不大；血压、体温都不算高，基本正常。我着重问了重症肺炎、脓毒性休克、低血

251

容量性休克等问题，医生说，没有检测结果显示这些病症，如果有的话，你还能是现在这个样子啊？她将昨天下午 ICU 那个副主任所说的吓死人的三个病症全部否定了！听她这么一说，我长长地出了一口气，堵在心口的一块石头落地了。

尽管如此，我还是不太放心。小白今晚正好值班，他正好是放射科医生，我便把你的 CT 片子拿给他看。他非常认真地看了几遍，结果与急诊室医生说的完全一致。这时，我才真正相信除脑梗外你没有其他大的问题，才真正放心了。

这一天，你基本以睡为主，一直比较安静。晚上你旭哥来了，我和他说话时，你哭了，这说明你听懂我们的话了。晚上他非要陪你，让我回家休息。在你娘家人中，他和你老舅、艳文大姐最关心你，我不得不满足他的要求。

2021.5.9

早上七点来钟，我到了急诊室，你还在睡觉。我跟你说几句话，你没反应，就去办住院手续。排了几次队，经过几个窗口，预交三万元，顺利办完手续，然后就是等待神经内科来人领我们进去。九点多，一位护士过来，带着我们乘两次电梯，拐了好几个弯，走了很长的路，终于到了十七楼神经内科。还要做入住的准备工作，我们又在大厅里等待。

在等待期间，你一直在睡。我突然发现你笑了，笑得很好看。我俯下身子问："大宝，你在做梦吗？梦见什么好事了，这么开心？"我跟你说话时，你笑一下停一下，停一下又笑，大约持续七八分钟，我还给你录了一段视频。后来，我对你说："大宝，你笑着进去，希望你也笑着出来啊。"看你在睡梦中笑得那么开心，我是既高兴又痛心，眼含热泪，心在滴血。

医大一院神经内科无论是医术水平还是医疗设备，在省城都是顶级的，我相信，你在这里治疗一定会有一个好的结果。但唯一让我不能接受的是一位患者只能有一个陪护，其他人绝对不准进病房，没有陪护证连电梯都上不去。如果长时间见不到你，我怎么受得了呀！你要是想我怎么办？我不能出现在你身边，你得哭成什么样啊！所以，你睡醒后，我对你说："大宝，按照医院规定，老公不能进去看你了，但老公的心始终和你在一起。你要是想老公了，千万不要哭不要闹啊，你要想着老公就在你的身边，在陪着你。你要好好配合治疗，尽快把病治好，然后笑着出院，笑着回家。明白吗，大宝？"你使劲睁了一下眼睛，表示明白。我含泪亲亲你，连说了几遍"大宝真乖，谢谢大宝"。

等了二十多分钟，医护人员让我们把你推进该科的重症监护室。我这才知道，你要先在重症监护室住一段时间，然后才能转到普通病房。这是神经内科的监护室，是专科的监护室，你在这里能得到更好的治疗和护理。这又带来一个问题，连小秋也进不去了，她也不能陪在你的身边，你每天面对的都是陌生人，你能接受得了吗？

你进去不久，医生把我叫到医生办公室，了解你的病情。我从去年 8 月 22 日说到现在，重点介绍了今年 4 月 29 日之后的症状和治疗情况，然后在一大沓材料上签字，包括一些丙类药和丙类检查项目，反正是让签字的我全签。签完字，医生让我留下一个人，住在陪护人员休息室，以备不时之需。我只好叫小秋留下来。按照护士的要求，我买了尿不湿、湿巾、卫生纸、痱子粉、香皂、毛巾等十多种你需要用的东西，送了进去。然后下楼将小秋的被褥等生活用品送上来，就离开了神经内科。我知道，这一离开，再也进不来了，可我不知道，见不到你的日子我该怎么过。

整个下午，没有你的一点点消息，问小秋，她也不知道。到了晚上，我逼着小秋去找医生或护士打听一下。等了好长时间，小秋来电话告诉我，说你从上午进去到下午都是醒着的，现在已经睡觉了。费了好大的劲儿，就得到这么一点消息。我现在好后悔呀，上午怎么没有将医生和护士长的手机号码要来呢，怎么没有加个微信呢？见不到你，又得不到你的消息，这不是要把我活活憋死吗！

这两天，有好几个朋友听说你得脑梗了，纷纷给我打电话，劝我想开一些，保重身体，并说我已经非常尽力了，做了常人难以做到的事，要一切顺其自然，该舍得舍，该放得放，不要太执着太强求，不要搞得人财两空，至少还得为儿子着想。他们都说我不听劝，替我担忧，替我着急。大宝，这样的话我都听过无数遍了，除了让我心里不舒服，还能起什么作用呢？看来他们还是不了解我是个什么样的人啊。无论谁说什么、怎么说，都不可能动摇我的心，都不可能让我放弃希望。

马丁·路德说："即便世界明天要毁灭，我今天仍然要种下一棵小苹果树。"媳妇儿，我要对你说："即便世界明天要毁灭，我今天仍然要抓住每一秒钟救治你。"

现在，见到我的人都说我面黄肌瘦，就剩一把骨头了，劝我注意身体，别倒下。我一般都是笑笑说，没事儿，老婆好了我就会胖的。大宝，你想让我胖吗？

2021.5.10

来自重症监护室的视频

　　媳妇儿，我已经三天没有看到你了，整日心神不宁、没着没落的，总觉得时间在故意慢慢流淌，太难熬了。我只能从栾洁护士长发来的视频里看看你，这怎么能与陪伴在你的身边相比呢？不能坐在床头跟你唠嗑儿，不能搂你坐着，不能抚摸你、给你按摩，不能给你喂果汁，那种无以言表的无奈和无能为力的苦楚，只有我这颗破碎的心才能够真切地体会到。

　　这两天，你一直闭着眼睛，闭眼睡觉，闭眼叫唤，就是不睁开。栾洁护士长说，你的血压、心率、血氧都很正常，体温稍高一点儿，也不是问题。每天早上，栾洁护士长都给我发来你的视频，让我看你睡觉的样子。我每天都要好几次通过电话和微信，从医生和护士长那里了解你的情况，我得时刻掌握你的病情。

　　昨天早上，小秋告诉我，你比前一天稍好一点儿。很快，我就看到了栾洁护士长发来的视频。她抚摸着你的头说："大妹子，我是这个科的护士长，你醒醒呗，睁开眼，我们认识认识呗。"你咧一下嘴，皱一下眉，没有睁眼的意思。到了下午，我问栾洁护士长你有没有变化，她说还是早上的状态，还是不睁眼，但张嘴哭叫的情况少了很多，比昨天好一些。我又跟该科一位教授级的医生在电话里唠了很长时间，她介绍了你这两天的情况之后说，对你的治疗不可能很快见效，需要一个很长的过程，不能太着急。如果家里的经济条件不好，也可以放弃治疗。她还说，即使控制住了脑梗，也很难比前一段时间更好，对最终结果，不要抱太大希望。我说，我不可能放弃治疗，凭他们的医术和医德，一定会让你好起来的，请求他们全力救治。

真可谓是信心比黄金还重要啊，相信你会好的，你就真的在好转。今天上午八点，看完栾洁护士长发来的视频，我蓦然心跳加快，激动不已。你的眼睛睁开了，睁得很大。在视频里，栾洁护士长温情脉脉地对你说："大妹子，看看我呀，我是护士长。你这就是快好了。你爱人非常关心你，一天问好几次，你不要担心啊！"她说话时，你睁大眼睛看着她，张着嘴，嘴和舌头一动一动的，就像要说话。当她说到"你爱人非常关心你"时，你的嘴和脸明显抽动了一下，反应较大。后来，栾洁护士长又给我发微信，说你生命体征的各项指标都很好，并发来照片。我对她的细心服务和关怀深表感谢。大宝，我今天的心情好多了。

我连续两次请栾洁护士长向医生转告我的要求，安排康复师给你做康复治疗。她中午告诉我，已经请康复科会诊了，明天就可以做康复训练。

写到这里，我突然想起你妈昨晚给我打的一个电话。你妈要我把小白的名字和电话号码给她，说你弟弟要请他在医大一院的同学找小白，立即把你从重症监护室转出来。我感到很不理解，就没有给她。你住神经内科重症监护室才两天，就要把你弄出来，你在省医院 ICU 住了五十多天，却还不让出来，他们这是什么意思呢？

媳妇儿，外部的任何干扰都不可能影响到我，我就是要死心塌地地给你治病，我就是要死心塌地地让你好起来，我就是要死心塌地地和你过一辈子，我就是死心眼儿，就是傻子！你已经在好转，一定会好起来的，我有信心，你也要有信心啊！大宝，我的爱人，争口气吧，赶快好了，我们回家，好吗？

2021.5.13

今天早上，看着视频，我也笑了。这是我十多天来第一次露出笑容。视频中显示的画面是，栾洁护士长对你说："大妹子，早上好呀！昨晚没睡觉？"一个男护士马上说："上半夜没睡，下半夜睡得挺好。"这时，你咧嘴笑了，是甜甜的那种笑。栾洁护士长看你笑，高兴地说："哎呀，你笑了，头一次看你笑，真是破天荒啊！你这一笑，更漂亮了。笑好呀，笑一笑运气好，病也好得快，对不对？你爱人看到你笑，该有多高兴呀。"这几天，你从闭眼到睁眼，再到今天的笑，这是在转好的迹象啊，我能不高兴，能不笑吗！

今天是我参加党校为期一周培训的第一天，说实话，我是身在曹营心在汉，脑子里想的还是你。上午课间休息，突然想起孟虹姐可能认识医大一院的领导，便给她打电话，请求对你的治疗给予关照。不多长时间，她给我回电话，说找了一位副院长，会有医生主动跟我联系的。大约下午四点，你的主治医生就给我来电话了，说副院长告诉她了，他们会尽心尽力医治，让我放心，并向我介绍了你目前的病情和状态。我问她治疗后的结果会是什么样的，她说恐怕也就能回到脑梗之前的状态，不会有太好的结果。我说我现在不敢有太高的期望，如果能将气切管和胃管拿掉，你能简单自理，我也就满足了。她说，这么长时间了，怎么还留着气切管呢，应该拔掉的呀。我说，不是说完全苏醒了才可以拔吗？她说，现在也可以拔。他们来做，尽快把气切口封上。我听后非常高兴，一再感谢她。气切口封住，就会大大减少肺部感染的机会，也便于以后的护理。这次能解决这个问题，也是一大收获呀！这几个月，每当我看着你的气切管和胃管，心口就堵得慌，一直在盼望这两根管子被拔掉的那一天。

总见不到你，确实太闹心。我不能在你身边，你的心情也不会好。没办法，我只好给栾洁护士长打视频电话，请她到你的身边，我要跟你说话。我从视频里看着你，深情地对你说："大宝，我是你老公呀！因为很多原因，我不能进去陪你，但我每时每刻都在想你啊，你想我了吗？"你一听到我的声音，嘴立刻张得大大的，好像很吃惊的样子，然后就哭了。我接着说："你现在好得很快，非常了不起。医生和护士对你都很好，你要好好配合治疗，好了咱们就回家。"我说话时，你一直很激动。视频只有两分钟，栾洁护士长就让我停止了，她怕你太激动影响身体。虽然只有短短的两分钟，我也很兴奋很高兴，这是几天来第一次直接跟你说话，我心里舒坦多了。

从你住进重症监护室的第二天开始，栾洁护士长每天早上的第一件事，就是给我发来你的视频，并不厌其烦地随时回答我的问题。她对家属的理解，对病人的关爱，让我非常钦佩和感激。医生也很不错，对我每天的电话没有厌烦过，认真回答我的询问，虚心接受我的建议，我是发自内心的感激。我请两位同事买了几箱上好的水果，送到医院，想以此表达一下我的心意。可是栾洁护士长坚决不让送到楼上去，她说他们绝对不允许收患者家属的任何东西。她还说，送不送水果，他们都会把病人医治好、照顾好，这是他们应尽的职责和必须遵守的医德，叫我尽管放心。我在电话里跟她磨叽了很长时间，最后不得不尊重她的意见，叫两位同事把水果拉了回去。

有这样的医护人员，我更加放心了。这也让我对你能有一个很好的治疗效果，更有信心了。大宝，我们积极配合，一起努力，好吗？

2021.5.17

一路上有你，再苦再痛也愿意

　　媳妇儿，今天是 5 月 21 日，我只能对你说："大宝，我爱你，爱你一生一世！"去年的今天，我惊喜地收到你的两个红包，寓意是"我爱你，一生一世"。当时我就想明年的今天，一定要给你一个更大的惊喜。可是今天，你却躺在医院的重症监护室，不能说，不能动，不能吃，不能喝，我看不到你，你看不到我，我俩连个信息都传达不了。想做的事没有做到，想表达的心意表达不了，你知道我是什么心情吗？

　　今天是周五，儿子回家了。他吃完晚饭去写作业，我倒一杯酒，品尝着苦涩，想着你。我打开手机《今日头条》想看一眼新闻，无意中看到张学友《一路上有你》这首歌。随手点开，听着听着，不禁涕泪滂沱，每一句歌词就像一把匕首刺进我的五脏六腑。"你知道吗，爱你并不容易，还需要很多勇气。""你相信吗，这一生遇见你，是上辈子我欠你的""也许，轮回里早已注定，今生就该我还给你""一路上有你，苦一点也愿意……一路上有你，痛一点也愿意"。我不得不用双手紧紧地捂着嘴和鼻子，不让儿子听到哭声，任凭泪水肆意地流淌。在今天这个特殊日子里，怎么会遇到这首歌呢，是天意吗？我知道，我俩相遇相知相爱是天意，是几世轮回修来的缘分，那么，现在这个几乎要把我俩打进地狱的灾难，也是天意吗？如果我前生前世欠你的，我偿还、你快乐才对呀，哪能用这种方式让我还呢？这对你是多么残忍啊！大宝，你还是赶快好了吧，只要你开心，我就是当牛做马也愿意，只要你好好的，我再苦再累也甘心。只想和你在一起，就是不愿与你分离。大宝啊，明年的今天，给我机会好吗？

　　你现在一天天地在好转，比预想的要好，我的心情轻松多了。但不能守在你的身边，我越来越闹心，整天像丢了魂似的。我想，你肯定和我一样，在想我，要不然，你怎么会叫唤呢？这两天，我一天录一段语音，发给栾洁护士长，请她放给你听，让你感受到我就在你的身边，没有离开你，更没有抛弃你。栾洁护士长说，你听到我的声音就会激动，就会哭。我觉得，你这是感受到了我的存在，听懂了我的话，是好事。

　　四天前，护士就开始试着给你堵气切口，但至今也没有成功。栾洁护士长说，你已经不习惯用鼻子和嘴呼吸了，每次刚堵上，你都会憋得满脸通红，大喊大叫，血压、心率、血氧也不正常了，只好放弃。她说，堵管不是难事，所有的护士都会，只是需要有一个过程，得慢慢来。她还告诉我，试堵成功后，需要连续堵七十二个小时，才能把金属管拔掉，然后气切口就会慢慢愈合。我多么希望试堵成功啊，这样你的气管和脖子就不会有一个大口子了。

　　媳妇儿，今天晚上发生一件奇怪的事，差一点把我的魂儿吓没了。吃完饭，我像往常一样去拿你给我买的那只银酒杯，竟然不见了，到处找也没有找到。我顿时紧张起来，急得就要哭了。昨天晚上还在用的，今天怎么就没了呢？就在我绝望的时候，看到厨房里的一袋垃圾，心想，就这里没有找，能在垃圾袋里吗？我立即把垃圾一点一点拣出来，快要拣完了，突然在袋子最下面的角落里发现了酒杯。我迅疾抓到手里，反复查看，失而复得，喜极而泣，喃喃地说："你可是我的宝贝啊，是要跟我一辈子的，可不能丢呀！"幸亏早上出门时忘记扔垃圾了，否则酒杯必然离我而去，这或许也是天意吧。也真是奇怪了,酒杯怎么跑到垃圾袋里去了呢？大宝啊，如果在这个特殊的日子里把酒杯丢了，我该如何向你交代，又该怎样痛恨自己呀！

2021.5.21

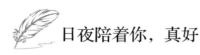

日夜陪着你，真好

　　5月25日这天，有两件事值得高兴：一个是上午你气切堵管超过七十二小时，意味着堵管成功，金属管可以拔掉了；另一个是下午将你转到普通病房，说明你的脑梗已经稳定了。同时，你脚上的烫伤也痊愈了。按我的要求，你被安排在单人间病房，每天五百元，这可能是最贵的病房了。为了让你有一个独立安静的空间，再贵也得住。

　　有喜就有忧。小秋说，你的左腿弯曲，伸不直了。你转院时还好好的，现在怎么就伸不直了呢？你不会喝水和果汁，不会吞咽了，是脑梗造成的还是这十多天没人喂的原因呢？过去夜晚关灯你会叫唤不让关，现在却没有反应，说明你眼睛的光感更弱了，这应该是脑梗造成的。小秋不小心把右脚崴伤了，又肿又疼，一瘸一拐的，可能影响对你的正常护理。

　　由于将你转到普通病房是当天上午决定的，我根本来不及做核酸检测，进不了神经内科大楼，干着急。小秋的脚受伤，搬不了东西，也让我闹心。不论怎样，也只能望楼兴叹。好在有七八个病人家属主动帮忙，很快就将那些大箱小包搬进病房。

　　你到普通病房后，我急不可待地给小秋打视频电话，激动地喊："大宝，老公想死你了！"你听到我的声音，哇地就哭了。看见你哭，我心疼地说："大宝不哭，知道你也想我，我非常想去陪你，可是没有核酸检测报告，进不去呀。我上午已经做核酸检测了，明天就可以去陪你啊。你现在非常坚强非常勇敢，病好得很快，再治疗一段时间，你就好了，就可以回家了。"我说话时，你一直在哭，为了不让你哭，我不得不挂断电话。下午，我又给小秋打电话问你的情况，你也许是从电话里听到了我的声音，"嗷嗷"大叫，声音尖细又带着沙哑，像使出浑身的力气在喊叫。小秋对你说："你叫得这么凶，是不是因为你老公没来看你呀？"你停止喊叫，睁大了眼睛。看你这样想我，我真想即刻飞到你的身边。

即使有核酸检测报告，也不一定能进得了病房。因为小秋脚崴了，我说去帮助护理，医生才同意我进去。昨天上午，我带着食材，经过几道关口，才来到你的病房。想了半个多月，闹心了半个多月，我终于来到了你的身边，心里激动万分。你正在睡觉，我不敢打扰，只好站在床头，久久地看着你。你醒了，我摸着你的脑袋说："大宝，老公来陪你了！"你哭了。我跟你讲这段时间如何想你、怎么看你的视频等，我边说你边哭。然后，我去找住院医生，向她简要介绍你过去的病情，提出做脑 CT、肺 CT、拔气切管以及查清腿弯曲的原因等要求。这个医生态度很好，她说做 CT 和检查腿的事马上就可以安排，但不建议拔掉气切管，并讲了不拔管的好处。她还告诉我，明天是科主任查房日，有什么要求也可以对主任说。

为了见主任，我昨晚没有走，因为出去就进不来了。挺好的，我可以陪你一个夜晚了。你还是跟过去一样，喜欢坐起来，这一天我搂着你坐了五次。一边搂着你，一边跟你聊天，你很享受，我很开心，夫妻恩爱如胶似漆的感觉，真的叫人回味无穷。

上午科主任来查房，我在向他介绍你病情的同时，提出了拔气切管、拔导尿管、肌张力高、左腿伸不直等问题。主任同意拔掉导尿管，并安排做腿部彩超，不同意拔气切管，他讲的道理与住院医生说的基本一样。下午，推你去做了头颈部动脉CTA、颅脑CT、肺部CT，以及双腿动脉、静脉和骨关节彩超，并拔了导尿管。今天收获挺大。

今天还有一个意外的收获，那就是我知道有治疗肌张力增高的地方了。上午，康复科朱大夫来病房会诊，看到你肌张力增高、张嘴叫唤的情况，她说他们科有一套降低肌张力的办法，效果很好，可以试一下。这可真是一个天大的好消息！由于医保的原因，不可以从医院的一个科直接转到另一个科。她说，她帮助联系一家医院，等你从神经内科出院，就转过去，在那里住十天左右就可以转到康复科，她给你留床位。她想得这么周到，真是一个好医生，我对她万分感激。

下午我一直陪着你，给你翻身叩背、打流食，跟你说话，搂你坐了好几次，始终没有离开病房。五点多时，我对你说："大宝，晚上我回家，明天接儿子，就不能来了，下周来陪你啊。"你一听就哭了。我问："你不让我走呀？"你睁大眼睛。我只好留下来。到六点多，看你睡着了，我小声对小秋说："她睡了，我一会儿就走，还得去办几件事。"我的话音刚落，你眼睛就睁开了，一点动静也没有，好像在想心事。我问你："大宝在想什么呢？"你一下子就哭了，眼泪哗哗地流。你一定是不愿让我走。我摸着你的头，握住你的手，哄你劝你，可你再也不睡了。我猜你是怕我走，才强睁着眼睛的。快到八点了，楼层的门要上锁了，电梯也要停运了，再不走就走不了了。我凝视你片刻，悄悄跟小秋打一下手势，咬咬牙溜了出去。以这种方式离开你，我觉得很不地道，心里很难受。大概过了一个小时，我给小秋打电话，她说我走后，你一直睁着眼睛，直到听见两个男人在病房门口说话，可能是没听到我的声音，知道我走了，哇的一声哭了。她劝你好大一会儿，才把你哄睡。听小秋这么说，我更难过了，也后悔离开你。

大宝啊，你心里越明白，也就越依恋我、依赖我，其实我很喜欢、很享受你这样。栾洁护士长曾告诉我，不要让你太依赖我，把我当成拐棍。可我怎么能做得到呢？我反而希望，等你好了，我天天陪着你，时时黏在一起，永远也不离开。

2021.5.27

小秋右脚崴伤后，因为得不到休养，越来越严重了，已经到了不能护理你的程度，医生让我去帮忙。我从1号到今天，到病房帮她照顾你，尽量让她多休息。这样，我就陪你度过了四天三夜，是九个多月来和你持续在一起时间最长的一次。这期间，我做出了给你转院的决定，今天上午即转到另一家医院。

你从重症监护室转到普通病房正好十天。前几天，你也有肌张力高的时候，也会叫唤，但睡觉的时间、安静的时间占多数。近两三天，你喊叫的次数、肌张力高的次数越来越多，睡觉的时间越来越短，这也可能与左腿疼痛有关。做彩超发现你左膝盖有积液，造成左腿疼痛不敢伸直。医生说积液量比较少，不是大问题，好治疗。住院医生说你脑梗也稳定了，尤其是脑梗发生在不重要的部位，后遗症不会太大，下一步应当考虑做康复治疗。她虽没明说，但意思很明白，那就是你该出院了。我想早一些解决你的肌张力问题，所以就请朱大夫帮助联系医院，并确定了转院时间。

和你在一起，我是幸福的，你的回应常常让我感动。比如前天下午，你睡醒了，睁着眼睛，神态轻松，很可爱。我俯下身跟你说："大宝，老公太爱你了！我永远都会不离不弃、无怨无悔地对待你，你相信吗？如果相信，就睁大眼睛。"你有意把眼睛睁大两次。我又问："你嫁给我后悔吗？如果后悔，就闭眼。"你紧紧地闭了一下眼睛。我大吃一惊，马上问你："大宝，你真的后悔了？"你张开嘴大笑。你笑了，说明你是在逗我。我便问："你是骗我的，是不是？"你还是笑，笑得很甜很开心。我说："大宝，等你好了回家，我一定把你伺候好、保护好，我们每天都开开心心、快快乐乐、幸幸福福的，你说老公能做到吗？如果认为能做到，你就睁大眼。"你睁大了眼睛，而且连睁几次。我亲亲你，连说感谢。我又问你："如果哪天老公倒下了，不行了，你能伺候老公吗？"你使劲地睁大了眼睛。我紧接着追问一句："真的呀？"你顿时张嘴大哭。我眼含泪水，一边给你擦眼泪，一边哄你，老半天你才停止了哭泣。

有时你也会让我不知所措，痛苦无奈。昨天一天，你的表现与往常大不一样。你多数时间是在叫唤，一会儿要坐着，一会儿要躺下，坐也坐不了几分钟，躺也躺不了多长时间，反反复复，就这么折腾了一天。傍晚以后，你不停地大喊大叫，声音传遍整个走廊，坐着也喊叫，躺着也喊叫，怎么哄也没有用，怎么按摩都不好使，持续五个来小时。半夜十二点多，你又大喊大叫，我搂你坐一会儿，跟你说说话，然后躺下睡了，一直睡到天亮。我知道，你不是有意要折腾，而是肌张力在折磨你！看你这么遭罪，我心烦意乱，不知如何是好。

昨天下午，栾洁护士长听说你要出院，过来看你。她跟你说了一些如何正确对待病情、如何配合治疗、如何保持好的心态的话，循循善诱，语重心长，完全把你当成正常人来对待。她待了一个多小时，走的时候，在走廊里对我说："愁也一天，乐也一天，改变不了现状，就随遇而安吧。每个人都有自己的生命轨迹，也许顺其自然就是最好的选择。"她突然对我说这么几句话，意味深长，耐人寻味。

今天转往九院的途中，你在救护车里仍然大喊大叫，我哄了一道，你叫了一路，没有停止过。到九院后，我马不停蹄地办理住院手续，到多个窗口排队，楼上楼下跑几趟，直到中午十二点多，才将住院的事安排妥当。我又拿着医生开的处方，到医院对面的药店购买营养脑神经、抑制肌张力增高等注射和口服药品。没有单人病房了，只能把你安排在两人间，好在病房条件还不错。

今天是周五，把你安排好后，我立刻去学校接儿子，将儿子送到家，我又赶紧把你的轮椅、充气床垫以及小秋的折叠床等东西送到病房，陪你到晚上七点，才回家给儿子做饭。到家快八点了，儿子用异样的眼神看我，我愧疚地对他说对不起，确实太忙了，忽略了儿子。

2021.6.4

九院不像医大一院管理得那么严，我上午和晚上都可以来陪你了。艳文大姐听说小秋脚崴了，在你转院的第二天就赶了过来，帮助小秋照顾你。

转过来之后，当天就按照既定方案对你进行康复治疗。医大一院康复科与这个医院康复科是合作单位，所以在你转来之前，朱大夫就跟这个科的主任商量制定了康复治疗方案，做到两个医院的治疗方法能够衔接，保证治疗肌张力增高的连续性。像朱大夫对病人这样认真负责、主动作为的医生，还真不多见。我觉得她就是我们的贵人，如同天使，来帮你解除痛苦，帮我消解忧愁。有她的帮助，我相信过一段时间，你肌张力高的问题一定能够得到解决。

这几天，以降低肌张力为重点，利用多种仪器，加之蜡疗、OT、PT和药物等进行综合治疗，继续注射和口服治疗脑梗、营养脑神经等药物，并用超声波、超短波仪器治疗膝盖积液。应该说，医生是尽力的。

你还是处于肌张力增高、大喊大叫的状态，白天夜晚都是如此，一些患者和家属意见很大。今天上午推你去做高压氧治疗，因你一直喊叫，高压氧科死活不让你做。康复科主任说你这样成天喊叫不睡觉，不但影响他人，更影响自己的身体，影响治疗效果，要求夜晚给你服用少量安眠药，让你得到应有的休息。我担心安眠药影响你苏醒，本来是不同意的，可医生坚持要用，我也只好服从。服用安眠药后，你仍然时不时张嘴叫唤，只是声音没有过去大。尽管如此，我也不同意再给你增加药量，不能顾此失彼，因小失大。

今天给你换胃管，护士的做派，既让我啼笑皆非，又让我气愤不已。上午，一位护士来给你换胃管，离你足有半米远，摆着马步，上身后仰，伸直胳膊，长长地举着胃管，往你鼻子里插，好像她面对的是一只老虎，你会突然坐起来咬她似的。小秋把着你的脑袋，你张嘴叫唤，护士仿佛是闭着眼、咬着牙往里插，插了半天，胃管却从嘴里出来了。她不得不拔出来，又插一次，又是刚才的动作，胃管又从嘴里出来了。你痛苦地叫着，我痛苦地看着。我不禁心生怒气，强忍着没有发出。后来还是在小秋的帮助下，才将胃管插了进去。这个护士岁数也挺大了，工龄肯定不短了，怎么连胃管都不会插呢？她那个姿势和动作，也太不专业了。

今天，艳文大姐两次跟我说，你就这样了，再住院也没有什么意义，还是把你送到养老院吧。我不知道这是她的意思，还是你父母的意思，就没回应她。无独有偶，昨天有位朋友在电话中也建议我把你送到养老院，说养老院是你最好的归宿。

媳妇儿，你说我能把你送到养老院吗？我现在考虑的是怎么继续给你治疗，怎么将你的肌张力降下来，怎么让你苏醒，怎么让你恢复到过去的样子，哪有闲心去考虑养老院的事呀！

2021.6.9

没有妈妈陪伴和祝福的生日

不知是各种治疗起的作用，还是服用安眠药的原因，你睡觉比前几天多一点儿，喊叫的声音也小多了，尤其是肌张力没那么高，手和胳膊也软和一些，左腿可以伸直了。艳文大姐今天回家了，家里确实离不开她，能来照顾你几天，我已经感激不尽了。

今天是周五，也是农历五月初二，是儿子十四周岁的农历生日。儿子阳历生日是下周三，他住在学校，没法过，所以我今天给他过生日。生日礼物是他喜欢的耐克球鞋，生日蛋糕上面装饰着半球型和宇航员模型，贺卡上写着"大宇小宙，未来可期；大宇宝贝，生日快乐"，与儿子喜欢的浩瀚宇宙相吻合。

下午接儿子时，一见面，我把手搭在他的肩上，第一句话就是"祝儿子生日快乐"。他笑笑说"谢谢老爸"。坐到车上，我将生日礼物送给他，他立即就把新鞋换上了，非常喜欢，也非常高兴。晚上我做了四个菜，有炖的，有炒的，有酱的，荤素搭配，是尽量按儿子喜欢的口味做的。菜全部上桌后，我打开蛋糕，给儿子戴上生日帽，点燃1和4的蜡烛，播放生日歌，让儿子许愿、吹蜡烛，我从不同角度拍照。我给儿子倒一杯饮料，给自己倒一杯酒，爷儿俩边吃边聊，儿子挺开心，我也很舒心。

儿子是第一次在没有妈妈陪伴和祝福下过生日，表面上很开心，其实我清楚，他是装出来的。我何尝不是呢！过去儿子过生日，你订蛋糕、做晚饭，我买生日礼物，具有仪式感的生日晚餐都是你张罗的。可今年只有我和儿子两个人，我再怎么渲染，也营造不出一家三口天伦之乐的氛围呀；我再怎么努力，也满足不了儿子对母爱的渴求啊！孩子过生日，最需要的是妈妈的陪伴，最渴望的是妈妈的祝福。然而今天，这些却成为儿子的奢求。

媳妇儿，你昏迷不醒地躺在医院，对儿子来说，也就是天塌了，地陷了，如同被整个世界所抛弃。在妈妈的眼里，孩子就是一切；而在孩子的眼里，妈妈就是整个世界。自你躺下后，我看得出，儿子脸上没有了笑容，说话没有了底气，走路没有了劲头，但他在别人面前又表现得一切如常，好像内心挺强大。他很少向我问到你，就如你没有住院一样。我曾问他想不想妈妈，他神情激动地说："那是我妈，我怎么可能不想呢？"他说他经常梦见你，经常从梦中惊醒，然后难过得再也睡不着。他对小秋说，有一段时间太想妈妈了，躺在床上就会偷偷流泪，在哭泣中入睡。他还对小秋说："我住校后，晚上睡觉时寝室同学总爱谈论妈妈，这个说妈妈给他买了什么好衣服，那个说妈妈给他做了什么好吃的，都在炫耀自己妈妈的好。我的心情能好受吗，从来不插话。后来他们再说妈妈时，我也说。我告诉他们，我妈妈也好，非常好，给我买好衣服，做好吃的，现在有病住院了，但很快就会好的。"小秋说，儿子讲这些时，两眼红红的，强忍着眼泪。这些话，儿子没跟我讲过，我知道，他是怕增加我的心理压力。可他不知道，当我听到这些的时候，我的心在颤抖，仿佛在汩汩流血。

儿子曾对我流露过，说我把心思全放在了你的身上。他说的确实是实情。你住进 ICU 后，开始一个多月我甚至都不回家，对他基本是不管不问。后来虽然夜晚回家了，也就是给他做做晚饭和早饭、改判作业、整理书包而已，对他关心爱护得非常少，绝大多数时间和精力放在你的身上。包括儿子转学，也是为了能有更多的时间和精力照顾你。儿子不愿住校，多次要求在学校附近租房住，我始终没有同意，是因为不能放弃你而去陪儿子。这对儿子不公平，但我确实分身无术，你和儿子的压力都在我的肩上，谁能替我分担呢？我满脑子都是你，为你治病刻不容缓。我相信，儿子一定会理解我的。

对儿子来说，最重要的问题是他从去年 10 月到现在，非常担心辍学。他曾多次问我："老爸，我是不是不能上学了？""我妈住院要花很多钱，你就供不起我上学了吧？""如果不让我上学，我以后能干什么呢？"他问一次，我的心痛一次。我反复跟儿子解释，无论你住院花多少钱，都不会影响他上学，哪怕是砸锅卖铁、卖肝卖肾，也要供他上学。可不论我怎么说，也不能完全打消他的疑虑。

今天晚上吃饭时，儿子又提出这个问题，问我哪有那么多钱给你治病、供他上学？我想起一位朋友曾告诉我，一定要给孩子交实底，打消他的顾虑，否则不但影响他的学习，还会影响他的心理健康。于是，我就给他算一笔账，从现有的积蓄、我和你的工资以及住房公积金等大概有多少钱，那间公寓房大约能卖多少钱，直到我能给他留多少上学的钱，如实告诉了他。我对他说："给你留的钱，我会存到你的银行卡里，绝对不会挪作他用。你觉得这些钱够不够用到大学毕业？"他被感动了，笑着说："应该用不了那么多，我上大学的时候，还可以打工挣钱。"他又说："我要争取考上985大学，还想读研读博。我如果读研读博，你还能供我吗？"儿子能有这个目标，能有这个志向，我倍感欣慰，高兴地说："儿子，只要你能做到，老爸就能供到底，你就把心放到肚子里去吧。有志者事竟成，老爸祝愿你如愿以偿，美梦成真！"

儿子很懂事，过去就不爱乱花钱，现在更是能省则省。自从住校后，他一天三顿饭都在学校食堂吃。我反复告诉他要吃饱吃好，千万不能为了省钱而影响长身体。他说吃得很好，叫我不要操心。可我每周给他三百元的伙食费，他只要二百，甚至一百，多一分都不要。别的孩子从家里带吃的喝的，我给他买食品饮料，他坚决不让买，买了也不带。我知道，他这是在为我省钱。可他这么做，反而让我心里更不舒服、更难过。

今晚，我跟儿子谈了很多，谈到学习，也谈到奋进。我对儿子说，妈妈很难恢复到过去的状态，我也将要面临退休，不像其他同学的父母比较年轻，还有一些依靠，让他认清这个现实。有人说，没有伞的孩子必须努力奔跑。他也可以把自己当成一个"没有伞的孩子"，付出比其他同学更多的努力，沿着自己确定的目标，奋力地向前奔跑，进而到达理想的彼岸。我还说："你现在是学生，而学习知识、增长智慧是学生唯一的任务。有了知识，有了智慧，自己的天地就变得辽阔，也就有了自己的诗和远方，也就不会成为苟且偷生之人。我不希望你以后出人头地、光宗耀祖，只希望你成为一个受人尊重的平凡人。你有志考985大学，有志读研读博，我必须全力支持，倾囊相助。"我说这些时，儿子认同，也很感动。

　　我还告诉儿子一个好消息。他上周让我想办法找生物和地理教研员给他补课，因为他"小中考"的目标是"双满"。我费了很大的劲，终于找到了。他听到这个消息，非常高兴，说了好几句"谢谢老爸"。

　　大宝啊，如果你是好好的，这些事还需要我操心吗？儿子能有那些顾虑吗？

2021.6.11

我的那朵花儿何时能昂首挺立

媳妇儿，今天上午，把你转到了医大一院康复科。

转院途中，天降大雨，而你却一路睡着，非常安静。朱大夫将你安排在两人间病房，不再安排其他病人，算单间，每天五百元。这样挺好，小秋也有床可睡了。和神经内科一样，除一名陪护外，其他任何人都进不了病房，我又很难见到你了。

本来上周五你就可以转过来的，考虑到双休日和端午节放假，转来也不可能正常治疗，反而还浪费在康复科的时间，我就和朱大夫商量，定在了今天转院。你核酸检测的时间早已超过了七天，按规定应该在急诊室做核酸检测，等一天才能住进病房。经朱大夫请示协调，对你网开一面，可不受七天限制，放宽到今天。这样，我们省了很多事情，少了很多麻烦，你少遭了很多罪。一位与我们素不相识的医生，能如此帮助我们，同情我们，真可谓是医德高尚、大爱无疆啊！

给你服用安眠药的第五天，产生了明显的药效，晚上你能一觉睡到第二天上午，即便醒了也是半睡半醒，不爱睁眼睛，甚至翻身叩背、换纸尿布，你仍然在睡。当然，你的肌张力也不会高了，更不会大喊大叫。我觉得，这样下去，你不就傻了吗，还怎么苏醒啊？抑制肌张力增高绝对不能用吃安眠药的办法，治标不治本，有害无益。我告诉小秋立即将药量逐渐减下来，从四分之三片减为二分之一片，再减为四分之一片，然后停用。我看说明书了，这种药停用前必须逐渐减量，不可骤停，否则副作用很大。昨天你开始睁眼睛了，醒的时候又张嘴小声叫唤，但睡的时间还是比较多。今天比昨天又好一些，睁开眼睛的时间更长了。可见，将安眠药减量是对的。

我一直认为，解决肌张力增高的问题，对你苏醒和康复非常重要。苦于几个医院都无能为力，所幸医大一院康复科有办法，又有朱大夫帮助，想必一定会有效果，也一定会给我们带来福音。我期盼着能尽快见效，满意出院。

2021.6.15

昨夜大雨，今早雨停，转为多云天气，空气清新湿润，有点甜甜的味道。我下楼刚要上车，忽见一丛小花，正抖落水珠，坚强地挺立着。这花是一楼大姐种的，她很热爱生活。我走过去，蹲下，凝视，发现每一朵花都有被风雨摧残的痕迹，但每一朵花仿佛都露着笑脸，傲首绽放。我不由想到，我的那朵花儿何时能昂首挺立，微笑着走出病房，回归家庭，回归生活呢？

转到医大一院康复科后，他们重点针对肌张力高的问题，运用超音波、超短波、冲击波、紫外线等仪器以及OT、PT、蜡疗，服用降低肌张力、抗癫痫、稳定情绪等药物，对你进行康复治疗。这几天，你的状态总体不错，肌张力不再那么高，也能睡一些觉，但有时还是会张嘴叫唤。

见不到你，是我每天最闹心的事。早上去送食材、水果和日用品，只能到康复科门口，近在咫尺，就是看不到你。我只能从小秋发来的视频中看看你，在视频电话中跟你说说话。你每次听到我的声音，都会流泪哭泣，我得哄半天，你才会好起来。

气温一天比一天高了，病房又没有冰箱，我只好购买食材，或做成半成品，由小秋再加工打成流食。这样现做现吃，更有利于你的健康。小秋多了一件事，更辛苦了。

在我的要求下，今天终于把你的气切金属套管拔下来了。按照住院医生的安排，我下午四点来钟就到了康复科，在几份材料上签完字，等待耳鼻喉科医护人员来拔管。等待期间，我对住院医生说已经六七天没看到你了，求她通融一下让我去看看你。她还真有同情心，亲自把我领进病房。我刚走到你的床头，你就张嘴哭了。我马上给你擦眼泪，对你说："大宝，我知道你想我，我也想你呀！不是老公不想来，是医院有规定，我进不来呀。你就好好配合治疗，好了就回家，我们天天在一起。"我说话时，你一直在哭。待了不到一分钟，医生就叫我赶紧出去。没办法，我亲亲你的额头和脸蛋儿，离开了病房。就这么一小会儿，我对医生也是感恩戴德啊。你眼睛看不见，还能立刻知道是我到了你的身边，对此，医生感到很神奇。她说："她是真的认识你。"我说："是啊，她感觉很灵敏的。"

我在康复科门外等待，直等到医护人员换完班，我才走进医生办公室。朱大夫值班，跟她聊了一会儿你的病情，我说想去看你，她痛快地同意了。我乐颠颠地快步走进病房，俯下身跟你说话，你又哭了。我问你是不是要坐着，你睁大眼睛，我就搂着你坐了半个多小时。刚把你放平躺下，耳鼻喉科医护人员就来了，这时大概六点半。她对你观察了一会儿，问问你的情况，对我说"拔出来就不能再安进去了"，我说"拔吧"。她将系气切管的带子剪断，一下子就把金属套管拔了出来。她让我看气切口，说："气切口都长肉皮了，长得很深很满，恐怕不容易愈合。如果不能生出肉芽，气管愈合不了，就得手术。"我霎时愣了，忐忑地说："她的肉是很合的，应该没问题。"医生说快的三天就能长好，一般得七天以上。希望你能很快愈合。

我又陪你一会儿，观察你的变化，感觉一切正常，小声对小秋说，七点多了，我再不走，护士就该来撵了。我话音刚落，你就张嘴大叫，小秋说你的耳朵可灵了。我马上俯身对你说，老公不走，大宝睡吧。你仍叫唤，我搂着你坐二十多分钟，你不想坐了。刚躺下，护士就来催我快走。我亲亲你，说几句告别的话，恋恋不舍地离开了病房。

回家的路上，我还在想你的气切口愈合问题，默默念道："老天爷，求你保佑丛岩吧，让她的气切口尽快愈合，千万不能再做手术了。"我虽然对你有信心，但也很担心，你一定要争口气，顺利愈合呀！气切口封上了，过一段时间如果能用嘴吃饭，再把胃管拔掉，你不就好了吗，不也像花儿一样绽放了吗！大宝，我们一起加油，让我们心想事成！

2021.6.21

媳妇儿，你的气切管已经拔掉四天了，现在还没有愈合的迹象，也许你需要的时间要长一点，慢慢就会愈合的。你这几天的状态比前几天更好一些，夜晚睡得好，很少叫唤，说明肌张力高的现象越来越少、越来越弱了，这可是我盼望已久的好事呀！

气切管拔掉后，我想见你、陪你的心情更加急迫，难以抑制。三天前，我又去做了核酸检测，兜里揣着检测报告，一旦有机会，就马上进去看你，哪怕看一分钟也行。

前天早上，我去送东西，站在康复科门口，眼巴巴的就是进不去。我不得不弯下腰，向看门的人恳求："我对我爱人非常不放心，特别想看到她，求你放我进去看一眼呗。"她看走廊没人，就让我赶快进去。我几乎是小跑到病房，疾步走到你的身边，看你睁着眼睛很安静，便搂着你的脑袋急忙说几句话，也就一分多钟，她就催我赶紧出去。她说之所以冒险让我进去，是因为见我对你太好了，她非常感动，才这么做的。

今天上午，我提着两袋子蔬菜、鸡蛋、鸡肉和水果，在小秋和另一位临时工的帮助下，从侧门悄悄溜进病房，陪你差不多一个半小时。我跟你说话，问你问题，感觉你的反应没有过去快了，甚至没有回答问题的意思，这让我非常担心。上午一直有仪器治疗，你又多是张嘴"啊啊"叫唤，我只能坐在床头不停地抚摸你、安慰你。

我本来是个万事不求人的人，但为了见你，我却去求看门人、临时工，让人家冒被炒的风险，而我又是偷偷摸摸、做贼心虚地往里溜。要不是太想你，我哪能干出这等事呀！

媳妇儿，昨天保险公司对你投保的医疗险做了一次性的报销。因为你投保前有甲减，他们只是象征性地一次报销几万元，以后不再报销了。至此，你的三个保单全部赔付完毕。通过这次办理赔，也让我认识到了买保险的极端重要性。我过去对保险从来是不闻不问的，甚至对推销保险的人很反感，保险意识非常淡薄。这几个月，我慢慢明白了，买保险就如同给自己和家人安一扇防盗门、砌一道防火墙，提供的是一种保障、一种心安，能在很大程度上解除后顾之忧。谁也不知道明天和意外哪个先来。所以在自己还有能力时，提前采取一些防范措施，防患于未然，也许这也是先见之明。这之前，我真的不知道你不但买了重疾险、医疗险，还买了残疾险。尽管保额很少，赔付不多，解决不了大问题，但也是为自己买了一份保障，也为我们这个家减轻了一点负担。

　　大宝啊，写到这里，我的心情是痛苦的、沉重的，跟我去保险公司办理赔时的痛苦和沉重一样。我宁愿永远不要这个理赔，一分钱也不要，只想要一个健康阳光的你！

2021.6.25

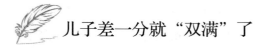 儿子差一分就"双满"了

　　我天天在盼你的气切口愈合,现在都七天了,还没有任何变化,怎么这么慢呢?好在你肌张力不那么高了,很少喊叫,睡觉也多了。但做康复治疗时,只要碰你,你就会叫。小秋说,你现在又出现一个新情况,就是不让她说话了,她只要开口说话,你就会叫唤。唉,你不能说话,只能用叫唤来表达你的痛苦、你的不满、你的委屈,该叫就叫吧,不要憋在心里,老公理解你。

　　今天下午,全市初二学生"小中考"考生物和地理,算明年的中考成绩。我早晨五点半起床,买了豆腐脑和油条,和儿子吃完,就赶到医大一院门诊挂号,找耳鼻喉科门诊专家咨询你的气切口愈合问题,然后又到康复科和医生讨论这个问题,还悄悄溜到病房跟你说了几句话,快十二点才赶回家。到家煮点饺子,和儿子急急忙忙吃完,便开车行驶十八公里,把儿子送到考点。

　　"小中考"是全市统一安排考点和考场,儿子班里有十七个同学在这个考点,都穿着家委会统一订购的印着"考神附体"字样的短袖上衣,个个阳光,人人精神。下午一点多,儿子的老师赶过来,将寄托老师心愿的小圆贴贴在孩子们的短袖上,然后与孩子们喊口号合影照相,气氛热烈,激情高涨。实验北中学做得最好,考试前的鼓励很有仪式感,孩子们轻松愉快而又信心满满地走进考场。

大约四时五十分，儿子走出大门。看他满面笑容，我心里有底了。儿子说考试时间充裕，他把每道题都做了两遍，将答案分别写在试卷的不同纸面上，然后把不一样的答案找出来，再重新审题找出正确答案，感到没问题了再抄写到答题卡上。他说这种方法非常好，基本能保证万无一失。他还说，有几道比较冷门的题，应该都做对了。他对这次考试挺满意，我也为他高兴。晚上，我叫上他姐姐，一起出去吃饭，以示祝贺。他姐姐还给他买了两件短袖衬衣，并送他一副自己精心制作的手链，他非常喜欢。女儿还给我买了一件短袖衬衣，我也很高兴。

吃完饭回到家，标准答案出来了。儿子急忙对答案，生物还好，全对，可地理错了一道题，丢了一分。他又是跺脚又是蹦高，气得够呛。他说这道题太简单了，就是一道送分的题，做第一遍时想都没想就选择了答案，做第二遍时就把它略过去了，居然就是这道题错了。他最有把握得满分的是地理，却在地理上丢了分。他恨得不得了，说要不是丢这一分，就"双满"了，太遗憾了。我劝他几句，并说如果能从中总结经验、接受教训，丢这一分也是值得的，没必要为此纠结。总的来说，我对他这次考试成绩是满意的，尤其是他有了上进心，有了努力方向，这一点更加重要。

现在，儿子的学习不用我太操心了。他的班主任婷婷老师明确告诉家长，不要过多干预孩子的学习，把后勤做好就行了，学习的事交给老师来管。老师管学习，家长管后勤，既解放了孩子也解放了家长。家长和孩子各做各的事，各干各的活，互不影响，互不干扰，何乐而不为呢。

媳妇儿，过去跟你说过我有两个"无能为力"。现在，对儿子的学习，我已经没了"无能为力"的烦恼，就剩下对你的"无能为力"了。如果你苏醒了、康复了，我的所有烦恼也就云消雾散了，我们的生活也就阳光明媚、美好无比了。

2021.6.28

楼下的蜀葵花还在等着你呢

　　媳妇儿，我们家楼下墙边那一排蜀葵花，又泼泼辣辣、红红火火地盛开了。那一株株比人还高的蜀葵，枝叶繁茂，花团锦簇，那枝呀、叶呀、花呀，以及那红的、白的、黄的花色，仿佛还是去年那些花又原模原样地回来了。

　　你还记得吗，去年的今天，你特意走到这些蜀葵花旁，乐呵呵地让我给你拍照。那天，你穿的是大花裙子，站在花丛中，满脸笑容，阳光灿烂，好像在与花儿比美。花儿似乎也有认输的意思，不停地向你点头致意。你调皮地摆着各种姿势，或将花儿拉到胸前，或把花儿放在嘴角，或钻进花丛露出脸，我有时竟然分不清哪是花朵哪是你的脸，只是一个劲儿地按快门。拍了很多张照片，你一张张地筛选，删掉一些不满意的，留下了十多张。这些照片还存在我手机里，我是既想看，又不敢看。

　　上午八点左右，我来到蜀葵花旁，看着花，想着你，你照相的一幕一幕不断出现在眼前。我心口发紧，嗓子发干，眼睛发热，咧着嘴，不知是哭还是笑，呆呆地站了很久。其实，从蜀葵发芽长叶的那一天起，我第一次那么深情地关注她们，看着她们一点点长高长大，看着她们一枝枝打苞开花。有一天，蜀葵花好像约好了似的，一朵又一朵竞相绽放，似乎在翘首等待欣赏她们的那个人到来。可今天，那个人却没有来。她们似乎没有灰心，还在等待着，等待明天、明年的

285

今天？我仿佛懂了她们，每当路过，或忍不住看一眼，或不忍看而疾步走开。无论看与不看，赏与不赏，她们都在我心里，连同你一起，煎熬着我，撕扯着我。

前两天，我去慰问一名因烧伤而残疾的职工。他六年前因厨房煤气着火被严重烧伤，现在浑身几乎都是可怕的疤痕，手指全无，脸皆植皮，让人不忍目睹。跟他交谈时，我发现他脖子上有一块凹陷的疤痕，便问是不是气切留下的。他笑笑说："是的，气切后三个月拔管，三四天就愈合了。"他很乐观，一切都想得很开，笑的时候，脖子上的那块疤痕也好似一朵盛开的花儿。我被他感染，心情也由沉重变得豁然开朗起来。

我联想到你，以后你会怎么对待那个疤痕呢？我琢磨着，等你的气切口愈合后，想办法把疤痕装饰成一朵花儿，让缺陷变成美丽。大宝啊，你完全没必要为那一点儿小缺陷而懊丧，或许它会成就你的另一种美丽呢。

可是，已经两个星期了，你的气切口还没有愈合。耳鼻喉科医生说，基本没有自行愈合的可能。我着急了，一次又一次找康复科医生，一次又一次找耳鼻喉科医生，请求他们给你做缝合手术。耳鼻喉科医生说手术有风险，康复科又多次催着出院。我说，脖子上留一个大窟窿怎么出院？如果医大一院做不了这个手术，还有哪个医院能做得了呢？我坚持气切口不愈合或不缝合，就不能出院。这几天，我为这事忙得焦头烂额，走马灯似的在康复科、耳鼻喉科和麻醉科之间奔波。坚持着，努力着。

我也在为你转院做准备。我想等你气切口愈合后，再转到一家医院住一段时间，做个综合评估，然后决定是继续治疗还是接你回家。我通过老乡承山兄的介绍，拿着你所有的CT片子和相关资料，找到已退休的知名神经外科专家许教授咨询下一步该怎么治疗。他看完后说，没有什么治疗办法了，去做做康复吧。我还是不死心，又通过大侄子找到战区总院神经内科的一位医生，请求转到该科住院。她看了看你的资料，说你不是发病阶段，没有收你住院的理由，并说你这个病在最初的两个月治疗才有效果，现在治疗既没办法也没意义。她这么一说，又把我推到两难的境地，是继续治疗，还是回家呢？

大宝啊，难道你就没有治好的可能了吗？我该怎么办呢？蜀葵花还在等着你呢！

2021.7.4

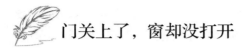

门关上了，窗却没打开

我已经好几天没能进病房看你了。小秋说，你现在一天比一天好，比前几天更能听懂话、更明白事了，也不怎么叫喊，但睡醒后会哭，流眼泪，哄一哄也就不哭了。医护人员也说你比过去明白了、懂事了。在很多方面，你基本恢复到脑梗之前，不少人说这已经很不容易了。

下午我在视频电话里对你说："大宝，今天是我的生日。"你听见后，立刻就哭了。我跟你回忆去年的今天中午，你在一家高档海鲜自助店给我过生日，请我吃海鲜，吃得尽兴，聊得开心，真是幸福无比、享受人生啊。你听到这些，哭得更厉害了，泪珠不停地往外涌。其实，我把生日早忘到九霄云外了，是早上看到四弟发来的"祝三哥生日快乐"的微信才想起来。今天谁给我过生日呢？

小秋说，你一直到晚上还在哭。你是为不能给我过生日而难过吗？今年过不过都无所谓了，明年给我过好吗？

已经二十天了，你的气切口仍然没有愈合，我和医生在缝合手术的问题上争论了十来天。找了几个熟人帮助协调，也没能奏效。我觉得这样拖下去，对你太不公平，便向康复科提出对你进行全院会诊的要求。如果会诊后还是不能做缝合手术，就出院。昨天下午，耳鼻喉科、神经内科、麻醉科等专家进行了会诊，他们问你问题，你都能用眼睛做出回应，非常配合，也非常平静。会诊的结果是：手术有风险、不能做，留着气切口有好处。他们说不能做缝合手术的主要原因，是原先的气切手术没有做好，造成支气管开口处气道塌陷，以你现在的状态，做缝合手术难度很大，危险也很大。

我只好接受会诊结果，准备转院。这段时间在手术上的扯皮，虽是坏事，也是好事。气切口虽然没有得到缝合，但你在康复科多住了十多天，使你的肌张力得到进一步治疗。应当说，该院康复科在治疗肌张力增高上还是有办法的，效果也很明显。最近，你没有再出现浑身使劲、大喊大叫、大汗淋漓那种可怕的状况了，即便时不时还有肌张力高引起的叫唤现象，可也很少很轻了。所以，我对康复科是感激的，对朱大夫等医护人员是感恩的。

我确定下周一给你转院。通过外甥女婿的联系，决定将你转到四六三医院，转去的目的是做气切口缝合手术。该院耳鼻喉科主任已经同意接收，并留好床位。上帝给你关上一扇门，也会为你打开一扇窗。

2021.7.9

媳妇儿，梦见你出现奇迹，已经是常有的事。昨晚又做了一个梦，而且持续时间很长。梦境大概是：你突然完全好了，穿着睡衣在客厅悠闲地走来走去，满面笑容，一身阳光，一边走一边慢悠悠地讲述昏迷中的趣闻趣事。此时的你，声如天籁，人若仙子。我坐在沙发上兴奋地聆听着欣赏着，如痴如幻，心醉神迷。正当我痴迷的时候，你忽然不讲了，快步走到我的面前，搂着我的脖子说："老公，好久没出去玩儿了，咱们去旅游，去吃美食吧。"就像听见等了很久很久的一句话，我立马答道："好啊，我一直在等你呢！想去哪里，想吃什么，大宝定，老宝陪！"我欣喜若狂，觉得上苍太眷顾我们了，奇迹出现在你的身上，这个世界太美好了！我不知是笑醒的，还是哭醒的。

昨天下午，儿子同学麒丰的妈妈在微信里对我说：她中午在家眯一会儿，梦到你跟她唠嗑儿，你说这阵子在昏迷中特别想醒过来，但就是睁不开眼睛，并讲了昏迷的这段时间是什么状态。她说你是不是托梦告诉她，很快就要好了？

我早上还在想，你是不是真的要苏醒了、要好了，才托梦给我，托梦给她的？大宝，你知道吗，在我内心深处，一直有一个坚定的信念，那就是奇迹一定会在你的身上出现！

可是，今天转院却非常不顺，甚至是大不顺、大折腾，是让我最闹心的一次转院。不过，在七个多小时的折腾中，你一直非常配合，基本没有叫唤。当你想张嘴叫唤时，我就对你说："大宝不叫，外面有细菌，把嘴闭上啊。"你马上就闭紧嘴巴，非常听话。你的配合，大大减少了我的烦恼。

我早上很早就到了医大一院，并叫来黄斌、东辉两位同事过来帮忙。我们九点半左右到了四六三医院，接待我们的护士长非常热情，帮助办完相关手续，就将你推进耳鼻喉科病房。等了一会儿，科主任过来查看你的气切口，又看了CT片子和有关资料，然后告诉我，你气管切口塌陷，还有现在的状态，不能做缝合手术，而且他们也做不了。无论我怎么解释怎么请求，他都说不能做。既然做不了手术，也不能收你住院。出现这样的情况，是我始料不及的。看来上帝没有把你的那一扇窗打开呀。

他们不接收，只有再找一家医院了。于是，我给悦禾医院康复科以超主任打电话，说明情况，要求马上转过去做康复治疗，他满口答应安排。

小秋正打电话找救护车的时候，东辉说既然是做康复，还不如到我家附近的残疾人康复中心，他有个朋友在那里当科主任，可以帮助联系一下。他很快就联系好了，你也很快住进了病房。我刚给以超主任打电话说完你不去悦禾医院的事，康复中心另一个科主任就来找我，说你的病太严重，他们根本没有治疗的条件，要求转走。我跟他们怎么商量都不行，那个帮你进来的科主任也不敢说话了。

这时已是下午一点多。我不得不硬着头皮又给以超主任打电话，再次解释，再次要求去他那里。他啥也没说，立刻就同意了。我们又要救护车，把你往悦禾医院送。在救护车上，我对你说："大宝，非常对不起，让你受委屈了。我们就当旅游，好吗？"你两眼含泪，轻轻地哭了。到了悦禾医院，以超主任热情接待，很快办完住院手续，把你安顿下来。由于康复科没有空床位，只好将你安排在综合内科，还特意为你腾出一个单人间病房。今天如果没有以超主任帮忙，那就真麻烦了。对他，我是发自内心的感激。

从上午八点多折腾到下午三点多，用了三次救护车，涉及四家医院，时长达七个多小时，不仅缝合手术没做成，还把你床上床下、楼上楼下多次折腾，我真的非常愧疚。无论是四六三医院还是残疾人康复中心，开始都是同意接收的，对你的病情和住院目的也是了解的，可人已经到了病房又拒绝接收，这里既有他们做事不慎重的问题，也有我办事不细心的问题。这个教训太深刻了！

今天我特别感谢黄斌和东辉，要不是他俩，我根本无法应付。他俩楼上楼下、车里车外搬运东西，不知跑了多少趟。

尤其是在四六三医院和残疾人康复中心，好不容易搬上去，又得赶紧搬下来。我们的东西又多，今天气温还很高，他俩累得气喘吁吁、热汗涔涔。更让我对不住的是，忙了一天，中午连饭都没有吃上，他俩一直饿着肚子。对他俩的帮助和付出，我只有心存感激。

将近一年了，在你治疗、住院、转院以及我们的生活、儿子上学等诸多事情上，有多少朋友和同事在帮助我们呀，包括大侄子和他的表弟。对这些好心人，我都会铭记于心，感恩于怀。

2021.7.12

你身体出一点儿小问题我也受不了

媳妇儿，你的意识越来越清晰了，心里越来越明白了，在不断地往好的方向转变。前天上午，我走到你身边，抚摸着你的脸蛋儿说："大宝，你瘦了，变成瓜子脸，更漂亮了。真美啊，大美女！"你立马就嘎嘎笑了，笑得很美。我说："大宝啊，好久没看到你笑了，你笑得真好看，亲亲你吧！"我对着你的嘴就亲了一口，你笑得更开心了。我又说："老婆，好好配合治疗啊，再住一段时间，等我把东西买齐了，准备好了，就接你回家。"我话音刚落，你的眼泪就出来了。我劝你别哭，并问："你不是想回家吗？如果想回家，就睁大眼。"你立刻将满是泪水的眼睛睁得大大的，然后就不哭了。看你张着嘴呼吸，我说："大宝，别张着嘴，不好看，闭上嘴好不？"你就把嘴闭上了。

小秋告诉我，昨天晚上她在病房卫生间做饭时，你大声叫唤。她在你耳边小声说："别吵吵，如果把医生护士招来，把我们的锅和饭菜收走了，我俩就没吃的了。"你立刻就停止了叫唤，把她逗乐了。她说你现在确实很懂事、很明白了。

你这几天呼吸时总会伴着粗重的"呜呜"声，这是过去没有的，我觉得应该与气切口有关。我会要求科主任想办法查清原因的。你今年的医保已经达到十五万的报销限额，现在已经启用大额医疗补助，也就是说，今年后几个月住院就不受天数和费用的限制了，可以在同一家医院多住一段时间，不用来回转院折腾。我想让你多住一段时间，多做一些康复治疗，这对你肯定有好处，如果能促使你出现突破性的变化那就更好了。

儿子昨天去陪了你一上午。儿子走进病房时，向小秋问好，你一听到儿子的声音，就哭了，流泪了。我说别哭呀，儿子来陪你应该高兴啊。你眨眨眼睛，不哭了。儿子在你的耳边轻声细语，讲他的学习，讲他的考试成绩，讲他的暑假安排，讲他的奋斗目标，讲他的老师和同学。他讲得津津有味，你也听得津津有味，还时不时张张嘴，舌头一动一动的，像要说话的样子。

从昨天中午儿子离开病房直到今天下午我去陪你，超过了二十四小时，你都没有睡觉。小秋说，你一直睁着眼睛，不叫不闹，静静地躺着，就是不睡。你这么长时间不睡觉，还是从未有过的。难道是儿子说的那些话让你兴奋了？或者你在为儿子思考着什么？我抚着你的头和脸，劝你睡一会儿，几分钟后，你还真睡着了。

这次期末考试，儿子班里的总成绩又是全年级第一，他在全班五十六名学生中排名第二十二位，进入二号组，基本达到了他本学期的目标。他挺高兴，我也为他高兴。他已制定了暑假学习计划，把整个假期都排满了。他说，下半年就进入初三了，他要力争进入一号组，至少进二号组的前两名，一定要考上重点高中。他有这么高的学习热情，又有明确的学习目标，我真的非常高兴，一个劲儿地表扬他鼓励他，承诺做好后勤保障工作。这半个学期，儿子完全大变样，学习劲头和精神状态与过去完全不可比拟，让我欣慰。

2021.7.17

昨天下午你还挺好的，晚上就出现了让我胆战心惊的一幕。昨晚十点多，我给小秋打电话问你睡没睡，她说你正在大喊大叫，叫得上气不接下气，医院总值班医生已经去看你了。刚说几句，医生就把电话接了过去，说你病情很严重，让我最好来一趟。我要求医生立即进行力所能及的检查，找出原因。我害怕了，挂了电话，急急忙忙赶往医院。

　　我一口气跑到病房，你已经做完胸部和腹部 CT，并用上了监护仪和氧气。我查看血氧、血压、心率等数据，基本正常，又对你仔细观察，感觉你张嘴喊叫的样子与过去基本一样，而且声音也小多了。第六感告诉我，你不会有大问题。跟你说了几句话，我便下楼取 CT 片子及报告。报告上说你肺部有炎症，肾有小结石。这就让我放心了。小结石在肾里，而且很小，没有进入尿道，说明你喊叫不是结石疼痛引起的。肺部有炎症也属于正常。总值班医生说医院做不了气血分析，她对你前几天的病情也不了解，只得按"呼吸衰竭"诊断，并让我在一张打着几行字的纸上签字。我知道她是怕承担责任，二话没说就签了字。医生基本都是把病人的病往大处说，往往让家属不知所措，这也许是避免责任、保护自己的一种本能吧。等我到病房时，抗生素点滴已经打上了，还有几袋其他注射药，估计需要滴几个小时。应该说，值班医生和其他医护人员的反应还是很快的，检查也是及时的，用药更是迅速的，他们很负责任。

　　下午陪你几个小时还是好好的，搂你坐了两次，跟你说话，你一直都是笑呵呵的，怎么可能会突然出现大问题？大概是一天多没睡觉，导致头痛或哪个地方不舒服，才这么喊叫的，如果能睡一大觉，可能就没事了。于是，我坐在你的床头，轻轻地抚着你的脑袋，小声跟你说着话，哄你睡觉。不大一会儿，你就睡着了，而且越睡越香，睡得很沉。你呼吸均匀，各种数据正常，已经没什么问题了。小秋让我回家，我待到凌晨两点，跟小秋交代几句，然后亲亲你的额头和脸，就离开病房回家了。要不是儿子在家，我肯定不会走的，会一直陪着你。

今天一大早，我给小秋打电话，她说你从昨晚一直睡到今天早上，挺好的，很正常，没问题了。我放心了，也证明我昨晚的感觉是对的。

你正常了，我上午还得按原计划完成要做的事情。吃完早饭，带儿子去口腔医院做牙齿的例行检查，然后给他买书，又去买菜、买水果。回到家，洗儿子从学校带回的被罩、床单、校服等一堆东西，同时做饭。吃完午饭，把家打扫打扫，将前几天洗的一堆衣服叠齐放好，之后送儿子去上课。

送完儿子，我直接赶到医院去陪你，并送去肉、菜、水果和尿不湿等物品。我坐在床头跟你说话，不大一会儿，你却睡着了。我不敢惊动你，趴在床边，竟然也睡着了。你醒了，我搂你坐着，一边说话，一边按摩后背。我一直认为，你长期这么躺着，后背肯定难受，甚至僵硬，哪儿疼了，哪儿痒痒了，你也说不出来，有时叫唤可能就与此有关。所以，每次搂你坐着时，我都会对你的后背挨排按一按、敲一敲、揉一揉、挠一挠，坐多长时间就做多长时间，你总是那么平静，很享受的样子，说明你很愿意我这么做。看你这样，我不是开心，而是痛心。觉得你太可怜了，什么也说不出来，难受了也只能忍着受着，即使叫唤了别人也很难猜出来，那种煎熬，那种痛苦，该是多么不堪忍受啊！

　　媳妇儿，从你今天的表现看，你的身体应该没有大的问题，但你昨晚那么撕心裂肺地大喊大叫，真的把我吓着了。我每天盼望你出现奇迹，能吃饭、能说话、能行走、能看见东西，然后高高兴兴地把你接回家，最担心最害怕你身体出现新的问题，即使是一点儿小问题我也受不了！

2021.7.18

厄运和灾难

这段时间，按照既定方案，按部就班地对你进行康复治疗，并适时对中药汤剂配方进行调整，你的病情比较平稳，没有多大波动。

小秋家里有事回家四天，找一个临时护工来护理你。我对这个护工不是太放心，怕她对你不了解，伺候不了你，所以这几天只要单位没太大的事，就来陪着你，帮她一起护理。这样，我就更有时间连续观察你的病情，更有时间与科主任等人研究解决气切口的问题。我们非常担心你呼吸时将气切口的肉往气管里吸，导致气管里的外来物增多，阻塞呼吸通道。如果是那样的话，就必须做手术了。

悦禾医院是中医医院，对西医特别是手术不太擅长，他们查不出你呼吸粗重到底是什么原因。我便要求他们请其他医院耳鼻喉科的专家过来会诊，所有费用可以由我个人承担。他们为这件事已经折腾了好几天，仍然没有结果。我请求科主任继续想办法，并请以超主任也帮帮忙，当然我自己更不会闲着。现在办一件事太难了，应了那句话：办事难，求人难，难于上青天。

媳妇儿，你躺在医院快一年了还没有突破性的变化，我的心情不可能不沉重，而我们单位的状况也让我乐观不起来。两头不见亮，两头让人压抑。我们单位的债务问题已经一年多了，尽管绞尽脑汁想了很多办法，挖空心思采取了很多措施，目前仍然看不到亮光。对一个男人来说，不就是家庭和工作吗？如果这两个方面都不给我希望，你说我会是什么心情呢？当儿子得知我有可能发不出工资时，问我："老爸，你发不出工资，我还能上学吗？"我听得很心酸，告诉儿子："我们还没有到发不出工资的地步，即便是发不出工资，老爸也能保证你上学不受任何影响，你只管一心一意读书就好。"我虽然这么说，但心里还真没有多少底。

晚上，我给在北京三〇一医院住院的老战友诗群兄打电话，对他表示慰问。他是一个月之前发现罹患胰腺癌的，而且还是晚期，癌细胞已经扩散到肺部。他说话声音沙哑，有气无力，但想得很开。他说从当兵那一天起就把生死置之度外了，现在除了疼痛难忍，其他一切都无所谓。我流着眼泪尽最大努力安慰他几句，但嗓子发干说不下去了。他可是我三十多年的老战友好朋友啊，我们两人亲如兄弟、无话不说，他住院的前几天我们还在一起吃饭，他还谈笑风生、阳光灿烂。他那么善良，乐善好施，帮了很多人，受到很多人的尊敬。可就是这么好的一个人，在刚满六十岁的时候，却遭受常人难以忍受的剧痛在鬼门关外徘徊。今生今世还不知能不能再见到他，你说我现在会是什么心情呢？

前几天，听说曾给我家当钟点工的小孙得了乳腺癌，已经做完手术，手术很成功。你和她相处十多年，亲如姐妹，不分你我，可现在你在医院躺着，她做了癌症手术。关键是她的家庭本来就比较困难，她这一病可真是雪上加霜。她是个多么能干的人呀，从来不知道什么叫累，现在什么也不敢做了，你说她会是什么心情？

小秋说她表妹家比小孙家更可怜。她表妹家本来就是农村的特困户，现在妹夫又患上了肠癌，住在县医院治疗，儿子在医院护理，每天花钱如流水。表妹为挣钱给丈夫治病，来到省城一家医院当护工。妹夫对妻子跑到外地打工不管他非常怨恨，恶言恶语，侮辱谩骂。表妹对丈夫的不理解很伤心，说不挣钱用什么治病呀。真是"屋漏偏逢连夜雨，船迟又遇打头风"，家家都有一本难念的经呀！小秋为她的表妹伤心。

李想昨天在电话中对我说，他有一个好朋友，家庭条件很好，在美国留学的儿子却突然得了白血病，目前躺在ICU，生命垂危。因为疫情，夫妻俩去不了美国，急得死去活来，整天以泪洗面，度日如年。

天有不测风云，人有旦夕祸福。人生在世，命途多舛，祸福难料，谁能知道厄运和灾难会不会降临到自己头上、降临到自己家里呢？作为一个平常人，在厄运和灾难面前，又显得那么渺小和脆弱，那么无奈和无助。可是，又逃避不了，退缩不得，该撑还得撑，该扛还得扛，哪怕是硬着头皮也得顶着、挺着。要不，怎么办呢？

这几个月，我常常想，面对厄运和灾难，要么将自己化为一道闪电，穿透漆黑的夜，找一条通行的路；要么把自己变成一匹饥饿的狼，杀出一条血路，让自己更加强大；要么使自己成为一只蜕变的鹰，不惜一身鲜血，获得生命的重生……人都是被逼出来的，在一定条件下，可能真的会变成一道闪电、一匹狼、一只鹰，甚至一头猛虎，一条鲨鱼！

这，或许就是修行。

2021.7.27

妈是上苍赐予我的一世情缘

这几天，你呼吸还是有"呜呜"的声音，可也没有新的变化，院方拿不出好的办法，让再观察观察。我前几天向科主任提出增加康复内容，对涉及吞咽、语言、视觉等功能恢复的项目，只要是有的就做，哪怕恢复一个功能也好。他们很快就安排了吞咽功能和全身推拿项目，OT从每天一次增加为两次。我觉得还不够，请他们继续增加，特别是增加仪器治疗项目。

媳妇儿，已经有二十多天了，我妈的身体状况让我非常担忧。今天我对你说："大宝，你老婆婆生病了，很严重，已经好几个月不爱说话、不爱吃饭了，情况很不好。老婆婆很想你，怎么办呢？"你一听我这么说，张开嘴就哭了。这几个月，只要跟你提到老婆婆，你就会哭，就会激动。我知道，你和老婆婆的感情太深了，一定很想她，更想回老家看她。妈病得严重，我们谁也没回去，老太太肯定非常想我们，肯定在盼着我们回去看她。唉，每想到这些，我就心痛不已，感到自己是一个不孝之子。

妈的身体已很长时间不太好了，两个月之前还得了带状疱疹，我是这两天才知道的。妈那么大岁数，怎么经得起带状疱疹的折磨呀！带状疱疹刚好一些，又连续发烧，打点滴也不见退。我一直跟妹妹联系，了解妈的病情，大家都认为妈的身体一天比一天差，越来越不好。昨晚，大哥给我打电话，说了妈的情况，还说已经把老家的房子清理了一遍，做了后事的准备，让我有思想准备。

今天，妈的体温还是38.7℃左右，这个温度，对一个近九十岁而身体素质不好的老人来说，肯定是承受不了的。我下午给妹妹打视频电话，要跟妈说话。我大声喊妈，妈答应了一声。妈能答应，我心情一下子好多了，又不停地叫着"妈"，说："妈，你一定要尽量多吃饭，多吃饭才能有劲头，精神才能好，病也好得快。你可要好好的呀！为了我，你也要好啊！"不管我怎么说，怎么叫，妈就是不说话，也没有表情，嘴唇一开一合发出"噗噗"的声音。看妈这个样子，我心如刀绞。

我不是不想回去。这一个多月，全国的疫情形势比较严峻，各省对出入境人员加强了监测力度。流行的新冠病毒变异毒株德尔塔，不但传染性强，传播速度快，防控难度大，感染者更容易发展成重症。所以，要想外出是很难的。另外，我还打算等疫情缓和一点，将你转到四院解决气切口的问题，这也让我不敢轻举妄动。

媳妇儿，妈病了这么长时间，还病得很重，我没敢回老家，既有疫情的原因，也有你病情的原因。我心里非常纠结，非常煎熬，苦闷不已。有人说我把你看得比妈还重，我没法比较，也不敢比较，但稍微想一下，人家说的也许是对的。可我该怎么办呢？你要是好好的，早就回去了，绝对跑得比我快。从这一点看，我确实不是个好儿子，真不如你这个儿媳妇。

2021.8.3

媳妇儿，妈的情况非常不好，我明天不得不带儿子回老家，但我对你还是放心不下。

今天是周六，我上午去超市采购，下午去病房陪你。我跟你聊天时，听到手机连续出现微信的响声，急忙打开看，是"家"群里妹妹发的语音。妹妹哭着说："刚才给妈量体温还是39℃，好几次呼吸困难，情况不是太好，最好今晚送回老家房子里。"我的脑袋像要炸了，立刻给妹妹打电话，问妈的情况。她要我最好尽快回去。这段时间妈一直在发烧，也一直在打抗生素，但体温不降反升，昨天超过39℃。我很担心，心惊胆战。我搂着你的脑袋，说了妈的情况，并说我要和儿子以最快的速度赶回老家。你哭了。我哄哄你，赶紧就走了。

路上，我边开车边打电话。给董事长打电话请假；给大侄子打电话问他回不回；给四六三医院的老乡永明打电话，请他帮忙安排核酸检测，今晚必须取出检测报告；给儿子补课老师打电话，让儿子停止上课，到门口等我去接他。然后赶回家找儿子身份证，去接儿子。医院是下午四点钟停止咽拭子采集，我和儿子是四点差五分赶到的，永明已经在那里等我多时了。采集咽拭子很顺利，晚上九点之前即可取报告，这样就可以订机票了。如果没有永明帮忙，明天什么时候能取到检测报告都很难说。

我想在网上订机票，可捣鼓了老半天也没弄明白，只好给诗倩打电话，让她帮忙订两张明天最早到武汉的机票。可最早的航班也是上午十一点半的，没有选择的余地。我已经归心似箭，只想以最快的速度回到妈的身边。我又给大哥打电话，请他安排人接机。至此，回家的事宜基本搞定，就等着飞回妈的身边。

晚上和儿子随便吃了一点饭，我从冰箱里找出上午买的瘦肉、蔬菜、鸡蛋等食品，又到药店买三罐蛋白粉，急忙赶到医院。走到你身边，我摸摸你的脑袋，亲亲你的额头，贴贴你的脸蛋儿，对你说："大宝，你老婆婆这次可能过不去了，明天我和儿子要飞回老家。你一定要配合治疗，听秋姐的话，别让我操心啊！"我说话时，你没有哭，一直闭着嘴。过一会儿，你闭着眼，像要睡觉，我也就不说话了，手抚着你的头，脸贴着你的脸。当我的脸离开你的脸时，你眼睛又睁开了，你根本没有睡。我又贴着你的脸，你眼睛又闭上了。我俩就这样恩恩爱爱地近一个小时，我看一眼手表，又看一会儿你，不得不对你说："大宝，我要去取核酸检测报告了，你一定要好好的呀！"你睁开眼，我亲亲你，跟你告别。刚走两步，我又返回来，又亲亲你、看看你，然后眼含泪水，一步一回头，恋恋不舍地走出了病房。

大宝啊，这一个来小时，我跟你说话，又跟你那么亲热，你却一直那样镇定，要睡又不睡，没有任何动静，这好像还是第一次。我说你老婆婆你没有哭更是第一次，我走时你没有哭也是少有的。你这是有意的吗？是有意让我安心回老家吗？你越是这样，我心里反而越难受。走出医院后，泪水禁不住汹涌而出，不知是出于对你的感激，还是打心底就不忍离开你，五味杂陈，百感交集。这一次肯定是要远离你几天了，到底几天，我也不知道，但我会尽快赶回来的。

取完核酸检测报告，开车的路上接到大哥电话，说晚上把妈送回老家房子。我到家后，整理要带的东西，可总是心不在焉，便给妹妹打视频电话，想看看妈的情况。打通后，妹妹说已经回到老家房子里了，她就在妈的身边。看见妈在床上躺着，面无表情，面无血色，我大声喊"妈"，妈很快"哎"地答应了。我有点儿不敢相信自己的耳朵，忙问妹妹是不是妈答应的，妹妹说是的。我的心跳骤然加快，泪水涌出，又连喊几声"妈"。妈不再答应，闭着眼睛。我带着哭腔对妈说："妈呀，你一定要好好的呀，我和大宇明天就回去看你啊，你一定要好好的呀，妈！"我说了几遍，妈一直闭着眼睛。

我抓紧收拾行李，转了好几圈，也不知道要带什么。我过去出门，行李都是你收拾，我从来不过问。现在，我带什么呢？本来脑子就乱糟糟的，又要想带的东西，脑子更乱了。我告诉儿子，快帮老爸想一想带什么。我和儿子想了一会儿，得带换洗衣服、洗漱用品、充电器、充电宝、常用药等，我便开始收拾。但找来找去，儿子夏天的裤子只有一条，再也找不到，我感到很尴尬。儿子倒无所谓地说，不是还有短裤嘛。我找了半天，短裤也只有一条。我非常难过，觉得太对不住儿子了！

儿子平时穿校服，后来又住校，回到家里穿家居服，对他有几件外出穿的衣服，我心里根本没数。过去一到换季，都是你买衣服，我就没有买衣服这个概念。这么长时间了，我这个既要当爹又要当妈的角色还是没有转变过来，对儿子，我真的很愧疚。

2021.8.7

媳妇儿，现在，我和儿子坐在天河机场候机大厅，飞机还得三个来小时才能起飞。这七天，我给你写了几次信，但都是零零碎碎的，正好现在有时间，重新写给你。

大宝，我最要感谢的就是你。这七天，我虽然离你几千里，但对你的情况却了如指掌。我每天都会打几次视频电话，看看你，跟你说话；小秋时不时发来你的视频，介绍你的情况。我每次跟你说话，无论说什么，你都是安静地听着，问你话，你也是平静地回应，没有哭，也不叫唤。你跟小秋配合得很好，觉也睡得好。你和医护人员也能很好地配合。小秋说，有一天科主任去查房，问你问题，你都能马上回应，问你是不是想说话，你张张嘴做出要说话的样子。你连续几天不叫不闹，表现得这么好，是从未有过的。你是不是怕我不放心，怕我操心，让我一心一意陪你老婆婆，才有意这么做的呀？就因为你表现得这么好，我才能放心地离开你这么长时间，才能安心地陪着妈。大宝啊，我真的非常感谢你，感谢你对我的支持，感谢你对老婆婆的爱！

　　我是8号下午五点半到妈身边的。一见到妈，我就不停地叫"妈"，说："我是詹军啊，我回来了，你睁开眼睛看看我吧！"怎么叫，怎么说，妈都没有反应，一直在昏睡。我不说也不叫了，用手抚着妈的头，脸贴着妈的脸，就这样陪着妈。妈脸色苍白，呼吸微弱，发着高烧，米水不进，一动不动地昏睡。当时给我的感觉是，幸亏赶了回来，否则就可能见不到了。

　　远房堂兄以春哥晚上请我们一大家子吃饭，非得拉我过去，我嚼蜡般吃了一点饭菜，喝了几口苦涩的酒，就撤了。以春哥比我大将近二十岁，与我们亲如一家，尤其是对我爸妈很孝敬，他请客，我不能不去，但哪有心思吃饭喝酒啊。他们都说，看我妈的情形，可能就剩最后一口气了，今晚很难过去。

我赶紧回到妈的身边。叫妈时，妈微微睁一下眼；亲妈额头，妈微微睁一下眼；脸贴妈的脸，妈也微微睁一下眼。我就不停地叫着"妈"，不停地亲妈的额头，不停地贴妈的脸。不知不觉泪流满面，以致呜呜哭了起来，像个孩子似的边哭边说："妈，你可得好呀，千万不能丢下我呀，我不能没有妈呀！"好几个人来劝我，他们越劝，我哭得越凶，他们不得不把我拉了出来。

　　后来我想，当时那么大哭，其实是一种无言的呐喊，无奈的呼号。我生命中最为重要的无可替代的两位女性，一位躺在医院前途未卜，另一位如果再离我而去，我还怎么存活在这人世间？我不知道，上天为什么要如此对待我，即便我前世今生有什么罪孽，惩罚我一个人好了，为什么要加害我最亲最爱的人？

　　我哭够了，才发现四弟也从浙江赶回来了。我又走到妈的身边，这时以春哥正在跟妈说话。他说："三娘，老三老四都从外地回来了，你的儿孙都来了，你也没有牵挂了，你就安心地走吧。"我一听就不高兴了，生气地说："你在说什么呢？我妈好好的，走什么走啊？"他尴尬地瞅瞅我，坐了一会儿，就走了。

　　我让大哥、二哥、四弟、五弟和妹妹全家都回去休息，我陪妈，如果不放心可以再留一个人。他们商量后，说几家轮流，大哥、大嫂先留了下来。他俩住另一间卧室，我陪妈住。我当时感觉妈不会有大问题，所以才敢叫他们走，也许是母子之间的心灵感应吧。我躺在妈的身边，一会儿叫几声妈，一会儿摸摸额头，一会儿量量体温，一直到天亮。就这样，我衣不解结地陪妈七天七夜，不准任何人替换。

令人欣喜的是，这一夜，妈的体温竟然开始下降了，从近39℃下降到第二天早晨的37.2℃，下午就到了36.7℃，第三天早晨是36.2℃，已经完全正常了。短短的一天两夜，在没有用任何抗生素药物的情况下，妈的体温居然恢复到了正常。人有一点儿精神了，脸上气色也好一些，跟她说话有反应，听到动静能左右转头看，特别是能吃一点流食。妈的身体已经有好转，基本脱离了危险。大家都说，老太太是想我和四弟想病的，用这种方法让我俩回来看她，我俩回来了她也就好了。我对妈说："妈呀，你可不能用这种办法想我俩呀，太吓人了！"不管妈是不是因想我们而有病，我的内心都极其痛苦和愧疚。作为人子，不能守在年迈的老母亲身边，而置身于几千里之外，两年都没有回来看望她老人家，无论如何都是不孝！

之后，妈的状态一天比一天好。喂流食、喂药、喂水都很顺利了，吃流食逐渐多了，能用"哎""好""饿了""吃饱了"等简单语言回答问题。脸色也红润了，眼睛也亮了，手脚胳膊腿也能活动了。我夜晚躺在妈的旁边，有时搂着妈的头，有时握住妈的手，跟妈没完没了地说话，回忆我们兄弟姊妹小时的幸福时光和艰难生活，讲述现在日子的美好以及妈对儿女是多么重要。我能明显地感觉到，妈很喜欢我这样聊天。有一天晚上，我跟妈说："我梦见阎王爷了，阎王爷说你还早着呢，不能要你。你在阎王爷门前路过一下，就回来了。你想想，这么多儿女，没有妈该多可怜呀。所以，你要多吃东西，多说话，好好活着。好不好？"妈似乎很高兴，大声答应"好"。妈确实好起来了，我的心情也格外的好，但看到妈那虚弱的身体，又不觉有些难过。

妈基本恢复正常了，我也可以安心返回了。昨天我和儿子去做了核酸检测，并订了今天晚间的返程机票。上午十点多，我和大哥、二哥、妹妹把妈送回养老院。在车上，我和妈坐在一起，搂着妈，问她愿不愿意回到养老院。不管怎么问，妈都不吭声。我觉得妈肯定是不愿意。妈不愿意，我的心情也就沉重起来，泪水在眼里转。妈当然希望满堂儿孙绕膝转，享受天伦之乐呀，可又将她送进养老院，每天见到的只有女儿，她能愿意吗？我只好又跟妈说话，毫无说服力地劝一劝，妈仍然一声不吭。到了养老院门口，我们将妈抱上轮椅。由于疫情防控，我们进不去，妹妹推着妈进去，然后关上了大门。我捂着胸口、流着泪，从门缝看着妈离我越来越远。

　　刚到机场时，我给妹妹打电话，问妈的情况。妹妹说妈中午吃了半碗流食，比过去吃得还多，状态也很好。妹妹还说，妈回到养老院后，很多人都来看她，大家都感到惊奇，谁也没有想到老太太还能回来。我觉得，妈之所以能奇迹般地好了，或许是强大的母爱支撑着她挺了过来，或许是伟大的母爱感动了上苍。

　　说实话，我对妹妹最为感激。这么多年，要不是妹妹天天守护在妈的身边，对妈无微不至地照料，对妈默默无闻地付出，妈有可能活不到今天，至少没有现在这么好。当我对妹妹说感谢的话时，妹妹笑笑说："那不是我妈嘛！"我说："是啊，也是我们的妈！"

　　媳妇儿，我这次能陪妈七天七夜，是幸福的，也是幸运的。妈含辛茹苦把我拉扯大，又是怎么陪伴我的呀！我依偎在妈的身边十七八年，沐浴着爱的阳光，感受着爱的滋润，倾听着爱的语言，在妈无私无限的慈爱中一点点长大，然后就走了，离妈那么远，让妈日夜思念、时刻担忧。一晃四十年过去了，我又为妈做了什么呢？我只陪妈七天七夜，给予妈的也就那么一点点爱，与妈给予我的相比，完全是沧海一粟，轻如鸿毛。这次的生离死别，让我更加深切地体会到，妈是上苍赐予我的一世情缘，妈永远是我魂牵梦绕的眷恋。无论多大岁数，有妈在，我就永远是个孩子，就有安魂入梦之处，就有停泊的港湾、温暖的怀抱。妈在家就在。无论妈住在哪里，我回到家乡就是回家了。如果妈不在了，我再回去，哪里还是我的家呢？！

2021.8.15

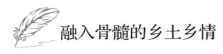

融入骨髓的乡土乡情

上午向社区报备行程后就急忙赶到医院。一见到你，我就兴奋地说："大宝，老公回来了！"你听见我的声音就哭了。我搂着你的脑袋，一次又一次亲你的额头你的脸，一遍又一遍抚摸你的脸颊你的手，怎么亲热也不嫌够，那种久别重逢的激动，是来自于内心深处的，无法用语言表达。跟你亲热的时候，你脸上满是笑容，想必你和我的心灵是相通的，感觉是一样的。

好久没搂着你坐了，很想抱抱你，便搂你坐起来。我嘴巴贴在你耳边，小声跟你讲妈的情况，讲大家如何惦记你，讲妈是多么想你。说到妈想你时，你立刻就哭了，泪水长流。我走时说到妈你没哭，在视频电话里说到妈你也没哭，看来你真的是有意的。我又对你说："妈在那么危险的情况下都好了，你更不会有问题，很快就会好的。强大的意念可以战胜病魔，你的意念强大，病魔就软弱，奇迹也就出现了。我们一起努力，一起创造奇迹，好吗？"你眨眨眼睛，似乎是同意了。

这次回老家，我大多时候是少言寡语，心事重重。我最害怕有人问你的情况，但他们不可能不问，我又不可能不回答，每问一次我的心就会痛一次，每回答一次我的心就会流一次血。即便他们不问，当看到我的兄弟姊妹一家一家聚到妈的身边，看到嫂子弟妹忙前忙后或一大家子人在一起吃饭聊天而唯独没有你的身影没有你的声音，悲哀之感就会涌上心头。我们从被人羡慕的一家变成被人同情的一家，从美好的一家变成悲惨的一家，我的心犹如被掏空一般，不知该如何面对我的家人和乡亲。

妈好转之后，垮儿里的几家同族兄弟轮流请我们吃饭。我默默地吃饭，被动地喝酒，活跃不起来。只有一次，大家谈起小时候，勾起了我的回忆，我的话才多起来。我说小时候干农活，除了犁田，其他的我都会干，插秧、割小麦、割稻子等农活我不输大人。我说，高二放寒假的第二天，我就扛着被子拿着工具，和垮儿的一个大人走十来公里，去修水库，干了二十多天。他们竟然不相信，说我吹牛。我说出跟谁去的、住谁家的、干了什么，他们才信了。他们说我吹牛，我干脆再大吹一下，便说：如果没有我去，就没有那个水库。他们都笑了，说我是东北人能忽悠，把天都吹破了。那时水库工程刚刚启动，我们是第一批修建水库的人。现在，那里已成为优美的旅游风景区。

我还和小时候的两个玩伴回忆弹玻璃球、躲猫猫、用硬币赌博以及过家家、打架等趣事，越回忆越开心，仿佛回到了五十年前。那时农村虽然贫穷，日子过得苦，但孩子是自由的、天真烂漫的，更是有童趣的，不像现在的孩子生活条件很好，却了无童趣，失去了大自然赋予的灵性和鲜活的天性。现在都说不能让孩子输在起跑线上，可结果却恰恰使一些孩子倒在了起跑线上。我觉得，家长对孩子既要有所为，又要有所不为，适合孩子的才是最好，别难为孩子，也别难为自己。

那几天，暖暖的乡情围绕着我，浓浓的乡土气息熏染着我，好似一缕缕阳光照进我阴雨绵绵的心扉，又如同一阵阵春风吹入我寒冷冰结的心窝。我的心情敞亮起来，周身温暖起来。我多次迎着朝阳或目送夕阳，漫步于弯弯的小道，踟蹰于窄窄的田埂，伫立于潺潺的小河边，寻找儿时的痕迹，追忆少年时的梦想，悲叹流逝的时光，痛惜如今的窘况。乡情乡音，让我滋生故土难离的惆怅，也使我萌生"少小离家老大回"的无奈。

一天中午，我到祖坟旁，恭敬地肃立在爸爸的坟前，凝视着爸爸、爷爷、奶奶和老祖宗的坟头，深深鞠躬，双手合十，诉说我的思念，感恩他们的护佑，请求他们帮助，特别是乞求他们帮你快些好起来。我声音哽咽，眼前一片模糊，仿佛置身于云雾缭绕的世界，似乎看见先人们坐于云端，静听我的告白。我当时异常平静，没有一丝惶恐的感觉。我想，先人们一定感知我内心的情感，听见我苦苦无奈的求助。

2021.8.16

折磨我一个多月的闹心事

　　上午我给四院耳鼻喉科徐教授打电话，请他安排时间将你转到四院做气切口缝合手术。他说下午两点左右先到悦禾医院来看看你的情况，再定要不要转院。他能亲自来看你，当然是最好不过了，我很感激，也很高兴。

　　我是二十天之前，通过老乡永明的介绍，结识徐教授的。他原来是四六三医院的耳鼻喉科主任，是知名的耳鼻喉科专家，退休后被四院挖去了。他为人低调，专攻医术，很受人尊敬。我给他打过几次电话，他对我的问题是有问必答，既耐心又热情，不像有些专家架子大。徐教授说，气切口缝合手术非常简单，什么时候都可以做，现在疫情比较严重，转院会很麻烦，等疫情缓和一点，他来安排收你住院的事，并亲自给你做手术。在等待疫情缓和期间，我又回了一趟老家，一晃就过去了二十来天，今天才跟他联系。我跟徐教授至今还没见过面。

　　本来下午我有一个重要会议要参加，但徐教授下午要来，我不能走，便一直在病房陪着你、等着他。我请以超主任给一楼的工作人员打招呼，不要为难徐教授，让他进来。我又找内科主任，请她到时过来陪一下。我还不放心地嘱咐你：徐教授来看你时，一定要保持安静，好好配合，问你问题要用眼睛回答。你眨巴眼睛，表示明白。我亲亲你，说"大宝真乖"。

大约两点半，徐教授告诉我，他已经出发，我便下楼迎接。今天是个大晴天，太阳火辣辣的，我站在马路边，一会儿就晒出一身汗。等了十多分钟，徐教授的车过来了，我引导车进院停下，将他领到病房，并把科主任请了过来。

我把你气切口纱布打开，徐教授非常仔细地查看你的气切口，又询问你平时呼吸、喝水、吃饭等情况。然后说，根据你现在不能活动、不能吃饭这个状况，气切口不缝合更好一些，这样你就多了一个呼吸通道，万一出现呼吸困难，这个通道就尤为重要，可以使你避免出现憋气的危险。他边说边从纱布上抽出一根线，放在你气切口前，让我们看你吸气和呼气时气切口也在发挥作用。他又说，如果痰从嘴里咳不出来，还可以从气切口咳出来。一旦有了炎症，痰多又咳不出来时，可以从气切口吸痰，这就多了一个生命通道。必要时可以把气切口扩大一下再插上金属套管，如果缝上了，危急时还得再做气切手术。他说你呼吸的"呜呜"响声，应该与气切口有关，让再观察一段时间，如果确实影响呼吸，就把金属套管再插上。徐教授说的这些，其他两个医院的医生也有说过，但都是三言两语，没有他说得这么具体详细，这么让人信服。

我只好接受徐教授的意见，但还是不放心，便问他：脖子上有个大口子不容易发炎、不影响活动和生活吗？也不好看呀。他说，整个气切口都长上皮了，成为与鼻子和嘴一样的通道，绝对不会引起发炎。有些患者有意留着这个口，有的留了十多年都没有问题，这一点尽可放心。不要把这个口子当一回事，就当没有，该怎么活动就怎么活动，该干什么就干什么，不会受任何影响的。他说气切口缝合是一个非常简单的事，等你能活动、能吃饭，他亲自来给你做这个手术。他这么说，我也就放心了，折磨我一个多月的闹心事终于可以放下了。

徐教授待了四十多分钟，便急急忙忙返回四院，因为还有一台手术要做。我送他时，他说咱们都是老战友，以后有事可以随时找他。当时不知道用什么语言来表达我的感激之情，只是连说几声"谢谢"。我和他素昧平生，永明跟他也只是认识而已，他还能在百忙之中抽出时间专门来看你，看得那么仔细，讲得那么详细，实在令人感动，让人敬佩。我想，所谓"医者仁心，大医精诚"，应该就是徐教授这样的医者吧。

徐教授在病房时，你非常配合，不叫不闹，有时张嘴呼吸，但多是闭嘴呼吸，这给徐教授更准确地查看气切口提供了条件。徐教授临走时，我问你："大宝，气切口留着，不做缝合手术了，行不行？"你连续几次睁大眼，表示同意。徐教授说你心里很明白。

送走徐教授后，我返回病房搂你刚坐一会儿，康复师就来了。你一听到康复师的声音，立马张嘴叫唤。当康复师掰你那弯曲的胳膊和手指时，你满脸通红，发出刺耳的尖叫声，让人心痛。我搂着你的脑袋，亲着你的额头，一会儿祈求上苍让你快些好了，不要再遭受这非人的痛苦；一会儿又不停地对你说"忍着点，别使劲，越使劲越痛"，希望能给你安慰，给你勇气，给你力量。

2021.8.18

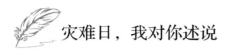# 灾难日，我对你述说

媳妇儿，今天是我们家的灾难日，也是让我痛心欲绝的日子。去年的今天，天降大祸，你倒下了，我们这个家如同进入无垠的荒漠，陷入无底的深渊。一年来，我们苦苦跋涉，苦苦挣扎，苦苦等待拯救我们的奇迹出现，一天又一天苦苦地祈盼着。

从去年的今天算起，你已经在医院躺了三百六十八天。这期间，你在省医院ICU度过了漫长的五十三天，后又追加五天，贻误了宝贵的最佳治疗时机，给我们留下的可能是无尽的悲哀和痛苦。这期间，你转院九次，历经七家医院，病情反反复复，给我的既有希望也有绝望，让我见证了医者仁心和精诚的差异。这期间，我们有亲朋好友的关怀，也有少数人的漠视，让我们感受到了人间的温情，见证了世间的冷漠。这期间，我们的家已不成其为家了，儿子失去了母爱，丈夫没有了妻疼，凄凉空寂，宛若家徒四壁。这期间，你路过鬼门关，受尽百般磨难，至今仍在遭受非人的摧残，我虽撕心裂肺，奔走呼号，也没能使你回归正常，只有无奈地叹息惆怅。大宝啊，这一年的日子是如此漫长，我们经历的是如此繁多，我的心情灰暗过、感伤过，但希望之火从未熄灭，期盼奇迹出现的信心坚如磐石，我坚信你总有苏醒和康复的那一天！

在今天这个特殊的日子里，我要一直陪着你，守在你的

身旁。去年的今天，就因为我没留在你的身边，才酿成大祸，让我悔恨终生。今天能补上吗？我知道不能，但我也要陪着你，补一补我这颗破碎的心。

我走进病房，把你扶起来坐着，紧紧地搂着你，脸贴着脸，心情沉重地对你说："大宝，你已经在医院住了一年啦。去年的今天，我没有保护好你，让你遭受这么大的灾难，遭这么大的罪，我深感罪孽深重。我该怎么弥补呢？我知道永远也弥补不了，但我必须补。以后就要这么搂着你、陪着你、护着你，不离不弃，无怨无悔。"你哭了，张嘴大哭。我也怆然泪下，亲亲你，继续跟你说话，向你赔不是，对你承诺，述说我们的希望和向往。你静静地听着，不时眨眨眼，张张嘴。你躺着时，我仍然跟你聊天，给你鼻饲果汁、按摩，做伸舌训练，让你时刻感受老公的情与爱。

下午，我又搂着你坐了半个来小时，对你说："大宝，你老婆婆现在不发烧了，能吃饭了，精神状态也好多了，等你好了，回去看老婆婆啊。"你笑了，这是说到老婆婆时你唯一的一次笑。妈前几天发烧，由于妹妹、妹夫的及时治疗和精心照料，很快就好了，我也放心了。看你心情挺好，我问你："大宝，过几天，出院好不好？"你使劲睁大了眼睛。我又问："出院之后，送你去养老院，你去不去？"你连闭几次眼睛。我亲着你，再问："大宝想回家吗？"你眼睛接连睁了几下，睁得很大，还张了几下嘴。看你反应得这么明显，又这么急切，我的眼睛湿润了，嗓子也有些发硬，连忙说："好，大宝回家，再治疗一段时间就回家啊。"你眨巴了几下眼睛。

这段时间，对你要不要继续住院治疗，出院后去哪里，很多人在为我出主意。悦禾医院的好几位医生都说再住下去意义不大，有些康复项目出院也可以做。我又咨询几位神经内科的专家，他们也是这么说。这样的话，过去几家医院的医生也说过。你也不愿意在医院住了，早就想出院。所以，我决定过一段时间接你出院。

你父母坚持把你送到我妹妹的养老院。今年春节期间，我大哥、大嫂两次去你父母家询问此事，他们还是这个想法。但我从来就没想过把你送到老家那么远的地方，尽管妹妹会非常精心地照顾你。妹妹说我是不放心，我说我很放心，但不忍心。我每天看不到你，不能陪在你的身边，我怎能受得了？你也受不了啊！

很多朋友和同事也劝我把你送到养老院，说这样既省钱又省心，你有好的归宿，我也自由了。他们见我不为所动，说我顽固不化，说我是愚痴、愚爱，还给我举很多例子，说那么多领导干部和有钱人把老父老母送进了养老院，一个老婆就不能送啊，有那么金贵吗？我明白他们都是为我好，也知道只有好朋友才能说得这么直白，但我也只能说声"谢谢"。有两位朋友还拉我去考察了几家养老院，越考察，越坚定了我不能把你往养老院送的决心。在养老院，一个护工要管好几个或十来个卧床的老人，能有多少时间和精力伺候你呢？尤其是她们对你毫不了解，能听懂你发出的信号吗？你得多委屈，多遭罪呀，我怎能放心，又怎能忍心！把你送进养老院，与放弃何异？岂不是对我俩感情的亵渎，对我的承诺和良心的背叛！不行，无论他们说什么，都不能动摇我的决心。我坚决不送你到养老院，必须和你在一起，哪怕穷尽我所有，哪怕委屈我一生。

不去养老院，回家，这是你的愿望，也是我的心愿。但回家又带来两个问题，一个是怎么雇到可心的护工，一个是费用上如何吃得消。很多人对我说，找一个好护工太难了，特别是想找一个心地善良有爱心、勤快能干、护理技能精湛而工资又不太高的护工，更是难上加难。即使找到了，在家里也不方便呀。这确实是个现实而又令人头痛的问题。这件事让我闹心了二十多天，直到小秋愿意跟你回家，才让我宽心了些。费用的问题也困扰着我，你回家后的刚性开销每月应该在一万二千元左右，加上儿子上学和家里日常开销，每个月两万肯定不够。这对我确实是个沉重的压力。如果你去养老院，肯定花不了这些钱，有几个条件不错的养老院一个月才交四千多元钱。有人劝我，即便不为自己着想，也应为儿子考虑，不能人财两空。尽管如此，我还是要把你接回家，就是勒紧裤腰带省吃俭用也要让你回家。

我非常感谢小秋。如果她不答应随你回家，很多问题就难以解决。当她知道我为找护工难心后，当她知道我为护工的工资纠结后，她说她对你已经很有感情了，尤其是了解你、懂你，不忍心把你交给别的护工，主动提出将工资降为每天两百元，同时提出每月带薪休息两天、法定假日双倍工资的要求。她能这样，完全出乎我的意料，我哪还能不同意，真是求之不得，便立刻确定下来。她能继续护理你，我就放心了，解决了困扰我的大问题。说实话，以这样的工资，找这样可心的护工，基本是不可能的。

至此，接你回家的所有障碍全部扫除，下一步就是购买你回家所需的设备和用品了，这更不是问题，我会保质保量地置办齐全。

媳妇儿，在今天这个特殊的日子，我之所以把这些告诉你，就是要让你放心，老公一定要对得起你，一定不能让你受委屈。

　　晚上回家，做饭、吃饭，又干了一些家务活。儿子在书房学习。我从客厅走到卧室，又走到餐厅和厨房，不见你的身影，黯然神伤，不禁拿出银酒杯，斟满酒，借酒消愁。一边喝一边想，去年今天的此时，我蜷缩在省医院 ICU 外面大厅的椅子上，像一个痴呆的傻子，像一具会喘气的僵尸，脑子里除了想你苏醒，什么都没有了。喝着想着，竟然趴在餐桌上睡着了，还做了一个梦。梦见你打个哈欠，伸个懒腰，坐起来，下地，微笑着说："老公，我们去美餐一顿，然后去五台山拜佛，再去九寨沟看风景，从此我们云游四海，尝尽天下美食，享尽夫妻恩爱。"我惊呆了，傻愣着。你走过来，牵着我的手说："发什么傻呀，走吧！"我惊喜得要晕过去时，醒了。揉揉眼睛，四处瞅瞅，才知道是梦。将半杯酒一饮而尽，再次陷入痛苦的沉思、无限的遐想。

2021.8.22

 修　行

　　晚上六点多钟，天空黑云密布，眼看就要下大雨，小秋
催我回家。我跟你告别，开车往家赶，刚到家已是大雨倾盆。
我走到窗前，倚窗听雨，噼里啪啦的雨声，将我带回我俩深
夜冒雨戏水的那个夜晚。

　　那年夏天的一个晚上，闷热的天空突降暴雨，一时间整
座城市瘫痪了，微信里有很多车辆被淹、行人被困的视频。
我俩躺在床上，一边看视频，一边感叹城市下水道的低劣功
能，一边为被困的行人担忧。深夜十二点多，雨小了一些，
你突发奇想，拉着我要出去看看。我一手打伞，一手搂着你，
深一脚浅一脚地走到我们家附近的大马路上。这时的马路如
同一条河，我俩走到低洼处，水差不多到了膝盖。你站在水里，
兴奋得像个孩子，叫我收起雨伞，一会儿拉着我的手，在水
里又蹦又跳，弄得水花四溅，波浪迭起；一会儿又放开我，
双手捧水往我身上洒，还哈哈笑着说"看看有没有雨下得大"。
一辆大吉普驶过来，掀起汹涌波涛，你又吓得拉着我往路边
跑。我俩淋着雨，戏着水，整个一对落汤鸡，玩了近一个小
时，才乐呵呵地回家。那晚，不知还有没有像我俩这样浪漫
的夫妻。

　　今晚，你如果在家，会不会还拉着我去戏水呢？我躺在
沙发上，闭着眼睛，听着雨声，满腹心事，似睡非睡中，竟
然出现了一个似梦似幻的场景：我忽然变成一只海燕，翻飞

在黑云滚滚、电闪雷鸣的海面，迎着暴风骤雨，朝着前方一缕微光，嘶叫着飞翔，拼尽全力飞翔。暴雨击打着我，狂风撕扯着我，雷电追击着我，我搏击，我奋飞，直到嘴角流出丝丝鲜血。我感觉我在呼呼喘着粗气，胸口沉闷，周身酸疼，便打个激灵，摇摇头，清醒了。回想这个梦幻，反思昨天，思考今天，思忖明天，我不禁在心里呐喊：既然命中注定要遭受苦难，既然一切不可避免，那就让我做一只搏击暴风雨的海燕吧！

前两天，闫老师去医院看你，跟你说了很多话，你好像在听，却没有反应，不知听懂没有。她临走时，又跟我聊了一会儿，说道："你以后恐怕要感谢丛岩呢，她是在给你修行的机会呀！"现在我品味着她说的话，回想着刚才那个梦幻，难道是上苍指示我要像海燕那样修行吗？

敢于接受现实、面对现实，勇于在凄风苦雨、惊涛骇浪中搏击，本身就是修行。或许这就是闫老师所说的你给我的机会。罗曼·罗兰说："世界上只有一种英雄主义，那就是认清了生活的真相后依然热爱生活。"我不敢奢谈英雄主义，但我知道我的心中依然充满希望，无论你以后是什么状态，也不管我以后的生活多么艰难，我都会笑对人生，守着你努力地生活。我相信，世间没有过不去的沟坎，没有熬不完的苦难，我们完全可以过好属于我们自己的生活。

人生本身就是一场修行，所有的人都在修行的路上。我不想研究道家的修行，也不想探讨佛家的修行，只想以自己的想法、自己的方式去修行自我。我更不会设想修行的目标和结果，一切随心，顺其自然，只求内心安宁，无愧于心。对于我，与其说修行，不如说是修心。

如果岁月倒退十年或二十年，我也会去修行，修成事之心、宽容之心、敬畏之心。我始终认为，男人必须要做成一点儿事情，过去几十年我也在有意无意之中这么修行了。要想做成事，就应当有宽容之心，对人不能太苛刻、太严厉，能容别人的短处和失误，能将心比心、换位思考，这是我过去没修好的，需要重点修行。要做到成事和宽容，就得对人对事有所敬畏，没有敬畏心就不会有底线，事做不成，还会失去人心，这个我过去注意到了，但做得不彻底。你肯定感觉到了，这"三心"是一环扣一环的，缺一不可，这既是我的经验，也是我的教训。岁月无情，一去不复返，我已经没有修这"三心"的机会了。

现在乃至以后，就得面对眼前的现实。我琢磨着，应该修另一种"三心"。第一个是爱人之心。尽我所能热爱我的妈妈、女儿和儿子，设身处地关爱我的亲朋好友，最重要的是一心一意深爱着你——我的媳妇儿、大宝、老婆，加倍保护你，时刻守护你，不离不弃，无怨无悔。以后无论多么艰难，也不能让你受委屈受伤害。第二个是宽容之心。以和善的心态包容与自己有关的人和事，不争长短，不论高低，戒嗔制怒，宽厚待人，平和对事，即便是对你父母、你弟弟等人，也不必与之计较，过去的事就让它过去，他做他的事，我做我的人。第三个是坚强之心。对我来说，这是最应该修行的。在未来的生活中，不可预知的因素太多，不知你何时好起来以及还会出现什么问题，不知儿子中考、高考是否理想以及成家立业能否顺利，不知我妈的身体会出现什么变故，不知我自己会是什么样，等等。这些问题都需要我去应对，甚至我是唯一的应对之人，这才是对我的最大考验。王阳明说："心若不动，万事从容。"只有我的内心强大了，才能像海燕那样，坦然迎接暴风骤雨，从容应对艰难困苦，与你一起静观花开花落、笑看云卷云舒，伴着至死不渝的挚爱，微笑着走完我们的生命旅程。爱人之心是核心，宽容之心是基础，坚强之心是保障。我只有把这"三心"都修到了，才能安好我这条命，陪你活好这一生。

现在已是深夜了，雨还在淅沥沥地下，你听见雨声了吗？我多么希望和你一起听雨、观雨、戏雨呀，又多么想和你一块儿修行修心啊！大宝，快醒过来好吗？（此时我已泪如雨下）

2021.9.9

回家了，我们来一起挑战"不可能"吧

　　媳妇儿，本来计划前几天接你回家的，可你肺部有炎症，一直在发烧，没敢让你出院。后来我又选了18号这个日子，尽管你还有一点低烧，但我还是想在这一天接你回家，医生也说没问题。我告诉科主任，明天上午九点出院，这是我选定的时间，不再改变了。这样，你明天就能回家了，回到离别一年多的家了！

　　这段时间，我一直在认真地选购你回家用的各种设备，每一样都得货比三家，跑好几个地方，直到满意为止。单位的事情也比较多，真把我忙得够呛。但是，无论多忙，我每天也要去陪你一段时间，否则心里就空荡荡的。你就像一个巨大的磁场，时刻吸引着我，我稍有一点时间，就会被吸过去。有人说我离不开老婆没出息，我笑笑说，没出息就没出息吧。

　　你回家住在哪个房间，我真动了一番脑子。如果住在卧室，东西不好摆放，活动空间小，太憋屈了，后来我决定把你安置在客厅。客厅五十多平方米，摆放护理床、各种设备，还有小秋的床，空间足够大，活动也方便。于是，我将客厅重新布置，沙发、茶几重新摆放，空出一大块地方，敞敞亮亮的，我相信你住着也会心情舒坦的。

　　购买东西，最费劲的是护理床，因为我要给你买一张足够好的床。跑了两三天，走遍了各医疗器械门店，才找到一

款符合我要求的，也应该是你喜欢的护理床。这款床不仅具备电动操控、左右翻身、起背、腿位升降、坐便转换等功能，而且是唯一一款配置可上下升降并有气动减速装置的 ABS 大护栏的护理床，看着高档大气，放在客厅里配套，这是我特意选购的。当然，好的东西价格也不会低。你要天天躺在上面的，图个心情，贵就贵一点吧。还购买了制氧机、吸痰器等你随时会用到的设备。买了一个多层小柜子，存放药物和医疗用品，放置在床头，方便拿取。还给小秋买了一张相对宽大结实的折叠床，可放置在护理床周围的任何地方。具体放在哪里，随她心情，当然得离你近一些。

考虑到天气逐渐变凉变冷，供暖之前、停供之后会有一段时间室内温度低，你肯定承受不了。另外，夏天气温高了也不行。于是，我请老乡岳春峰帮忙购买了一台立式空调，已经安装在客厅的角落，你回家后就不用怕冷怕热了。

你是电视连续剧的热心观众，尤其对那两个小鲜肉演的电视剧百看不厌，你回家后如果能听到他们的声音，或许能起到促醒的作用。电视机一年多没用过，已经欠费了。有人告诉我安装小米盒子能看到更多的电视节目。我便在网上买了一个小米盒子，又请一位行家帮助，安装一个软件，费了很大劲才学会操作，能调出一百多个电视台的节目，有很多连续剧可以看。你虽然看不见，但可以听声音。

你回家后可能需要挂点滴，如果能在家里打针就方便了。我找到社区卫生服务中心，人家说上面有规定，疫情期间不准到家里看病、打针。我又用导航搜索附近的私人诊所，找了好几家，结果与社区卫生服务中心一样，都不能到家里出诊。后来，在一家诊所，有一位女患者和我说："我认识一位白大夫，人很好，她过去经常到我家打点滴，你可以跟她联系。"她将白大夫的手机号码给了我，我当即给白大夫打电话，白大夫说没问题，需要时随时打电话。我跑了那么多地方没有办成的事，一个陌生人帮我解决了问题，这是不是上天在帮助我们呢？

我还把燃气灶更换了。因为出故障不能自动打火，我都是用打火机点火的。你要回家，再不换就不方便、不安全了。我还去超市买了猪肉、牛肉、白条笨鸡和各种蔬菜，我要好好款待你，好长时间没给你做饭了。

今天上午，我看见你右臂上的 PICC 静脉置管，顿觉这是个不可忽视的问题。你现在很少打点滴，留着没有太大用处，尤其是回到家里没人会护理，反而会成为一大隐患，而且快到使用期限了，应该拔掉。我去找护理部许主任，她非常热情，过来很麻利地将注射线拔了出来。这样，你身上又少了一根管子，也少了一个易于发炎的隐患。

至此，该买的买了，该换的换了，该办的事也办了，一切准备就绪，就等着你回家了。

2021.9.17

媳妇儿，你今天终于回家了，回到阔别三百九十四天的家。

我一早就到了医院，来到你的床边，亲亲你，对你说："大宝，一会儿就要回家了，高兴不？"你微笑着眨眨眼睛。我搂你坐着，跟你聊天，说你现在已经很好了，回到家里会好得更快，我们要有信心；告诉你在家里尽量不要大喊大叫，否则邻居会不满意，还会影响儿子学习。你听着我的话，时不时眨几下眼睛。八点多钟，大侄子和他的表弟来了，把一大堆生活用品一趟又一趟搬运到车上，等待出发。

九点来钟，救护车来了，我们把你抬上平车，同医护人员告别。我和小秋陪你坐在救护车里。刚出发几分钟，城市的上空便响起了防空警报声，此时正是九点十八分，是"九一八"鸣笛。我贴着你的耳朵说："听见没，这是在鸣笛欢迎我们的大宝回家呀！"你张了张嘴。过一会儿，你开始叫唤，哄也没用。

不到二十分钟，救护车到了我们家楼下。你还在叫唤，是不是这样回家心里难过呢？把你从救护车里推出来，我对着你耳朵说："大宝，小声点，别让邻居看你这个样子。"你立马就闭上了嘴，一直到家里都没再叫唤。把你安顿好之后，我眼含热泪，亲亲你，抚摸着你的脑袋说："大宝，感觉到了吗？你现在已经在自己家里了，你回家了！"你哭了，眼泪泉涌一般。我哄几句，你安静下来，心情也好了起来。

我之所以今天一定要把你接回家，是因为过两天就是中秋节了，我要让你在家里过这个节日，我们一家三口要在家里团圆。儿子要放假了，我下午去接他，走之前，我对你说："我去接儿子了，儿子回来，你可别叫唤啊。"儿子一到家，就立刻跑到你身边，跟你说："妈，我终于把你盼回家了！我放假了，在家待三天，可以天天看到你，可以天天陪你了，以后回家也可以陪着你了。你现在不是很好吗，很快就会更好的。"一听到儿子的声音，你就哭了，然后睁着大大的眼睛对着儿子，静静地听儿子说学习、说老师、说学校。自从儿子回到家里，你就没有大声叫唤过。后来听小秋说，我的车到楼下时你还在叫唤，当她告诉你儿子回来了，你的声音马上就变小了。晚上你尿了，张嘴叫唤，我对你说："小声点儿，儿子在写作业呢。"你就闭上了嘴。大宝啊，从你的反应可以看出，儿子在你心目中是多么的重要，也可以看出你心里真的是很明白呀！

回到家里，我感觉你的心情好多了，我的心情也轻松下来。这是个好现象，预示着我们以后会越来越好，一天比一天好。

你虽然不住医院了，但康复治疗不能中断。除服用的各种药物一点也不能少之外，我准备将朋友介绍的一位老中医请到家里来，看他有没有进一步治疗的办法。我跟闫老师说好了，她每周过来给你做一次脑波检测，助力你大脑尽快修复。我跟老孙太太也定了，她每周来给你做一次推拿按摩，疏通经络，促你尽快康复。我亲自给你调配食材，保证你身体所需，提高你的身体素质。我将尽全力为你创造一个保障好、环境好、心情好的条件，不误治疗，不误康复，努力促使你早日好起来。

大宝啊，过去的三百九十四个日日夜夜，你受尽了苦难，我受尽了煎熬，我们无时无刻不在与厄运和灾难抗争。尽管你还没有站起来，但我们得到了比很多人预想的要好得多的结果，我们已经属于胜利者，我们一定还会获得更大的胜利。我衷心地希望以今天为新的起点，在我们充满温馨和爱意的家里，用我们顽强的抗争、不懈的努力、无限的爱恋，一起挑战"不可能"，共同创造人间奇迹。我坚信，奇迹一定会在你的身上出现！

2021.9.18

晚上十点，被加拿大拘押一千零二十八天的孟晚舟女士终于回到了祖国。在视频上看到欢迎她的场面以及她发表的感言，我深深地感受到了祖国的强大，眼睛湿润了，情不自禁地在网上留言："强大的祖国，忠贞的晚舟。"

媳妇儿，看到孟晚舟身体健康、心态阳光地回到祖国和亲人的怀抱，我不禁想到了你。你虽然回家了，但仍然躺在床上，不能动，不能吃，不能说，不能看，你什么时候能健康阳光地与我们共度美好生活呢？

你回家只有八天时间，我感觉你的心情和精神状态比在医院时好多了，体温也正常了，呼吸的声音也不那么大了，也很少叫唤了，睡觉也比较多了。这几天，我按照预先的安排，逐个落实康复治疗项目，有的似乎显出了效果，让我信心大增。

闫老师和她的助理金老师定在每周五下午来我们家。昨天下午，她俩过来，带着检测脑波的设备，对你做了检测。从脑波图看，你的大脑活跃度还挺高，虽然问题不少，但总体情况还不错。闫老师还带来一部仪器，说是美国科学家经过多年研究又有十多年临床应用的产品，戴上两个耳机听其播放的"音乐"，能起到修复、重塑和优化大脑的作用。她让你每天早晚各听一次，试听一周，看有无效果。今天你听了三次，每次都能安静地听下来，即使是在叫唤时一旦听上这个"音乐"也会很快安静。我感觉这个"音乐"对你还真有点儿作用。

闫老师之所以选择周五下午来，是想每次都能看到我们的儿子，她担心儿子因为你的倒下而产生心理问题。她昨天特意跟儿子聊了一会儿，觉得儿子很坚强，心态也好，她说儿子没问题，是好样的。

老孙太太定的是每周二早上来给你做推拿、按摩和刮痧、拔罐。我早上六点多去接她，然后再把她送回去。她给你做的推拿、按摩、刮痧，跟给我做的差不多，为的是疏通经络。她还在你后脖颈周围的六个穴位拔罐放血，说这可以治疗脑梗。她说她用这种方法治好了很多脑梗患者。

朋友介绍的牛大夫是祖传中医，七十多岁，人品很好。我昨天特意到他家，跟他约好今天早上来给你看病。我四点多起床，五点半到他家，不到六点就把他接到家里。他给你号脉，查看口舌和手脚，然后对我说，得病时间太长了，已经没有好的治疗办法了。我问以后会是什么状况，他说没有站起来的可能性，其他方面也不会有大的好转。他给你双手各扎三根银针，又开了一个药方，我便开车送他回去。在路上，他跟我聊了一路，劝我想开些，保重身体，把孩子带好。他的这些话，又让我的心情沉重起来。

大宝啊，这一年多，我基本都是在寻医问药的路上，尽管得到的都是一盆盆冷水，浇得我心寒冰结，但我从未甘心过，更未死心，仍然在寻医问药的路上。我心里总有一个不灭的希望，那就是万一上天怜悯，能遇上一位神医呢！

这两天，我让大侄子帮我买了一箱子口服药物和一箱蛋白粉，够你用一阵子的了。你每天服用的十多种药，每种买了十盒或十瓶，有进口的则买进口的，有口服液不买片剂。虽然进口药比国产的贵，口服液比片剂贵，但药效要好一些，我是只看药效不管价钱。蛋白粉是每顿饭都要加的，四五天一罐，消耗量很大。大侄子买的要比我在药店零买便宜一点，这也是能省就省一点。尽管这样，再加上我给你买的保健品、营养品，以及纸尿片、护理垫等，这两天至少花了一万元。我给你写这些，并不是心疼钱，而是在想，如果你好好的，把这些钱用在吃喝玩乐上，用在享受上，该多好呀！

2021.9.25

进入10月中旬，气温逐渐下降，树叶纷纷飘落，隐约听见了冬天的脚步声。最近几天，天气格外好，天空碧蓝，阳光明媚，让人神清气爽。上午九点后，阳光便透过玻璃窗，温暖地照射到你的身上，持续到下午三点多钟，给你足够的时间，吸收太阳的能量，享受上天的恩赐。你静静地晒着太阳，脸色红扑扑的，时不时吧嗒吧嗒嘴，好像品味阳光的味道。到了夜晚，拉上客厅大窗帘，如水的月光映照着，在米黄色绣花窗帘的衬托下，你显得雍容典雅，端庄大方，可爱非常。

你已经回家一个月了。也许是在家里安心静心，也许是闫老师、老孙太太发挥了作用，你出现了许多新的变化，在一天天变好。

你还是像过去一样，不能受委屈。你回家的第三天夜晚，从十二点多到一点多，一直"呵哈呵哈"地叫，我一会儿搂你坐着，一会儿给你按摩，一会儿喂水，都不好使。后来问你是不是饿了，你马上睁大眼睛。我把小秋叫醒，说你饿了，她突然想起晚上忘给你打流食了。你本来十点钟有一顿夜餐，她竟然忘了。她立即起来做饭，很快给你打进流食，你不叫唤了，不一会儿就进入了梦乡。你少吃一顿饭，饿了三个多小时，能不委屈吗？有一天晚上小秋给你擦洗身子，洗完给你盖上了被子。不到一分钟，你就张嘴"啊啊"大叫。小秋怎么问怎么哄，都没能让你停止叫唤。她正纳闷时，忽然想起你的后背还没擦，立马打热水，给你翻身擦背，你也就安静了。擦洗完后，她问你是不是因为没有擦后背才叫唤的，你使劲眨了几下眼，表示是的。你总躺着，更应该擦洗的是后背，居然落下了，能不委屈吗？小秋说，你对自己的那些事记得可清楚了，一个也不能落下，也不能拖延，否则就会叫唤，发出不满的信号。

你现在确实更明白了，也更爱笑了。前天晚上，我搂你坐着时，看你有鼻涕，便用手指轻轻地捏着你的鼻子，告诉你使劲擤，你还真的"扑扑"往外擤，非常配合。躺下后，小秋又帮你擤鼻涕，手捏你鼻子时，两个鼻孔竟然粘上了。她故作惊讶地说，坏了，你的鼻孔粘到一起了。你却笑了。她又说，你真好玩儿，粘上了还笑。你笑得更开心了。我凑过去故意跟你笑，你也随着张嘴大笑起来。我笑着说："大宝，你笑得太美了，咱们以后就笑啊！"这几天，跟你说搞笑的话、高兴的事，你都会开心地笑，睡觉时偶尔也会笑。小秋说，最近经常发现你睡觉时出现笑或哭的现象，面部表情出现多种变化，有时还突然惊醒、张嘴叫唤，应该是做梦了。

你最近还发出了一些过去没有过的新动静。你哭的时候，发出高低、长短不同的声调，有点像正常人哭泣，不像过去只有"啊啊"的声音；你咳嗽之后，常常会连续发出几次"哎呀哈"或"唉哟喝"的声音，并吧嗒嘴，有时像很难受的样子，有时又像很舒服的样子；你打哈欠时张大嘴长长地吸一口气，憋半分钟左右，才慢慢地、轻轻地呼出几口气，并轻轻地发出"哎——哎——"的声音。在你憋气的时间里，我也会无意识地跟着憋气。昨天下午，等你终于把气呼出来时，我说："哎呀，大宝啊，你要憋死我了！"你开口大笑。我又说："你怎么这么能憋气呀，再不出气，我真的受不了了。"你笑得更开心了。我每当听到你各式各样的声音，看见你丰富多彩的动静，总会有一种兴奋之感，总觉得希望在向我招手，总认为奇迹很快就会出现。

还有，你能听懂故事了，而且很喜欢听。你回家不久，我打开电视机，调出一部偶像剧，半个小时后，我问你关不关电视，你眨巴眼睛。我理解为关电视，可刚把电视关了，你就叫起来，我才知道是不让关，立马打开，你也不叫了。闫老师要我每天给你读一些你熟悉的具有正能量的东西，以促进大脑的修复。我便找了一本你熟悉的《简·爱》，有选择地读，边读边讲解。每次你都静心倾听，有时我停下来问你还听不听，多数时候你会睁大眼睛表示还要听。这说明你听进去了，还很有兴趣。

你住在客厅，我住在卧室，相距五六米远，但每天夜里只要你有动静，我基本都会醒来，仿佛我的灵魂时刻守着你似的。这两天，小秋回家收玉米，找了一个临时护工。可能是对她不放心，要是有一点点动静我马上就醒。昨晚从十二点开始，在不到两个小时内，你叫唤三次，我起床三次，给你换一次尿不湿，搂你坐两次。第二次坐完躺下后，我从你额头中间往两边一遍遍轻轻地抹拭，小声说着"大宝困了，该睡了"，不长时间，你就睡着了，一直睡到天亮。这一年里，我在你身上体现出来的耐心是此生从未有过的，更是对任何人也没有过的。

自从你回家后，我除了上班，基本都在家里守着，尽可能多地陪在你身边，跟你说话，搂你坐着，给你按摩，喂你喝水……让你时时感受到我跟你在一起。尤其是晚上，一边搂着你坐，一边对你后背和肩部挨排敲打、按摩、搓挠，你非常喜欢和受用；你躺下后，又给你手脚和胳膊腿做推拿按摩和运动训练。这两件事已经成为我每晚必做项目，时长差不多有两个小时。尽管累得汗流浃背，但我甘之如饴、乐此不疲。

你也更加习惯了我陪在你的身边。小秋说，我上班不在家时，你常常会因想我而哭叫。前天晚上，我有个不得不去的应酬，你在八点来钟便张嘴大叫。小秋问你是不是想我，你立马狠劲地睁大眼睛。我知道，你对时间很敏感，对我何时回家是有生物钟的。因为我没有按时回家，你就哭叫了。我现在上班基本是晚去早归，不是迫不得已的应酬肯定不去（本来现在的应酬也极少），晚上睡觉也是十二点以后，就是想有更多的时间陪你，想以此促进你更快苏醒和康复。

2021.10.18

总有那么多人来帮助你

媳妇儿，这一年多以来，总有人从不同方面给你提供帮助，你能有现在这个状态，也是很多人共同努力的结果。我常想，如果没有这些好心人的鼎力相助，我该有多孤独、多凄惨啊！

两天前，王刚师傅打来电话，说有一种叫黑松露的野生食用菌，营养极为丰富，能提高脑细胞活力和人体免疫力，对你应该有用处。并说我国只有在喜马拉雅山、大凉山和长白山很小区域内产这种东西，这几天正是采集的时间，但价格昂贵，问我买不买。一听说对你有好处，再贵也得买，我便请他帮忙买二十斤。昨天一大早他和爱人便开车出发，来到长白山脚下，拦截采黑松露下山的人，这人半斤、那人一斤地收购，中午连饭都没有吃，费了很大劲才买二十多斤，然后开车几个小时急忙给我送来。我和小秋连夜用牙刷一颗一颗地清洗，两个多小时才洗完，然后摊在客厅阳台晾干。我准备把它打成粉末，每天早上在流食里拌一点儿，让你慢慢享用。今天早晨就蒸熟了几颗，在流食里加了一颗，你已经开始享用了。这样，你的营养品中又多了一种高级食材。

上个星期，仁连兄特意打电话告诉我，有一位研究易经的医生用象数配方给人治病，让我给你试试，并说我们的老战友春兴的爱人与这个人熟悉，可以请她帮忙。我很快跟春兴兄的爱人取得了联系，向她介绍了你的病情，还将医院的有关资料发给她。几个小时后，她就将象数配方以及使用方法发了过来，不收取任何费用。我昨天中午到春兴兄的工作室，他爱人又给我讲解了你那组配方的含义和功能，教我如何使用读数器。春兴兄还用道家文字给我写了一幅"天长地久"的条幅，寄望我俩爱情长久。他们夫妻俩对你的康复充满信心，愿意随时给予帮助。在我为你迟迟没有突破性的进展而焦躁烦恼的时候，他们出现了，给我带来了新的希望。

闫、金二位老师每周按时来给你做脑波检测。闫老师这次还用对话的方式测试你大脑反应的连续性，认为你的意识还比较好。她对你的好转很有信心，但又说："不知丛岩恢复意识了是不是好事？"我说："那不得作我呀。"她笑笑说："不作你作谁？"我说："作我，我也愿意。"我请闫老师帮我购买那部仪器，价格一万五千多元。她说我可能是全市第一个"吃螃蟹"的人。不管怎样，你可以长期听"音乐"了。

我早上准时把老孙太太接来，她给你推拿、按摩、刮痧后，又在你后脖颈拔罐放血。上一次中间那个穴位没怎么出血，这一次出了不少黑色血条。她说这是造成脑梗和心脏病的元凶，黑色血条没有了，经络通了，病也就好了。我希望她真能把你的脑梗治好，所以才让她给你拔罐放血。其实我也担心你身体吃不消，好在每周只做一次，太频繁肯定不行。

你最近确实有向好的迹象，尽管很缓慢，尽管没有突破性的变化，但毕竟给了我希望，坚定了我的信心。我还是固执地认为，你总有一天会完全好的，会恢复正常的！

2021.10.26

# 你又住进了医院

忽如一夜春风来，千树万树梨花开。立冬了，雪花也十分应景，纷纷扬扬漫天飞，我们的城市银装素裹，分外妖娆。这是入冬以来的第一场大雪，也是十四年来最大的一场暴雪。马路被厚厚的积雪覆盖，稀稀疏疏的行人艰难地晃动着，断断续续驶出的车辆小心地蜗行着。

这两天，儿子在家上网课，我也可以不去上班。我早早起床做饭，和儿子吃完，就急忙往医院赶，平时开车五分钟的路程，现在要走二十多分钟，走得满身大汗、气喘吁吁，生怕耽误了你做高压氧。

媳妇儿，你又住院了。许教授说你应该再做一做高压氧，并主动跟四六三医院神经外科尹主任联系，帮你安排了住院事宜。你是2号住进医院的。其实，我真不想让你再住院，可许教授说做高压氧对你有好处，只好把你送来了。

你已顺利做了七天的高压氧，配合得还算不错。这个医院最大的好处是去高压氧科只需乘电梯到一楼，经过一段室内走廊就到了，不用担心风吹受冻感冒了。尽管这样，小秋还是在轮椅上铺上褥子，在你身上盖紧被子，脸上戴口罩，头上戴帽子，捂得严严实实。高压氧科将你安排在小氧舱，只有你和小秋两人，没人打扰。开始两天可能是不适应，你做高压氧时一直叫唤，出了很多汗，后来慢慢就好了一些。

你的住院医生刘大夫不苟言笑，惜字如金，不管跟他

说什么，他都很少说话。你肺部有炎症，咳嗽痰多，我对他说了好几次，他不下医嘱，也不解释，我只好自己去药房买阿奇霉素和止咳药。你这两天咳嗽见轻、痰见少，睡觉也好一些了。可是，我发现你呼吸的声音比过去粗重了，怀疑还是气切口的问题，就去找刘大夫协调耳鼻喉科来人会诊。这次他倒很重视，当即打出会诊申请单，叫我送到耳鼻喉科。昨天中午耳鼻喉科医生来了，说可能是气管狭窄造成的，建议做相关检查。刘大夫当时便开了做颈部螺旋 CT 和气管 3DCT 的申请单。

今天，你做完高压氧，就直接去做了 CT。由于工作人员准备工作不认真，在做 CT 时，你的左肩顶上了机架壁，擦破一块皮，红红地肿了起来。看着你受伤的肩膀，我心疼不已。

在推你回病房的路上，我想起昨晚做的梦。我竟然连做两个梦，而且都是梦见你突然死了。一个是梦见你的气管整个错位到了脖子的左边，从气切口能看得清清楚楚，等我突然发现这个问题时，你早已没有了气息，安详地躺在病床上；一个是梦见你睁着眼睛，脸色红润，状态非常正常，却突然停止了呼吸。我在旁边眼睁睁地看着你不呼吸了，吓得没命地喊叫"大宝""媳妇儿"，却没有把你叫回来。这两个梦，使我在撕心裂肺的嚎叫中惊醒。这是我第一次梦见你死，还连做两个，梦境都是在医院。人们都说梦是反的，是不是你要好了呢？但我的心情并不好。

昨晚刚做的梦，今天你就受了伤。把你推回病房躺下后，我问你："大宝，你想活着吗？如果想，就睁大眼。"你使劲地闭眼。我一惊，又问："你不想活呀？"你马上睁大了眼睛。你居然这么回应，让我异常震惊和心痛。我亲一下你的脑门儿，抚摸着你的脑袋，轻轻地对你说："大宝，这一年多，你受了那么多罪，我在想方设法为你寻求治疗，你已经在不断好转，你可不能有不想活的想法啊！我知道你不好受，但不管怎么样，我们也要坚持下去，你一定会好的，我和儿子还等着跟你一起过美好生活呢。"你静静地听我说话，眨巴着眼睛回应我。我心头的苦楚，无法言表，只能任泪水流淌。

儿子今晚的表现令我感动，让我的心情一下子好多了。儿子在家上网课。我晚上回家做好饭，刚准备吃，小秋来电话要我买止咳药送去。我让儿子先吃，穿上衣服就出去了。马路上还有冰雪，我不敢开车，只能走着去买药，走着去医院。到了病房我就不想走了，陪你一个多小时才离开病房。半路上，儿子来电话问我什么时候回家，我说快到了。到家后，儿子已经把菜热好，把饭盛好，摆放在餐桌上，正在洗饭锅。此刻，我心里热乎乎的，动情地对儿子说："儿子，你长大了！"我拿起筷子就吃饭，儿子问菜热不热，我说："热，非常好！"吃饭时，儿子站在旁边跟我唠嗑儿，唠他考试的情况，说哪科考得好，哪科考得不好。正唠着，班主任婷婷老师给我发来微信，说儿子这次考试成绩很不错。我告诉儿子："老师表扬你了，说你考得不错。"儿子说："这还不错呀，比我预想的差多了。"我说："没关系，找找原因，争取下次考好一点儿。"我还对儿子说："努力一下，再往上冲一冲，争取考个好高中，以后上个好大学，再读研，最好读博，读博还有工资呢。"儿子说："读博有工资，你就不给我花钱了吧？"我笑笑说："儿子，你放心，只要你能读博，老爸就能供你，要相信老爸有这个能力。"我们爷俩唠得很愉快，很开心。

但是，儿子有一句话却让我陷入了沉思。他说，他要去南方上大学，以后在南方工作，肯定不会留在本市。我问他为什么，他说这里有什么好呀，一点儿意思也没有。我当时很吃惊，这可是生他养他的城市呀，怎么就像没有感情似的呢。这是为什么？

2021.11.9

媳妇儿，今天是你的生日，祝大宝生日快乐！本来是要在家给你过这个生日的，不承想又跑到医院来了，而且还让你过了一个很委屈的生日。

早上，我带着做好的大虾、鸡翅和牛肉来到病房，走到你的床头，亲亲你的脑门儿，俯身对你说："大宝，生日快乐！"我又替儿子对你说："妈妈，祝您生日快乐！"你神态安静，以眨眼回应。中午，我去取回预定的蛋糕。下午四点多开车去买榴梿，找了七个水果店，才买到一个榴梿。回到病房，我拿出蛋糕，插上4和9字形的蜡烛，扶你坐起来，把蛋糕放在你大腿上，给你戴上生日帽，点燃蜡烛，放生日歌。我和小秋跟着唱生日歌，你却张大嘴"呵哈呵哈"地叫唤，不知是激动还是难过。过了一会儿，我说："大宝，许个愿吧。"我替你许愿，然后替你吹灭蜡烛，小秋给你鼻饲一点儿蛋糕，小小的仪式便结束了。

你这个生日过得非同寻常，让我心里很不好受。按照昨天的安排，今天上午要给你的食管做胃镜检查，高压氧做不了，早饭也不能吃。但刚到八点，尹主任和刘大夫过来告诉我们，麻醉师说你麻醉风险太大，他们不敢做，取消胃镜检查。我一脸无奈，请求他俩再想想办法。小秋赶紧给你准备早饭，我怀着沉重的心情给你打流食。刚打完流食，尹主任又过来了，他说已经和内镜中心联系好了，下午把做胃镜的设备推到神经外科重症监护室，再采取一些防护措施，不打麻药做胃镜，让我们下午三点之前把你推到九楼。尹主任能积极协调，想出这个办法，确实令人感动。这样，你的午饭又不能吃了，也不能喝水。三点钟准时做胃镜，我们进不去，揪心地在门外等着，时不时贴着门缝听动静，但什么也听不到。大约十分钟，你被推了出来。做胃镜的医生告诉我，没发现有"气管—食管瘘"，但有疑似溃疡。我的心情顿然轻松。

媳妇儿，你今天表现得非常坚强，几个小时没吃饭，一点儿也没叫唤，一会儿睡觉，一会儿静静地躺着。饿了这么长时间，你坚持了下来。尤其在不打麻药的情况下做胃镜检查食管，是难以忍受的，但医生说你很配合，没有叫唤，坚持了下来。

之所以要给你做胃镜，是因为那天做颈部螺旋 CT 和气管 3DCT 后，报告上写着你的气管和食管局部相通，是"气管—食管瘘"。我拿着 CT 片子和报告找到该院消化科医生咨询。医生说气切金属管有可能会将气管和食管磨透形成"瘘"，建议去其他医院做手术。我对有无这个"瘘"持怀疑态度。如果有"瘘"，平时给你喂水、喂果汁，包括你呕吐，能不呛吗？但怀疑归怀疑，我必须搞清楚。前几天，我又拿着 CT 片子和报告找了三家医院的不同专家咨询，包括徐教授，他们都说从片子上看不到"瘘"，得做支气管镜或胃镜才能确定。

昨天上午，我去找尹主任，向他说明情况和请求，他很客气也很热情，当时就给消化科主任打电话，约定下午一点半做胃镜。可是，你进到内镜中心不到两分钟，医生就把我叫进去，说你不能配合，做不了，必须全麻才能做。我们只好把你推回病房。我又去找刘大夫，他开了一张麻醉科会诊的单子，我拿着单子找到麻醉科，该科医生说你这种状况做麻醉有风险，在我的坚持下，确定今天上午八点四十分做麻醉和胃镜。这样，就出现了上面写的那种情况。

由于尹主任的大力帮助，不仅排除了"瘘"，还查出了食管溃疡的问题。胃镜检查报告晚上就出来了，说你食管入口处有一片状溃疡，下段食管黏膜充血、糜烂。怪不得你咳嗽痰多、不愿喝水、爱叫唤，食管溃疡能不疼、能不难受吗？但你又说不出来，只能叫唤，却越叫越痛。值得庆幸的是，CT影像工作人员的不专业、不负责任，居然让坏事变成了好事，否则何时能发现你食管溃疡的问题呀。我立即去药店买了奥美拉唑、阿莫西林和康复新液，给你服用。但是，你呼吸声音粗重的原因还是没有找到，我还要找尹主任，请求做支气管镜。

媳妇儿，让你这么过生日，虽属迫不得已，但我还是很愧疚、很难过。你今天表现得这么好，出乎我的意料，让我感动。晚上我对你说："大宝，一定要好起来，你明年五十岁生日时，我要给你大办大庆，兑现过去的诺言。"我向上苍祈求，明年让我如愿！

2021.11.18

这两三天你比前几天要好一些，不怎么咳嗽，痰少了，

344

很少叫唤，夜晚睡觉也好多了，也许是食管溃疡有好转的缘故。

前天上午给你做了支气管镜检查，显示"近声门下主支气管可见轻度狭窄，咳嗽剧烈时狭窄明显"。折腾这么长时间，终于证实了你气管狭窄的问题，找到了你呼吸声音粗重的原因。我立即将检查报告发给徐教授，向他请教，他说最好的办法是再插上气切金属套管。

我向尹主任提出插管的要求，他当即给介入科主任打电话，建议给你气管置入支架。介入科主任很快就过来会诊，在我提出几个疑问后，他说支架一般能保持半年到两年，用力咳嗽时支架容易断裂损坏，如果要取出支架，还得去北京。他建议还是插管为好。我把这个情况告诉尹主任，他说那就去四院插管。我当着他的面给徐教授打电话，徐教授说尹主任就能把管插上，我干脆将手机给了尹主任，他俩讲了很长时间。通完电话，尹主任叫我去买八毫米和九毫米的金属套管，他来试试，希望能插进去。

今天上午我们又把你推进神经外科重症监护室，尹主任亲自给你插管，但你的气切口已经变小，即使是八毫米的管也插不进去，只好放弃。把你推回病房，我立即给徐教授打电话，请求将你转到四院插管。他同意明天转过去，要求带上二十四小时内的核酸检测报告、肺CT影像片和血常规检查报告，早上不要进食进水，明天就做插管手术。

明天上午我还得去单位处理一件紧急重要的事情，今晚必须把转院的准备工作做完。傍晚将你的肺CT影像片和报告打印出来，取回你和小秋的核酸检测报告，又去急诊检验室送血化验，然后再去取检验报告，把转院必需的资料收集全后装入袋子，并向小秋交代一些注意事项。我最担心的是血常规化验结果，因为肺CT报告上显示双肺有炎症，如果血象有问题，四院可能拒收。好在你血常规各项数据都正常，我的心也就放下了。晚上我还搂着你坐了一会儿，对你说些饿了忍着点、到四院好好配合的话。你很平静地眨眼回应我。之后，我分两次把不需要带到四院的东西送到车上，这时已七点多了。这两个多小时，我饿着肚子，楼上楼下、东楼西楼跑了好多趟，多次找医生、护士交涉有关事宜，真有点直不起腰了。

为了气管的事，折腾了两个多星期，把你折腾坏了，也把我折腾坏了。这段时间，我基本没去上班，一直忙乎这件事。好在没有白忙乎，把我从7月份闹腾到现在的心病，终于搞明白了，这是你此次住院的最大收获。所以，我衷心地感谢尹主任，也感谢刘大夫，没有他们不厌其烦地沟通协调甚至亲自动手，不可能有现在的结果。

通过这件事，我深刻地认识到，专业的事情还真得听从专业人士的。如果那时听了医大一院神经内科主任和住院医生的话，不拔掉金属套管，就不会有现在的折腾，更不会让你遭这么多的罪。折腾了几个月，不得不回到原点，而且还付出了那么多代价。所以，人不能太固执，更不能想当然，凡事应该三思而后行。现在，我追悔莫及，感到非常对不起你。

2021.11.24

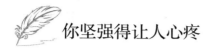

你坚强得让人心疼

昨天上午你顺利地转到四院介入科（耳鼻喉科没有空床位），住在单间病房，实行一级护理。住进病房后，就开始做各种化验和检查，挂上了抗生素和止咳祛痰类点滴，下午要给你做插管手术。当天住院即做手术，他们安排得这么紧，真是体现了治病救人的医德医风，我打心底里感激。由于我没做核酸检测，进不了病房，只能在介入科外的大厅等着，其间在近二十份材料上签字。该科医护人员态度都很好，也很热情，让人很温暖。

下午一点将你从介入科推出，换乘几部电梯，穿越几栋楼房，经过几道连廊，到了手术室大厅。手术医生和麻醉师分别向我介绍可能出现的危险，让我在有关文书上签字。医生告诉我，你当初气切时采用的那种手术方法，不仅给拔管后的愈合造成困难，也给再次手术带来麻烦。巧的是麻醉师的父母是我们家一个单元的邻居，她跟你很熟，说你是个大好人，表示要做好你的麻醉，让我放心。当时我就想，还是做个好人好，不知什么时候就有回报。

你的这次手术，是在静吸复合全麻下行暂时性气管切开术。手术由耳鼻喉科主任亲自做，徐教授在旁指导，相当于两位专家给你做手术，加上一位女医生，共三人。可见，对你这个小手术，他们是很重视的。大约两点半，徐教授走出手术室，告诉我手术快做完了。他说如果再不做手术插管，过一段时间你的呼吸会更加困难。三点钟左右，主任和女医生出来。主任说，手术很顺利，很成功，再过半小时左右你醒了就能出来。三点半，手术室工作人员把你推出来，将你送回病房。

手术室门打开的瞬间，我迅速跑过去，眼含泪水，抚摸你的头，亲亲你的脸，叫着"大宝，媳妇儿"。你睁着大眼睛眨巴几下。推你走时，我俯身听你的呼吸声，再也没有"呜呜"的声音了，非常顺畅。我边走边对你说："大宝，你太坚强，太勇敢了！你呼吸困难的问题已经解决，过几天就可以回家了。"我发现你眼睛红了，流出了泪水。看你那委屈可怜的样子，我的心口一阵刺痛，眼泪夺眶而出。听小秋说，你回到病房后，她跟你说话，你又哭了，流了很多泪，她也跟着一起哭。小秋说，她上午跟你说了很多话，告诉你怎么配合，怎么忍着，她说你都做到了，没想到你这么坚强，把她感动得泪流满面。

你昨天一天表现得非常好，从早上转院到下午进手术室，一直都很安静，这是极为罕见的。连续二十一个小时没有进食进水，你一声不吭地忍了下来。麻醉劲过后，刀口肯定会痛，但直到晚上，你也没有叫过闹过。难道我前天晚上跟你讲的那些话，你都记住了？难道是小秋说的话起了作用？还是你本来就那么坚强、那么勇敢？你的坚强，你的勇敢，让我意外，也更让我心疼。

医生说手术后六个小时可以给你打一点儿水和牛奶。我要求小秋打牛奶和蛋白粉，然后再打需要服用的药，免得你的胃受不了。我还给住院医生打电话，要求给你打营养类的点滴，自费也打。从今天早上起就可以给你打流食了，虽然转院时小秋带了一些食材，但我上午还是把做好的肉和蔬菜送了过去，想让你吃得好一点，营养更丰富一些。

昨晚十点之后你开始叫唤，可能是刀口太痛，确实忍不住了，但只有张嘴叫唤的动作，却没有声音。小秋说，你直到凌晨两点才睡，一直睡到天亮，醒后又叫唤。今天下午三点左右，医护人员到病房将气切塑料管换成了金属套管，换完后你叫唤的声音还是不大。你发不出声音让我担心，便打电话问徐教授，他说没有问题，过几天就好了。

我今天做了核酸检测，争取明天进去陪你。不能在你的身边，我魂不守舍，烦躁闹心。进不了病房，我只好去单位上班。中午，班子中的一位好朋友到我办公室来看我。她是一个有爱心、有能力、有正义感的人，我们相处得一直很好，像兄妹一样，无话不说。她一进来就问你的情况，我向她介绍时，她眼睛红了，泪流不止。她说，大家都对我竖大拇指，说我对老婆太痴情、太执着，为了看不到希望的老婆，不离不弃，不顾一切，拼了命地去治疗，很少见。她劝我保重身体，千万不能倒下，也别太执着，顺其自然，勉强让一个人那么遭罪地活着也是一种残忍。我说，大家夸我，反而让我更加惭愧，谁遇到这样的事都会这么做的，甚至比我做得更好。对你，我过去没有放弃，现在更不会放弃，我要尽最大的努力让你好起来、活下去。无论是来自感情，还是出于私心，我都得让你活下去。你活着，儿子就有妈妈，我就有老婆，这个家就是完整的。我还说，这一年多，我很少上班，大家对我很关心、很理解、很宽容，特别是董事长让我更为感动，我会铭记在心。她说，谁也不愿意家里出这么大的事，大家都是有同理心的，要我别多想，并叫我有事一定告诉她，她会全力帮我。我们两个聊了很长时间，她的每一句话都很暖心，都让我感动。

大宝啊，你是最了解我的，我是个要强要脸的人，总是努力不让别人说个"不"字。大家越同情我、宽容我，我越是感到难为情、不自在。过几天你回家了，我尽量正常上班，尽量让生活走上正轨。

2021.11.26

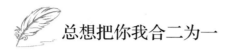 **总想把你我合二为一**

媳妇儿，你今天回家了。本来定在明天出院，中午医生说如果想回家，下午就可以出院。我毫不犹豫把你接回家了。

我知道，你太想回家了。我那天去陪你，跟你聊天，问你想不想回家，你不仅使劲睁大眼睛，还把嘴张得大大的，可以看出你想回家的心情有多么急迫。小秋说，你听说要出院回家的消息，脸上立马露出了高兴的表情。到家后，我问你："现在回家了，高兴不？"你睁大眼睛，并眨巴几下，神态非常可爱。

我昨天向住院医生要求给你做血常规化验和肺、肝、肾彩超，今天上午做的，中午结果都出来了，没有大问题。你的体温、血压、血氧等指标都正常，痰也少了，睡觉也正常了，所以我才敢放心地把你接回家。

回到家里后，我和小秋把你抱到轮椅上坐着。我推着你，从客厅到书房，再到我俩的卧室、儿子的卧室，然后到餐厅、厨房和厕所，全都走一遍，一边走一边给你讲各处摆放的家具和墙上挂的东西，让你真切感受到确实回家了。你一直安静地听我讲，脸上现出激动的神情。家里的每一个房间、每一件家具、每一处摆设，一定都在你脑子里，你一定都会记得的。转了一圈，你是不是又在心里说"我太爱我的家了"？

我觉得，你回到家里，心是安宁的，精神状态也是好的，不像在医院那样爱张嘴叫唤。你在家里，我们的家才是健全的，才是充实的，才是有活力的，家才像个家。你在家里，我可以随时见到你、触摸你，随时跟你说话、跟你亲近，我的心是踏实的。我对你总也稀罕不够，亲密不够，总有一种把心掏出来给你的冲动。晚上，我搂你坐半个多小时，把你抱在怀里，脸贴着脸，总想把你我合二为一，变成一体，这样就永远分不开了。对你痴心不改，这就是现在的我。

媳妇儿，我非常担心你跟我分开，尤其是战友老田爱人的去世，让我这种忧虑更加强烈。他爱人两年前罹患癌症，医生说存活期也就是半年，她说要看到儿子结婚才能闭眼。老田带着她到处求医问药，什么办法都想了，该做的都做了，后来她不仅参加了儿子的婚礼，还抱上了孙子，超额满足了心愿。她是个很善良、很贤惠、很能干的女人，家里全靠她操持，儿子的学习也靠她，对丈夫的工作又全力支持，可谓是任劳任怨、无怨无悔。前天，她驾鹤而去，安详地离开了她的亲人，年仅五十六岁。我得知消息后，不禁悲从中来，当天中午即去他家悼念，面对遗像说了几句话，嗓子哑了，眼泪也出来了。多好的人啊，这么年轻就走了，离开了她的丈夫和子孙，离开了她热爱的家。

逝者已矣，生者如斯。面对逝者，我更加哀叹生命的无常，更加感恩你没有抛弃我，更加珍惜我俩在一起的日子。大宝，我还是那句话，对你不离不弃、无怨无悔，不管别人说什么，无论你是什么状态，都不可能改变我的初心，我要让你好好活着，我要永远和你在一起。

2021.11.30

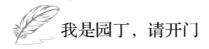

我是园丁，请开门

一晃，你回家已经二十来天了。这段时间，老天爷很照顾你，晴天比较多，总给你送来温暖，你很享受被太阳晒着的感觉。你依然按时听"音乐"，欣赏助你入眠的"催眠曲"。我除了上班便是陪着你，还是和过去一样跟你说话，搂你坐着，给你按摩推拿。这成为你每天生活的流程，也成为我每天必做的功课。你的状态越来越好，咳嗽少了，痰也少了，叫唤更少了，还出现了新的动静，尤其是哭笑时的表情和动静与正常人很相似，这又是一个明显的变化。总的感觉，你在往好的方向发展。

你回家后，还是不愿喝水、喝果汁，我总是变着法儿哄你喝。有一天，我剥开一个脐橙，告诉你这是春华寄来的，是你最爱吃的脐橙，劝你尝一尝。这几年，我的战友春华每到 11 月下旬就会从赣南快递来几箱他家乡的脐橙，你说这脐橙肉多汁多脆嫩口感好。我试着向你嘴里挤橙汁，你竟然吃了，连吃了几瓣，你仍然张嘴要。我又剥开一个，你吃了两个脐橙的汁。我忙了一身汗，手指头都挤疼了。你已经七个月不愿用嘴喝果汁喝水了，今天居然主动要，我惊喜又高兴，边挤汁边跟你说："大宝，脐橙味道是不是挺好呀？以后多用嘴喝果汁喝水，最好能用嘴吃饭，这样可以品尝美味，享受美食，你好得也会更快。"你不停地眨巴眼睛，好像在说"好的，好的"。

给你喂水时，你多是闭嘴不愿意喝。十天前，我突然想出一个办法，把盛有水的小勺放在你紧闭的嘴边，对你说："大宝，我是园丁，你嘴里有一朵花可好看了，但是快要干枯了，需要浇水，请你把门打开呗。"你真的就张开嘴，还笑了，我便喂一口水。然后又说："你看，浇上水，花儿马上就鲜艳了，更美了！花儿还对我点头说谢谢呢，不用谢，不用谢，应该的。"我不停地说不停地喂，你笑眯眯地一口接着一口地喝。后来，我只要说"大宝，我是园丁，要给花儿浇水了，请开门"，你就会立刻张开嘴。用这个办法，你每次都能喝不少水，而且还很开心。

你现在更爱笑了，一句赞美你或逗你的话，一个有趣的动静，都能让你开怀大笑。昨天晚上，我跟小秋说我的牙疼，你正好张嘴叫唤，我到你床头问："媳妇儿，你牙疼吗？"你闭眼表示不疼。我说："我牙疼你叫唤什么呀？"你马上笑了，笑得很开心。我也笑着说："我牙疼，你还笑，真不够意思。"你笑的动静更大了，胸脯一起一伏的。看你这么开心，我也忘记了牙疼，不断说话逗你，我们一起笑了好一会儿。每次看到你笑，我都特别舒畅，总是对你说："我就喜欢看你笑，多么盼望你还是那个满脸笑容阳光灿烂的小女人啊！"

儿子的表现也很好，学习挺刻苦，精神状态也不错。闫老师要求我对儿子更关心、更亲近一些，比如接他时搂一下、拍拍肩膀，送他时拉拉手、拍拍脸蛋，要有肢体接触动作，让儿子感受到细腻的父爱。上周我接送儿子时，试着这么去做，我和儿子确实都有奇妙的感觉。送儿子去学校之前，我还写了一张"保重身体，吃好睡好。相信自己，你是最棒的"

的小纸条，悄悄地放在他书包里，不知他看到是什么心情。过去，我对儿子确实爱得不细腻，缺乏应有的亲近，以后真要很好地改变自己了。当我对儿子做了这些亲近动作后，我自己就有一种愉悦、幸福之感，想必儿子同样也会有的。这也让我体会到，亲人之间，一个深情的肢体接触，一个无声的饱含着爱的小动作，可能胜过苍白的千言万语。

儿子这次回家，我除了给他做一些好吃的之外，还特意到一家大超市采购几样水果以及其他食品。周五晚上我把草莓、金果、香梨切成小块，拌一杯酸奶，给儿子做了一碗水果捞，儿子吃得挺香。我又把脐橙肉和纯橙汁一起打成果汁，给儿子当饮料。周六晚上又用金果、香梨、脐橙和酸奶，给儿子做水果捞。儿子吃水果捞，比吃单一的水果块要痛快多了。以后，我真得细心一些，对儿子爱得精致一点，尽量弥补他母爱的缺失。

我虽这么说这么想，但不知不觉中还是把你排到了第一位。我觉得草莓营养丰富，更适合你吃，给儿子吃了一次，剩下的就给你留了下来。金果是进口的，质量比较好，也留着给你吃。只要是你爱吃的，对你身体有益处的，都会留给你，我和小秋肯定是一口也不会动。

从 11 月下旬开始，我的身体总出毛病。在你回家之前，我就腰痛难忍，去医院做 CT，说是腰椎间盘膨出。这段时间又是吃药又是贴膏药，没有明显好转。这几天又开始牙痛，不敢喝水吃东西。今天下午去口腔医院检查，医生说有一颗大牙中间裂了，碰到了神经，最好拔了再种牙，从根本上解决。我可不想拔牙，等一等再说吧。"牙痛长，腿痛短"，我是真切地体验到了。还有更让我害怕的，那就是最近我又胃胀了，整天像吃多了撑得难受。几年前，我就因为胃胀去做胃镜，发现胃里有很多结节，做了微创手术。现在，虽然胃胀难受，也不敢去做胃镜检查，如果做手术住院，我该怎么办呢？过去我曾三次住院，都有你细心照料，以后要是住院，谁管我呀？现在"两痛一胀"折磨着我，只能咬牙忍着，每天该给你做的事一件也不会少，谁叫我是特殊材料制成的呢！

媳妇儿，我这一点儿小毛病不算什么，只要你一天天地好起来，只要儿子健康快乐地成长，这些小毛病自然就不治而愈了。我现在的最大愿望是你春节前能好，哪怕是能坐在餐桌旁吃年夜饭，也是天大的好事。大宝，满足我这个愿望好吗？

2021.12.20

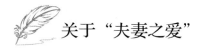

关于"夫妻之爱"

媳妇儿，你这段时间精神状态非常好，总是乐呵呵的，我看着也开心。

今天晚上，我一边给你做头部和脸部按摩，一边讲我俩过去恩恩爱爱的故事，讲到动情处，竟然随口借用《大中国》的曲调大声唱道："大宝，我爱你，你永远在我心里；大宝，我爱你，不用千言和万语。"你听到我的歌声，开口大笑，笑得那么甜蜜、那么开心。我连唱几遍，你跟着不停地大笑，好像幸福不已。我说："媳妇儿，我再给你唱一首你最熟悉的歌吧。"我用手机搜出《甘心情愿》音乐版，和着音乐唱，当唱到"愿我们今世天长地久"这一句时，你顿时张嘴大哭，眼泪瞬间涌出。我继续往下唱，你不住地哭。我说："大宝，你是不是想起我第一次唱这首歌时的情景了？"你含泪眨一眨眼。我也情不自禁，泪水潸然。

大宝啊，我俩今晚是不是又做了一次关于爱的交流呀？尽管你不能说话，但你的笑、你的哭、你的眼神、你的表情，我读懂了。我俩以爱为主题交流过多次，尤其是三年前那次"夫妻之爱"的交流，我仍然记忆犹新。那天晚上，大概也是现在这个时间，儿子刚放寒假，去他最要好的同学启明家住了，我俩便没有顾忌地尽情交流，聊了很多内容，聊了很长时间。

那次交流，我俩是从"爱"字开始的。我说，"爱"是人世间最神圣的字眼之一，它是那样令人神往，令人陶醉，令人感动，而且亘古不变，万古长青。我看过很多对"爱"的解释，最让我信服的只有一个。这个解释说"爱"是一个会意字，繁体的"愛"是由"爫""秃宝盖""心""友"四部分组成，意思就是用"爫"掀开蒙在"心"上的遮挡物（秃宝盖），然后敞开心扉，真心实意地与被爱的对象为"友"。曲黎敏说这个"友"是手拉手，是"执子之手，与子偕老"。因此，我觉得，真的爱一个人，就要心甘情愿，就要心无旁骛，就要无私奉献，就要至死不渝。当然，这是至纯至真的理想的夫妻之爱，在现实生活中没有多少人能够做得到。不过，我认为我俩似乎做到了，你觉得呢？你笑笑说，也可能，差不多。我拍拍你的手说，像我俩这么恩爱的夫妻也不是太多。我俩之所以这么好，很大一部分是你的功劳，你做得比我好。

你看着我，抓住我的手，微笑着说："我有时也不好，但我知道，我心里只有你，你是我最爱的人，是我的依靠，和你在一起我才安心。我就喜欢黏着你，你烦不？"我说："怎么会烦呢？一点儿也不烦，我还挺享受你黏我呢。你黏我，说明你爱我，心里有我，愿意和我在一起，至少是不烦我。如果老婆不黏老公了，那才是老公的悲哀呢。"我伸手搂着你的腰，接着说："我真的很喜欢让你黏着，要不，我下班怎么总是急急忙忙回家，回到家里就哪儿也不去了呢？我每次外出开会或者出差，完事后就急三火四地往回赶，不就是让你黏吗！其实，我这也是黏你呢。我俩何止是在家里黏呀，即便是上班，哪一天不得打几次电话、发几条微信，好像生怕对方丢了似的。我觉得，我俩相互黏着，相互依恋，相互依赖，这才是相爱的夫妻呢。”你把头靠在我的肩膀上，柔柔地说：“以后老了我也要黏着你。”我笑着说：“我还黏你呢！”

你直了直身子，脸上似乎没有了笑容，看我一眼，说：“老公，我就喜欢跟你唠嗑儿，不跟你唠，我又跟谁唠呢？别看我跟别人都嘻嘻哈哈的，但真没有能说心里话的人。你现在也挺爱跟我唠的，以后你还能这样跟我唠嗑儿吗？”我抚摸着你的脑袋，诚恳地说：“必须的呀，跟你要生命不息，唠嗑儿不止。我俩从认识那一天起，就有说不完的话，特别是结婚后，唠嗑儿已经成为我俩重要的生活习惯。既然是习惯，就很难改变。像我俩这样每天都聊天交流，甚至无论谁到外地，还天天煲电话粥的夫妻，恐怕不多。敞开心扉，无话不说，才能成为知心爱人。语言交流得越多，夫妻俩的感情才愈加深厚。我觉得跟你唠嗑儿，是一种享受，是一种幸福，不唠得多闹心啊！”你笑了，一脸天真，拍拍我的大腿说：“好，我记住了，生命不息，唠嗑儿不止。”我又对你说：“你还真得有一两个闺蜜，憋屈的时候，可以跟闺蜜唠唠，哪怕是发泄一下也好呀！”你噘噘嘴说：“我不要闺蜜，我的心只对老公开放。”我用手掐掐你的脸，说：“不听话！”

你又抓住我的手，挺认真地问：“老宝，你把工资都交给我，就那么心甘情愿呀？”我也一本正经地回答：“是呀！你忘了，刚结婚时，我还是死皮赖脸地硬把工资卡交给你的呢。爱你不疑，疑你不爱，我连人都给你了，工资算什么呀，还有什么不心甘情愿呢！”你乐了，笑着说：“很多人给自己留一点儿，你怎么全给我呀？”我说：“我又不会买东西，要钱干吗？再说，你也没让我兜里缺钱呀。你也看到了，我兜里的钱都揣旧了，没地方花呀。有些人的工资给老婆一部分，也许是各有难处吧，可我没有难处呀。我认为，把工资交给老婆，是对老婆的信任和尊重，也是对老婆爱的体现。更何况，我也懒得管钱。"你又笑笑说："你不怕我乱花，不怕我留小金库呀？"我说："你是那种人吗？我才不去费这个脑细胞呢。"你紧紧地搂着我说："谢谢老宝！"

你将手搭在我的肩上，有点不好意思地说："我从小就任性，现在还任性，有时脾气还挺大，跟你吵架，你恨不恨我呢？"我紧紧地搂着你的腰，语气柔和地说："大宝，你任性的时候，我确实害怕，但从来没恨过。我俩确实吵过架，但也不能都怪你，如果我不跟你吵，你自己也吵不起来呀！我比你大那么多，还跟你一样，真是惭愧。"你说："我知道我的脾气，肯定让你伤心了。"我说："我俩偶尔会吵一下，可很快就好了，也没有影响感情呀。有人说，小吵小闹的夫妻，比从来不吵架的夫妻更加恩爱、更加幸福。我觉得有道理。只要夫妻俩把握住分寸，吵架时把委屈和不满都发泄出来，吵完了气也消了，问题也没有了，应该是好事，总比把气闷在心里要好。不过，吵架还是越少越好，吵得越小越好，特别是不能伤感情。如果能心平气和地交流，那是最好不过的。我以后也得改一改，尽量控制自己，不跟你吵。"你亲我一下，说："我也尽量控制自己，不跟你吵。"此后，我俩还真的极少吵架，说明都在控制自己。

你喝了一口水，我也喝了几口，你突然一脸严肃地问："老公，你老实告诉我，你在外面到底有没有别的女人？"我也严肃了，对你说："大宝，我在外面有没有别的女人，你应该最清楚，因为女人在这方面是最敏感的。如果你疑神疑鬼，我再怎么解释，再怎么保证，都是苍白无力的。"你瞅瞅我的眼睛，笑一下，说："我现在确实还没有发现。"我说："我知道，你过去曾经对我不是太放心，甚至有疑心，比如经常看我的手机。为消除你的疑虑，我有意把手机放在你面前的茶几或桌子上，让你随便看，你看一阵子后也就不看了。我还有意给自己创造没有钱、没有时间的条件，让你没有怀疑的空间。这几年，我明显地感觉到你对我放心多了。我不是说我有多高尚，但有一点我心里是有数的，你对我那么好，那么爱我，我如果做出对不起你的事，良心何在？我俩能结为夫妻，多不容易啊，我怎能让婚姻毁在我的手上？我觉得，夫妻之间，忠诚专一是最基本的，这是婚姻的底线。你已经把我的心装得满满的，不可能再装下任何人了。大宝，请放心，你是无可替代的。"你的眼泪流出来了，滴到我的手上，动情地说："老宝，我相信你！"

那一晚，我俩聊的还不止这些，聊到很晚，聊得开心。这一聊，让我加深了对夫妻之爱的理解，也让我对我俩的婚姻更加珍惜。此时，我不禁想起《增广贤文》里的一句话："一日夫妻，百世姻缘。百世修来同船渡，千世修来共枕眠。"大宝啊，你我从一对陌生人到共衾同枕、耳鬓厮磨的爱人，多么艰难，多么不易，于情于理，于你于我，我俩都应该万分珍惜这千年修来的福分呀！

2022.1.9

强烈的希望能惊天地泣鬼神

媳妇儿，今天是小年，再过几天就是春节了。你一直很好，还不时给我一个小惊喜，每一个小惊喜带给我的都是莫大的希望，总觉得离奇迹出现的那一天越来越近。目前，我有一个小希望，而且很强烈，那就是希望你大年三十能与我和儿子同桌吃年夜饭、过大年。大宝，你满足我这个小希望，好吗？

盼望你出现奇迹，是我最大的希望，这希望之火永远也不会从我心中熄灭。一年多来，我每一天都是在希望中过来的，尽管偶尔有失望，还有瞬间的绝望，但那只不过是一丝冷风，对我心中熊熊燃烧的希望之火没有丝毫影响。过去，我总是希望你一夜之间出现奇迹，一下子站起来，能说话，能吃饭，能看见东西，迅速恢复正常。日有所思，夜有所梦，所以总做这样的梦。其实，那时候的希望就是梦想。随着时间的推移，我的希望在不断接近现实，可仍然有操之过急之嫌，有时把自己搞得很焦躁很无奈。我现在想，你的每一个细小变化，给我的每一个小惊喜，都是在往希望的方向迈进。虽然是一小步一小步地挪动，但只要是在往前走，总会走到希望的彼岸。因此，我们需要不懈地坚持，不懈地努力。我认为，希望＋坚持＋努力＝成功。成功一定属于我们！

我还有一个希望，就是希望儿子顺利地健康成长。希望他以后能上一所好大学，有一份好职业，有一位好伴侣，这样，我就可以瞑目了。目前，希望儿子学习好、身体好、心态好，今年考上一所好高中，眼前的希望达到了，以后的希望才能实现啊。也许我对他的希望太过于急切，有时我急得够呛，他还在不慌不忙。我多么想将希望的种子、希望的能量传递给儿子呀！

希望是生命的源泉，失去它生命就会枯萎。你和儿子就是我生命的源泉。这一年多，我之所以没有枯萎，就因为有你俩的滋养；我之所以没有倒下，就因为我心中有希望。有你和儿子，无论眼前多么黑暗，我都能寻找到一线光亮；无论寒冬多么凛冽，我都能感受到一丝春风；无论暴风雨多么疯狂，我都能像海燕一样奋勇搏击。希望就是一种寄托、一种诱惑、一种期待，让我精神抖擞，力量无穷。我坚信，心存希望，就能破茧成蝶，就会美梦成真。直觉告诉我，强烈的希望能惊天地泣鬼神，你必将康复，儿子必能高中！

媳妇儿，此时此刻，我忽然想起我俩结婚不久，你让我给你写的一首诗。那时，我有感于你我相识于春天，成婚于春天，便写了《春来了》。春即是你，你的出现，带给我希望，让我裂变，让我重生。没想到，十多年前写的东西，与现在的境况居然契合。我抄录如下：

春来了／跨过火海／越过冰川／带着上苍的嘱托／伴着天使的歌声／春，向我走来

春来了／微风送暖／鸟儿欢唱／枯草朽木发了芽／荒凉土地现生机

春来了／沐浴暖暖的阳光／陶醉了，融化了／过去的伤痛，曾经的委屈／随着浮云，飘向蓝天／

童年的憧憬，少年的情怀／随着蓬勃的地气升腾，
弥漫／凤凰涅槃／浴火重生

　　春来了／把心交给清风／把灵魂交给太阳／把
躯体交给大地／荡漾吧／融化吧／再生吧／义无反
顾／无怨无悔

2022.1.25

 舒心的春节

春节七天假，一眨眼就过去了。小秋回家过年了，由我照顾伺候你六天时间。这六天，你可能是心疼我，表现得非常好，不叫不闹，正常睡觉，总跟我笑，和我配合默契。这六天的天气也好，你每天被阳光照耀着，俏脸红霞，容光焕发，与太阳相映生辉。你这么好，我又能和你、和儿子亲密地在一起，即便累一点儿，也是快乐无比、幸福无比。

大年三十，大哥、大嫂一早就带着从老家拿来的腊肉、卤肉、笨鸡、腌鱼等食材，来我们家做了十多道菜。他俩和我们仨，大侄子一家，外甥女一家，我女儿，十多人在一起过大年。我将每道菜一样夹一点，打成流食，一边给你鼻饲，一边跟你讲都是什么饭菜，哪些是你最爱吃的。你静静地听着，不时眨眼回应。把你安顿好之后，我们开始吃年夜饭。由于要照顾你，我没敢喝太多酒。吃完饭，大嫂、侄儿媳妇等人洗刷清理，又给我们包了一些饺子，他们才回家。走之前，他们分别走到你的床头，给你拜年，给你送去新年的祝福。你以眨眼和微笑回应。

深夜十二点，我按东北人家的规矩煮饺子，先给你用鼻饲喂饺子，再给你和儿子压岁钱，一切与往年一样，一分不少，一个不落。儿子给你拜年，我给你祝福，你一直笑容满面。然后我给妈打电话，替你给妈拜年，你更是张嘴大笑。这个除夕，因为你在家，过得还算温馨和热烈，比去年好多了。

从除夕到初一，以至后来几天，我接到很多电话和微信祝福，我也抽空给关心帮助支持我们的朋友、同事、战友和老乡打电话或发微信，表达我发自内心的感激之情和祝福之意。我曾经给你写过、说过很多次，这一年多来，要不是有这么多人关怀帮助我，我真的很难支撑下去。对他们的深情厚谊、无私帮助，我将永生难忘。初二晚上，我跟你聊天时，基本把这些好心人的名字一一说了出来，说一个名字讲一些事情，如数家珍。我说得很激动，你听得很平静。一个个名字，一件件事情，都铭刻在我心里。我觉得，我就如一条小鱼，他们是深广的湖水，没有他们，我会干渴而死，不能存活。

　　我又跟你说，你父母、你弟弟也挂念你，他们这几个月没来看你，是因为你父母身体不太好，你弟弟做生意回不来，你要理解，不要介意。你流泪了。

　　这六天，我没出过家门半步，天天守在你的身边。每天都挺忙的，但也比较有规律。我将主要的写给你：早晨六点起床，给你做饭、鼻饲流食，放"音乐"，取出气切金属管清洗、煮十五分钟，做气管雾化，做我和儿子的早饭，吃饭，刷锅洗碗，整理床铺；换气切口纱布，把各种药粒磨碎并鼻饲，鼻饲口服液药、喂康复新液，半小时后洗水果、打果汁喂你，换纸尿片护理垫并翻身叩背，吸痰（次数不等），简单打扫房间卫生，准备午饭，先给你鼻饲流食，然后我和儿子吃饭；给你喂药，放"音乐"，吸痰，两点左右帮你排便，打果汁、拌酸奶喂你，换纸尿片护理垫并翻身叩背（下午比上午次数多），准备晚饭（儿子在家，每晚至少两个菜）；清洗并煮气切金属管，给你鼻饲流食，我和儿子吃饭，清洗锅碗瓢盆，气管雾化，与早上一样磨药、鼻饲各种药物，喂康复新液，换气切口纱布，给儿子切水果块，换纸尿片护理垫并翻身叩背，搂你坐半个多小时并按摩后背，做肢体推拿按摩，给你全身擦洗，十点钟鼻饲夜餐，大约零点、两点、四点分别换纸尿片护理垫并翻身叩背。随时跟你聊天逗乐，看你笑，分享快乐。一天连轴转，基本闲不下来，确实很累，但很充实，很舒心。

两个多月了，我的腰越来越痛，而且还带着左腿和脚后跟一起痛，有时痛得龇牙咧嘴，尤其是给你换纸尿片、推拿按摩、擦洗身子以及帮你排便、搂你坐的时候痛得更是厉害。尽管如此，也从未偷过懒，没有影响我做任何一件事。

我只是觉得对儿子有些过意不去。别的家长怎么也要带孩子出去玩一两天，但我们的儿子就没有这个待遇了。还好，初二他姐姐带他去看电影吃晚饭，初三上午他又和两个同学出去看电影吃午饭，外出两次，其他时间基本是写作业、整理知识点，初三下午便开始补课，再也没出去过。儿子还是让我省心的，不用我多管，这样我就可以把更多的时间和精力用在你身上。

2022.2.7

 惊天大梦

　　昨天是雨水节气，意味着寒冷的冬天即将过去，温暖的春天马上来临，要春回大地了，万物复苏了，春暖花开了。我的大宝，你是不是也会随着春天的到来而康复如初呢？

　　也许是昨夜躺在床上由雨水节气想到春天、想到你，想得头昏脑涨，神情恍惚，上苍竟然给我送来一个惊天大梦，让我震撼不已、回味无穷。我现在慢慢回忆，慢慢写给你。

　　与往常一样，我贴着脸跟你聊天。刚聊几句，你突然举起双手，使劲伸了一个大懒腰，同时发出"哦哦"的长音，然后说："老公，我要起来。"太突然了，我一时惊呆。你又说："快，我们旅游去。"我正要伸手抱你，你却猛然坐了起来，一骨碌下了地，快步走进卧室。转眼工夫，你轻绾发髻、斜插浅翠色发簪，着一袭淡绿色绣花长裙，穿一双白色绣鞋，轻盈盈走了出来，递给我一件红色暗花唐装上衣，说："快穿上，立刻出发。"

　　我像个木偶似的穿衣、穿鞋，你挎着我的胳膊往楼下走去。打开单元门的一刹那间，院子里的景象让我目瞪口呆：满院霞光，百鸟翻飞，院子中间卧着一只足有三米长的硕大无比的大鸟，似孔雀又似凤凰。你悄悄在我耳边说："这是神鸟，来接我俩的。"话音刚落，便有天籁一般的声音传来："快上来，我带你俩散散心去。"你拉着我跨到神鸟的背上，我坐在你的后面，紧紧地搂抱着你。

刚坐稳，神鸟便振翅起飞，扶摇直上，箭一般升入空中。我俩犹如坐在宽大柔软的沙发上，沐浴在温暖适宜的清空中，头顶湛蓝的天空，脚踏五彩祥云，心神宁静，了无杂念，毫无惧感。我俯瞰身下，时而白云如朵，时而乌云翻滚，时而黛青空旷，时而雾霾朦胧，多姿多彩，目不暇接。一会儿越过崇山峻岭，一会儿掠过湖海江河，一会儿抵达茫茫草原，一会儿又穿越戈壁荒漠，地上的一切尽收眼底。天空蔚蓝，金光灿灿，空气是甜的，阳光是暖的，心情是亮的。刚刚看到的是日出，转眼便是日落；左边是云聚，右边则云散；前面霞光万丈，后面却黑云翻墨。世事无常，莫不如此。

神鸟意味深长地说："眼花缭乱了吧？再看看前面的吧！"神鸟慢慢降低高度，慢慢减小速度，如诗如画的景色渐渐映入眼帘。群山起伏，层峦叠嶂，峰上云雾缭绕、氤氲蒸腾，满山树木葱茏、碧如翡翠；鬼斧神工的山峰直插云霄，巧夺天工的石林嶙峋诡谲，飞流直下的瀑布琼浆飞溅。神鸟飞进山谷，悬停其中。此时，五颜六色的彩鸟在我俩身边盘旋翻飞，色彩斑斓的蝴蝶围绕我俩翩翩起舞，送来欢歌，送来芬芳。山谷空灵，五光十色，满目珠玑。溪流明净碧绿，如飘带轻扬曼舞，似银链缱绻蜿蜒；五色的池，七彩的潭，池连着潭，潭牵着池，晶莹剔透，绚丽多姿；山花遍野，赤橙黄绿青蓝紫，花团锦簇，馨香四溢。正当我俩被如仙似幻的美景所迷住时，神鸟说："美吧？可惜，只能观赏，不可久留，这不是你们待的地方。"说罢，腾空而起，飞越山峦。

瞬间，我们飞到星罗棋布的平原上空，神鸟又降高减速，下面一座超大城市一览无余。一座座高楼大厦宛如一个个火柴盒无序地随地摆放，街道上的行人就像一群群小蚂蚁缓慢移动，马路上的各色车辆如同一行行甲壳虫时爬时停。城市全在视野之内，竟是那样微不足道。神鸟继续降低高度，沿着一条高速公路翱翔，突然疾驰的车辆一个个争先恐后地砰砰咚咚撞在一起，顿时火光冲天，你大喊"快救人啊"，喊声未落，事故现场已不见踪影。一转眼，又一座山城进入视线，目击之处，浓烟四起，一栋栋楼房摇摇晃晃轰然坍塌，山上的巨石倾泻而下，惊悚之时，整座城市夷为平地，人们哭爹喊娘，哀号震天。还没回过神来，我们已在千里之外。忽见山洪像脱缰的野马，咆哮着疯狂奔涌，一个个村庄、一座座城镇，顿然消失，变成汪洋大海，不知是人还是牲口在水面无望地挣扎。你浑身战栗，我也胆裂魂飞，正迷茫时，神鸟痛惜地说："看到了吧，人是多么渺小，又是多么脆弱，多么无奈。"

倏忽之间，神鸟落在地面，我抬头一瞥，居然是老家大门前。神鸟转过头看着我俩，双目晶亮，温柔地说："到了，去办你们该办的事吧。"我扶你下来，刚站稳，神鸟便无影无踪，不见了。我俩正在惊愕的时候，大门开了，妈在妹妹和大宇的搀扶下走了出来。你惊叫一声"妈"，立即跑过去抱住妈。妈说："孩子，我把你俩想请的人都请到了，快进去吧。"我赶紧走进大门，眼前的场面让我震惊不已：院子里，屋子内，摆满了餐桌，座无虚席，全是我跟你念叨的那些关心帮助我们的来自全国各地的朋友、同事、战友、同学、老乡和亲戚，足有一百多人。妈看我俩傻傻的样子，说："儿子，丫头，跟大家讲讲吧，讲完开席。"屋里的人都出来了，所有的人都站起来了，我牵着你的手，站在他们中间，眼泪泉水一般涌出，泣不成声，嘴张了一下又一下，竟然一句话也说不出来。我俩只好向大家鞠躬，鞠了一个又一个……整个院子寂静无声，每个人都眼含热泪。

我在鞠躬之中惊醒。

窗外，太阳当空，光芒璀璨。我搂着你坐起来，吻着你的脸蛋儿。你笑了，笑得很甜……

2022.2.20

后　记

三年之前，一场突然的灾难，让我深爱的妻子倒下了。妻子的倒下，更让我深刻地感受到：她是我的命。这个"命"，既是生命，也是命运。

妻子住进 ICU 期间，由于见不到她，思念至极，我就给她写信；后来她出了 ICU，我仍坚持写，几乎每天都写。一年半的时间，居然写了五百多封。我就是想把她的救治过程记下来，把我们的爱情以及与我们休戚相关的亲情、友情写出来，把我们的所见所思所想说出来，等她苏醒后，将其作为礼物献给她。

几位朋友读过这些信，说受到了震动，引发了深思，感慨很多，建议我整理出来与大家分享。在他们的一再催促下，我挑选出一百四十来封信，经过精心整理、补充和完善，便形成了《你是我的命》这本书。

我过去从来没有写书和出书的愿望。尽管我一辈子都在与文字工作打交道，但那都是传统类意义的公文写作。如果不是朋友一再相劝，不是出版社鼎力相助，就不会有这本书的面世。

我想，既然要出版这本书，就得较真。我努力做到认真写好每一封信，认真叙述每一个故事，认真对待其中的每一个人、每一件事，力求读者能从中受到一点启发、悟出一点道理，为读者负责，对社会负责。

我要特别感谢我的老战友胡承山、吴溪、马林同志，我的老同事孙迪同志等亲朋好友，本书的责任编辑、校对、设计等工作人员，是他们的热心指导、大力支持和辛勤付出，此书才得以顺利出版。

最后，我要说的是，妻子出院回家已经两年多了，我仍然一如既往地陪伴着她、爱护着她，仍然在不停地为她寻医问药，总觉得她在一天天往好的方向发展。我每天仍然在盼望着奇迹出现，心中那团希望之火永远不会熄灭。

她，永远是我的命。

作者

2024 年 5 月